Der packende Auftakt zur neuen Reihe mit Kommissar Claudius Zorn

Polizeibeamte finden Spuren eines brutalen Verbrechens, aber keine Leiche. Hauptkommissar Claudius Zorn wird vom Staatsanwalt mit den Ermittlungen betraut – in seinem Zuständigkeitsbereich das erste Kapitalverbrechen seit Jahren. Zorn und sein kauziger Assistent Schröder entdecken schließlich die Leiche einer Frau: Ihr Mörder hat sie zu Tode gequält, ihr aber offenbar vorher Schmerzmittel verabreicht – warum? Wer hat den Beamten ein Video als Beweismittel gemailt? Und wer will gleichzeitig unbedingt verhindern, dass die Ermittler die Identität der Toten klären? Zorn und Schröder haben noch immer keinen Verdächtigen, als plötzlich ein weiterer Mord geschieht …

Stephan Ludwig, Jahrgang 1965, lebt als Autor und Rundfunkproduzent in Halle. »Zorn – Tod und Regen« ist sein erster Krimi.

Weitere Informationen, auch zu E-Book-Ausgaben, finden Sie bei www.fischerverlage.de

STEPHAN LUDWIG

ZORN

TOD UND REGEN

KRIMI

Fischer Taschenbuch Verlag

Anmerkung: Die Motti zu den drei Teilen dieser Geschichte stammen aus dem Song »Hurt« von Nine Inch Nails, gecovert von Johnny Cash.

FSC
www.fsc.org
MIX
Papier aus verantwortungsvollen Quellen
FSC® C014496

Originalausgabe
Veröffentlicht im Fischer Taschenbuch Verlag,
einem Unternehmen der S. Fischer Verlag GmbH,
Frankfurt am Main, Mai 2012

Satz: Fotosatz Amann, Aichstetten
Druck und Bindung: GGP Media GmbH, Pößneck
Printed in Germany
ISBN 978-3-596-19305-9

Für meine Kinder

TEIL EINS

I hurt myself today
to see if I still feel.

Eins

»Glauben Sie mir«, sagte der Mann und betrachtete nachdenklich das Messer, »je schneller wir das alles hinter uns bringen, umso besser für uns beide.«

Langsam kämpfte sie sich durch den Nebel, und jetzt, da sie zu sich kam, versuchte sie zuerst, die Augen zu öffnen. Was ihr mit einiger Mühe gelang.

Er saß ihr gegenüber, zwischen ihnen ein schmieriger Holztisch, eingetrocknete Weinflecken, sein Gesicht höchstens einen halben Meter von ihrem entfernt. Ein feuchter, grob verputzter Raum. Fensterlos. Kahl, wie eine Gefängniszelle. Sie roch sein Aftershave. Und etwas anderes, Metallisches.

»Ehrlich gesagt hatte ich gedacht, dass Sie früher wieder bei Bewusstsein sind.« Das klang fast vorwurfsvoll. Er lehnte sich ein wenig zurück, der Stuhl antwortete mit einem leisen Ächzen. »Schließlich habe ich Sie bereits vor knapp drei Stunden niedergeschlagen.«

Sie hörte deutlich, was er sagte. Was genau er allerdings damit meinte, verstand sie nicht. Das Denken fiel ihr schwer, es war wie am frühen Morgen, wenn der Wecker klingelt und man für ein paar Sekunden glaubt, bereits seit Ewigkeiten wach zu liegen, und noch keinen klaren Gedanken fassen kann. Sie hatte das Gefühl, zwischen Traum und Wirklichkeit zu treiben, knapp unter der Oberfläche eines lauwarmen, übelriechenden Sees, der sich irgendwo zwischen den Dimensionen befinden musste.

Ihre Hände und Füße waren mit Kabelbindern an einen Stuhl gebunden, dessen Lehne ungewöhnlich hoch zu sein schien. Um Hals und Stirn hatte er ihr dünne Lederriemen geschnallt, die an den Querstreben hinter ihr befestigt waren.

Vorsichtig versuchte sie, den Kopf zu bewegen.

Nichts.

Etwas musste er ihr in den Mund gestopft haben. Keuchend rang sie nach Atem, wartete auf die Panik, stattdessen spürte sie eine seltsame Euphorie. Wie damals, als sie ihren ersten (und einzigen) Joint geraucht hatte. Wie lange war das jetzt her? Dreißig Jahre?

»Wenn Sie sich übergeben, ersticken Sie. Hören Sie mich? Ich kann den Knebel nicht lösen. Und die Fesseln auch nicht.«

Er sprach leise, als würden sie an einem warmen Frühlingsabend in einem Straßencafé sitzen. Gleich kommt der Kellner, dachte sie, nein, es ist ein französisches Restaurant, verbesserte sie sich, wie heißen da die Kellner? Garçon? Ja, und er empfiehlt uns Eistörtchen zum Nachtisch. Nein, nicht Eistörtchen, was essen Franzosen zum Nachtisch? Himmelherrgott, warum war ich noch nie in Frankreich?

Wieder dieses seltsame Hochgefühl.

Was hast du mir gegeben? Und was willst du von einer fünfzigjährigen, übergewichtigen Deutschlehrerin, die seit dreizehn Jahren und vier Monaten keinen Mann hatte? Was?

Es war absolut still im Raum, abgesehen von ihrem angestrengten Atmen. Zwischen ihren Schläfen dröhnte ein hektisches Pochen, sie hatte Durst und spürte, wie etwas Klebriges, Feuchtes an ihren Beinen hinunterlief.

»Sie wissen natürlich nicht, warum Sie hier sind. Aber Sie können mir eines glauben«, er legte die Fingerspitzen aneinander, »das alles hier ist kein Zufall. Kein Zufall.«

Er hat ein bisschen was von diesem amerikanischen Schauspieler, dachte sie. Der, der wahrscheinlich als Rentner noch aussehen wird wie ein Teenager. Sie kam nicht auf den Namen, doch irgendwie musste sie sich erinnern, wie er hieß, es gab im Moment nichts Wichtigeres. Sie kniff die Augen zusammen, konzentrierte sich und wunderte sich selbst über ihre Erleichterung, als es ihr endlich einfiel: Johnny Depp. Nein, dachte sie dann, nicht Johnny Depp, was für ein Schwachsinn. Seine Augen sind ganz anders und haben nicht dieses tiefe Kastanienbraun, das ich so mag. Und er scheint größer zu sein, und irgendwie unbeholfener.

Aber die Ausstrahlung ist ähnlich. Dieses Traurige, Schwermütige.

Ein hysterisches Kichern stieg in ihr auf, ich bin von einem melancholischen Psychopathen entführt worden. Das Kichern ging in ein würgendes Husten über, die Luft wurde knapp, gelbe Punkte tanzten vor ihren Augen, wurden zu einem flammenden, kreischenden Rot, sie zerrte an ihren Fesseln, die sich immer fester in ihr Fleisch gruben. So ist es also, wenn man sich totlacht, dachte sie und spürte erleichtert, wie sie langsam wieder wegtauchte.

Er beugte sich vor und schlug ihr mit der flachen Seite des Messers leicht, fast spielerisch auf den rechten Unterarm.

»Atmen Sie durch die Nase. Und bleiben Sie ruhig.«

Schnaufend holte sie Luft.

»Besser?«

Ich fühle mich, als hätte ich einen feuchten Hamster verschluckt, bin am Ersticken, habe Durst und keine Ahnung, wer du bist, aber ansonsten geht's mir gut, danke der Nachfrage, du … sie suchte nach dem geeigneten Schimpfwort, doch sosehr sie sich auch anstrengte, ihr fiel nichts ein, was passend erschien. Sie hatte Bukowski gelesen, Henry Miller kannte sie, gezwungenermaßen, auch, schließlich war das Unterrichtsstoff, doch am liebsten waren ihr die Klassiker. Einfache, klare Stoffe, ohne irgendeine Ferkelei, die den Kindern vermitteln, was wichtig ist. Hemingway zum Beispiel mochte sie, der war zwar einfach, bäuerlich, aber niemals vulgär. Das war etwas, was sie schon immer abgestoßen hatte, doch jetzt, unfähig zu sprechen, geschweige denn, sich zu bewegen, verspürte sie den unbändigen Drang, sich zu wehren. Und sei es nur in Gedanken.

Was sagte man in solchen Fällen? Arschloch? Wichser?

Sie spürte wieder, wie etwas Warmes an ihren Beinen hinunterfloss. O Gott, ich habe mich bepinkelt. Kann es noch schlimmer werden, du mieses, melancholisches Stück Scheiße?

Das waren für ihre Verhältnisse verbale Fäkalien der untersten Schublade, doch es half. Noch immer war da keine Angst, sondern eher etwas wie …

… Wut?

Mit einem Schlag wurde ihr bewusst, dass er sie töten würde. Dann bring es einfach hinter dich, dachte sie. Du kannst es nicht wissen, aber ich habe längst mit dem Leben abgeschlossen. Wer weiß – vielleicht tust du mir ja einen Gefallen?

»Sie sollten wissen, dass ich nicht krank bin.« Das schien ihm wichtig zu sein, er hatte sich vorgebeugt und sah sie ernst an. »Ich bin nicht krank, also nicht verrückt – jedenfalls nicht verrückter als jeder andere. Ich bin als Kind nicht missbraucht worden, und ... und ich hatte auch niemals Spaß daran, irgendwelche Tiere zu quälen. Ich meine, ich habe meiner Katze nicht den Schwanz angezündet oder den Hund meiner Nachbarn vergiftet.«

Du musst mich vor dem Supermarkt erwischt haben, fiel ihr plötzlich ein. Ich wollte Dünger kaufen, für die Blumen und ...

»Sie und ich, wir beide sind jetzt hier. Und Sie müssen wissen, dass Sie in meinen Augen überhaupt keine Schuld tragen an dieser Situation, Sie können wirklich nichts dafür ...«, er zögerte und schien nach der geeigneten Formulierung zu suchen, blickte zur rissigen Wand, als würde dort im nächsten Moment das richtige Wort erscheinen.

... Basilikum?

»... für Ihren schmerzvollen vorzeitigen Tod.«

Schmerz?, dachte sie. Wieso spüre ich dann nichts?

»Ich denke, das sollten Sie wissen.«

Genau, Basilikum, überlegte sie, ich wollte Salat machen und dann zeitig ins Bett gehen. Die Augenlider wurden ihr schwer, und wieder spürte sie, wie sie langsam wegdriftete. Bilder schossen durch ihren Kopf, Dinge, die sie längst vergessen zu haben glaubte.

Sie schreckte hoch, als er krachend den Stuhl nach hinten schob, aufstand und in die Hände klatschte wie jemand, der nun endlich, wohl oder übel, zur Sache kommen muss. »Ich merke schon«, sagte er und lächelte ein wenig, »ich rede zu viel, Sie sind müde.«

Er hat schöne Zähne, dachte sie verwirrt.

»Sie sind nicht der erste Mensch, den ich töte, und so, wie es momentan aussieht«, mit einem Ruck löste er die Fesseln an ihrem Kopf, die mit einem leisen Klatschen zu Boden fielen, »werden Sie auch nicht der letzte sein.«

Er stand nun direkt vor ihr, beugte sich nah an ihr Ohr und flüsterte leise, ganz leise: »Es tut mir leid. Es tut mir sehr leid. Und ich bitte Sie um Verzeihung.«

Jetzt registrierte sie, dass er Gummistiefel trug, die fest mit einer olivgrünen, wasserdichten Anglerhose verschweißt waren. Das, mein Lieber, wollte sie sagen, sieht reichlich albern aus, doch das Einzige, was sie hervorbrachte, war ein ebenso albernes, gurgelndes Schnaufen.

Als sie endlich nach unten blickte, wurden ihre Sinne klar, und sie verstand. Es war, als hätte sie einen Eimer Wasser ins Gesicht bekommen, urplötzlich war sie hellwach, ein ätzendes, schwefliges Licht ging an, und obwohl sie sich wehrte, wurde das Bild scharf, grobkörnig, und sie wusste jetzt, warum es so nach Eisen roch, sah, dass das, was da an ihren Beinen herunterlief, etwas anderes war, etwas, das, wie man so schön sagte, dicker war als Wasser und dicker als Urin.

Sie schluchzte leise, als sie die immer größer werdende Pfütze bemerkte, die sich zwischen ihren Beinen gebildet hatte, und nun leuchtete ihr ein, warum er die Stiefel trug. Obwohl er jetzt zwei Meter von ihr entfernt war, stand er mitten in dieser dunkelroten, öligen Lache, in der sich das trübe Deckenlicht spiegelte.

Dann war er bei ihr, sie hörte das schmatzende Geräusch seiner Schritte, und als er ihr sagte, dass er nicht mehr warten könne, lächelte er verlegen.

Kurz darauf barsten die Wände, der Wahnsinn stand brüllend im Raum, öffnete dem Horror die Tür, und es war nicht Johnny Depp, sondern Edward mit den Scherenhänden, der über sie kam. Und er hatte nicht nur das Messer, sondern andere, ebenso spitze, chromglänzende Werkzeuge.

Und er benutzte sie alle.

Es dauerte drei Stunden, bis sie den Verstand verlor, und weitere zwei, bis sie endlich sterben durfte.

*

Dann stand er vor ihr, legte den Kopf ein wenig schief und betrachtete das, was von ihr übrig war. Alles war so, wie es sein sollte.

Er musste noch die Musik anstellen. Doch vorher gab es noch etwas anderes zu tun, etwas wirklich Unangenehmes.

Zwei

Claudius Zorn war seit einundzwanzig Jahren Polizist. Er hatte so ziemlich jeden einzelnen dieser über siebentausendsechshundert Tage gehasst, und wenn er daran dachte, dass fast noch neuntausend jener trostlosen, immer wiederkehrenden Abläufe vor ihm lagen, wurde er je nach Wetterlage wütend, traurig oder mürrisch. Er blickte auf, sah, dass der Regen noch immer in schmutzigen Schlieren vor dem Fenster hing, und entschied sich für Letzteres.

Er war jetzt zweiundvierzig, also noch längst kein alter, frustrierter Mann. Er war einfach nur gelangweilt. Und er war sich bewusst, dass diese Langeweile über kurz oder lang in Verbitterung umschlagen würde, wenn er nichts unternahm. Aber was?, überlegte er und beobachtete, wie sich auf dem Fensterbrett seines Büros eine Regenlache bildete. Ich könnte aufstehen und das Fenster schließen, dachte er, das wär immerhin ein Anfang. Eigentlich hätte es gereicht, wenn er sich über den Tisch gebeugt hätte, das Fenster war schließlich nur einen guten Meter entfernt, doch nach kurzem Überlegen sank er resigniert zurück und zündete sich eine weitere Zigarette an. Die siebente für heute. Und es war noch nicht mal elf.

Als Kind hatte er Schwimmer werden wollen, seine Mutter aber hatte gemeint, er sei ein musischer Mensch und solle gefälligst Flötist werden. Beides – Schwimmen und Flöten – hatte er schnell gelernt (obwohl er klassische Musik hasste und bald herausfand, dass er Chlorwasser ebenfalls nicht leiden konnte). Immerhin hatte das Schwimmen zur Folge, dass er auch jetzt noch gut in Form war – jedenfalls auf den ersten Blick, die fünfzig Meter kraulte er immer noch in gut fünfunddreißig Sekunden, jeder weitere Meter in vollem Tempo hätte aufgrund seines Zigarettenkonsums allerdings den sicheren Ertrinkungstod bedeutet.

Das Leben, dachte Claudius Zorn und beobachtete gelangweilt die immer größer werdende Wasserpfütze auf seinem Fensterbrett, ist eine willkürliche Aneinanderreihung von Zufällen. Wie sonst ließ es sich erklären, dass ausgerechnet er bei der Polizei gelandet war?

Vielleicht hatte er gehofft, er würde ein berühmter Kriminalist werden, als er sich für eine Laufbahn bei der Polizei entschied, aber genauso gut hatte es eine Zeit gegeben, in der er Kampfschwimmer, Hirnchirurg oder vielleicht Finanzberater hätte werden können. Und in letzter Zeit fragte er sich immer häufiger, ob ein Job als Flötist (Onkologe? Pizzabote?) nicht erfüllender wäre als das, was er tatsächlich tat.

Ich bin ein mittlerer Beamter und bearbeite mittelmäßige Fälle in einer mitteldeutschen Großstadt, dachte er und sah aus dem Fenster. In der Ferne ragten die riesigen Abraumhalden des Mansfelder Landes in den Himmel, und die graue, verdreckte Stadt zu seinen Füßen wurde durch den Regen nicht eben einladender.

Den letzten Mordfall hatte er vor mittlerweile drei Jahren bearbeitet. Ein sturzbetrunkener Rentner hatte seine Frau nach über vierzig Ehejahren vom Balkon einer Sozialwohnung in der Neustadt gestoßen, mit der Begründung, sie sei ihm »auf die Nerven gegangen«. Die Verteidigung hatte pflichtschuldigst auf »Totschlag im Affekt« plädiert, doch nachdem bekannt wurde, dass Auslöser des Streits ein paar verlegte Herrensocken gewesen waren, machte man kurzen Prozess und brachte den Rentner für die nächsten zwölf Jahre und somit – das hoffte Zorn jedenfalls – den Rest seines Lebens hinter Gitter.

Ansonsten bestand sein Alltag aus stupidem Papiergeraschel, Bleistiftgekritzel und ab und an einem vorlauten »Pling« – dann nämlich, wenn er eine dienstliche Mail erhielt, die einzig und allein den Zweck hatte, weiteres Papiergeraschel zu erzeugen.

Spätestens in zehn Jahren, überlegte er und bedachte den Aktenstapel auf seinem Schreibtisch mit einem scheelen Seitenblick, werde ich mich ebenfalls in Papier verwandelt haben und beende mein irdisches Dasein als ein vergilbter Haufen Krümel. Und irgendwann, Monate später, kommt jemand in mein Büro, und ich werde durch den Luftzug einfach aus dem Fenster geweht.

Da Claudius Zorn ein kluger Mensch war, wurde er noch mürrischer, denn wie allen klugen Menschen war ihm bewusst, wenn er Blödsinn dachte, und als bröselnder Papierfetzen aus dem Fenster geweht zu werden war nun wirklich das Absurdeste, was er sich im

Moment vorstellen konnte. Mit Ausnahme der nächsten Dienstberatung, überlegte er weiter, griff sich wahllos ein Gesprächsprotokoll, unterschrieb, ohne auch nur eine Zeile gelesen zu haben, und als er dann gelangweilt zur nächsten Akte griff, hörte er Schritte, die sich hastig seinem Büro näherten.

O Herr, dachte Zorn, lass diesen Kelch – und vor allem diesen Menschen, egal wer es ist – an mir vorübergehen.

Der liebe Gott allerdings scherte sich wenig um die Gebete eines überzeugten Atheisten, und so öffnete sich die Tür, und Zorn erblickte den biblischen Kelch in Gestalt des dicken Schröder, der verschwitzt und gutgelaunt – für Zorns Begriffe eindeutig zu gutgelaunt – ins Büro stürmte. Der unvermeidliche Luftzug wehte zwar nicht Zorn aus dem Fenster, dafür allerdings einen Notizzettel von seinem Schreibtisch. Während Zorn sich zurücklehnte und beobachtete, wie das Schriftstück langsam zu Boden segelte, stand Schröder schwer atmend in der Tür.

»Hallo Chef!«, keuchte Schröder und wedelte den Zigarettenrauch beiseite, »wir haben –«

»Was haben wir?«

»Wir haben –«

»Moment!«, unterbrach Zorn und deutete mit ausgestrecktem Zeigefinger auf das am Boden liegende Papier. Aus jahrelanger Erfahrung wusste Schröder, was von ihm erwartet wurde, bückte sich dienstbeflissen und meinte: »Ja ja, von der Wiege bis zur Bahre …«

Sag es nicht, dachte Zorn.

»… Formulare, Formulare!« Schröder strahlte und legte den Zettel zurück in die Ablage.

Es gab Momente, in denen Claudius Zorn diesen gutmütigen, übergewichtigen Beamten ohne mit der Wimper zu zucken erschossen hätte. Auf der anderen Seite mochte er den ständig schwitzenden Schröder sehr, denn hinter seiner trotteligen Fassade verbarg sich ein intelligenter, warmherziger Mensch, der zudem über ein unglaubliches Gedächtnis verfügte. Hatte Schröder einmal eine Akte gelesen, kannte er sämtliche Fakten auswendig, was sich in vielen Fällen als unschätzbar erwiesen hatte.

Schröder war Zorn absolut ergeben. Und durch nichts aus der Ruhe zu bringen. Außer, man nannte ihn bei seinem Spitznamen. Zorn kannte ihn seit zehn Jahren, und vom ersten Augenblick war er für ihn *der dicke Schröder*.

Weil er dick war. Und weil er Schröder hieß. Und weil Zorn sich den Vornamen aus der Personalakte gar nicht erst gemerkt hatte.

Wie immer trug Schröder eine ausgebeulte Cordhose, ein verblichenes, kariertes Hemd bedeckte den stattlichen Bauch. Um seine Glatze zu kaschieren, hatte er die spärlichen, rötlichen Haare über dem linken Ohr bis auf zwanzig Zentimeter wachsen lassen und von dort ausgehend quer über den Kopf gekämmt, weswegen er Zorn immer an ein frisch gebügeltes Frettchen erinnerte.

»Also. Was haben wir?«, wiederholte Zorn und versuchte, gleichzeitig desinteressiert und überlegen zu klingen.

»Wir haben«, Schröder reckte sich zu voller Größe, die ungefähr bei 1,65 lag, »einen …«

»Ja?«

»Wir haben einen Fall!«

»Einen was?«

»Einen Fall!«

Klasse, dachte Zorn. Wir haben einen Fall.

»Einen mutmaßlichen Mordfall«, ergänzte Schröder stolz.

»Ach«, murmelte Zorn und tat, als würde er seine Akten sortieren.

*

Zorn wusste nicht recht, wie er sich fühlen sollte. Er war unterwegs zu Philipp Sauer, dem zuständigen Staatsanwalt, Schröder im Schlepptau, der wie immer einen halben Meter hinter ihm herhechelte. Ein Mordfall konnte zwar so etwas wie Abwechslung bringen, klar war allerdings auch, dass Arbeit vor ihm lag. Unangenehme Arbeit, und als er das dachte, wurde Zorn wieder bewusst, dass er nicht nur ein gelangweilter, sondern ein äußerst fauler Mensch war.

Zorns Büro lag am Ende eines langen, düsteren Flures, der zum verglasten Neubau führte, einem unsagbar hässlichen Betonding mit braunen, verspiegelten Scheiben, das in den siebziger Jahren von einem offensichtlich durchgeknallten Architekten im rechten Winkel an das alte Polizeigebäude regelrecht angepappt worden war. In der oberen Etage waren die Büros der Staatsanwaltschaft, und dort musste er hin.

Er hatte die Akte überflogen, viel wusste er bisher nicht: Am Montag, den 16. April (also gestern), war mit einem anonymen Anruf eine Lärmbelästigung in der Kantstraße angezeigt worden. (Wieso eigentlich anonym?, dachte Zorn, haben die Leute jetzt schon Angst, wenn sie mit der Polizei telefonieren?) Ein Streifenwagen wurde geschickt, und tatsächlich dröhnte aus einem unbewohnten Haus laute Musik. Die Beamten folgten dem Lärm zu einem Keller, der auf den ersten Blick komplett leer zu sein schien – bis auf einen tragbaren CD-Player, der auf volle Lautstärke gestellt war und laut Bericht »eine klassische Musik« spielte.

Dann hatten die Kollegen die ungewöhnlich große, anscheinend frische Blutlache bemerkt und die Spurensicherung gerufen. Das Labor fand schnell heraus, dass es sich um menschliches Blut handelte, das zudem von einer einzigen Person stammte, und aus der Menge geschlossen, dass hier jemand regelrecht ausgeblutet sein musste.

*

Sie hatten das Foyer des neuen Verwaltungstraktes erreicht, eine große, über drei Etagen reichende Halle, von der die Flure zu den einzelnen Dezernaten abgingen. Zorn wandte sich nach links, folgte einem weiteren Gang, an dessen rechter Seite die berüchtigten Großraumbüros des Inneren Dienstes lagen. Bei dem Gedanken, hier arbeiten zu müssen, ständig von anderen Menschen umgeben zu sein, schauderte ihm. Unwillkürlich beschleunigte er den Schritt.

»Keine Leiche?«, fragte er über die Schulter, betrat den Fahrstuhl und drückte, ohne auf Schröder zu warten, den Knopf für die oberste Etage. Schröder zwängte sich im letzten Moment hinein.

»Nichts, Chef.«

Zorn schwieg. Leise surrend fuhr der Fahrstuhl nach oben, und da

Schröder die Stille in dem engen Raum zunehmend unangenehm wurde, meinte er nach kurzem Überlegen: »Keine Spur. Nix.«

Zorn schwieg noch immer.

»Niente!«, sagte Schröder. Ab und zu verspürte er das unerklärliche Bedürfnis, mit seinen Fremdsprachenkenntnissen zu protzen, und fügte deshalb hinzu: »Nothing, Chef!«

Zorn hob die Augenbraue.

»Nada!«, ergänzte Schröder.

»Pling!«, erwiderte der Fahrstuhl.

»Nitschewo!«, sagte Schröder.

Die Türen öffneten sich.

»Ein einfaches Nein hätte genügt«, brummte Zorn und wappnete sich innerlich gegen seinen ersten Gegner.

*

Staatsanwalt Sauer war ein kompromissloser Mensch, der sich einen Dreck um andere scherte. Somit verfügte er über die besten Voraussetzungen, schnell und zügig Karriere zu machen.

Sie saßen jetzt seit zehn Minuten im Vorzimmer, und es war klar, dass noch weitere fünf vergehen würden. Der Staatsanwalt ließ seine Untergebenen aus Prinzip eine Viertelstunde warten – mindestens.

»Er müsste jeden Moment hier sein«, flötete die brünette Sekretärin routiniert, ohne von ihrer Tastatur aufzusehen, auf der sie mit atemberaubender Geschwindigkeit herumhämmerte. »Kaffee oder Espresso?«

»Ja, ich hätte gern –«

»Nein danke, wir brauchen nichts«, unterbrach Zorn den dicken Schröder.

»Pff!«, machte Schröder beleidigt.

Zorn vertrieb sich die Zeit, indem er abwechselnd den beeindruckenden Ausschnitt der Sekretärin und ein an der Wand hängendes, riesiges Organigramm der örtlichen Polizei musterte. Sein Platz in der Hierarchie war ziemlich weit unten, während Sauer, das wusste Zorn, irgendwann ganz oben stehen würde. Eine Position, die ihn ebenso wenig reizte wie Sauers Dienstwagen, das riesige Büro oder die Sekretärin – abgesehen von deren Dekolleté, wie Zorn sich widerstrebend eingestehen musste.

Aus dem Augenwinkel registrierte er, dass ihn die Brünette verstohlen musterte. Er sah sie an, sie lächelte kurz und wandte sich dann verlegen ihrem Computer zu, um ihn nun mit doppelter Geschwindigkeit zu bearbeiten.

Die Tür wurde aufgerissen, der Staatsanwalt erschien, wie immer sorgfältig frisiert, und als er Zorn auf die Schulter klopfte, blitzten die Zähne ein wenig zu weiß aus dem etwas zu tief gebräunten Gesicht.

Frisch gestriegelt, geschniegelt und gebügelt, dachte Zorn und war sicher, dass die dünne Edelstahlbrille, die Sauer trug, den einzigen Zweck hatte, Kompetenz und Integrität zu vermitteln. Sauer achtete stets darauf, sein perfektes Erscheinungsbild durch scheinbar ungewollte Nebensächlichkeiten zu brechen: beispielsweise eine etwas zu lockere Krawatte, einen Dreitagebart oder einen geöffneten Hemdknopf. Heute trug er Turnschuhe zum Brioni-Anzug. Ein seriöser und gleichzeitig unkonventioneller, lässiger Siegertyp.

Ich könnte kotzen, dachte Zorn und lächelte höflich.

Er selbst achtete wenig auf seine Kleidung, meist griff er sich einfach das, was zuoberst im Schrank lag. Claudius Zorn war fast nur in Jeans und T-Shirt anzutreffen. Auch seine Haare hingen ihm für einen Beamten viel zu tief in die Stirn, was allerdings daran lag, dass er eine herzliche Abneigung gegen Friseure hegte. Diese Nachlässigkeit bedeutete jedoch nicht, dass er uneitel war, im Gegenteil: Jede Bemerkung in Bezug auf sein jugendliches Aussehen wurde genau registriert, auch wenn er so tat, als sei es ihm egal. Einen Anzug allerdings hätte Zorn ums Verrecken nicht angezogen. Dabei war es nicht so, dass er Anzüge hasste. Er verabscheute eher die, die sie trugen. Jedenfalls die meisten.

»Gut, dass du da bist, Claudius«, meinte Staatsanwalt Sauer und gab ihm einen weiteren, väterlichen Klaps auf die Schulter. Absurd, dachte Zorn und machte einen unauffälligen Ausfallschritt nach links, er ist mindestens zwei Jahre jünger als ich.

Sauer bedachte ihn mit einem Blick, der verschwörerisch und gleichzeitig jovial wirken sollte. Wir beide, du und ich, sollte das heißen, sind die einzig fähigen Leute im Raum, und tatsächlich fügte der Staatsanwalt mit einem Blick auf seine Sekretärin hinzu: »Ich bin hier nur von Idioten umgeben.«

»Kaffee oder Espresso?«, zwitscherte sie.

»Grünen Tee!«, befahl Sauer. »Und in den nächsten zehn Minuten keine Anrufe!«

Mein lieber Staatsanwalt, du siehst zu viele amerikanische Fernsehserien, dachte Zorn, gab Schröder ein Zeichen, und beide folgten Sauer in dessen Büro.

*

»Ich will, dass du rausfindest, was da passiert ist, Claudius. Ich will, dass du es schnell tust. Und ich will spätestens morgen erste Ergebnisse sehen.«

Der Staatsanwalt saß hinter einem beeindruckenden Schreibtisch aus massiver Eiche, mit einer Handbewegung hatte er Zorn bedeutet, auf einem der Besucherstühle Platz zu nehmen. Schröder hatte er keines Blickes gewürdigt, der hielt sich im Hintergrund an der Wand, über ihm ein mindestens vier Quadratmeter großes, abstraktes Gemälde, das mit seinen kreischenden Gelb- und Brauntönen an eine schlechte Jackson-Pollock-Kopie erinnerte.

»Ich habe dich beobachtet«, fuhr Sauer fort, »in letzter Zeit erscheinst du mir ein wenig …«, er machte eine winzige, perfekt getimte Pause, »… untermotiviert. Und ich muss dich nicht daran erinnern, wie wichtig dieser Fall für deine Karriere werden kann.«

Meine?, dachte Zorn. Du meinst *deine.*

Er hatte bisher kein Wort gesagt und saß mit verschränkten Armen und unbewegter Miene vor seinem Vorgesetzten. Eine Taktik, mit der er bisher noch jeden aus der Ruhe gebracht hatte, und auch diesmal funktionierte es tadellos. Es war allgemein bekannt, dass es sich bei Staatsanwalt Sauer um einen ausgesprochenen Choleriker handelte.

Sauer wartete ein paar Sekunden, und als Zorn auch nicht die geringsten Anstalten machte, in irgendeiner Weise zu reagieren, riss der ohnehin extrem dünne Geduldsfaden Sauers, dessen gepflegte Züge sich zunehmend verhärtet hatten. Er schlug mit der flachen Hand auf den Tisch, beugte sich vor, und als er fortfuhr, war ein schriller Unterton in den Ausführungen des Staatsanwaltes zu vernehmen: »Verdammt nochmal, das Einzige, was ich erwarte, ist ein wenig Professionalität!«

Eine zarte Röte erblühte auf Sauers Wangenknochen. Fasziniert beobachtete Zorn, wie auch Stirn und Hals des Staatsanwaltes in leuchtendem Purpur zu glühen begannen. »Professionalität bedeutet eines: schnelle und unkomplizierte Umsetzung meiner Anweisungen!«

Sauer bekam allmählich Probleme mit den Zischlauten. Ein feiner Sprühregen pfefferminzgetränkten Staatsanwaltsspeichels wehte dem eh schon gereizten Zorn entgegen. »Professionalität, Schnelligkeit und Mitdenken! Ist das denn so schwer? Und überhaupt«, Sauers Stimme überschlug sich, »wieso schreibt hier eigentlich niemand mit?«

»Er hat ein gutes Gedächtnis«, erwiderte Zorn und wies mit dem Daumen über die Schulter, wo er irgendwo den dicken Schröder vermutete.

»Ihr Tee, Herr Staatsanwalt!«

»Raus!«, brüllte Sauer, und die Brünette schloss die Tür ebenso leise, wie sie sie geöffnet hatte.

Dieser Ausbruch schien irgendwie geholfen zu haben. Mit einem resignierten Seufzen sank Sauer zurück, strich sich mit einer sorgfältig einstudierten Bewegung über die linke Augenbraue, holte tief Luft und fuhr wesentlich ruhiger fort: »Wir haben es mit einem Psychopathen zu tun, und wenn das bekannt wird, geht in den Medien die Hölle los. Du, Claudius«, er deutete mit sorgfältig manikürtem Zeigefinger auf sein Gegenüber, »wirst ihn finden. Der Typ ist krank.«

»Wer sagt das?«, fragte Zorn unschuldig.

»Meine Intuition«, erwiderte der Staatsanwalt bescheiden.

Zorn biss sich von innen auf die Wange, um nicht lauthals loszuprusten.

Sauer verschränkte die Arme hinter dem Kopf. »Oder wie erklärst du mir, wie sieben Liter menschliches Blut in ein Abrisshaus in der Kleiststraße gelangen?«

»Kantstraße, Herr Staatsanwalt«, korrigierte Schröder höflich aus dem Hintergrund.

Sauers Blick blieb starr auf Zorn gerichtet.

»Und genaugenommen«, fuhr Schröder unbeirrt fort, »handelt es sich nicht um sieben, sondern um zirka fünf Komma vier Liter Blut.«

Der Staatsanwalt versteifte sich ein wenig, er war es nicht gewohnt, berichtigt zu werden. Scheinbar ruhig fragte er Zorn: »Was haben wir noch?«

»Null Rhesus negativ.«

»Was?«, fragte Sauer.

»Die Blutgruppe«, erklärte Schröder gutgelaunt. »Null Rhesus negativ.«

Sauer bedachte ihn mit einem kurzen Seitenblick, überlegte, ob dieser kleine, beleibte Mensch in der Ecke einer Antwort würdig sei, entschied sich dagegen und wandte sich wieder an Zorn: »Zuerst wirst du das Opfer finden.«

»Die Frau!«

Das war wieder Schröder. Fast unmerklich spannten sich Sauers Wangenmuskeln.

»Das Blutbild weist vier Komma drei Millionen Erythrozyten pro Milliliter auf«, rezitierte Schröder, »wir haben es mit neunzigprozentiger Wahrscheinlichkeit mit dem Blut einer Frau zu tun.«

»Also ein Sexualdelikt«, meinte Sauer, immer noch an Zorn gewandt.

»Da wär ich nicht so sicher«, ließ Schröder sich liebenswürdig von hinten vernehmen.

Jetzt, dachte Zorn, wird er gelyncht.

Sauer erhob sich, ging mit langsamen Schritten durchs Zimmer, baute sich direkt vor Schröder auf und musterte ihn wie ein seltenes Insekt.

»Die Frau war ungefähr fünfzig, Herr Staatsanwalt, übergewichtig und wahrscheinlich nicht sonderlich attraktiv«, erklärte Schröder und nahm Haltung an. »Nach gängigem Raster nicht unbedingt das klassische Opfer eines Triebtäters.«

Er strahlte den Staatsanwalt mit großen Augen an. Sauer wippte kurz auf den Zehenspitzen und wandte sich dann wieder an Zorn. »Woher wissen wir das?«

»Laktatwerte, Thrombozyten, Eisenwerte, alles so was«, riet Zorn aufs Geratewohl.

»Und natürlich der Hämatokritwert«, flötete Schröder, jede einzelne Silbe betonend. »Aus dem Blutbild lassen sich Rückschlüsse auf den kompletten Phänotypen ziehen.«

»Was haben wir noch?«

»Keinerlei Fingerabdrücke, einen fabrikneuen CD-Player inklusive CD und ein paar Fußspuren.«

»Ansonsten?«

»Ansonsten nichts«, sagte Zorn.

»Nothing«, ergänzte Schröder.

»Was?« fragte Sauer.

»Niente!«, erwiderte Schröder.

Zorn warf ihm einen warnenden Blick zu. Schröder biss sich auf die Lippen und schwieg.

»Okay.« Sauer hatte offensichtlich genug. »Ich erwarte einen täglichen Bericht. Und ich erwarte vollen Einsatz. Irgendwas stimmt hier nicht.«

Blitzmerker, dachte Zorn.

»Doofkopf«, murmelte Schröder, als sie das Zimmer verließen.

»Nanana«, sagte Zorn. Aber sehr vorwurfsvoll klang es nicht.

*

»Wieso eigentlich die laute Musik?«, fragte Schröder.

Sie standen wieder im Fahrstuhl. Zorn betrachtete sein Spiegelbild in den verchromten Wänden und stellte zum wiederholten Male fest, dass er, wenn schon nicht erfolgreich, doch wenigstens attraktiv war.

»Er ist ungeduldig«, erwiderte Zorn.

»Er?«

»Glaubst du, dass wir es mit einer Frau zu tun haben?«

»Nein, Chef.«

»Er wollte auf Nummer sicher gehen. Ich habe keine Ahnung, was genau da passiert ist, aber ich glaube, dass er einen abgeschiedenen, stillen Ort brauchte, um in aller Ruhe das zu tun, was er getan hat. Und jetzt, wo er fertig ist, wartet er auf uns. Mit dem CD-Player hat er eine Möglichkeit gefunden, uns zu sagen, dass er bereit ist.«

»Bereit?«

»Er hat uns gerufen.«

»Uns?«

»Die Bullen.«

»Hm«, machte Schröder, »irgendwie glaube ich, der Typ ist kein durchgeknallter Psychopath, sondern weiß ganz genau, was er tut.«

»Und wie kommst du darauf?«

Schröder strich sich in einer perfekten Imitation des Staatsanwaltes über die linke Augenbraue und grinste: »Meine Intuition.«

Ich mag ihn, dachte Zorn. Ich mag ihn wirklich.

*

Später, als Claudius Zorn endlich wieder allein in seinem Büro war und rauchend am Fenster stand, saß der, den jetzt alle suchten, der Mann, der vor nicht einmal 24 Stunden einen Menschen bestialisch zu Tode hatte kommen lassen, auf einem zerschlissenen Sofa und murmelte vor sich hin, dass nun endlich alles gut werden würde.

Damit allerdings hatte er sich gründlich verrechnet. Denn je weitreichender unsere Pläne werden, desto mehr Dinge stellen sich uns in den Weg. Und seien es nur Kleinigkeiten, die wie der berühmte Flügelschlag des Schmetterlings zur Woge werden, die alles begräbt, was sich ihr in den Weg stellt.

Drei

Pünktlich um 17:15 verließ Claudius Zorn sein Büro. Das, was jetzt getan werden musste, hatte er Schröder übertragen, denn zunächst galt es, die komplette Maschinerie anzuwerfen. Zeugenbefragungen, genaue Untersuchung des Tatortes oder Kontakt mit der Spurensicherung allerdings waren Dinge, die Zorn zu profan erschienen, und in den seltenen Momenten, in denen er ehrlich zu sich selbst war, musste er zugeben, dass er es genoss, diese unangenehmen, bürokratischen Aufgaben einfach delegieren zu können.

Da war allerdings noch ein weiterer, wichtiger Grund: Es gab einfach niemanden, der diese Arbeit besser erledigte als Schröder. Der war wie ein Wiesel, das akribisch jede noch so kleine Spur verfolgte und gleichzeitig immer den Überblick behielt, alles, was nebensächlich war, herausfilterte und die wichtigen Dinge präzise und knapp zusammenfasste, um sie dann an Zorn weiterzugeben.

Jeder, der bei der Ermittlungsarbeit auch nur das kleinste Anzeichen von Nachlässigkeit erkennen ließ, wurde von Schröder gnadenlos in der Luft zerrissen. Außer Zorn natürlich. Denn Zorn war Schröders Chef. Und als der Chef den dicken Schröder in sein Büro bestellte und ihm mit hochwichtiger Miene mitteilte, dass er jetzt das Haus verlasse, um, wie er sagte, die ganze Sache zu durchdenken, hatte Schröder mit keiner Wimper gezuckt, die Cordhose strammgezogen und war zurück an seine Arbeit gegangen.

Jetzt hastete Zorn durch den Regen über den Parkplatz. Als er seinen Wagen erreicht hatte, hielt er kurz inne und blickte zurück auf den unsagbar hässlichen Klotz, den andere als Polizeipräsidium bezeichneten. Bei dem Gedanken, dass Schröder wahrscheinlich bis Mitternacht dort bleiben würde, spürte Zorn wie aus weiter Ferne einen hauchzarten, kaum spürbaren Stich des schlechten Gewissens. Glücklicherweise nur kurz.

Ich mag zwar ein Arschloch sein, dachte Zorn und startete den Volvo. Aber wenigstens kein so geschniegeltes wie Philipp Sauer.

*

In den Jahren bei der Polizei hatte sich Zorn zum Prinzip gemacht, nie nach Dienstschluss über seine Arbeit nachzudenken. Das war kein bewusster Entschluss gewesen, sondern hatte sich – wie so vieles in Zorns Leben – allmählich entwickelt, ohne dass er viel darüber nachgedacht hätte. Es war wohl eine Art Selbstschutz, ein Filter, der verhindern sollte, dass die grauen Gedanken des ebenso grauen Polizeidienstes über den Feierabend hinweg in sein Privatleben schwappten.

Welches allerdings ebenfalls nicht sonderlich farbenfroh war.

Als er sich jetzt mit quietschenden Scheibenwischern in den Kreisverkehr vor dem Hauptbahnhof einordnete, ertappte er sich bei dem Gedanken an die gerade anlaufenden Ermittlungen, und um sich abzulenken, schaltete er das Autoradio ein. Als habe er darauf gewartet, schrie der Moderator, dass Zorn jetzt die beste Mischung mit der meisten Abwechslung höre und gleich drei Superhits am Stück »auf die Ohren« bekomme, worauf der sensible Zorn entnervt auf den Abschaltknopf hieb und sich seufzend seinem Schicksal ergab. Dies war ein Fall, den er nicht einfach ausblenden konnte.

War das überhaupt ein Mord?, überlegte Zorn und nahm ohne zu blinken die Auffahrt zur Stadtautobahn. Ein LKW überholte ihn donnernd, eine Sturzflut aus ungefähr zehn Millionen Liter schmutzig braunem Regenwasser klatschte über die Windschutzscheibe des Volvos. Fluchend schaltete Zorn die Scheibenwischer auf die höchste Stufe, worauf das Quietschen in ein hysterisches Kreischen überging. Alles, was sie hatten, waren ein paar Liter Blut. Sie wussten, dass es menschlich war. Und sie wussten, dass es wahrscheinlich von einer älteren Frau stammte. Aber wie um alles in der Welt war es in den Keller gekommen? Ein Unfall?

Quatsch, dachte Zorn, sah in den Rückspiegel und registrierte am Rande die aufgeblendeten Scheinwerfer eines schnell näher kommenden Autos. Das kann kein Unfall sein, wer verliert über fünf Liter Blut und marschiert danach fröhlich nach Hause? Oder war alles ein schlechter Scherz? Unmöglich, das Blut war frisch, es musste aus einem Körper stammen, und dieser Körper hatte eindeutig zu einem Menschen gehört. Ein Mensch, der jetzt tot war. Und verschwunden.

Sie mussten die verdammte Leiche finden. Ein Mensch konnte auf unterschiedlichste Weise so viel Blut verlieren, er konnte erschlagen, erschossen, erstochen oder auch mit einem Beil zerstückelt worden sein. Egal was passiert war: Der, der das getan hatte, hatte eine Riesensauerei hinterlassen, und neben dem Blut musste es andere Spuren geben.

Der Wagen hinter ihm klebte regelrecht an seiner Stoßstange, und nun wurde Zorn bewusst, dass er auf der linken Spur fuhr und genaugenommen den Verkehr behinderte. Außerdem merkte er, dass er nicht gerade zügig fuhr. Was einfach dem Umstand geschuldet war, dass Zorn nicht sonderlich gut sah, vor allem jetzt, da die Dämmerung einsetzte und die beschlagenen Scheiben seines Wagens ihr Übriges taten, einem eh schon eingeschränkt sehfähigen Ermittler die Sicht zu behindern. Zorn war nicht unbedingt blind, eher ein wenig kurzsichtig, ein Umstand, der im Normalfall wenig störte. Beim Autofahren allerdings hatte er in letzter Zeit immer wieder feststellen müssen, dass er vieles in der Entfernung verschwommen wahrnahm.

Super, dachte Zorn. Was wieder mal fehlt, ist der Durchblick.

Ein Durchschnittsmensch wäre schon längst beim Optiker gewesen, doch Zorn war zum einen von seiner Überdurchschnittlichkeit überzeugt und zum anderen viel zu eitel, als dass er freiwillig eine Brille aufgesetzt hätte, die ihn seiner Meinung nach mindestens zehn Jahre älter erscheinen lassen würde. So kniff er denn tapfer die Augen zusammen, ignorierte den frechen Drängler und dachte nicht im Traum daran, zu beschleunigen.

Ich bin Bulle, ich darf das, murmelte Zorn, blinzelte und hatte eine Idee. Er griff in die rechte Hosentasche, holte sein Handy hervor und wählte Schröders Nummer.

»Schröder hier«, sagte Schröder.

»Zorn hier«, erwiderte Zorn.

»Chef?«

»Blitzmerker.« Zorn fuhr mit voller Wucht durch eine riesige Pfütze. »Ich möchte …«, setzte er an, doch in diesem Moment blendete sein Verfolger auf, beschleunigte abrupt und befand sich kurz darauf in gleicher Höhe rechts neben dem Volvo, zog dann vorbei und setzte sich direkt vor ihn. Sekunden später leuchtete das »Bitte folgen«-Schild, das Zorn wegen seiner Kurzsichtigkeit zwar nicht lesen konnte, aufgrund seiner beruflichen Erfahrungen jedoch sehr gut kannte. Er schlug heftig auf das Lenkrad und ließ einen noch heftigeren Fluch vernehmen.

»Wie meinen?«, fragte Schröder höflich.

»Ich melde mich«, knurrte Zorn, knallte das Handy auf den Beifahrersitz und folgte dem Streifenwagen an den Straßenrand.

*

»Ihnen ist klar, dass Ihr Verhalten eine Behinderung des Straßenverkehrs darstellt?«, fragte der massige Streifenpolizist, der sich in breitem Sächsisch als Wachtmeister Kusch vorgestellt hatte.

Zorn hatte das Seitenfenster heruntergelassen und sich geschworen, den Wagen bei diesem Wetter nur unter Androhung einer mehrjährigen Haftstrafe zu verlassen. Er zückte seinen Dienstausweis. »Ich ermittle.«

»Mit dreißig Stundenkilometern auf der linken Fahrspur, Herr …«, ein kurzer Blick in den Ausweis, »… Hauptkommissar?«

»Hör mal, Kollege«, seufzte Zorn, »Du und ich, wir haben beide einen beschissenen Job. Was bringt es, wenn wir uns das Leben gegenseitig schwerer machen, als es eh schon ist?«

»Da haben Sie recht«, erwiderte der Streifenpolizist mit einer unmerklichen Betonung auf dem ›Sie‹ und beugte sich zu Zorn hinunter, »mein Job ist wahrscheinlich noch mieser als Ihrer.«

Darauf möchte ich wetten, dachte Zorn und lächelte zuckersüß.

»Aber ich nehme ihn ernst«, fuhr der Polizist fort. Das Wetter schien ihm nichts auszumachen, von seiner Schirmmütze rann ein stetes Rinnsal zu Boden, und jetzt, da er sich zu Zorn ins Auto beugte, tropfte ein Teil des Wassers an Zorns Oberschenkel vorbei auf das beigefarbene Leder des Fahrersitzes. »Und es ist mir nicht entgangen, dass Sie während der Fahrt telefoniert haben.«

Fuck, dachte Zorn.

»Haben Sie Alkohol getrunken?«

»Ja«, erwiderte Zorn und fügte nach einer kurzen Pause hinzu: »Schon oft.«

Der Wachtmeister schien einen Moment zu überlegen. »Okay«, seufzte er dann. »Dürfte ich den Herrn Hauptkommissar um Fahrerlaubnis und Fahrzeugpapiere bitten?«

Das, was nun folgte, hätte selbst einem erfahrenen Psychologen Rätsel aufgegeben. Oder wie ließ es sich erklären, dass der sonst nach außen so überlegt handelnde Claudius Zorn dem verdutzten Streifenpolizisten den Mittelfinger zeigte, wortlos seinen Wagen startete und mit Vollgas davonbrauste?

*

Er fühlte sich seltsam erleichtert, als er daheim in die Tiefgarage einbog. Natürlich war ihm klar, dass seine überstürzte Flucht ein Nachspiel haben würde, doch das war ihm im Moment egal, und als er in den Fahrstuhl zu seiner Wohnung stieg, hatte er den Vorfall schon vergessen.

In den sechziger Jahren hatte man einen Großteil des historischen Stadtkerns abgerissen und später anstelle der mittelalterlichen Fachwerkhäuser zwei vierzehnstöckige Neubaublocks in den Boden gerammt. Besonders talentierte Strategen des städtischen Marketings hatten irgendwann entschieden, diese beiden Betonklötze in Ermangelung anderer herausragender Bauten zum Wahrzeichen der Stadt zu erklären.

Zorn wohnte im obersten Stockwerk des sogenannten Nordturms. Dieser Bau, da war er sich sicher, musste von demselben untalentierten Bauplaner entworfen worden sein, der das neue Präsidium errichtet hatte. Beides konnte nur ein und demselben kranken Architektenhirn entsprungen sein. Dennoch liebte Zorn sein fünfzig Quadratmeter großes Zuhause. Hatte er erst einmal den schmutzigen Fahrstuhl, den Flur mit dem rissigen, verdreckten Linoleum und den flackernden Neonröhren passiert und die Wohnungstür hinter sich geschlossen, war er zufrieden.

Denn er stellte keine großen Ansprüche an das Leben. Wichtig waren ihm seine Zigaretten, seine Ruhe und die Bang&Olufsen-Stereoanlage. Genau in dieser Reihenfolge. Mit siebzehn hatte er angefangen, Platten zu sammeln, und nun, fast 25 Jahre später, standen sie meterweise in seinem Regal. Anfangs hatte er sie noch alphabetisch geordnet, doch als er vor sieben Jahren hier eingezogen war, hatte er die Schallplatten bewusst willkürlich einsortiert. Schließlich war sein Berufsleben durchorganisiert genug.

Er holte sich ein Bier, nahm wahllos eine Platte und legte sie auf. Ein kurzes Knacken, dann lärmten die Pixies durchs Zimmer, es war, als würden die Gitarren sämtliche Luft aus dem Raum saugen, das Schlagzeug hämmerte wütend gegen die Wände. Zorn drehte etwas leiser und ging zum Fenster.

Diese Stadt ist nicht mehr als ein Haufen Dreck, dachte er, nahm einen tiefen Schluck und blickte über die frisch sanierten Dächer, die weit unter ihm im Regen glänzten.

»With your feet in the air and your head on the ground«, schrie Frank Black.

Zorn zündete sich eine Zigarette an und blies den Rauch gegen das Fenster. Ich mag ihn nicht, diesen trostlosen Ort mit dem überdimensionierten Fußballstadion für einen viertklassigen Verein, seinem mittelmäßigen Theater und dem hypermodernen, zur Hälfte leerstehenden Kongresszentrum. Das alles bedeutet mir nichts. Genauso wenig wie jede andere Stadt. Aber irgendwo muss der Mensch ja leben.

Und wenn ich schon nicht in die Ferne kann, dann flüchte ich halt nach oben.

»Your head will collapse but there's nothing in it«, donnerte es aus den Lautsprechern.

Hier stehe ich nun und denke melodramatischen Mist, dachte Zorn. Aber ich bin zufrieden. Das traf es ganz gut – ›glücklich‹ wäre übertrieben gewesen, Glück war ein zu großes Wort. Manchmal dachte er, dass viele kleine, zufriedene Momente besser wären als ein kurzes, großes, vergängliches Glück.

Aber sicher war er da nicht. Wie auch? Er hatte es ja noch nicht erlebt, das große Glück.

»Where is my mind?«, klagten die Pixies.

Ich habe keine Ahnung, dachte Zorn und setzte sich aufs Sofa. Mist, ich habe wirklich keine Ahnung.

*

Er wurde vom Klingeln des Telefons geweckt und wusste im ersten Moment nicht, wo er war. Die Nadel des Plattenspielers knackte monoton im Leerlauf.

»Was ist?«, nuschelte Zorn verschlafen.

»Chef?«

»Wie spät ist es?«

»Halb elf. Hab ich dich geweckt?«

»Quatsch«, knurrte Zorn.

»Du hattest angerufen.«

Zorn griff sich eine Zigarette. Er hatte vergessen, was er von Schröder gewollt hatte, und fragte stattdessen: »Was gibt's Neues?«

»Ich habe das Blut noch mal genau untersuchen lassen.«

»Und?«

»Keinerlei Korditspuren und so gut wie keine Knochensplitter.«

»Das bedeutet, sie ist nicht erschossen worden«, erwiderte Zorn.

»Und höchstwahrscheinlich nicht erschlagen.«

»Sonst noch was?«

»Allerdings, Chef.«

Schröder machte eine Pause, die wohl bedeutungsvoll sein sollte.

»Ich gebe dir eine Sekunde, Schröder, oder du fährst ab morgen Streife.«

»Schmerzmittel!«, kam es wie aus der Pistole geschossen.

»Was?« Zorn richtete sich auf.

»Sie war vollgepumpt mit Schmerzmitteln.« Zorn hörte, wie Schröder mit einigen Papieren raschelte. »Buprenorphin, Chef.«

»Was?«, wiederholte Zorn.

»Ein handelsübliches Schmerzmittel. Rezeptpflichtig, aber leicht zu beschaffen.«

»Wann kann sie das eingenommen haben?«

»Gar nicht. Jedenfalls nicht selbst. Die Menge hätte ein Rhinozeros umgehauen, und es ist eindeutig, dass das Medikament kurz vor dem Tode verabreicht wurde.«

»Das bedeutet, dass der Typ ihr das Schmerzmittel gegeben hat, während sie verblutet ist?«

»Wenn wir von einem Mord ausgehen, ja.«

»Das tun wir«, erwiderte Zorn.

»Natürlich.«

»Wir sehen uns morgen um neun«, bestimmte Zorn. Und da Schröder nicht antwortete, fügte er barsch hinzu: »Und sei gefälligst pünktlich.«

»Sehr wohl, Chef«, sagte Schröder, der – im Gegensatz zu Zorn – niemals auch nur eine Sekunde zu spät zum Dienst erschien, und legte auf.

*

Die nächsten drei Stunden starrte Zorn rauchend vor sich hin, hörte Musik und dachte an irre Mörder, die ihre Opfer betäuben, um ihnen das Leiden zu ersparen.

Der Hauptkommissar konnte nicht wissen, dass der, der das getan hatte, keine fünf Kilometer von ihm entfernt ebenfalls in den Regen starrte. Tränen liefen über sein Gesicht und später, als er seine Wut in die Nacht hinausschrie, hatte Claudius Zorn das müde Ermittlerhaupt längst zur wohlverdienten Ruhe gebettet.

Vier

Die Morgentoilette des Claudius Zorn bestand aus einem Griff zur Zahnbürste, mit der er sich lustlos das Gebiss schrubbte, während er gleichzeitig pinkelte, und dann die Kaffeemaschine ansetzte. Abgeschlossen wurde diese Zeremonie durch einen Spritzer lauwarmen Wassers ins Gesicht, worauf ein letzter Blick in den Spiegel folgte.

Er fuhr sich mit den gespreizten Fingern durchs Haar. »Du kannst zufrieden sein, Zorn«, sagte er laut zu seinem Spiegelbild, »du siehst verdammt gut aus, obwohl es dir egal ist. Du hast keine Geheimratsecken und könntest noch immer die Jeans anziehen, die dir vor zwanzig Jahren gepasst haben. Du bist zwar ein bisschen verquollen, liegt aber daran, dass du kaum geschlafen hast.« Er strich sich über die Wangen. »Und du könntest dich rasieren. Aber wie ich dich kenne, hast du dazu keine Lust.«

Wie immer war sein Hunger nach einer Zigarette größer als der Appetit auf etwas Essbares, und so stand er rauchend mit der Kaffeetasse am Fenster und stellte zum tausendsten Male fest, dass die Stadt tief unter ihm im trüben Morgenlicht nicht besser aussah als in der Abenddämmerung.

Immerhin, dachte er, das Wetter hat sich geändert. Was insofern stimmte, als der Wind über Nacht gedreht hatte, die schmutzig grauen Wolken nun von Osten über die Stadt jagten und der Regen jetzt aus einer anderen Richtung gegen Zorns Fenster trommelte.

Im Aufzug roch es wie immer muffig, nach einer undefinierbaren Mischung aus abgestandener Kartoffelsuppe und schmutziger Wäsche. Er drückte den Knopf fürs Erdgeschoss und verdrehte genervt die Augen, als der Fahrstuhl bereits nach zwei Stockwerken anhielt. Zorn kannte so gut wie niemanden in diesem riesigen Haus, und er legte auch keinen Wert darauf. So zog er sich instinktiv in die hinterste Ecke zurück, als die Tür aufging und eine junge Frau den Aufzug betrat.

Er schätzte sie auf Mitte zwanzig. Sie war relativ groß, fast so groß wie Zorn, hatte schulterlanges, dunkles Haar und trug eine Regenjacke, die mindestens vier Nummern zu groß für ihren mageren Körper schien.

»Hi«, sagte sie fröhlich, steckte die Hände in die Hosentaschen, lehnte sich gegen die Wand und musterte ihn von oben bis unten. Es kam oft vor, dass er angesprochen wurde, und im Laufe der Zeit hatte er einen Blick dafür bekommen, ob eine Frau Interesse an ihm zeigte oder nicht – zumindest glaubte er das. Wenn ihm danach war, ging er darauf ein, und häufig genug geschah es, dass er morgens in einem anderen Bett erwachte, neben einer Frau, die er kaum kannte.

Das Mädchen sah gut aus. Dieser Umstand – und die Tatsache, dass sie ihn so unverhohlen aus hellen, fast durchsichtigen Augen anstarrte – führte dazu, dass Claudius Zorn mehr und mehr verunsichert wurde. Er wusste nicht recht, wie er reagieren sollte. Also murmelte er nur einen unverbindlichen Gruß und starrte konzentriert auf die Notrufklingel, als gäbe es nichts Interessanteres auf der Welt.

Die nächste Minute wurde dem armen Zorn zur Qual. Sie wandte keine Sekunde den Blick, lächelte ihn an, und es fehlte nicht viel, und er hätte aus Verlegenheit vor sich hingepfiffen.

Schließlich verlor Zorn die Geduld. Er öffnete den Mund, um ihr zu sagen, dass sie sich gefälligst jemand anderen suchen solle, den sie am frühen Morgen so hemmungslos anflirten könne, doch in diesem Moment hielt der Fahrstuhl, und das war Zorns Glück. Mit zwei Schritten war sie im Flur, blieb dann stehen und drehte sich noch einmal um.

»Was ist?«, fragte Zorn und verschränkte die Arme vor der Brust in der Hoffnung, so besonders lässig zu erscheinen.

»Du hast Zahnpasta am Mund«, sagte sie und verschwand um die Ecke.

Das Einzige, was zurückblieb, war ein leichter Hauch nach Flieder.

Zorn tastete unwillkürlich nach seiner Dienstwaffe, die zum Glück im Büro lag. Denn hätte er sie dabeigehabt, so hätte er sich umgehend erschossen.

*

»Das Zeug ist zwanzigmal stärker als Morphium, aber keineswegs selten. Wie gesagt, er könnte es aus jeder x-beliebigen Apotheke haben.«

Schröder wirkte frisch und rosig wie immer. Nur wenn man genau hinsah, bemerkte man die kaum sichtbaren Schatten unter seinen Augen, die darauf hinwiesen, dass er in der letzten Nacht wenig oder gar nicht geschlafen hatte. Auf die Sekunde genau um neun war er an diesem Mittwoch zum Rapport in Zorns Büro erschienen.

»Aber er brauchte ein Rezept«, knurrte Zorn, der wegen des peinlichen Vorfalls im Fahrstuhl besonders missgelaunt zum Dienst erschienen war.

»Korrekt, Chef. Und wir wissen nicht, in welcher Form sie das Mittel verabreicht bekam.«

»Tabletten?«

»Oder Zäpfchen.«

»Das ist nicht dein Ernst, Schröder.«

»Natürlich nicht, Chef.«

Zorn überlegte.

»Er kann es ihr auch gespritzt haben«, fuhr Schröder fort.

»Wissen wir erst, wenn wir die Leiche haben.« Zorn nahm einen tiefen Zug aus seiner Zigarette. Schröder gestattete sich ein vorwurfsvolles Husten, das Zorn geflissentlich überhörte.

»Lass sämtliche Ärzte und Krankenhäuser abklappern und nachfragen, wer in der letzten Zeit dieses Mittel verschrieben hat.«

»Genauer gesagt«, Schröder raschelte mit einigen Papieren, »in den letzten zwei Jahren. So lange ist Buprenorphin laut Medikamentenliste haltbar.«

Zorn lehnte sich in seinem Sessel zurück. »Wer sagt uns eigentlich, dass der Killer nicht selbst Arzt ist? Oder Apotheker?«

»Oder drogensüchtig«, meinte Schröder.

»Wieso?«

»Buprenorphin wirkt ähnlich wie Methadon. Wird verschrieben, um Junkies den Entzug zu erleichtern.«

»Das heißt, dass wir eine Spur haben, die keine ist.«

»Nicht wirklich, Chef.«.

»Okay.« Zorn rieb sich mit Daumen und Zeigefinger zwischen den Augenbrauen. »Was ist mit dem CD-Player?«

»Davon gibt's wahrscheinlich Hunderte in der Stadt, das Modell wird seit Jahren in jedem Mediamarkt angeboten. Fabrikneu, wahrscheinlich direkt am Tatort ausgepackt, keinerlei Spuren.«

Jetzt fiel Zorn endlich ein, weswegen er Schröder am vorigen Abend angerufen hatte. Kurz dachte er an den unschönen Vorfall mit der Streife, schob den Gedanken beiseite und fragte: »Und die CD?«

»Wie meinen?«, fragte Schröder verblüfft.

»Wenn ich recht informiert bin«, erwiderte Zorn spitz, »wurden wir wegen ruhestörenden Lärms an den Tatort gerufen, und mich würde interessieren, woraus konkret dieser Lärm bestand. Will sagen, was genau für Musik auf dieser CD ist. Und wie bekommen wir das heraus?«

Schröder war rot angelaufen, sah sich in Zorns verqualmtem Büro um und setzte zu einer Antwort an: »Indem wir …«

»Das war eine rhetorische Frage«, unterbrach Zorn, »aber du hast recht. Wir sollten uns die CD näher betrachten. Wärst du so freundlich und würdest das noch …«, Zorn beugte sich über seinen Schreibtisch nach vorn, »… eruieren?«

Jetzt muss er mich einfach hassen, dachte Zorn zufrieden.

»*Matthäuspassion*.«

»Was?«

Schröder straffte den kleinen, runden Körper und schnarrte: »*Matthäuspassion*, Johann Sebastian Bach, ein Choral namens ›O Haupt voll Blut und Wunden‹, eine Aufnahme von 1992 unter Leitung –«

»Was soll das bedeuten?«, unterbrach Zorn genervt.

»Das bedeutet, dass ich bereits …«, Schröder machte eine winzige Pause, »… eruiert habe.«

Zorn, der wusste, wann er verloren hatte, drückte die Zigarette aus: »Warum hast du das nicht gleich gesagt?«

»Weil du mich nicht gefragt hast, Chef.«

»Ich will die CD in zehn Minuten auf meinem Schreibtisch.«

»Selbstverständlich«, sagte Schröder, wandte sich zum Gehen und hielt kurz inne. »Da wären noch zwei Sachen, Chef.«

»Ja?«

»Wir haben einen Selbstmord in der Gartenstadt.«

Zorn straffte unwillkürlich den Rücken. »Was ist passiert?«

»Eine Frau, siebenunddreißig, verheiratet, zwei Kinder.«

»Wie?«

»Hat sich die Pulsadern aufgeschnitten.«

»Bisschen viel Blut in den letzten Tagen, oder?«

»Allerdings, Chef.«

»Du fährst hin und nimmst dir den Ehemann vor.«
»Sehr wohl.«
»Was war das Zweite?«
»Du hast in zehn Minuten einen Termin bei Sauer«, erwiderte Schröder und schickte sich an, das Büro zu verlassen.
»Moment!«, rief Zorn und sprang auf.
»Ja?«
»Gartenstadt mach ich selbst.«
Schröder wurde blass, denn er ahnte, was auf ihn zukam. Er räusperte sich und fragte: »Was ist mit …«, ein erneutes Räuspern, »… dem Staatsanwalt?«
»Den übernimmst du.«
»Aber Chef …« Auf Schröders Oberlippe bildeten sich winzige Schweißtröpfchen. »Sauer erwartet, dass du persönlich …«
»Bestell ihm schöne Grüße und sag ihm«, Zorn kratzte sich am Hinterkopf, »ich würde eine Spur verfolgen.«
»Was denn für eine Spur?«
»Eine heiße.«
Claudius Zorn war nicht nur träge, sondern auch ein Feigling, der sämtlichen Problemen so weit wie möglich aus dem Wege ging. Aber so offensichtlich hatte selbst er sich noch nie vor einer unschönen Pflicht gedrückt. Schmollend schob Schröder die Unterlippe vor.
»Sonst noch was?«, blaffte Zorn.
»Nein, Chef«, sagte Schröder und schloss die Tür ein ganz klein wenig lauter als gewöhnlich.

*

Die Gartenstadt lag auf einer kleinen Anhöhe am nördlichen Ende der Stadt. Der Name der Siedlung war nichts anderes als eine euphemistische Umschreibung für eine Müllkippe, die irgendwann zugeschüttet, in kleine, überschaubare Parzellen geteilt und später relativ preisgünstig verkauft worden war. Durch das Gebiet führte eine schmale, im Regen glänzende Straße, an der sich links und rechts die Einfamilienhäuser duckten, die irgendwie den Eindruck machten, als würden sie gegen ihren Willen in dieser tristen Gegend herumstehen.

So sieht es also aus, das große Glück der kleinen Angestellten, dachte Zorn, bog in die Waldstraße ein und hielt an der Ecke vor der Nummer 12, einem Grundstück, das wie die meisten anderen von einer eckigen, fast mannshohen Ligusterhecke begrenzt wurde.

Er stieg aus, trat in eine Pfütze, zog fluchend die Lederjacke über den Kopf und öffnete ein niedriges, schmiedeeisernes Tor, an dem ein lackiertes Holzschild befestigt war: *Hier wohnen Ella, Tom, Clara und Henning Mahler*. Mit drei großen Schritten hatte er einen Plattenweg passiert, der über ein winziges Rasenstück führte. Rechts, auf einem überdachten Parkplatz, stand ein dunkelblauer Passat. Direkt vor dem Hauseingang wuchs eine zwei Meter hohe Blautanne.

Hier hängen sie im Winter bestimmt die Weihnachtskerzen auf, überlegte Zorn, wischte sich den Regen aus dem Gesicht und klingelte. Tief im Haus waren schlurfende Schritte zu hören.

Der hagere Mann, der kurz darauf öffnete, schien ungefähr in Zorns Alter zu sein, das volle, dunkelbraune Haar begann bereits zu ergrauen. Er war groß, ein Stück größer noch als Zorn, der selbst über eins achtzig war, wog allerdings mindestens fünf Kilo weniger. Eine graue Strickjacke bedeckte die schmalen, hängenden Schultern, darunter trug er ein weißes Hemd. Er sah müde aus und irgendwie dunkel, als hätte er die letzten Tage im Freien übernachtet. Dieser Mann hat gerade erst seine Frau verloren, ermahnte sich Zorn, ich sollte wenigstens versuchen, rücksichtsvoll zu sein.

»Henning Mahler?«, fragte er und zeigte seinen Ausweis.

Mahler nickte und winkte Zorn mit einer vagen Handbewegung ins Haus. Im Flur stand eine Kommode mit Hausschuhen, von der Decke hing ein großer, geschmackloser Leuchter aus imitiertem Bleikristall. Es roch nach Bier und abgestandener Luft.

»Soll ich …?«, fragte Zorn und wies auf seine durchnässten Turnschuhe.

»Das ist egal.« Mahler schlurfte langsam voraus ins Wohnzimmer, einen großen, hellen Raum, dessen Boden zum Großteil von einem cremefarbenen, plüschigen Teppich bedeckt war. Die Südseite war komplett verglast, mit Blick auf die Rückseite des kleinen, gepflegten Gartens. Mahler ging zu einem riesigen Ledersofa, warf eine zusammengeknüllte Decke und ein paar Zeitschriften beiseite und bot Zorn wortlos auf dem gegenüberliegenden Sessel Platz.

»Ich habe versucht, zu schlafen«, sagte Mahler, als wolle er sich für die Unordnung entschuldigen.

»Das ist ein nettes Haus«, meinte Zorn, denn irgendetwas musste er sagen. Es war eine Weile her, dass er die letzte Befragung geführt hatte.

»Nett?« Mahler ließ ein trockenes Krächzen vernehmen, das Zorn nach kurzem Überlegen als Lachen identifizierte. »Es gehört –«, Mahler rieb sich über die Stirn, »es gehörte meiner Frau. Ich habe es vom ersten Augenblick an gehasst. Wissen Sie, wie diese Gegend hier genannt wird?«

Zorn verneinte.

»Schuldenhügel.«

»Warum?«

»Die Hälfte der Häuser steht leer, weil die Leute ihre Kredite nicht abzahlen können.«

Hinter Mahler hing eine gerahmte, altmodische Fotografie, auf der eine blasse, blonde Frau mit großen Augen nachdenklich in die Kamera blickte.

»Ist sie das?«, fragte Zorn und wies auf das Bild.

»Ja, das ist Clara«, erwiderte Mahler, ohne sich umzusehen. »Sie war wunderschön.«

»Das war sie«, sagte Zorn ehrlich.

»Und sie hatte einen fürchterlichen Geschmack«, ergänzte Mahler mit einem Blick auf ein paar Glasdelphine, die auf der Kommode gegenüber aufgereiht waren. »Ich habe sie geliebt, wie man einen Menschen nur lieben kann.«

»Hören Sie«, sagte Zorn, »es wird wahrscheinlich nie den richtigen Zeitpunkt geben, aber ich muss Sie fragen, was genau gestern passiert ist.«

Mahler saß auf der Kante des Sofas und starrte auf seine Hände, die er zwischen den langen Beinen verschränkt hatte.

»Ella, unsere Tochter, hatte vor drei Wochen einen Verkehrsunfall. Fahrerflucht. Sie hat zehn Tage im Koma gelegen, und als wir kaum noch Hoffnung hatten, ist sie aufgewacht. Das war das letzte Mal, dass ich Clara habe lächeln sehen.«

Zorn hätte ein Vermögen für eine Zigarette gegeben.

»Clara war depressiv. Sie hat Medikamente genommen, die haben geholfen. Und getrunken hat sie. Es … es gab Tage, an denen es ihr gutging, aber sie kam mit Problemen nicht zurecht. Überhaupt nicht.« Mahler fuhr sich mit der Hand über die grauen Bartstoppeln und erzeugte ein unangenehmes, lautes Kratzen. »Vorgestern waren wir im Krankenhaus. Als wir erfahren haben, dass Ella querschnittsgelähmt bleiben wird, hat Clara dagesessen und – wissen Sie, was sie gesagt hat?«

Zorn räusperte sich hilflos.

»Nichts.«

Mahler sprach leise, wie zu sich selbst, und sah beim Reden weiter auf seine Hände. »Ich bin Vermessungsingenieur und hatte gestern einen wichtigen Job, aber ich bin zu Hause geblieben. Wie gesagt, Clara konnte mit Problemen nicht umgehen. Egal, ob es ein umgekipptes Milchglas war oder ein gelähmtes Kind. Ich habe versucht, sie zu trösten, habe ihr gesagt, dass unsere kleine Tochter immerhin lebt und dass wir jetzt für sie da sein müssten, aber da … Clara hatte sich wohl schon entschieden. Und ich«, er blickte auf und kurz sah Zorn in die dunklen Augen eines Mannes, der sein Leben hinter sich hat, »habe es nicht gemerkt.«

»Was ist dann passiert?«, fragte Zorn, um wenigstens etwas zu sagen.

»Ich habe gegen Abend, halb sieben ungefähr, einen Anruf bekommen, es gab Probleme auf der Baustelle. Als ich zurückkam, war sie tot.«

»Wann war das?«

»Gegen neun.«

»Wie haben Sie sie gefunden?«

»Sie lag in der Badewanne. Sie muss das in einem Film gesehen haben, man hört das ja oft, dass sich die Leute in eine Wanne mit warmem Wasser legen und die Pulsadern aufschneiden, und es heißt ja, man würde so gut wie nichts spüren.« Mahler beugte sich vor und sah Zorn fragend an. »Stimmt das?«

»Was?«

»Dass man nichts spürt?«

»Ich weiß es nicht«, sagte Zorn.

»Clara war eine sehr gewissenhafte Frau«, fuhr Mahler fort. »Und sie hasste Unordnung. Sie hat das Haus immer peinlich sauber gehalten, und soll ich Ihnen was sagen?«

»Ja?«

»Sie hat mir einen … einen Eimer neben die Badewanne gestellt. Und einen Wischlappen.«

Mahler sprach langsam, fast ungläubig, als müsse er bei jedem Wort überlegen, ob das, was er da erzählte, auch wirklich geschehen war.

»Sie wollte Ihnen keine Arbeit machen«, sagte Zorn leise.

»Nein, das wollte sie nicht.«

»Clara muss Sie sehr geliebt haben.«

»Irgendwann hatte sie aufgehört, mit mir zu schlafen. Ich weiß nicht, woran das gelegen hat, vielleicht lag es an den Tabletten, ich habe sie nie gefragt, und ich habe sie auch nicht bedrängt.« Mahler dachte kurz nach. »Nein, das habe ich nie. Ich war froh, dass ich in ihrer Nähe sein durfte.«

Er holte tief Luft. »Haben Sie schon mal eine Badewanne voll Blut gesehen?«

Zorn schüttelte langsam den Kopf.

»Es war irgendwie surreal, diese schreienden Farben und mittendrin Clara, die irgendwie …«, Mahler suchte nach dem richtigen Wort, »zufrieden aussah. Und wäre dieser Geruch nicht gewesen, ich hätte es nicht geglaubt.«

»Haben Sie versucht, sie wiederzubeleben?«

»Nein.«

»Warum?«

»Wie gesagt: Sie sah so zufrieden aus.«

Zorn dachte nach.

»Sie haben noch einen Sohn, richtig?«

Für den Bruchteil einer Sekunde schien Mahlers Blick zu flackern.

»Das stimmt, er heißt Tom. Er und Ella sind Zwillinge.«

»Ich nehme an, Tom ist jetzt in der Schule?«

»Nein, ich habe ihn schon gestern früh zu meiner Schwester gebracht, weil ich in Ruhe mit Clara reden wollte. Er weiß noch nichts davon und ...«

In diesem Moment piepste der Refrain von »Like a virgin« durch den Raum, der Rufton von Zorns Handy, den er sich irgendwann aus einer Laune heraus runtergeladen hatte. Alle Versuche, das Ganze rückgängig zu machen, waren gescheitert, und so hatte er sich damit abgefunden, für den Rest seines Lebens einen schlechten Popsong hören zu müssen, wenn er angerufen wurde.

Peinlich berührt griff er in die Brusttasche, sah Schröders Büronummer und warf Mahler einen entschuldigenden Blick zu.

»Ja?«, sagte er, stand auf und trat ans Fenster.

»Ich habe die ersten Ergebnisse der Pathologie. Clara Mahler scheint wirklich Selbstmord begangen zu haben.«

»Das ist mir klar, und ...«

»Da ist noch was, Chef«, unterbrach Schröder.

»Ich höre.«

»Sie hat schwere Verletzungen, die zirka drei, vier Tage alt sind.«

»Was?«

»Würgemale und diverse Prellungen. Sie wurde misshandelt. Und es sieht so aus, als sei sie vergewaltigt worden.«

»Wann?«

»Das ist mindestens zweiundsiebzig Stunden her.«

Zorn warf einen Blick auf Mahler, der zusammengesunken auf dem Sofa hockte.

»Sonst noch was?«

»Nothing, Chef«, sagte Schröder und legte auf.

Zorn fuhr sich mit der Hand über den Nacken, schob den Sessel dicht an das Sofa und nahm direkt vor Mahler Platz. »Ich habe eine letzte Frage. Es ist eine unangenehme Frage, aber ich muss sie Ihnen stellen.«

»Ich bin müde, Herr Zorn.«

»Wann hatten Sie das letzte Mal Sex mit Ihrer Frau?«

Mahler schien aus weiter, weiter Ferne zurückzukommen.

»Ich habe sie geliebt«, murmelte er.

»Ich weiß.«

»Das letzte Mal, dass ich sie angefasst habe, war vor zwei Jahren, sieben Monaten und dreiundvierzig Tagen.« Mahler sah Zorn einen Moment in die Augen. »Und es war wunderschön.«

*

Es geschah selten, dass Claudius Zorn sich ernsthaft über andere Menschen Gedanken machte. Doch jetzt, als er zurück ins Büro fuhr, dachte er an den unglücklichen Henning Mahler, der ihm Dinge anvertraut hatte, die Zorn selbst niemals einem anderen Menschen erzählt hätte. Ihm war klar, dass es nicht an ihm lag, dass Mahler einfach jemanden zum Reden gebraucht hatte und dass er, Zorn, einfach zur richtigen Zeit am richtigen Ort gewesen war. Vielleicht hatte Mahler aber auch gespürt, dass die Einsamkeit, die jetzt auf ihn wartete, eine Sache war, die Zorn sehr gut kannte.

Im Gegensatz zu Mahler allerdings, überlegte Zorn, komme ich mit dem Alleinsein bestens zurecht, und so war er mit seinen Gedanken wieder dort angekommen, wo er fast immer war: bei sich selbst.

»Like a virgin!«, plärrte Madonna, und wieder war es Schröder, der anrief, um ihm mitzuteilen, dass er den Termin bei Sauer auf den Nachmittag verlegt habe.

»Warum?«, fragte Zorn, verblüfft über so viel Eigenmächtigkeit.

»Ich dachte, du willst als verantwortlicher Beamter den Herrn Staatsanwalt lieber persönlich vom Stand der Ermittlungen unterrichten«, flötete Schröder und legte auf.

Du miese kleine, übergewichtige Ratte, dachte Zorn und musste lachen.

Allerdings nur kurz, denn als er auf den Parkplatz vor dem Präsidium einbog, war er schlecht gelaunt wie immer.

Fünf

Die alte Papiermühle stand am westlichen Ufer des Flusses, dessen träge dahinströmendes Wasser die Stadt schon im Mittelalter in zwei Hälften getrennt hatte. Seit über siebzig Jahren lag das Gelände jetzt brach, und es geschah selten, dass sich ein einsamer Spaziergänger in die Ruinen der uralten Backsteingebäude verirrte.

Der Mann, der jetzt mit hochgezogenen Schultern den schmalen, mit Brombeeren überwucherten Pfad hinab zur Mühle stapfte, war ebenfalls selten hier. Dies war der Weg, den er als Kind immer genommen hatte, wenn er baden ging. Damals, als der Fluss noch sauber gewesen war.

Das war lange, sehr lange her. Jetzt war er 82. Ein grauer, alter Labrador trottete hinter ihm durch den Regen und versuchte müde, Schritt zu halten.

Oft werde ich wohl nicht mehr hierherkommen können, dachte der Alte und setzte vorsichtig einen Fuß vor den anderen, um nicht auf den nassen Porphyrsteinen auszurutschen. Wenn ich mir hier irgendwas breche, hört mich niemand schreien, und ich sterbe hilflos, nur ein paar Meter von zu Hause entfernt.

Er wohnte in einer der Gründerzeitvillen, die sich ein kurzes Stück flussaufwärts befanden. Vor ein paar Jahren noch hatten ihn seine täglichen Spaziergänge wesentlich weiter, bis zum Bootshaus oder zur Neustädter Fähre geführt. Meist hatte er in einer der Uferkneipen ein, zwei Bier getrunken und gewartet, dass der Tag verging. Mittlerweile spürte er jeden Schritt in den Knochen, der Hund war immer schwerer zu bewegen, das Haus zu verlassen, und so war es nur folgerichtig, dass er kaum noch vor die Tür kam.

Meine Kreise werden enger, dachte er und hielt inne, um ein wenig zu verschnaufen. Er stand auf einer kleinen, mit Schutt und verrottendem Müll übersäten Lichtung, drei Meter oberhalb des Kanals, der früher das Wasser in die Mühle geleitet haben musste. Links von ihm ragte die geborstene Außenmauer in die Höhe. Ein vorwitziger Sprayer hatte sich mit dem Spruch *Boyzone East 2009!*

verewigt. Das riesige rosafarbene Graffiti wirkte seltsam fehl am Platz inmitten dieses Ortes, den seit Jahrzehnten niemand betreten zu haben schien.

Als der alte Mann aufsah, erblickte er hoch oben, da, wo früher irgendwann einmal die Dachrinne gewesen sein musste, eine mannshohe Birke, die in zehn Metern Höhe ihre kümmerlichen Zweige in den grauen Himmel reckte.

Die Hängenden Gärten der Semiramis, dachte er. Ein wenig morbide, aber irgendwie schön.

Ein leises Jaulen riss ihn aus seinen Gedanken. »Komm, mein Alter«, sagte er und tätschelte dem Labrador den Kopf, »hier kannst du pinkeln, dann geht's zurück ins Warme.« Der Hund sah ihn aus triefenden Augen an, schüttelte sich kurz, rührte sich ansonsten aber nicht von der Stelle. Du wirst langsam genauso starrsinnig wie ich, dachte der Alte und sagte unwirsch: »Ja ja, es ist nass und die Disteln pieksen dir in den Hintern, das lässt sich nicht ändern, also mach!«

Natürlich konnte er nicht ahnen, dass er in diesem Moment exakt noch viereinhalb Minuten zu leben hatte. Wäre ihm dies bewusst gewesen, hätte er vielleicht einen letzten Blick nach oben geworfen, auf die grauen, zerrissenen Wolken, die von Osten immer mehr Regen brachten und tief über den dunklen Himmel jagten.

So aber gab er dem Hund einen weiteren ungeduldigen Befehl, dieser bedachte ihn mit einem vorwurfsvollen Blick und stakste dann steifbeinig ins Gebüsch, neben dem eine kleine Treppe hinunter zum Wasser führte.

Ein kalter Windstoß strich über die Lichtung, fröstelnd zog der Alte seinen Hut tiefer ins Gesicht, wartete einen Moment und rief den Hund zurück, doch das Einzige, was er zu hören bekam, war das stetige Rauschen des Flusses. Leise schimpfend begann er, die Treppe hinunterzusteigen. Die bestand nur aus einem Dutzend mit Glasscherben und Unrat bedeckten, glitschigen Backsteinstufen und führte zu einem schmalen, betonierten Uferstreifen, doch als er unten angekommen war, atmete er schwer, der Rücken schmerzte, und im linken Knie verspürte er ein heftiges Pochen.

Wieder rief er den Hund, der rechts von ihm mit einem lauten Bellen antwortete. Ein knorriger Fliederbusch verdeckte die Sicht. Vorsichtig bog er die Äste zur Seite, fluchte, als ihm ein feuchter Zweig geradewegs ins Gesicht klatschte. Dann sah er den Hund, der in einigen Metern Entfernung vor einer Bank hockte. Das Bellen war in ein heiseres Knurren übergegangen.

Langsam humpelte er näher. Links von ihm strömte der Fluss, sicherlich einen guten Meter höher als sonst um diese Jahreszeit. Wenn es so weiterregnet, dachte der Alte, gibt es ein Hochwasser, das sich gewaschen hat.

Gott, wie albern, überlegte er: Ein Hochwasser, das sich gewaschen hat. Dann passierte er ein vergilbtes Pappschild mit der Aufschrift *Sozialismus – Das ist Menschlichkeit in Wort und Tat!*, das jemand vor Jahren achtlos in die Böschung geworfen haben musste.

Je näher er der Bank kam, desto mehr spürte er, dass hier etwas nicht stimmte. Ganz und gar nicht stimmte. Es lag nicht daran, dass der Hund nicht auf ihn reagierte. Das war zwar ungewöhnlich, doch etwas anderes beunruhigte den alten Mann, eine Sache, die er nicht genau definieren konnte. Etwas Dunkles, Schwarzes schien sich über diesen Ort zu breiten.

Als er die Bank endlich erreichte, blieben ihm nur Sekundenbruchteile, um zu erkennen, was sich darauf befand: Das blasse, feuchte Ding, das noch vor einigen Tagen eine beliebte Deutschlehrerin gewesen war, hockte zurückgelehnt auf der Bank und starrte ihn aus leeren Augenhöhlen an, den lippenlosen Mund zu einem grotesken Grinsen verzerrt.

Ein jüngerer, stärkerer Mensch wäre wohl mit einem fürchterlichen Schrecken davongekommen. Das Herz des alten Mannes aber war verbraucht, über achtzig Jahre hatte es zuverlässig geschlagen, und jetzt, als die Bilder sein Hirn erreichten, zog ein weißer, blendender Schmerz seinen Brustkorb zusammen, ächzend ging er in die Knie und war bereits tot, als sein Kopf auf dem rissigen Beton aufschlug.

Der Hut des alten Mannes rollte in einem eleganten Bogen über den Rand des Steges, landete mit einem leisen Klatschen im Wasser, wurde ein Stück mitgerissen, drehte sich noch einmal um sich selbst und versank dann in der schlammigen Strömung.

*

Die letzten beiden Tage hatte Zorn vor allem damit verbracht, Staatsanwalt Sauer aus dem Weg zu gehen. Natürlich, er konnte diesen Mann nicht leiden, der hauptsächliche Grund allerdings lag in der Tatsache, dass es so gut wie keinerlei neue Erkenntnisse gab. Warum also sollte er ein Gespräch führen, von dem er wusste, dass es nichts, aber auch gar nichts bringen würde? Ihm war klar, dass er dieses Versteckspiel nicht mehr lange würde durchhalten können, doch Zorn war ein Mann, der in kurzen Abständen dachte und unschöne Dinge im Leben so lange ignorierte, bis sie nicht mehr zu ignorieren waren.

Um wenigstens Schröder den Eindruck zu vermitteln, dass er so etwas wie einen Plan habe, war Zorn zum mutmaßlichen Tatort in die Kantstraße gefahren, dorthin, wo vor mittlerweile vier Tagen die rätselhafte Blutlache gefunden worden war. Vielleicht, so hoffte er unterschwellig, hatte er ja Glück und würde doch noch etwas finden, eine Kleinigkeit, die sie bisher übersehen hatten. Und der Gedanke, dass ihm Sauer in diesem Keller garantiert nicht über den Weg laufen würde, war äußerst beruhigend.

Die Tür klemmte. Zorn musste heftig zutreten, bevor sie sich schließlich quietschend öffnete. Im Keller herrschte ein düsteres Halbdunkel, es roch nach Fahrradöl und altem Holz, der getrocknete Blutfleck auf dem schmutzigen Betonboden hatte etwas Bedrohliches. Zorn trat ein, schloss vorsichtig die Tür und lehnte sich neben dem Eingang an die Wand.

Die Spurensicherung hatte ganze Arbeit geleistet, jede kleinste, scheinbar verwertbare Stelle war markiert. Die Tür und verschiedene Stellen an den Wänden waren auf der Suche nach Fingerabdrücken mit Ruß- und Aluminiumpulver behandelt worden, auf dem Boden fanden sich Dutzende kleine Pappschilder, die Fußabdrücke und andere Spuren anzeigten. Die Akte hatte Zorn nicht gelesen, wusste aber von Schröder, dass der Täter fabrikneue Gummistiefel getragen hatte. Auch Talkumspuren hatte man gefunden, nach Aussage Schröders ging man davon aus, dass der Täter Chirurgiehandschuhe benutzt und somit keine verwertbaren Fingerabdrücke hinterlassen hatte. Die Abdrücke, die man gefunden hatte, stammten höchstwahrscheinlich entweder vom Opfer oder von ehemaligen Nutzern des Kellers, von denen es Hunderte geben konnte. Ähnlich verhielt es sich mit den Faserspuren, die akribisch dokumentiert, aber niemandem zuzuordnen waren.

Solange man keinen Verdächtigen hatte. Und kein Opfer.

Es geht nicht nur um physische Spuren, murmelte Zorn in sich hinein und rieb sich die klammen Hände. Manchmal sind es Kleinigkeiten, die weiterhelfen, Dinge, die in keiner Akte stehen, sondern Erkenntnisse, die irgendwann aus heiterem Himmel kommen, wenn niemand damit rechnet.

Es gab unzählige Fernsehserien, in denen Ermittler, die wahlweise klug, hässlich, alkoholkrank, übersinnlich begabt, schwul oder in Ausnahmefällen auch ein Schäferhund waren, irgendwann an einen Punkt kamen, an dem es anscheinend nicht mehr weiterging. Doch dann – meist fünf Minuten vor Schluss – hatten sie alle den entscheidenden Geistesblitz. Oft kam auch der Zufall ins Spiel, doch im Endeffekt lief es immer auf eines hinaus: Columbo macht eine halbe Drehung, fasst sich elegant an die Schläfe, schielt in die Kamera und sagt, er habe da »noch eine kurze Frage«, Kommissar Rex bellt im entscheidenden Moment, Schimanski sagt »Scheiße«, verhaftet den Täter, Dirty Harry zückt den Colt und jagt dem Bösewicht sechs Kugeln ins Gesicht. Alle hatten sie irgendwann die richtige Eingebung und wussten, was zu tun war. Weil sie über eines verfügten: Intuition.

Das, überlegte Zorn, kann ich doch wohl auch, schloss die Augen und wartete ein paar Sekunden. Roch die abgestandene Luft, spürte, wie die feuchte Kälte an den Beinen emporkroch und lauschte in sich hinein, während er gleichzeitig auf das horchte, was von außen an ihn heran drang. Irgendwo draußen brummte ein Generator, von Ferne vernahm er das Rauschen der Schnellstraße, eine Frau hastete auf stöckelnden Absätzen vorüber.

Er atmete tief ein.

Und wieder aus.

Jetzt könnte sie eigentlich langsam kommen, die Intuition, fand er und unterdrückte ein Gähnen. Der Raum müsste zu mir sprechen, wenigstens eine *klitzekleine* Ahnung sollte mir doch zufliegen von dem, was sich hier abgespielt hat.

Zorn wartete geduldig. Irgendwo musste ein Wasserrohr defekt sein, er vernahm ein stetiges Tropfen. Draußen, direkt vor dem Kellerfenster, stritten jetzt zwei Kinder, vielleicht um einen Ball oder eine Zigarette.

Ansonsten: Nichts.

Er wandte sich nach innen, blendete die Geräusche aus, konzentrierte sich, dachte an nichts, leerte sein Inneres und dann … ja, dann kam das Gefühl, dass da etwas war, ein feiner Kitzel, der sich näherte, ein leichtes Kribbeln erst, das stärker wurde, immer stärker, er öffnete die Augen, ein grelles Licht zerstob in seinem Kopf, und Claudius Zorns Warten auf die Erkenntnis mündete in einem enttäuschenden, schnöden Niesen, das eine Ladung erstklassiger Zornscher DNA im Raum verteilte.

»Esoterischer Schwachsinn«, murmelte er schniefend, »solange ich keine Leiche habe, komme ich nicht weiter.«

»Like a virgin! Touched for the very first time!«

Ich muss diesen Scheißklingelton ändern, dachte Zorn, wischte sich die Hand in Ermangelung eines Taschentuches an der Hinterseite seiner Jeans ab und meldete sich.

»Wir haben sie«, sagte Schröder.

»Gut«, erwiderte Zorn. »Sehr gut.«

*

Als Claudius Zorn zehn Minuten später das Polizeigebäude betrat, hätte man meinen können, er wirke ein wenig anders als sonst. Nicht wegen der unübersehbaren Rotzspuren an seiner Hose, nein, er lief schneller als gewöhnlich, die Schultern gestrafft, und es sah fast so aus, als wolle er so schnell wie möglich an seine Arbeit.

Dieser Anflug von Enthusiasmus – wenn man es denn so nennen

wollte – bekam einen harschen Dämpfer, denn in seinem Büro wurde er von Staatsanwalt Sauer erwartet, der gemütlich zurückgelehnt auf Zorns angestammtem Platz lümmelte, die Beine sorgfältig auf dem Schreibtisch drapiert. Ein süßlicher Duft nach Giorgio Armani wehte Zorn entgegen.

Jetzt wird's ernst, dachte Zorn, hierhin hat er sich noch nie verirrt. Er kannte Sauer als zwar unsympathischen, aber trotzdem stets korrekten Menschen, jedenfalls, was die Umgangsformen betraf. Er warf einen ungläubigen Blick auf die perfekt polierten Slipper des Staatsanwalts.

»Ich habe mir erlaubt, das Fenster ein wenig zu öffnen«, sagte Sauer und präsentierte sein gepflegtes Gebiss. »Irgendwie riecht es hier …«

»… nach billigem Parfum? Das ist mir auch aufgefallen, als ich reingekommen bin.«

»Nein. Es riecht nach Versager. Und irgendwie nach«, Sauer schnüffelte demonstrativ, »schlechtem Tabak. Komisch, wo wir doch beide wissen, dass im gesamten Präsidium Rauchverbot herrscht, oder?«

Zorns anfängliche Irritation wich einer unbestimmten, langsam überkochenden Wut. Er wusste, dass es nicht gut war, Sauer zum Feind zu haben, einen Mann, der ungleich mehr Einfluss hatte als er selbst. Doch ebenso, wie er in seinem Büro schon immer das allgemeine Rauchverbot ignoriert hatte, machte er sich selten Gedanken über die Konsequenzen seines Handelns.

Und so griff er denn in seine Brusttasche, zündete sich eine Zigarette an, atmete genüsslich aus und fragte: »Tabak? Ich rieche nichts, Herr Staatsanwalt.«

Sauer lachte kurz auf. »Es gibt ein paar Dinge, die wir klären müssen. Wir hatten drei Termine«, er hob tatsächlich drei Finger, als sei Zorn ein autistischer Vollidiot, dem man nicht nur akustisch, sondern auch optisch klarmachen musste, was gemeint war. »Anscheinend hast du vergessen, wer von uns beiden hier das Sagen hat. Wenn ich rufe, hast du anzutanzen. Im Ernst, ich mag es nicht, wenn man mich warten lässt, mein Lieber. Überhaupt nicht.«

Zorn trat einen Schritt näher. »Darf ich?«, fragte er höflich, schob die Füße des Staatsanwalts zur Seite und griff sich den Aschenbecher von seinem Schreibtisch. Die Tatsache, dass er in seinem eigenen Büro wie ein Schuljunge herumstehen musste, brachte ihn zur Weißglut. Dass Sauer ihm das Leben zur Hölle machen konnte, interessierte ihn im Moment herzlich wenig. Um nichts in der Welt allerdings hätte er den Staatsanwalt merken lassen, wie sehr es ihn wurmte, dass ihm jetzt partout keine passende Antwort – geschweige denn eine Ausrede – einfallen wollte. So tat er denn das, was er immer tat, wenn er ratlos war: Er schwieg und versuchte, nach außen hin einen möglichst gleichgültigen Eindruck zu vermitteln, indem er sein Gegenüber ausdruckslos ansah.

»Okay«, sagte Sauer, nahm die Füße herunter und stützte die Ellenbogen auf Zorns Schreibtisch, »ich versuche es so zu erklären, dass sogar du es verstehen solltest. Du gehst mir erstens aus dem Weg, du hältst dich zweitens nicht an meine Anweisungen, du hast drittens so gut wie keine Ergebnisse vorzuweisen. Jemand, der so schlampig arbeitet wie du, sollte wenigstens so tun, als ob er einen Plan hat, meinst du nicht auch?«

Er hasst mich, dachte Zorn. Und er hält mich für eine Niete. Warum hat er ausgerechnet mir diesen Fall übergeben, wenn er ihm offensichtlich so wichtig ist?

Sauer ging um den Tisch und baute sich direkt vor Zorn auf. »Ab jetzt werden sämtliche Ergebnisse der Spurensicherung zuerst an mich übermittelt. Und ich will alles, aber auch alles, was ihr in den letzten vier Tagen in dieser Ermittlung unternommen habt, fein säuberlich dokumentiert auf meinem Schreibtisch sehen. Heute haben wir Freitag.« Sauer warf einen Blick auf seine Breitling. »Es ist jetzt halb zwölf. Montag früh erwarte ich deinen Bericht. Damit meine ich jeden einzelnen Furz, den du gelassen hast. Ansonsten brennt dein Arsch, Claudius. Lichterloh. Und nicht nur deiner, sondern auch der dicke Hintern deines verschnarchten sogenannten Assistenten. Glaub mir, ich meine das ernst.« Während der letzten Worte hatte sich Sauer bis auf wenige Zentimeter genähert.

O Gott, dachte Zorn und hielt Sauers Blick stand. Er zupft sich die Augenbrauen. Kann ein Mann noch tiefer sinken?

»War das deutlich genug? Herr Hauptkommissar?«

Jetzt blieb Zorn nichts anderes übrig, als zu bejahen, was einer Kapitulationserklärung gleichgekommen wäre. Doch die Schmach blieb ihm erspart, denn es klopfte kurz, und der Kopf des dicken Schröder erschien in der Tür.

»Chef, ich habe ...«, setzte er an. Der ungewohnte Anblick des Staatsanwalts verschlug selbst Schröder die Sprache.

»Raus!«, sagte Sauer, den Blick unverwandt auf Zorn gerichtet.

Wortlos schickte sich Schröder an, auf dem Absatz kehrtzumachen.

»Du bleibst«, sagte Zorn, »der Herr Staatsanwalt und ich sind jetzt fertig.«

»Sind wir das?«

»Kollege Schröder wird einen ausführlichen Bericht verfassen«, erwiderte Zorn.

»Hä?«, machte Schröder.

»Montag früh«, sagte Sauer und stolzierte von dannen.

»Was war jetzt bitte das?«, fragte Schröder und schloss die Tür.

»Das, mein lieber Schröder, war eine Kriegserklärung.« Zorn setzte sich auf seinen Platz. Stand allerdings sofort wieder auf, als er die unangenehme Wärme spürte, die Sauers Hinterteil in seinem Sessel hinterlassen hatte. »Beziehungsweise die Ankündigung, dass mir demnächst der Arsch aufgerissen wird.« Zorn lehnte sich an seinen Schreibtisch. »Dir übrigens auch.«

»Ach«, sagte Schröder und fasste sich unwillkürlich an den Po.

»Egal, jetzt erzähl mir, was mit der Leiche ist.«

»Da wäre noch was, Chef ...«

»Die Leiche!«

Schröder räusperte sich. »Wir haben sie an der alten Papiermühle gefunden, direkt neben dem Wehr.«

»Sicher, dass sie es ist?«

»Die ersten Ergebnisse bekommen wir heute Nachmittag, aber wir können ziemlich sicher sein.«

»Weil?«

»Sie ist übersät mit Schnittwunden und nahezu vollständig ausgeblutet.«

»Was sagt der, der sie gefunden hat?«

»Nichts, Chef.«

»Wieso?«

»Er bellt.«

Zorn sah Schröder lange an. »Wenn du jetzt nicht Klartext redest, bin ich es, der dir den Arsch aufreißt.«

Schröder erklärte kurz, dass sie nicht einen, sondern zwei Tote gefunden hatten und davon ausgingen, dass der alte Mann, der neben der Leiche lag, einem Herzanfall erlegen war. Der Hund hatte so lange gebellt, bis ein Architekt, dessen Grundstück auf der gegenüberliegenden Seite des Flusses lag, die Polizei alarmierte.

»Der alte Mann war vermutlich sofort tot. Muss einen schlimmen Schock erlebt haben. Sie sieht nicht besonders ...«, Schröder suchte nach dem richtigen Wort.

»... appetitlich?«

»Ja, die Krähen hatten sich schon an ihr zu schaffen gemacht.«

»Was ist mit Spuren am Fundort?«

»Da gibt's wenig Hoffnung, Chef. Am Montag wurde die Blutlache entdeckt, und wenn wir davon ausgehen, dass sie unmittelbar nach der Tat zum Fundort gebracht wurde, hat sie seit eben diesem Montag dort gelegen. Beziehungsweise gesessen.«

»Gesessen?«

»Auf einer alten Parkbank, direkt am Wasser. Heute ist Freitag, und es hat ja ununterbrochen geregnet, da wird wenig zu finden sein.«

»Sie hat also insgesamt ...«

»... fast fünf Tage im Freien verbracht«, vollendete Schröder.

»Danke, da wär ich von alleine nicht drauf gekommen.«

»Man hilft, wo man kann, Chef«, sagte Schröder ernst und fuhr sich mit der Hand über den spärlichen Scheitel.

»Wer sagt uns eigentlich«, fragte Zorn., »dass sie nicht später dorthin gebracht wurde? Dienstag? Mittwoch?«

»Oder gestern.«

»Oder gestern.«

»Tja, niemand sagt uns das. Im Moment jedenfalls nicht, aber auch das wissen wir spätestens heute Nachmittag, wenn wir den Bericht der Spurensicherung haben.«

»Der geht zuerst an Sauer.«

»Der Bericht?«

»Ja. Der Obduktionsbericht auch.«

»Das ist hochgradiger Schwachsinn«, sagte Schröder, »wenn die Bemerkung gestattet ist.«

»Das ist sie. Sauer ist zwar ein Lackaffe, aber nicht dumm. Irgendwas bezweckt der.« Zorn drückte die Zigarette aus und fuhr fort: »Es gibt doch aber Möglichkeiten, sowohl bei der Spurensicherung als auch in der Pathologie die wichtigsten Dinge in Erfahrung zu bringen, bevor Sauer davon was mitbekommt, oder?«

»Ich müsste einige Telefonate führen.«

»Tu das. Und ich möchte, dass du bis Montag einen dicken, fetten Bericht verfasst, den wir Sauer vorlegen können. Es ist mir egal, was du schreibst, von mir aus übers Wetter oder über deine sexuellen Vorlieben, Hauptsache, Sauer hat was zu lesen.«

Schröder wurde blass. »Chef, das …«

»Das mit den sexuellen Vorlieben war ein Scherz.«

»Das ist mir bewusst, aber es ist Wochenende!«

Zorn legte die Hand hinter das linke Ohr und tat, als würde er lauschen. »Höre ich da etwas wie einen leichten Widerspruch?«

Empört riss Schröder die Augen auf. »Allerdings!«

Für ein paar Sekunden wurde es still im Büro, nur das Rauschen der Heizung und das monotone Klopfen des Regens waren zu vernehmen.

Zorn sah Schröder an.

Schröder sah Zorn an.

Zorn griff zur Zigarette.

Schröder kratzte sich am Kopf. »Reichen fünfzig Seiten?«

»Hundert sind besser.«

Zorn öffnete die Tür, zum Zeichen, dass sie jetzt fertig seien, doch Schröder machte keine Anstalten, zu gehen.

»Sonst noch was?«, fragte Zorn.

Schröder trat von einem Bein aufs andere. »Es geht um eine Anzeige.«

»Und?«

»Wegen Fahrerflucht und Beamtenbeleidigung.«

Zorn sackte innerlich zusammen, ließ sich jedoch nichts anmerken.

»Von einem gewissen Wachtmeister Kusch aus dem dritten Revier. Gegen einen gewissen Claudius Zorn.«

»Blödsinn!« Zorn spürte, wie ihm der Schweiß ausbrach.

»Ich will ja nichts sagen, Chef, ab–«

»Dann sag auch nichts!«

Als Schröder gegangen war, stand Zorn eine Weile da und dachte nach. Dann drehte er sich abrupt um, schlug mit voller Wucht auf den Schreibtisch und ließ einen Fluch vernehmen, der selbst dem härtestgesottenen Zuhälter die Schamesröte ins Gesicht getrieben hätte.

Er setzte sich, zündete eine Zigarette an und wartete auf den Feierabend. Das Wichtigste war jetzt, die Leiche zu identifizieren, und das, da war Zorn sicher, würde Schröder im Handumdrehen erledigt haben. Unter normalen Umständen hätte er damit sicher richtiggelegen.

*

Als Claudius Zorn ein paar Stunden später das Präsidium verließ, hatte der, den alle suchten, einen Entschluss gefasst. Das bisher Geschehene sollte erst der Anfang gewesen sein. Er hatte seine Pläne geändert.

Sechs

Claudius Zorn kannte viele Frauen, und da waren einige, die eine wichtige Rolle in seinem Leben gespielt hatten. Ja, es gab sogar eine Zeit, in der er so etwas wie eine feste Beziehung geführt hatte.

Zorn war Anfang zwanzig, als er sie kennenlernte. Er hatte sich überreden lassen, bei der Geburtstagsfeier eines Kommilitonen Platten aufzulegen. Sie hieß Jana, war Volontärin bei einem privaten Radiosender, kam morgens gegen halb zwei an sein Mischpult und bat ihn, doch etwas von Michael Jackson aufzulegen. Als sie ihn anlächelte, entblößte sie eine winzige Lücke zwischen den Schneidezähnen, und obwohl sie ihm gefiel – oder vielleicht gerade deshalb – erwiderte Zorn, er werde sich eher den rechten Arm abhacken, als diese schwule Scheiße zu spielen. Stattdessen startete er einen Titel der Dire Straits, worauf ihm das letzte verbliebene Pärchen einen Vogel zeigte und müde von der Tanzfläche schlurfte.

Eine Stunde später fragte sie ihn, ob er im Bett ebenso unbeholfen sei wie am Mischpult, eine Woche danach gab sie ihm ihren Wohnungsschlüssel, und einen weiteren Monat später zogen sie zusammen.

Die ersten Jahre liefen hervorragend. Sie redete gern und für Zorns Begriffe ein wenig viel, er nahm die stundenlangen Gespräche gern in Kauf, da er für sein verständnisvolles Zuhören meist mit ausnehmend gutem Sex belohnt wurde.

Jana machte Karriere beim Radio. Anfangs wurde sie Redakteurin der Abendsendung, übernahm später den Vormittag, um schließlich in der Königsklasse zu landen: Sie wurde Moderatorin der Morgenshow, die den sinnigen Namen *Jana und die Morgenboys* erhielt. Letztere waren Nachrichtensprecher Robert (Spitzname: *News-Robbie*) und *Wettermän* Klaus, die sich gemeinsam mit Jana jeden Tag von fünf bis zehn mit schalen Witzchen durch den frühen Vormittag kicherten. Zorn fand die Sendung fürchterlich, aber sie brachte Quote, und Jana verdiente schon bald doppelt so viel wie er.

Jana, die jetzt täglich gegen drei Uhr früh die Wohnung verließ, um sich fünf Stunden lang gutgelaunt die Seele aus dem Leib zu reden, wurde Zorn gegenüber mit der Zeit schweigsamer, und auch die gemeinsamen nächtlichen Aktivitäten gerieten mehr und mehr zur unspektakulären Pflichtübung. Ersteres war ihm natürlich recht, Letzteres nahm er hin, da es in seinen Augen der Preis für ein zwar gleichförmiges, aber ruhiges, nicht unangenehmes Leben war. Er mochte Jana und war gern mit ihr zusammen, genauso gut allerdings fühlte er sich, wenn er allein war und seine Platten sortierte.

Zorn wäre nicht im Traum darauf gekommen, dass Jana unzufrieden sein könnte. Sie hatten keinen Logenplatz im Leben, sie saßen aber auch nicht auf den billigen Plätzen, und einiges deutete darauf hin, dass sie mit der Zeit noch einige Reihen nach vorn rücken würden. Und so fiel Zorn aus allen Wolken, als Jana ihm an einem sonnigen Samstagmorgen im Juli beim Frühstück eröffnete, dass sie seit vier Monaten ein Verhältnis habe.

»Wer ist es?«, fragte Zorn und rührte sorgfältig in seiner Kaffeetasse.

»Robert.«

»*News-Robbie*?« Er warf den Löffel auf den Tisch. Bereits mit Ende zwanzig war ihm die Kontrolle über seine Gefühle wichtig, doch in diesem Moment, als der Blitz in Gestalt eines Nachrichtensprechers in das geordnete Leben des Claudius Zorn fuhr, war es mit der Selbstbeherrschung vorbei.

»Diese geölte Pfeife?«, rief er und schnappte nach Luft. »Jana, wie kannst du mit jemandem vögeln, der den ganzen Tag vom ›besten Verkehr‹ schwafelt und erwachsenen Menschen ernsthaft weismachen will, dass er sie täglich ›fünf Minuten früher informiert‹?«

»Ich erzähle seit sechs Jahren genau dieselbe Scheiße«, sagte sie leise, »und weißt du was? Es macht mir Spaß. Ich gehe gern auf Arbeit, im Gegensatz zu dir.«

Zorn lachte auf. »Bläst du ihm einen, wenn du die nächsten drei Hits am Stück angesagt hast?«

»Ich glaube nicht, dass dich das aufweckt, aber ich versuch's trotzdem«, sagte sie, beugte sich über den Tisch und schlug ihm mit voller Kraft ins Gesicht. »Du wirst niemals über deinen kleinen, dreckigen Tellerrand blicken, Claudius. Du wirst nie kapieren, dass es Wichtigeres gibt als einen Spießer wie dich. Wir haben jahrelang zusammengelebt, und du hast keine Sekunde geschnallt, dass ich mehr von dir will, als einmal pro Woche ins Kino zu gehen und danach gevögelt zu werden.«

Zorn traten die Tränen in die Augen. Nicht vor Schmerz, sondern vor Wut. Sie sah ihn ruhig, fast mitleidig an. »Diese ölige Pfeife, wie du ihn nennst, ist tausendmal witziger, intelligenter und unterhaltsamer als du. Und er ist eine Granate im Bett. Ich bin gern mit ihm zusammen, und ich will, dass du ausziehst.« Und bevor Zorn etwas erwidern konnte, fügte sie hinzu: »Sofort, du selbstverliebter, arroganter Beamtenpisser.«

Drei Tage danach saß Zorn mit einem Bier in einem kleinen Motelzimmer in der Nähe des Bahnhofs. Er hatte geflucht, getobt, er hatte nicht schlafen können. Ja, er hatte sogar geweint und seinen Frust abwechselnd mit Rotwein und Jim Beam bekämpft. Als er sich nun verkatert und übernächtigt umsah, stellte er überrascht fest, dass ihm nichts fehlte. Diese Erkenntnis traf ihn völlig unvorbereitet, denn jetzt wurde ihm klar, dass seine Verlorenheit und Trauer nichts anderes gewesen waren als verletzte Eitelkeit, und nur der Gedanke, dass es jemanden gab, der ihm, Zorn, vorgezogen wurde, hatte ihn so aus der Bahn geworfen. Er vermisste Jana nicht, wahrscheinlich hatte er sie nie geliebt, und jetzt, da er darüber nachdachte, wurde ihm bewusst, dass es in seinem Leben so etwas wie Liebe wohl niemals geben würde. Auch das war eine Tatsache, die ihn nicht sonderlich schockierte. Liebe war nichts Greifbares, ein undefinierbares, rauchiges Etwas, dem er von nun an erst recht aus dem Weg gehen würde. Selbst das, was er für Jana empfunden hatte (Sympathie? Freundschaft?) hatte ihn angreifbar gemacht. Was wäre geschehen, wenn da etwas anderes, Größeres gewesen wäre, etwas wie Liebe?

Später, als er dann endlich seine Wohnung hatte und allein war, hoch über der Stadt, überlegte er manchmal, dass alles hätte anders kommen können. Dass er ihr eigentlich dankbar sein musste. Was ihn betraf, hätten sie wohl bis zu seiner Pensionierung zusammengelebt, vielleicht auch länger, bevor ihm irgendwann klargeworden wäre, dass da etwas fehlte.

Zugegeben hätte Claudius Zorn das allerdings niemals, und weil er ein nachtragender Mensch war, hatte er jeglichen Kontakt zu Jana abgebrochen. Und auch mehr als zehn Jahre später verspürte er den Drang, das Radio zu zertrümmern, wenn er sie zufällig moderieren hörte. Zumindest in dieser Hinsicht war er konsequent.

Aber er war ein halbwegs zufriedener Mann, der in seinem Turm lebte und außer einer erfüllenden Arbeit nicht viel vermisste. Er verdiente gut, er hatte seine Platten, und wenn ihn die Hormone in seiner Ruhe störten, war da immer jemand, den er abends anrufen und zum Essen einladen konnte. Frauen mochten ihn, er wusste das. Und er war charmant und clever genug, diese Abende so zu steuern, dass er die Nacht nicht allein verbringen musste.

*

Als Zorn an diesem Freitag gegen halb sechs seine Wohnung aufschloss, hätte er fast den wattierten Briefumschlag übersehen, der an der Wand neben der Tür lehnte. Er hob ihn auf, setzte sich an seinen Küchentisch und drehte das Kuvert hin und her.

Kontrolle ist besser, für das nächste Mal. Gruß M.

Diese zwei Zeilen waren mit rotem Filzstift geschrieben, und als Zorn den Umschlag öffnete, rollte ein kleiner Rasierspiegel heraus.

Augenblicklich schoss seine Körpertemperatur um ein paar Grad nach oben. Er dachte an den peinlichen Moment im Fahrstuhl. Plötzlich hatte er den Geschmack von Zahnpasta im Mund und wischte sich unwillkürlich die Mundwinkel ab. Zorn erinnerte sich an die hellen Augen des Mädchens und registrierte verstimmt, dass ihm bei diesem Gedanken noch ein wenig wärmer wurde.

Claudius Zorn, dachte er und betrachtete sich nachdenklich in dem kleinen Spiegel, du wirst nicht so bescheuert sein, jemanden, der mit dir unter einem Dach lebt, in deine Nähe zu lassen. »Nein, garantiert nicht«, sagte er laut, stand auf und brachte den Spiegel ins Bad, wo er ihn auf die Waschmaschine legte.

Er hatte den ganzen Tag nichts gegessen und verspürte im Moment nicht die geringste Lust, sich etwas zu kochen. So beschloss er, in der Kneipe zu essen, stellte sich unter die Dusche, und während ihm das heiße Wasser über das Gesicht lief, dachte er daran, dass die Zahnpastafrau wirklich gut aussah. Und als er später mit dem Fahrstuhl nach unten fuhr, meinte er, zwischen den üblichen Gerüchen einen leichten Hauch von Flieder wahrzunehmen.

*

Ungefähr zu der Zeit, als Claudius Zorn sich ein Eisbein mit Sauerkraut bestellte, klingelte am anderen Ende der Stadt das Handy von Staatsanwalt Philipp Sauer. Der lag nackt auf dem Bett und war eben im Begriff gewesen, sich ein Glas Rioja einzugießen. Im Schlafzimmer brannten ein paar Kerzen, es war warm, es roch nach Sex. Sauer war ein wenig erschöpft, aber er fühlte sich gut. Er hatte seinen Gast eben unter die Dusche geschickt.

Als er das Telefon abnahm, schien die Temperatur im Raum schlagartig zu sinken.

»Und?«, sagte jene leise Stimme, die Sauer so sehr hasste und zugleich fürchtete. Dieses eine Wort reichte aus, um den selbstsicheren Staatsanwalt in einen Mann mit klebrigen Handflächen zu verwandeln. Sein Magen zog sich zusammen, und er kämpfte gegen den heftigen Drang, die Toilette aufzusuchen.

»Ich habe alles im Griff«, erwiderte er und hoffte, selbstsicher zu klingen.

»Gut.«

Einen Moment lang war nur das Rauschen der Leitung zu hören. Sauer wusste, wie sehr der andere es genoss, Macht über ihn zu haben. Er selbst war schließlich genauso. Doch der Anrufer spielte in einer ganz anderen Liga. Einer Liga, die Sauer mit einer dumpfen, animalischen Angst erfüllte.

»Was willst du?«, fragte er heiser.

Ein leises Lachen. »Ich beobachte dich, Jungchen.«

Sauer zog sich unwillkürlich die Decke über den Körper.

»Wie meinst du das?«

»Wie ich es sage. Dass ich dich sehe. Immer. Und überall. Daran musst du denken.« Ein erneutes Lachen. »Vergiss das nicht, wenn du das nächste Mal einen von deinen Strichern fickst.«

»Ich habe keinen Stricher gef …«

Doch da war die Leitung schon tot.

*

Das *Basement* befand sich im Weinkeller eines Fachwerkhauses in der Nähe des Marktes. Im Laufe der Zeit hatten unterschiedliche Betreiber das mittelalterliche Gewölbe mit wechselndem Erfolg als Disco, Spielhalle und Striplokal genutzt, bis man irgendwann auf die Idee gekommen war, die vorderen Räume als Kneipe herzurichten. Im hinteren Teil war eine Bar, die an den Wochentagen geschlossen blieb. Zorn ging hier regelmäßig essen, in den zahlreichen Nischen fand er immer einen Platz, wo ihn niemand störte. Das Personal war ausgesprochen mürrisch. So beschränkte sich die Konversation auf eine kurze Bestellung, das Essen war reichlich, und Zorn, der alles andere als ein Feinschmecker war und tagsüber so gut wie nichts aß, wurde hier vor allem eines: satt. Und manchmal, wenn er zwei, drei Bier bestellt hatte, auch ein wenig betrunken.

Er saß an einem Zweiertisch in der hinteren Ecke, neben dem Durchgang zur Bar. Jetzt, am frühen Abend, waren außer ihm höchstens zehn Gäste im Raum. Sie hockten vereinzelt an den kleinen Tischen, von denen jeder mit einer Kunstblume, einer Plastiktischdecke und – in der vergeblichen Hoffnung, so etwas wie rustikalen Charme zu verbreiten – einer Kerze bestückt war. An den grob verputzten Wänden des Kellergewölbes hingen Kupferstiche, auf denen der Marktplatz, der Dom und andere Motive der Stadt abgebildet waren. Zorn gegenüber ragte ein riesiges Weinfass zur Hälfte aus der Wand.

Er hatte sich vom Tresen das *Mitteldeutsche Tageblatt* geholt, trank den Rest seines Bieres, rauchte und überflog einen Artikel, in dem der ungewöhnlich lang anhaltende Regen thematisiert wurde. Es wurde darüber spekuliert, ob der stetig steigende Pegel des Flusses langfristig eine Gefahr für die Stadt darstellen könne und ob die tiefer liegenden Gebiete nicht schon vor Jahren durch neue Deiche hätten geschützt werden müssen. Gelangweilt wollte Zorn umblättern, als er angesprochen wurde.

»Ist hier noch frei?«

Henning Mahler schien sich in den letzten Tagen weder umgezogen noch rasiert oder gewaschen zu haben. Er stand gebeugt vor

Zorn, die Hände in den Taschen eines grünen Regenmantels und verbreitete einen säuerlichen Geruch.

Zorn warf einen Blick über das fast leere Lokal.

»Natürlich.« Er faltete die Zeitung zusammen und legte sie neben sich. Mahler zog den nassen Mantel aus und setzte sich gegenüber. Der Kellner, ein höchstens zwanzigjähriger, glattgesichtiger Junge mit Pferdeschwanz und Ohrring kam herbeigeschlendert und zückte wortlos seinen Block.

»Auch eins?« Zorn wies auf sein Bier.

Mahler nickte.

»Zwei«, sagte Zorn, und der Kellner schlich zurück in Richtung Tresen.

»Danke«, sagte Mahler.

»Wofür?«

»Ich weiß nicht.« Mahler betrachtete seine Fingernägel. »Dafür, dass ich hier sitzen kann.«

Mehr, dachte Zorn, kann ich dir auch nicht bieten. Du brauchst jemanden, mit dem du sprechen kannst. Aber worüber soll ich mit dir reden? Über deine tote Frau? Deine Kinder, um die du dich jetzt allein kümmern musst? Dein großes, schreckliches Haus, das du wahrscheinlich noch gar nicht abgezahlt hast?

»Scheißregen«, sagte Mahler und räusperte sich.

Ah, das Wetter. Gutes Thema, dachte Zorn und sagte: »Ja, der hört wahrscheinlich niemals auf, dieser bescheuerte Regen.«

Dann brachte der Kellner das Bier. Sie schwiegen eine Weile und tranken. Die Trauer, die Mahler umgab, schien förmlich greifbar, und doch war dieses Schweigen zwischen ihnen nicht unangenehm oder peinlich. Die Minuten vergingen, und Zorn spürte erleichtert, dass Mahler einer dieser seltenen Menschen war, mit denen man einfach nur sitzen kann, stundenlang, ohne dass etwas gesagt werden muss. Und Henning Mahler erwartete keinen Trost.

*

Philipp Sauer lag im Bett und starrte an die Decke. Wenn alles gut lief, würde er spätestens in zwei Jahren Oberstaatsanwalt sein. Das war sein Plan. Ein Plan, den er schon vor vielen Jahren gefasst hatte und dem er bisher kompromisslos gefolgt war.

Das, worauf er sich vor langer Zeit eingelassen hatte, war vielleicht ein Fehler gewesen, er war sich nicht sicher. Aber er hatte damals keine Wahl gehabt. Und auch jetzt war es nicht anders: Er musste tun, was von ihm verlangt wurde. Und es würde niemals aufhören.

Das machte ihn wütend. Sehr wütend.

Er hörte, wie im Bad die Dusche abgestellt wurde, und schloss die Augen. Die Tür öffnete sich leise, zwei leichte Schritte, dann lag der andere neben ihm. Sauer roch die frische Seife, spürte, wie ihm jemand zwischen die Beine griff.

»Zeit für die zweite Runde«, flüsterte sein Besucher.

»Raus«, sagte Sauer, ohne die Augen zu öffnen.

*

»Was wirst du jetzt tun?«, fragte Zorn. Das Lokal hatte sich gefüllt, sie waren beim dritten Bier und wie selbstverständlich zum Du übergegangen.

»Ich warte«, sagte Mahler.

»Worauf?«

»Dass es besser wird. Dass der Schmerz nachlässt. Darauf warte ich. Verstehst du?«

»Ja«, sagte Zorn.

»Glaubst du's?«

»Nein.«

»Ich auch nicht.« Mahler nahm einen tiefen Schluck.

»Der Schmerz wird immer da sein«, erwiderte Zorn. »Wenn du Glück hast, vergisst du ihn irgendwann. Aber er lässt nicht nach. Ich kann dir nicht helfen. Ich bin kein verdammter Psychologe, sondern einfacher Bulle. Mein Job ist es, herauszufinden, was passiert ist. Ich weiß nicht, warum ich dir das alles erzähle, eigentlich müsste es mir egal sein.« Zorn trank ebenfalls und wischte sich den Mund mit dem

Handrücken ab. »Aber es geht hier nicht nur um dich. Du musst dich um deine Kinder kümmern.«

»Ja«, sagte Mahler. Das Licht der Kerze zwischen ihnen ließ die Schatten unter seinen Augen noch größer erscheinen, als sie eh schon waren.

»Und rasieren solltest du dich. Und waschen, Henning.«

»So schlimm?«

»Ja«, lächelte Zorn. »Du stinkst.«

»Dann sollte ich wohl langsam gehen.« Mahler machte Anstalten, sich zu erheben.

»Das hat Zeit«, sagte Zorn und winkte den Kellner heran.

*

»Magst du ihn?«, fragte Mahler. Er musste jetzt ziemlich laut sprechen. Im hinteren Teil hatte man die Bar eröffnet, lautes Stimmengewirr und der hämmernde Beat eines verstaubten Dancetitels aus dem vergangenen Jahrhundert dröhnten herüber.

»Wen?«

»Deinen Job.«

»Ich hasse ihn«, sagte Zorn, kniff die Augen zusammen und betrachtete den Rauch seiner Zigarette. »Genau wie diesen Song.«

»Welchen Song?«

»›Rhythm is a dancer‹. Was für eine gequirlte Scheiße.«

»Ich habe keine Ahnung von Musik«, erwiderte Mahler.

»Du Glücklicher.«

»Wenn du meinst. Kann ich?« Mahler wies auf Zorns Zigarettenschachtel. Der nickte.

»Ich habe noch nie geraucht, aber vielleicht hilft's.« Mahler nahm einen tiefen Zug, schloss die Augen und atmete langsam aus. »Nein«, sagte er dann, sah die Zigarette kurz an und drückte sie wieder aus.

»Schade«, sagte Zorn.

»Ich habe dir angesehen, dass du ihn hasst.«

»Den Song?«

»Deinen Job. Als du das erste Mal bei mir warst.«

»Echt?« Zorn lehnte sich zurück. »Dabei hab ich mir Mühe gegeben, so zu tun, als würde mich das alles interessieren. Nein«, korrigierte er sich dann, »es *hat* mich interessiert, allerdings nur, weil *du* mir interessant vorkamst.« Zorn spürte langsam, wie ihm der Alkohol zu Kopf stieg. Mahler hingegen erschien ihm völlig nüchtern. »Du hast irgendwas ausgestrahlt«, fuhr er fort, »eine Aura, was Trauriges, das ich nicht fassen konnte. Aber es hat mich fasziniert.«

»What is love? Baby don't hurt me no more!«, hallte es aus der Bar herüber. Zorn griff sich theatralisch an die Stirn und stöhnte auf.

»Was ist?«, fragte Mahler.

»Noch so ein Dreckslied.«

»Und?«

»Ich überlege, wer das gesungen hat.«

»Haddaway.«

»Ich denke, du hast keine Ahnung von Musik, Henning?«

»Stimmt. Aber das war eins von Claras Lieblingsliedern.«

»Ich glaube, du hattest recht«, sagte Zorn.

»Was meinst du?«

»Deine Frau hatte wirklich einen fürchterlichen Geschmack.«

Sie sahen sich an. Erst lächelte Zorn, dann lächelte Mahler.

Zorn wurde wieder ernst. »Was willst du eigentlich hier?«

»Ich kann nicht allein sein.«

»Du wirst dich dran gewöhnen«, sagte Zorn. »Ich bin gern allein.«

»Vielleicht würdest du das anders sehen, wenn du den Menschen, den du liebst, in einer Wanne voll Blut finden würdest.«

Zorn nickte. »Ja. Vielleicht.«

»Kannst du mir einen Gefallen tun?«

»Kommt drauf an, was du willst«, erwiderte Zorn.

»Am Dienstag wird sie beerdigt. Irgendwie würde ich es gut finden, wenn du …«

»Okay«, sagte Zorn, »mach' ich.«

Der pferdeschwänzige Kellner erschien und erklärte, dass sie an der Bar weitertrinken müssten, er habe jetzt Feierabend. Mahler wollte aufstehen, doch Zorn hielt ihn zurück. »Wusstest du, dass deine Frau misshandelt worden ist, Henning?«

»Was?«

»Clara hatte frische Prellungen und Würgemale. Und wir denken, dass sie ein paar Tage vor ihrem Tod vergewaltigt wurde.«

Mahler beugte sich über den Tisch und fasste Zorn am Arm. »Hast du mich deshalb gefragt, wann ich das letzte Mal mit ihr geschlafen habe?«

Zorn roch seinen säuerlichen Atem. »Ja.«

»Ich habe dir die Wahrheit gesagt. Ich hätte ihr nie auch nur ein Haar krümmen können.« Er sah Zorn an. »Glaubst du mir das?«

Zorn drehte sein leeres Bierglas und schwieg.

»Ich habe dich gefragt, ob du mir glaubst«, wiederholte Mahler.

»Ja«, sagte Zorn. »Ich glaube dir.«

»Gut.«

»Die Frage ist allerdings …«, Zorn schob das Bierglas beiseite und beugte sich ebenfalls vor. »Wenn du es nicht warst, wer war es dann?«

»Sag du es mir. Du bist der Bulle. Ich bin nur der trauernde Ehemann.«

»Hatte sie vor irgendwas Angst?«

»Clara war depressiv. Sie hatte immer Angst.«

»Trotzdem. Ich meine, kann es jemanden gegeben haben, der sie bedroht hat?«

Mahler schüttelte langsam den Kopf. »Keine Ahnung.«

»Das, mein Lieber«, sagte Zorn, lehnte sich zurück und verschränkte die Arme vor der Brust, »glaube ich dir wiederum nicht.«

»Es bleibt dir im Moment aber nichts anderes übrig«, erwiderte Mahler und stand auf. »Ich hab Durst. Lass uns zur Bar gehen.«

*

»Und warum machst du deinen Job überhaupt, wenn du ihn dermaßen hasst?«, fragte Mahler.

Es war kurz vor der Morgendämmerung. Es musste jetzt Stunden her sein, dass sie mit dem Bier aufgehört hatten und zu Whisky übergegangen waren. An der Bar befanden sich außer ihnen und dem müden Barkeeper noch vier Menschen: Links von ihnen hockten zwei Männer in dunklen Anzügen, einer starrte stumm vor sich hin, der andere hatte den Kopf auf die Tischplatte gelegt und schien seit Ewigkeiten tief zu schlafen. Etwas abseits lehnten zwei junge Frauen an einem Stehtisch und unterhielten sich leise. Aus den Boxen hämmerte das Schlagzeug eines alten U2-Songs.

Zorn war jetzt ernsthaft betrunken. »Ich weiß nicht«, nuschelte er und wischte ein paar Aschekrümel vom Tresen. »Ich weiß es nicht, Henning. Ich mach das jetzt schon so lange. Mit dreißig wollte ich das erste Mal aufhören. Da hab ich gemerkt, dass ich keine Verbrecher jage, sondern verfickte Akten sortiere. Obwohl«, er hob den Zeigefinger, legte ihn an die Lippen und flüsterte dann: »Zur Zeit jage ich einen Mörder. Aber das ist geheim.«

»How long must we sing this song?«, jammerte Bono.

»Warum geheim?«, fragte Mahler.

»Letzte Runde, Herrschaften«, sagte der Barkeeper.

»Noch zwei«, lallte Zorn und hielt sich am Tresen fest. Neonlicht wurde eingeschaltet. Zorn kniff die Augen zusammen und wandte sich wieder an Mahler.

»Darum. Weil's geheim ist.«

Hinter der Bar hing ein riesiger Spiegel. Zorn sah seine eigenen, verschwommenen Umrisse und die große, hagere Gestalt Mahlers, der immer noch völlig nüchtern zu sein schien. Eine der beiden Frauen verabschiedete sich und ging, die andere blieb und sah zu ihnen hinüber. Zorn kannte sie, doch bewusst wurde ihm das nicht. Dazu war er viel zu betrunken. Und zu kurzsichtig.

In der Stereoanlage nahm die Band Anlauf. *»Sunday, bloody sunday!«*, krachte der Refrain durch den halbleeren Raum.

Zorn sang sehr laut und sehr falsch mit. Er stand auf, verlor das Gleichgewicht, machte einen unsicheren Schritt zur Seite und fasste Mahler an der Jacke. »Blut, Blut, Blut«, nuschelte er. »Überall Blut! Blut, Henning! Barmann!«, brüllte er dann und schlug auf den Tresen, »mach uns zwei verdammte Bloody Marys!«

Der Schläfer zu Zorns Linken hob fragend den Kopf, sah sich kurz um und sackte zurück auf den Tresen. Der Barkeeper gähnte.

»Bloody Mary ist alle.«

»Wir sollten gehen«, sagte Mahler.

»Noch nicht.« Zorn packte Mahler erneut am Ärmel. Er schielte jetzt ein wenig. »Blut, verstehst du? Da hatte ich jahrelang so gut wie nichts zu tun, und jetzt gibt es gleich zwei Fälle innerhalb einer einzigen Woche. Am Montag«, er hob den Daumen und begann, an seinen Fingern abzuzählen, »finden wir in der Kantstraße eine Blutlache, und kurz darauf schneidet sich deine Frau die Pulsadern auf.«

»Was war in der Kantstraße?«, fragte Mahler und sah Zorn an.

»Eine Frau. Ermordet. Haben sie heute gefunden.« Zorn blickte auf die Uhr. Er hielt sie sich dicht vor die Augen, um etwas erkennen zu können. »Nein, gestern«, verbesserte er sich.

»Was ist passiert?«

»Wahrscheinlich …«, Zorn hielt inne, rülpste laut und sagte dann zum dritten Mal: »Das ist geheim, laufende Ermittlungen, darf ich nicht drüber reden. Aber trotzdem: Zwei Menschen verbluten innerhalb einer Woche. Ist das nicht komisch?«

»Nein«, sagte Mahler. »Das ist es nicht.«.

»Du hast recht. Oh, ich glaub, ich hab noch nie so viel auf einmal geredet.« Zorn fuhr sich mit der Hand übers Gesicht. »Scheiße, ich bin total besoffen.«

»Sunday, bloody sunday!« Es plärrte ein letztes Mal, dann kam die Band mit einem breiten A-Moll-Akkord zum Schluss.

»Was für eine beschissene Musik.« Zorn nippte an seinem Schnaps, knallte das Glas auf den Tresen und knurrte: »Der schmeckt auch scheiße.«

»Gibt es eigentlich irgendwas in deinem Leben, das du gut findest?«, fragte Mahler.

»Ja«, sagte Zorn und dachte an das Mädchen aus dem Fahrstuhl. »Aber das geht niemanden was an.«

Aus dem Hintergrund war die Frau herangetreten und hielt ihnen eine brennende Zigarette entgegen. »Habt ihr vielleicht Feuer?« Sie war betrunken, längst nicht so sehr wie Zorn, aber sie hatte ebenfalls Schwierigkeiten, das Gleichgewicht zu halten. Sie trug ein hellgrünes Kleid mit dünnen Trägern, wandte Zorn den Rücken zu und stand jetzt direkt vor Mahler.

»Ich rauche nicht«, erwiderte der.

»Aber ich!«, lallte Zorn und suchte vergeblich nach seinem Feuerzeug. »Ich rauche immer! Sogar im Büro!«

Die Frau schenkte Zorn keine Beachtung. »Du siehst sehr traurig aus«, sagte sie zu Mahler.

»Kein Wunder.« Mahler lächelte ein wenig. »Ich bin der unglücklichste Mensch der Welt.«

»Und du?«, fragte sie Zorn über die Schulter.

»Ich bin betrunken.«

»Ich sollte jetzt wirklich gehen«, sagte Mahler und stand auf. »Ich danke dir, Claudius.«

»Wofür?«

»Ich werde jetzt vielleicht ein wenig schlafen können.« Er nahm seinen Mantel, ging zur Tür und drehte sich noch einmal um: »Wenn ich Glück hab.« Dann war er verschwunden.

»Toi toi toi«, meinte Zorn.

»Wir schließen jetzt«, sagte der Barkeeper.

Die Frau trat dicht an Zorn heran und streichelte ihm sacht über die Wange. Eine kurze, geübte Bewegung, und der rechte Träger ihres Kleides rutschte von der Schulter.

Im grellen Licht sah man deutlich, dass sie zu viel Make-up aufgetragen hatte.

»Ich kenne dich«, lallte Zorn. »Ich kenne dich gut! Du bist doch …«

Sie legte ihm die Finger auf die Lippen.

»Was hältst du eigentlich von Intimrasur?«, flüsterte sie heiser.

»Ich hasse Friseure«, sagte Zorn und stand auf. Dann wurde ihm schwarz vor Augen. Er stöhnte, machte eine halbe Drehung um die eigene Achse und ging auf den kalten Steinfliesen unsanft zu Boden.

*

Zorn erwachte vom Jaulen des Windes und vom Regen, der klang, als würden Millionen kleiner Stahlkugeln gegen das Fenster peitschen. Die Heizung knackte leise, und die alte Standuhr, die Zorn vor drei

Jahren von seinem Großvater geerbt hatte, tickte wie immer im Flur. Das waren Geräusche, die er sehr gut kannte, und so wusste er, obwohl er die Augen geschlossen hatte, dass er zu Hause in seinem Bett liegen musste.

Er hatte allerdings nicht die geringste Ahnung, wie er hierhergekommen war. Und er hatte das Gefühl, dass irgend etwas anders war als sonst.

Vorsichtig drehte Zorn den Kopf hin und her, eine Bewegung, die umgehend mit einem stechenden Schmerz quittiert wurde. Er fühlte sich wie ein ausgetrockneter Schwamm, als wäre sämtliche Flüssigkeit aus seinem Körper verdunstet, und so lag er denn da, immer noch benebelt, und wusste nicht, was er tun sollte.

Ich muss trinken, dachte Zorn. Wenn ich auch nur noch eine Minute liegen bleibe, verdurste ich. Dazu muss ich aufstehen, und dann platzt mein Kopf wie eine reife Melone. Egal, was ich tue, ich werde das nicht überleben.

Er musste dringend pinkeln, sehr dringend, und der Gedanke, dass er womöglich irgendwann in seinem eigenen, stinkenden Urin liegen würde, gab den Ausschlag. Behutsam öffnete er die Augen, schloss sie allerdings sofort wieder, denn erneut explodierte der Schmerz zwischen seinen Schläfen.

So begann er vorsichtig, die Beine seitlich aus dem Bett zu bewegen. Als seine Füße den Boden berührten, hob er sehr, sehr langsam erst den Kopf und dann den Oberkörper. Schließlich saß er im Bett, nahm allen Mut zusammen und stand auf. Sofort wurde ihm schwindlig, er sackte zurück, Übelkeit stieg auf, und wieder hämmerte sein Schädel, als hätte sich das schlechteste Blasorchester der Welt zu seiner ersten Probe versammelt.

In seiner Not ließ Zorn sich auf alle viere nieder und kroch mit fest zugekniffenen Augen in Richtung Bad, als er hinter sich eine Bewegung wahrzunehmen glaubte.

Er blinzelte.

Direkt vor ihm lag ein zerknittertes, hellgrünes Trägerkleid auf dem Boden.

Lass es nicht wahr sein, lieber Gott, dachte er und kroch weiter.

Ich rühre in meinem ganzen Leben keinen Alkohol mehr an, aber lass bitte *das* nicht wahr sein.

»Guten Morgen, Claudius.«

Schlimmer noch als der Umstand, dass er splitternackt vor einem wildfremden Menschen auf dem Fußboden herumkroch, war die Tatsache, dass die Frau seinen Vornamen kannte. Vorsichtig drehte er den Kopf in ihre Richtung.

In seinem Bett saß die brünette Sekretärin von Staatsanwalt Sauer und lächelte ihn munter an. Sie war ebenfalls nackt, wie Zorn entsetzt feststellte.

»Du siehst aus, als könntest du ein Aspirin vertragen.« Sie begann, in ihrer Handtasche zu wühlen. »Magst du eins?«

Du könntest mich bewusstlos schlagen, dachte er, das wär mir lieber.

Ächzend setzte er sich auf, sie ging um das Bett herum und hockte sich neben ihn. Zorn konnte sich einen kurzen Blick auf ihren gut trainierten Körper nicht verkneifen. Dann drehte er den Kopf ein wenig und versuchte, nicht in ihre Richtung zu atmen.

»Das muss dir nicht peinlich sein«, sagte sie und strich ihm übers Haar. »Ich habe schon Schlimmeres gesehen als einen betrunkenen Ermittler.«

Zorn überlegte fieberhaft, wie sie hieß.

Kalkbrenner? Kohlmann?

Wie sind wir hierhergekommen?, wollte er sagen, doch die Frage verpuffte in einem Krächzen.

»Der Barkeeper wollte schon die Polizei rufen«, erklärte sie. »Ich hab mir gedacht, dass es ziemlich peinlich geworden wär, wenn die Kollegen dich mit aufs Revier genommen hätten. Da hab ich dich ins Taxi gesteckt. Immerhin konntest du noch sagen, wo du wohnst. Du warst völlig hinüber, aber irgendwie …«, sie lachte leise, »… süß. Und hilflos.«

Oder Kohlbrenner?

»Du hast mir die schärfste Nacht meines Lebens versprochen. Du hast gesagt, du wärst ein Gott im Bett. Nein –«, sie lachte wieder, legte den Kopf ein wenig schief und überlegte. »Nicht Gott. Stier.

Stier hast du gesagt, du wärst ein wilder, heißblütiger, spanischer Stier.«

Ich möchte sterben, dachte Zorn. Es ist so wahnsinnig peinlich.

»Immerhin hast du nicht ins Taxi gekotzt.«

Er versuchte, ebenfalls zu lächeln, brachte jedoch nur ein schiefes Grinsen zustande. »Haben wir …?«

»Nein, haben wir nicht«, sagte sie und gab ihm einen Kuss auf die Wange, »obwohl ich nichts dagegen gehabt hätte.«

Sie hatte ein tiefes, angenehmes Lachen.

Es hätte schlimmer kommen können, sie scheint nett zu sein, überlegte Zorn und wollte aufstehen. Sofort sank er wieder in sich zusammen. Es war, als würde eine Bombe in seinem Kopf gezündet. Nein, dachte er. Viel schlimmer geht's wohl nicht.

»Du siehst wirklich gut aus für dein Alter.« Sie knuffte ihn leicht in die Seite.

»Aua«, sagte Zorn.

»Machst du Sport? Du musst aufpassen, dass du keinen Bauch bekommst.«

Unwillkürlich hielt Zorn die Luft an. Sie gab ihm einen weiteren Kuss.

»Du bist auch jetzt nicht sonderlich scharf auf eine Nummer, oder? Claudius?«

»Nee.« Zorn stand nun doch auf und wankte in Richtung Bad. »Ich muss pinkeln.«

Was er dann auch tat. Dann trank er ungefähr zwei Liter Wasser und schlich, mühsam gegen den Brechreiz kämpfend, zurück zu seinem Bett, wobei er sorgfältig darauf achtete, den Bauch einzuziehen. Sie hatte sich mittlerweile angezogen.

»Ich hab dir meine Telefonnummer aufgeschrieben.«

»Das ist nett«, erwiderte Zorn, legte sich hin und schloss mit einem leisen Seufzer die Augen. »Du bist auch nett, danke.«

»Das hör ich öfter«, sagte sie. »Ruf mich an, wenn du Lust hast.«

»Das werd ich«, sagte er und dachte: Wer weiß? Vielleicht mach ich das ja wirklich?

Als die Tür ins Schloss fiel, erinnerte er sich auch an ihren Namen.

Ich bin vor Kollegin Saborowski, der Sekretärin meines Vorgesetzten, nackt auf dem Boden gekrochen, dachte er, und habe ihr erzählt, ich wär ein Stier. Aus Spanien. Aber ihren Vornamen kenne ich wirklich nicht. Und ich muss Sport machen.

Morgen fange ich an. Nein, übermorgen. Übermorgen werde ich schwimmen gehen.

Dann war er eingeschlafen. Und er träumte. Von Fahrstühlen, in denen es nach Flieder duftet. Von Frauen mit klaffenden Schnittwunden. Und von Henning Mahler, der bis zu den Knien in einer Wanne voll Blut steht und immer wieder schreit, Zorn solle ihm helfen.

Sieben

»Bitte schön.« Schröder knallte eine rosafarbene Mappe auf Zorns Schreibtisch. »Der Bericht zum derzeitigen Stand der Ermittlungen.«

Zorn hatte das komplette Wochenende im Bett verbracht. Am Sonntag war er gegen Mittag kurz aufgestanden, hatte sich eine Tütensuppe gekocht und war danach sofort zurück unter seine Decke gekrochen. Jetzt, wieder in seinem Büro, war er zwar wie immer nicht sonderlich gutgelaunt, aber wenigstens ausgeschlafen. Am Morgen hatte er einige Minuten vor dem Spiegel verbracht und seinen Bauch aus den unterschiedlichsten Blickwinkeln gemustert. Er hatte zwar keinerlei Anzeichen eines Bauchansatzes feststellen können, doch die kleine Bemerkung von Sauers Sekretärin hatte seine Alarmglocken schrillen lassen. Und so hatte er tatsächlich eine Badehose samt Handtuch im Auto, denn er hatte sich fest vorgenommen, nach Feierabend mindestens tausend Meter zu schwimmen.

Schröder stand mit verschränkten Armen da und sah Zorn an. Der lehnte sich in seinem Stuhl zurück.

»Kann es sein, dass du irgendwie sauer bist, Schröder?«

»Nein, aber da geh ich gleich hin.«

»Wohin?«

»Zu Sauer. Dem zuständigen Staatsanwalt, wenn's beliebt. Der diesen Bericht angefordert hat, wenn ich richtig informiert bin.«

Zorn betrachtete die dicke Mappe. Ihm war klar, dass Schröder das komplette Wochenende mit dem Report verbracht haben musste, während er selbst seinen Rausch ausgeschlafen hatte.

»Was steht drin?«

»Das, was wir wissen. Außerdem der Wetterbericht von letztem Donnerstag und eine zwanzigseitige Abhandlung über das Balzverhalten asiatischer Flughunde.«

»Ach!«

Schröder reckte das Kinn ein wenig vor und steckte die Hände in die Taschen seiner Cordhose. »Sonst wäre ich nicht auf hundert Seiten gekommen.«

»Bestell Sauer schöne Grüße«, sagte Zorn und nahm sich eine Zigarette.

»Sehr wohl, Chef«.

Schröder nahm die Mappe und verließ das Büro.

Zorn unterdrückte ein Grinsen. Er ist tatsächlich wütend, dachte er. So kenne ich ihn gar nicht.

*

Knappe drei Stunden später saßen sie wieder beisammen. Neben dem Kleiderständer stand ein kleiner Plastiktisch, den Zorn so gut wie nie benutzte. Er hatte Schröder gebeten, auf einem der beiden Holzstühle Platz zu nehmen, eine Anweisung, der dieser mit einer verwundert hochgezogenen Augenbraue gefolgt war. Zorn setzte sich gegenüber.

»Hat er irgendwas gesagt?«, fragte er.

»Sauer? Nein. Ich habe den Bericht bei seiner Sekretärin abgegeben. Ich soll dich übrigens von ihr grüßen.«

Reflexartig zog Zorn den Bauch ein. »Wie heißt die eigentlich mit Vornamen?«, fragte er und hoffte, beiläufig zu klingen.

»Die Sekretärin?«

»Ja.«

Schröder runzelte die Stirn.

»Keine Ahnung.«

»Egal«, sagte Zorn und tat, als würde er ein paar Staubkrümel vom Tisch wischen. Dann wurde er wieder dienstlich. »Sauer wird den Bericht sowieso nicht lesen.«

»Warum?«

»Pathologie, Spurensicherung, alle Abteilungen haben Order, direkt an Sauers Büro zu berichten. Er hat sämtliche Untersuchungsergebnisse zuerst auf seinem Tisch und gibt sie dann an uns weiter. Warum sollte er sich die Mühe machen, unsere Berichte zu lesen, wenn er *vor* uns weiß, was wir wissen?«

Schröder zuckte die Achseln. »Weil er der zuständige Staatsanwalt ist? Weil er erfahren will, was wir darüber denken? Immerhin leitest du die Ermittlungen, Chef.«

»Er hält mich für einen Versager.« Zorn machte eine kurze Pause und fuhr dann fort: »Dich übrigens auch.«

»Das bin ich gewohnt.« Schröder gestattete sich ein kleines Lächeln.

Er sieht aus wie ein kleiner, rothaariger Trottel, dachte Zorn. Aber er ist der lässigste Kerl auf Gottes weiter Erde. Ich sollte froh sein, dass ich ihn hab. Und ich muss höllisch aufpassen, dass er das nicht merkt.

»Ich habe von Sauers Büro den Obduktionsbericht und den Bericht der Spurensicherung bekommen«, sagte Schröder, öffnete eine altmodische, lederne Tasche und legte zwei Ermittlungsakten auf den Tisch.

»Was?«, fragte Zorn, der mit seinen Gedanken ganz woanders gewesen war.

»Die tote Frau, die am Freitag gefunden wurde.«

»Gibt's was Neues?«

»Wie man's nimmt.« Schröder öffnete eine der Mappen. »Im Obduktionsbericht steht, dass das Blut aus der Kantstraße definitiv von dieser Frau stammt.«

»So weit waren wir am Freitag auch schon.«

»Die Schnittwunden sind über den ganzen Körper verteilt, die Tiefe variiert von wenigen Millimetern bis zwei Zentimeter.«

»Wie viele sind es?«

Schröder blätterte weiter. »Über hundert. Keine war tödlich. Es ist so, wie wir vermutet haben. Sie ist langsam verblutet. Wahrscheinlich über einen Zeitraum von mehreren Stunden.«

»Er hat sich Zeit gelassen«, überlegte Zorn, »und garantiert nicht im Affekt gehandelt. Sonst noch irgendwelche Verletzungen?«

»Ein leichtes Hämatom am Hinterkopf und Fesselspuren an Armen und Beinen.«

»Er hat sie irgendwo niedergeschlagen, betäubt, in den Keller gebracht, zu Tode gefoltert. Was ist das für ein Typ, Schröder?«

Schröder kratzte sich am Kopf. »Definitiv kein Triebtäter. Es gibt keinerlei Spermaspuren, und die –«

»Er könnte ein Kondom benutzt haben.«

»Möglich, aber es fällt auch auf, dass die Schnittwunden zwar über den ganzen Körper verteilt sind«, Schröder blätterte erneut und las dann vor: »... dass in Gesichts- und Vaginalbereich keinerlei signifikante Verletzungen erkennbar sind.«

»Hm«, sagte Zorn, »vielleicht hat Sauer doch recht und es handelt sich wirklich um einen Psychopathen.«

»Möglich«, erwiderte Schröder, »aber welcher Psychopath betäubt sein Opfer mit Schmerzmitteln, bevor er es verbluten lässt? Schmerz ist doch genau das, was er zufügen will.«

»Das überlege ich auch die ganze Zeit.«

»Wirklich, Chef?«

Verdammt, dachte Zorn. Ich habe ihm tatsächlich ein Kompliment gemacht.

»Sie muss bei vollem Bewusstsein gewesen sein«, meinte Schröder, »möglicherweise ein wenig benebelt, aber sie dürfte so gut wie keine Schmerzen gespürt haben. Wenn er sie wirklich komplett außer Gefecht hätte setzen wollen, dann hätte er ihr etwas anderes als ein schnödes Schmerzmedikament gegeben. Etwas Stärkeres.«

»Gibt es Hinweise auf ihre Identität?«

»Kaum. Eins achtundsechzig groß, Gewicht zweiundsiebzig Kilo, Ende vierzig bis Mitte fünfzig, dunkelblond, keinerlei erkennbare Narben oder sonstige ältere Verletzungen. Bis auf einen gut verheilten Schlüsselbeinbruch. Außerdem hat sie mindestens ein Kind geboren.«

Zorn kratzte sich hinter dem Ohrläppchen.

»Vermisstenkartei?«

»Nothing.«

»Dann wird Sauer an die Öffentlichkeit gehen müssen.«

Schröder entnahm der Akte einen Stapel Fotos und legte sie auf den Tisch.

»Die wurden in der Pathologie gemacht.«

Zorn betrachtete die Bilder nachdenklich. Es handelte sich um ein gutes Dutzend grobkörniger, kontrastreicher Schwarzweißbilder, ein wenig überbelichtet, die die Leiche aus unterschiedlichen Perspektiven und Abständen zeigten. Verschiedene Aufnahmen zeigten die Verletzungen aus direkter Nähe, schwarze, schartige Wunden, die seltsam künstlich und unecht auf der wachsartigen Haut wirkten.

Zorn griff eine Nahaufnahme des Gesichtes. Ein graues, lippenloses Wesen starrte ihn mit gebleckten Zähnen aus leeren Augenhöhlen an.

»Die Fotos helfen nicht wirklich.«

»Nein«, sagte Schröder.

»Ihr Gesicht sieht aus wie eine Dose Thunfisch.«

»Das ist nicht witzig, Chef.«

Zorn sah überrascht auf. Schröder erwiderte seinen Blick.

»Nein«, seufzte Zorn dann. »Was ich meine, ist, dass wir die Bilder so kaum veröffentlichen können.« Er schob seinen Stuhl zurück. »Was ist mit dem Fundort am Wehr?«

»Absolut keine Spuren. Es hat die ganze Woche geregnet, da ist nichts.«

»Wie konnte er das wissen?«

»Was?«

Zorn stand auf und begann, im Zimmer auf und ab zu gehen.

»Er wollte, dass wir sie finden. Sonst hätte er sie besser versteckt. Außerdem konnte er nicht ahnen, dass der Regen sämtliche Spuren verwischen würde. Weil er nicht sicher davon ausgehen konnte, dass es vier Tage durchregnen würde.«

»Es sei denn, er ist Hellseher. Oder Meteorologe.«

Zorn sah Schröder an. »Soll das jetzt witzig sein?«

»Keineswegs, Chef. Ich frage mich nur, woher er das alles weiß.« Umständlich stopfte Schröder die Akten zurück in seine Tasche. Dann stand er schwerfällig auf und ging zur Tür. Dort drehte er sich noch einmal um.

»Es sieht so aus, als würden wir nur das erfahren, was er will. Wir haben den Blutfleck, die CD und eine unbekannte Leiche. Ansonsten keine Spuren. Entweder er hat unwahrscheinliches Glück …«

»Oder?«

»Oder er weiß genau, wie wir arbeiten.«

»Ein Bulle?«

»Keine Ahnung.« Schröder kratzte sich am Kinn. »Ich war's jedenfalls nicht.«

»Ich auch nicht«, sagte Zorn.

»Toll. Dann sind's schon mal zwei Verdächtige weniger«, sagte Schröder und verließ das Büro.

*

»Wenn alles gut läuft, kann Ihre Tochter nächste Woche mit der Reha beginnen, Herr Mahler.«

Der Arzt hatte Henning Mahler direkt vor dem Krankenzimmer angesprochen. Doktor Prakash sah sehr jung aus, er konnte nicht viel älter als dreißig sein, hatte schwarzes, gepflegtes Haar und einen kaum wahrnehmbaren Akzent. Er vermittelte den Eindruck, diese Art Gespräche schon hundertfach geführt zu haben. Eine perfekt dosierte Mischung aus Distanz und Mitgefühl, die nur die besten Ärzte aufbringen können. »Die Knochenbrüche sind gut verheilt, und sie braucht keine Antibiotika mehr.«

»Gut«, sagte Mahler und wollte die Tür öffnen. Prakash hielt ihn zurück.

»Es ist wichtig, dass Sie sie jeden Tag besuchen. Aber Sie sollten es ihr endlich sagen.«

»Dass … sie nie mehr laufen wird?«

»Ja.«

»Ich weiß«, sagte Mahler.

»Kein Mensch hat verdient, dass man ihn belügt. Am allerwenigsten der, den wir lieben«, erwiderte Prakash und blickte auf die Uhr. »Sie fragt übrigens ständig nach Ihrer Frau, Herr Mahler.«

Mahler sah den Arzt lange an.

»Was denken Sie, soll ich Ella zuerst sagen? Dass sie querschnittsgelähmt ist oder dass ihre Mutter tot ist?«

*

Am frühen Nachmittag verließ Zorn sein Büro, um in einem kleinen Zeitungsladen um die Ecke Zigaretten zu kaufen. Auf dem Parkplatz vor dem Präsidium hatten sich riesige Pfützen gebildet. Es regnete ausnahmsweise nicht, jedenfalls nicht richtig. Doch die Luft war feucht und klamm, ein unangenehmer, scharfer Wind blies, Zeitungsfetzen und verfaulte Blätter aus dem Vorjahr wurden über den Platz geweht.

Zorn, der keine Jacke angezogen hatte, umrundete ein paar Streifenwagen und stampfte hastig Richtung Ausgangstor. Die Schultern hochgezogen, den Blick zu Boden gerichtet, ging er am Pförtner vorbei, bog um die Ecke und stieß mit einem massigen, uniformierten Beamten zusammen. Ohne aufzusehen murmelte er eine Entschuldigung und ging weiter.

»Na, Herr Hauptkommissar? Schon Feierabend?«

Wachtmeister Kusch war wesentlich größer, als Zorn ihn in Erinnerung hatte. Was nicht verwunderlich war, denn bei ihrer letzten Begegnung hatte Zorn am Steuer seines Volvos gesessen, während Kusch im Regen gestanden hatte.

Er öffnete den Mund, um etwas zu sagen, schloss ihn wieder, denn er wusste nicht, was. Also drehte er sich um, ging zwei Schritte, blieb stehen und wandte sich wieder an Kusch. Der hatte die Arme vor der Brust verschränkt und sah Zorn ausdruckslos an.

»Vielen Dank für die nette Anzeige«, sagte Zorn, baute sich vor Kusch auf und holte tief Luft. Er kochte vor Wut. »Ich weiß nicht, was du damit bezwecken willst, aber dass ich mich jetzt mit einem Streifenbullen rumärgern muss, hat mir gerade noch gefehlt. Du wirst es nicht glauben, aber ich hab tatsächlich Wichtigeres zu tun.«

Was rede ich eigentlich für eine Scheiße?, dachte er im nächsten Moment. Aber einmal in Rage, konnte er sich nicht mehr zurückhalten. Zorn, der selbst über eins achtzig war, musste aufblicken, um Kusch ins Gesicht sehen zu können. »Wie bescheuert muss man eigentlich sein, um einem Kollegen dermaßen einen reinzuwürgen? Macht dir das Spaß?« Er piekste Kusch mit dem ausgestreckten Zeigefinger vor die Brust. »Ich bin schon vielen Volltrotteln begegnet, und eigentlich glaubt man ja irgendwann, dass man nichts Neues mehr erlebt. Aber du bist das bekloppteste Ar …« Zorn dachte kurz an die Anzeige wegen Beamtenbeleidigung und schwieg.

»Ich höre?«, fragte Kusch und zückte ein braunes Notizbuch. »Du gestattest, dass ich mitschreibe, damit ich's ja nicht vergesse.«

»… schloch!« Zorn konnte nicht anders.

»Ist notiert«, erwiderte Kusch. »Sonst noch was?«

Zorn murmelte einen Fluch.

»Das hab ich leider nicht verstanden.«

Kusch klappte das Notizbuch zu, sah zum Himmel, der sich bedrohlich zugezogen hatte, und sagte langsam, jedes Wort betonend: »Es gibt Regeln, Herr Hauptkommissar. Und die gelten für jeden. Egal, ob er Würstchenverkäufer, kleiner Streifenbulle oder ein arroganter Kripoheini ist, der nichts anderes zu tun hat, als den ganzen Tag in seinen Bürostuhl zu furzen und seine Kollegen zu beleidigen.«

Zorn schnappte nach Luft und wollte eine weitere, wütende Tirade von sich geben. In diesem Moment setzte ein gewaltiger Platzregen ein. Innerhalb weniger Sekunden war er bis auf die Haut durchnässt, warf Kusch einen letzten, vernichtenden Blick zu und rannte fluchend davon.

Er brauchte eine Zigarette. Dringend.

*

»Es ist so langweilig hier.«

»Aber ich besuch dich doch jeden Tag.«

Mahler strich Ella über das dunkle Haar. In dem riesigen Krankenbett sah sie viel kleiner aus, als sie in Wirklichkeit war. Sie trug einen Kopfverband, der linke Arm wurde von einer gelben Gipsmanschette stabilisiert. Die Beine waren unter einer strahlend weißen Decke verborgen. Unter dem rechten Auge hatte sie einen Bluterguss, der sich bis unter das Kinn hinzog und in dem blassen, fast durchsichtigen Gesicht leuchtete wie ein fremdartiges, dunkelrotes Pilzgeflecht.

Sie war mit dem Fahrrad unterwegs gewesen. Als das Auto sie erfasste, wurde sie fast ein Dutzend Meter durch die Luft geschleudert. Dann prallte sie gegen einen Hydranten, der ihr das Rückgrat und Teile des Hüftgelenks zertrümmerte. Das Fahrrad landete wenige Zentimeter neben ihrem Kopf auf dem Fußweg. Ihr linker Arm war mehrfach gebrochen, es gab kaum eine Stelle an ihrem Körper, die keine Prellung, Blutung oder eine ähnliche Verletzung aufwies, und doch hatte sie, wie die Ärzte sagten, Glück gehabt. Wäre sie mit dem Kopf aufgeprallt, wäre sie sofort tot gewesen.

Mahler hatte sich einen der verchromten Stühle genommen und saß direkt am Kopfende des Bettes. »Ich hab dir was mitgebracht«, sagte er, griff in die Tasche seines Regenmantels, holte einen hellblauen iPod hervor und legte ihn neben das Kopfkissen. »Den soll ich dir von Tom geben. Ich hab keine Ahnung, was für Musik drauf ist, aber ich kenne mich mit den Dingern eh nicht aus.«

»Tom ist doof«, sagte sie leise.

Mahler schluckte.

»Ist er nicht, Ella. Er ist dein Bruder.«

»Warum besucht er mich dann nicht?«

»Wir waren gestern hier, aber du hast geschlafen und die Schwester sagte, wir sollten dich nicht aufwecken.«

»Die ist auch doof.«

»Warum?«

»Weil sie mich nicht geweckt hat. Und außerdem darf ich nie fernsehen. Und wenn, dann irgendwelchen Babykram.«

»Ich rede mit ihr, versprochen. Schließlich bist du kein Baby. Du bist zehn.«

»Fast elf.«

Sie schniefte leise und kratzte sich mit der gesunden Hand die verschorfte Wange. Ein unangenehmes, lautes Geräusch.

»Tut's weh?« Mahler strich ihr über den Arm.

Sie holte tief Luft und schüttelte den Kopf. »Es juckt.«

»Du bist sehr tapfer, weißt du das?«

Ella sah aus dem Fenster. »Ich will nach Hause. Zu Mama. Und zu Tom.«

»Es dauert nicht mehr lange. Du weißt, dass Mama dich nicht besuchen kann. Sie ist krank, aber sie wartet zu Hause, und ich soll dir das von ihr geben.« Er gab ihr einen Kuss auf die Wange.

»Du stachelst«, sagte sie und drehte den Kopf zur Seite.

»Ich rasier mich nachher.« Mahler stand auf und versuchte zu lächeln. »Bevor ich's vergesse: Was machen wir eigentlich an eurem Geburtstag?«

Sie dachte kurz nach. »Ich will auf den Reiterhof, wo wir letztes Jahr waren. Ich, Tom, Mama und du. Aber diesmal will ich das graue Pferd reiten. Das mit dem hellen Fleck zwischen den Augen, das Tom beim letzten Mal hatte.«

»Okay. Er wird bestimmt nichts dagegen haben.«

Sie nahm sich den iPod. »Du hast die Kopfhörer vergessen, Papa.«

»Ach, ich bin wirklich bescheuert«, sagte Mahler. »Ich bring sie dir morgen mit.«

»Und Tom. Bring Tom mit. Jetzt bin ich müde.«

Sie schloss die Augen und war augenblicklich eingeschlafen. Dabei hielt sie den iPod ihres Bruders fest in der kleinen Hand.

*

Zorn saß zu Hause auf dem Sofa. Draußen wurde es langsam dunkel. Im Hintergrund dudelte eine David-Bowie-Platte, auf dem Couchtisch standen ein voller Aschenbecher und eine halbe Flasche Bier.

Im Zigarettenladen hatte er feststellen müssen, dass er kein Geld dabeihatte. Also war er zurück ins Büro gehastet und hatte sämtliche Schubladen vergeblich nach einer vereinzelten, irgendwann einmal vergessenen Zigarette durchsucht. Dann hatte er sich wahllos einen der dicken Aktenordner aus dem Regal gegriffen, das gottverdammte Ding mit aller Kraft gegen die Wand geworfen, den Computer ausgeschaltet und war heimgefahren.

Jetzt dachte Claudius Zorn nach.

Es gab so viele Dinge, die er klären musste. Er wusste, dass ihm wegen der Anzeige Ärger drohte. Und er wusste ebenso, dass er Schlimmeres hätte verhindern können, wenn er sich bei Kusch entschuldigt hätte. Aber was hatte er schon getan? Er war angehalten worden, weil er während der Fahrt mit dem Handy telefoniert hatte. Und hatte Kusch den Mittelfinger gezeigt. Mehr nicht. Andererseits hatte Wachtmeister Kusch nur seinen Job gemacht. Wahrscheinlich war er sogar ein netter Kerl, aber Zorn war nicht der Mensch, der anderen gegenüber einen Fehler zugab. Eine Entschuldigung hätte das Eingeständnis bedeutet, etwas falsch gemacht zu haben.

Nein, dachte Zorn trotzig, ich werde nicht zu Kreuze kriechen, und nippte an seinem Bier. Ich habe Wichtigeres zu tun, ich habe einen beschissenen Fall zu lösen. Wahrscheinlich hätte ich damit rechnen müssen, dass in zwanzig Jahren bei der Kripo irgendwann etwas passiert, das mich bis nach Hause verfolgt. Nebenbei erledigen kann ich das nicht. Irgendetwas Abartiges, Böses hat sich ausgerechnet dieses mittelmäßige Kaff ausgesucht, um sich hier auszutoben. Und ich muss rausfinden, was es ist. Obwohl ich keine Lust dazu habe.

Hauptkommissar Zorn wollte tagsüber seine Ruhe haben, zwischendurch an nichts denken und abends seine Platten hören. Jetzt war es anders. Und es lag nicht nur an diesem rätselhaften Fall, sondern auch an Staatsanwalt Sauer.

In den letzten Tagen war Zorn immer bewusster geworden, dass Philipp Sauer ihn für inkompetent hielt. Und je klarer ihm das wurde, desto größer wurde sein Ehrgeiz, diesen Fall aufzuklären.

Er stand auf, um sich ein weiteres Bier zu holen. Als er den Kühlschrank öffnete, schoss ihm ein aberwitziger Gedanke durch den Kopf: Es ging ihm gar nicht darum, die Allgemeinheit vor einem möglicherweise psychopathischen Killer zu schützen. In erster Linie wollte er Sauers verdutztes Gesicht sehen, wenn er ihm den Täter präsentierte.

Er setzte sich an den Küchentisch. Konnte das wirklich sein? War ihm wirklich alles dermaßen gleichgültig?

»Das ist es nicht«, murmelte Zorn halblaut vor sich hin. Es stimmte zwar, dass er sich oft fragte, was er bei der Kripo wollte, und es stimmte auch, dass er damals, als er Polizist geworden war, nicht lange über seine Beweggründe nachgedacht hatte. Aber er musste schon früher den Drang verspürt haben, anderen Menschen zu helfen, Verbrecher zu jagen und die Welt ein wenig besser zu machen. Jetzt, zwanzig Jahre später, liefen diese hehren Ziele Gefahr, unter Bergen von Akten begraben zu werden, aber gänzlich verschwunden waren sie nicht.

Ächzend erwachte der Kühlschrank zum Leben, das Aggregat brummte laut vor sich hin.

Ich bin einer von den Guten. Ich will den Menschen helfen, dachte Zorn und stand auf. Ich habe halt nicht immer Lust dazu. Und ich brauche einen neuen Kühlschrank, das Scheißding ist mindestens fünfzehn Jahre alt.

Er ging zurück ins Wohnzimmer, legte die andere Plattenseite auf und überlegte weiter.

Konnte es tatsächlich sein, dass Sauer den Fall gar nicht lösen *wollte*? Aber welches Interesse sollte er daran haben? Nein, dachte Zorn und gähnte. Sauer ist eiskalt, er würde so ziemlich alles aufs Spiel setzen. Aber seine Karriere? Niemals.

Irgendetwas stimmt da nicht. Ich übersehe etwas. Und ich drehe mich im Kreis. Wir sind jetzt seit einer Woche an diesem Fall und immer noch keinen Schritt weiter. Vielleicht wäre es doch besser, weiter Akten zu sortieren? Ach, ich bin wirklich nicht scharf auf diesen ganzen Kram.

Er nahm sein Handy.

»Ja?«, meldete sich Schröder. Er klang verschlafen.

»Hast du eine Badehose?«

»Wie meinen?«

»Wir gehen morgen schwimmen.«

Schröder gab ein Geräusch von sich. Zorn war nicht sicher, ob es ein Stöhnen oder ein Gähnen war.

»Das ist eine wirklich tolle Idee, Chef«, sagte Schröder und legte wieder auf.

Zorn nahm sein Bier und ging zum Fenster. Betrachtete sein verzerrtes Spiegelbild. Ich bin müde, dachte er. Ich muss jetzt schlafen.

Der Wind rüttelte wie ein wütendes Tier am Fenster. In der Ferne blinkten die roten Positionslichter der Windräder. Tief unter ihm glänzten die Dächer im Regen, und der Verkehr rauschte lautlos über die hell erleuchtete Hochstraße.

Die Stadt war noch da.

Acht

»Tja, Kollege Zorn. Ich fürchte, jetzt bist du zu weit gegangen.« Staatsanwalt Sauer schob eine gelbe Ermittlungsakte über den Tisch. »Anzeige wegen Fahrerflucht und Beamtenbeleidigung in Tateinheit mit Verdacht auf Führen eines Kraftfahrzeuges unter Alkoholeinfluss.« Sehr langsam und sehr bedauernd schüttelte Sauer den Kopf. »Was soll ich bloß mit dir machen?«

Gepflegt am Arsch lecken kannst du mich, dachte Zorn und schlug die Beine übereinander.

Als er am Morgen das Präsidium betrat, hatte ihm der uniformierte Beamte an der Pforte einen handgeschriebenen Zettel des Staatsanwaltes übergeben. Darin wurde er unmissverständlich aufgefordert, sofort in dessen Büro zu erscheinen. Nach kurzem Zögern hatte Zorn entschieden, das Ganze so schnell wie möglich hinter sich zu bringen, und war mit dem Fahrstuhl in die dritte Etage gefahren.

»Ich muss davon ausgehen, dass du deinen Aufgaben nicht mehr gewachsen bist. Die Ermittlungen überfordern dich, du hast keine Ergebnisse vorzuweisen, und nach Dienstschluss«, Sauer schlug mit der flachen Hand auf die Akte, »baust du nun auch noch so einen Mist.«

Das Büro des Staatsanwalts bot einen hervorragenden Blick über die Stadt. Rechts sah Zorn den Hügel mit der mittelalterlichen Burgruine, in der Mitte erhoben sich die Türme der Marktkirche, schräg dahinter standen die riesigen Flutlichtmasten des städtischen Fußballstadions, das gerade saniert wurde.

Es ist so sinnlos, dachte Zorn. Warum pumpt man Millionen in ein Stadion, in dem ein armseliger Verein zweimal im Monat vor einer Handvoll Menschen vergeblich versucht, so etwas wie Fußball zu spielen? Wenn man die ganze Veranstaltung doch problemlos auf einer Wiese im Stadtwald abhalten könnte?

Schaudernd erinnerte er sich an die Zeit, als er selbst noch an diesen Samstagen im Einsatz gewesen war: Hubschrauber kreisen über der Stadt, mehrere Hundertschaften sind stundenlang damit beschäftigt, ein paar Dutzend betrunkener Männer zu begleiten, die fahnenschwingend und brüllend auf der Suche nach nicht vorhandenen Gegnern durch die Innenstadt ziehen.

»… dich wohl zum Psychologen schicken.«

Zorn horchte auf.

Sauer lag mehr, als er saß in seinem großen, ledernen Bürostuhl. »Hörst du mir überhaupt zu, Claudius?«

»Ich geb mir Mühe. Wie ist das mit dem Psychologen gemeint?«

Sauer griff einen vergoldeten Füller und drehte ihn in der Hand. »Ganz einfach: Ich entscheide, ob du einsatzfähig bist oder nicht. Im Moment sieht es für mich danach aus, als wärst du auf ganzer Linie überfordert. Sowohl privat als auch dienstlich. Aber wie gesagt: Es liegt an meiner Einschätzung. Du kannst mich gern vom Gegenteil überzeugen.« Sauer öffnete eine Schublade seines Schreibtischs und verstaute die Akte. »Wenn ich will«, sagte er und sah Zorn an, »bleibt die Anzeige vorerst da drin.« Er klopfte mit dem Zeigefinger leicht auf den Tisch und wiederholte: »Vorerst. Ich könnte dich suspendieren, aber ich denke, du brauchst Hilfe. Professionelle Hilfe. Und deswegen schicke ich dich zum Psychologen.«

Zorn schluckte. Der Gedanke, dem Polizeipsychologen in der ersten

Etage auf Gedeih und Verderb ausgesetzt zu werden, war der reinste Albtraum. Freiwillig wäre er nie auf die Idee gekommen, mit einem wildfremden Menschen über seine Probleme zu reden. Wer dort hinging, war entweder krank oder ein Weichei. Zorn wusste, dass diese Anweisung nichts anderes als Schikane war. Aber er schwieg.

Sauer lag in seinem Sessel wie ein zufriedenes, vollgefressenes Reptil. »Ich hab jetzt nicht genau im Kopf, was dir blüht, wenn die Sache zur Anzeige gebracht wird«, er nickte mit dem Kopf in Richtung Schublade, »aber eins muss dir klar sein: Wenn ich Druck mache, bist du deinen Schreibtisch in jedem Fall los.«

Vielleicht würde ich das ja gar nicht so schlecht finden?, dachte Zorn.

»Sieh es mal so«, fuhr Sauer mit einem breiten Lächeln fort, »ich habe Einfluss, du nicht. Wenn ich den Finger hebe, darfst du weitermachen. Wenn nicht«, Sauer senkte den Daumen, »kannst du einpacken.«

Das macht dir tatsächlich Spaß, du sadistischer Sack, dachte Zorn und erhob sich, um das Büro zu verlassen. Der Staatsanwalt stand ebenfalls auf, ging zur Tür und öffnete. Als Zorn vorbeiging, nahm ihn Sauer am Arm und flüsterte ihm ins Ohr: »Ich hab dich an den Eiern, Zorn. Vergiss das nicht.«

Zorn traute seinen Ohren nicht, ließ sich jedoch nichts anmerken. Er kann mich nicht leiden, dachte er. Aber warum?

Im Vorzimmer saß Frau Saborowski und hackte emsig auf ihre Tastatur. Sie trug eine gepunktete Bluse mit einem sehr, sehr tiefen Ausschnitt. Als Zorn erschien, lächelte sie, führte die Hand ans Ohr und formte lautlos die Worte: »Ruf mich an!«

Zorn nickte und verließ den Raum. Dann hastete er zum Fahrstuhl und fuhr ins Erdgeschoss.

*

Henning Mahler saß bei seiner schlafenden Tochter. In der einen Hand hielt er ein paar Kopfhörer, die andere lag auf ihrem Unterarm und streichelte sie vorsichtig.

Er beugte sich dicht über sie, so dicht, dass sein Mund fast ihr Ohr berührte. »Ich kann es dir nicht sagen«, flüsterte er leise, ganz leise. »Es zerreißt mich, und ich weiß nicht, ob ich es je übers Herz bringen werde. Ich kann dir nicht sagen, dass Mama tot ist. Verstehst du das?«

Es roch nach Desinfektionsmitteln und frischer Wäsche. Sie stöhnte leise, drehte sich von ihm weg und murmelte im Schlaf: »Du stinkst, Papa. Und du stachelst. Du hast dich immer noch nicht rasiert.«

Mahler löste sich vorsichtig von ihr. Als er aufstand, gaben seine Kniegelenke ein leises Knacken von sich. »Was soll ich nur tun?«, murmelte er. »Was?«

Er ging zur Tür. Sah sich noch einmal um. Im Schlaf murmelte Ella den Namen ihres Bruders.

*

Das Dienstzimmer des Polizeipsychologen lag direkt neben dem Direktionsbüro für Pressearbeit. Doktor Keitel saß hinter seinem Schreibtisch, las im *Spiegel* und war gerade dabei, sorgfältig einen Apfel zu schälen, als Zorn ohne anzuklopfen ins Zimmer stürmte. Keitel war Mitte dreißig und trug wie Zorn eine Jeans, um den langen, dünnen Hals hing ein dezent gestreifter Schlips, das helle Hemd schien ein paar Nummern zu groß und schlotterte ein wenig um seinen mageren Oberkörper.

»Ich darf doch?«, sagte Zorn, nahm sich einen Stuhl, stellte ihn mit einem Knall vor Keitels Schreibtisch, warf sich hinein, streckte die Beine aus und sah den Psychologen erwartungsvoll an. »Wir können, Herr Doktor.«

Keitel legte den Apfel behutsam beiseite und schob eine dicke, schwarze Hornbrille auf der Nase zurecht. »Hatten wir einen Termin, Herr …«

»Zorn. Hauptkommissar Claudius Zorn«, sagte Zorn, noch etwas außer Atem.

»Wir sind uns schon ein paar Mal begegnet, nicht wahr?« Keitel hatte eine tiefe, sonore Stimme, die so gar nicht zu seiner schmalen, vogelartigen Erscheinung passen wollte.

»Möglich«, erwiderte Zorn und räusperte sich. »Wir sollten eines klarstellen: Ich halte nichts von diesem ganzen psychologischen Krimskrams, bin kerngesund und nur daran interessiert, diesen Käse so schnell wie möglich hinter mich zu bringen. Ich bin nicht freiwillig, sondern auf Anweisung von Staatsanwalt Sauer hier.«

Der Psychologe schien einen Moment zu überlegen. »Ich hatte noch keine Zeit, mich mit dem Fall zu beschäftigen«, sagte er dann und wühlte umständlich in einem Aktenberg. »Ehrlich gesagt, habe ich nicht so früh mit Ihrem Besuch gerechnet, Herr Zorn.«

»Der *Fall*, wie Sie ihn nennen, ist einfach. Ich habe mich einer Verkehrskontrolle durch Flucht entzogen.«

»Warum?«

»Es war ein Kurzschluss, ich war genervt.«

»Haben Sie sich provoziert gefühlt?«

»Nein. Aber ich habe dem Beamten sehr deutlich zu verstehen gegeben, was er mich kann.«

»In welcher Form?«

Zorn hob die rechte Hand und ballte sie zur Faust. »Das gilt jetzt nicht für Sie, ja?« Er ließ den Mittelfinger nach oben schnellen.

Keitel musterte Zorn über den Rand seiner Brille. »Das ist eine ernste Angelegenheit«, erwiderte er mit einem feinen Lächeln.

»Das ist mir bewusst.«

»Was schlagen Sie vor?«

»Um die Sache einfacher zu machen, kann ich Ihnen gern ein paar traumatische Erlebnisse aus meiner Kindheit liefern.«

»Ich höre?«

Zorn sah sich in dem engen Büro um. Ein großes Fenster gab den Blick auf den Innenhof des Präsidiums frei. Draußen war es düster. Obwohl noch nicht einmal Mittag war, hatte Keitel das Licht eingeschaltet.

»Wieso haben Sie eigentlich keine Couch? Ich müsste mich doch hinlegen, oder?«

»Das sind Klischees«, erwiderte Keitel. »Ich kann auch im Sitzen therapieren.«

Zorn kratzte sich im Nacken. »In der Grundschule gab es jemanden, der die gesamte Klasse tyrannisiert hat. Sein Name war Peter Huppenbach. Ich war der Kleinste, mich hatte er besonders im Visier.«

»Wie hat sich das geäußert?«

»Ich musste seine Schultasche tragen. Und er hat mir die Pausenbrote abgenommen.«

Keitel nahm seine Brille ab, holte ein Tuch aus der Hemdtasche und begann, die Gläser zu putzen. »Das klingt wirklich äußerst traumatisch, Herr Hauptkommissar.«

»Oh ja. Ich glaube, ich habe das nie richtig verarbeitet, Herr Doktor.« Zorn sah den Psychologen sehr ernst an. »Jedes Mal, wenn ich ein Brot sehe, bekomme ich Schweißausbrüche.«

»Ja?«

»Und Gewaltphantasien.«

Keitel öffnete den oberen Hemdknopf und lockerte seinen Schlips. »Zwingen kann ich Sie zu nichts. Aber wenn das alles hier etwas bringen soll, müssen Sie mich ernst nehmen.«

»Das tu ich doch«, sagte Zorn unschuldig. »Wir analysieren jetzt gemeinsam, dann verschreiben Sie mir ein paar Tröpfchen, tippen Ihren Bericht und wir haken das Ganze ab.«

Doktor Keitel hauchte sorgfältig in eines der Gläser, hob die Brille prüfend gegen das Licht und setzte sie wieder auf.

»Sie wollen sich nicht helfen lassen, und wahrscheinlich brauchen Sie auch gar keine Hilfe. So, wie ich das sehe, wird ein Verfahren gegen Sie eingeleitet. Das sollten Sie nicht unterschätzen. Und ich habe Anweisung von der Staatsanwaltschaft, ein Gutachten über Ihre Dienstfähigkeit zu erstellen, Herr Hauptkommissar. Dem kann ich mich nicht einfach entziehen. Und dazu brauche ich Ihre Hilfe.«

Zorn seufzte. »Wir wissen beide, dass dieses Gutachten reinste Schikane ist, oder?«

»Sie vielleicht. Ich weiß es noch nicht. Dazu muss ich erst Ihre Personalakte lesen.« Erneut wühlte der Psychologe in dem Aktenstapel. »Irgendwo hab ich hier eine Kopie. Meines Wissens ist sie nicht vollständig, aber ich würde vorschlagen, Sie schreiben auf, was genau aus Ihrer Sicht passiert ist. Wir verabreden uns für nächste Woche und reden noch einmal in Ruhe, dann –«

»Wie war das?« Zorn war aufgesprungen.

»Ich sagte, wir verabreden uns für nächste –«

»Nein, Sie haben was von einer Kopie gesagt!«

»Allerdings«, erwiderte Keitel verwundert.

»Einer unvollständigen Kopie!«

»Ja und?«

Zorn langte wortlos über den Schreibtisch, griff Keitels Telefon und tippte hektisch Schröders Durchwahl ein. »Komm sofort in mein Büro!«, rief er, »bring die Berichte mit, Obduktion und Spuren!« Er knallte den Hörer auf die Gabel, dann wandte er sich an Keitel. »Ich wusste, dass ich was übersehen hab.«

»Aha.« Der Psychologe kratzte sich an der Nase.

Der muss wirklich denken, ich bin völlig durchgeknallt, dachte Zorn und rannte grußlos aus dem Zimmer.

*

»Und? Fällt dir was auf?« Sie saßen an dem kleinen Tisch in Zorns Büro. Zwischen ihnen lagen der Obduktionsbericht und der Bericht der Spurensicherung. Schröder schüttelte den Kopf.

»Das hier«, Zorn hob die Mappe der Spurensicherung, »ist ein Original, während wir es hier«, er nahm den Obduktionsbericht in die andere Hand und hielt ihn in die Höhe, »mit einer Kopie zu tun haben.«

Er öffnete die Mappe und zeigte sie Schröder. »Hier: Anmerkungen vom Pathologen, handschriftlich. Eindeutig eine Kopie.«

Schröder zuckte die Achseln. »Es ist völlig normal, dass Sauer die Berichte kopieren lässt. Wir haben von dem einen das Original und von dem anderen die Kopie bekommen. Zufall, Chef.«

»Nix Zufall!« Zorn blätterte die dünne Akte durch. Er hatte eine Zigarette im Mundwinkel und kniff das linke Auge zusammen. »Die Seiten sind nummeriert, oder?«

Ein großes Stück Zigarettenasche landete auf dem Tisch. Zorn pustete kurz, ein Großteil der Asche landete auf Schröders Schoß.

»Verbindlichsten Dank, Chef«, sagte Schröder und wischte seine Cordhose ab.

Zorn hatte von all dem nichts mitbekommen, schob den Bericht zu Schröder hinüber und wiederholte: »Fällt dir echt nichts auf?«

Schröder blätterte langsam Seite für Seite um. Dann stutzte er, sah die Mappe erneut durch und schaute Zorn an. Der hatte sich zurückgelehnt und die Arme hinter dem Kopf verschränkt.

»Es fehlt eine Seite, Chef.«

»Genau. Das war mir vorher schon aufgefallen, aber irgendwie hab ich's vergessen. Der Psychologe hat mich drauf gebracht.«

»Was machst du beim Psychologen?«

Zorn winkte ab. »Egal. Wenn du mir jetzt noch sagst, warum die Kopie unvollständig ist, lade ich dich nachher zum Essen ein.«

»Ein Versehen?«

»Könnte sein«, gab Zorn zu. »Möglichkeit zwei?«

»Tja«, überlegte Schröder. »Wenn jemand die Seite bewusst entfernt hat, könnte dort etwas stehen, das wir nicht erfahren sollen.«

»Sehr gut, Schröder. Und was könnte das sein?«

Schröder zuckte die Achseln.

»Herrgott, Schröder!«, rief Zorn, »was sollte es denn sonst sein als ein Hinweis auf die Identität der Leiche?«

»Ist das nicht ein bisschen weit hergeholt, Chef?«

»Wenn es keine Schlamperei ist, muss es einen anderen Grund geben. Hast du einen?«

»Im Moment nicht.« Schröder griff die Fotos, die der Pathologe von der Leiche angefertigt hatte, und sah sie nacheinander durch. Betrachtete die Rückseiten und stutzte erneut. »Die sind auch nummeriert.« Er warf den Stapel auf den Tisch und lehnte sich jetzt ebenfalls in seinem Stuhl zurück. »Es fehlen zwei, Chef.«

»Glaubst du immer noch an ein Versehen?«

Schröder sah aus dem Fenster. »Nein.«

»Zufall?«

»Auch nicht.«

Zorn beugte sich über den Tisch. »Weißt du, was das bedeutet?«, sagte er leise.

Schröder öffnete den obersten Knopf seines Hemdes. »Es könnte bedeuten, dass jemand die Akten frisiert«, sagte er nach einer Weile.

»Das ist absolut unwahrscheinlich, weil es keinen Sinn ergibt. Vor allem bleibt die Frage, wer so was machen könnte.«

Zorn sah Schröder unverwandt an. »Sag du es mir. Wer hat die Möglichkeit dazu?«

Schröder räusperte sich.

»Ich weiß, was du jetzt hören willst, Chef, aber ich kann –«

»Verdammt!«, unterbrach Zorn und sprang auf, »wer hat angeordnet, dass er sämtliche Berichte zuerst sehen will?«

»Unser Staatsanwalt«, stöhnte Schröder, »und trotzdem ka–«

»Nix trotzdem!«, ereiferte sich Zorn. »Sauer hat die Möglichkeiten, Sauer frisiert die Akten, Sauer will die Ermittlungen verschleppen!«

»Angenommen, es wäre so«, lenkte Schröder ein, »dann bliebe allerdings noch eine klitzekleine Frage.«

»Und welche?«

»Warum, Chef?«

»Was?«

»Welchen Grund hat Sauer, unsere Arbeit zu behindern?«

»Ganz einfach, weil ...« Zorn fuchtelte mit den Händen durch die Luft, öffnete den Mund, schloss ihn wieder und rieb sich mit der flachen Hand über den Hinterkopf. »Keine Ahnung«, seufzte er dann. »Aber ich bin mir sicher, dass es so ist.«

»Intuition?«

»Willst du mich verarschen?«

»Nein, Chef«, lächelte Schröder, wurde aber sofort wieder ernst. »Wenn du wirklich recht hast, müssen wir das melden.«

Zorn schüttelte den Kopf.

»Er würde doch behaupten, dass es ein Irrtum ist. Wir können nicht beweisen, dass er das vorsätzlich getan hat.«

»Ich rufe den Pathologen an und lasse mir das Original geben.«

»Das wirst du schön bleiben lassen, Schröder. Sauer hat mehr Einfluss, als wir beide zusammen jemals haben werden. Woher wissen wir, dass der Pathologe nicht mit drinsteckt? Oder irgend jemand anders? Solange wir keine eindeutigen Beweise haben, darf Sauer nicht erfahren, was wir wissen. Der würde uns fertigmachen.«

Schröder strich sich eine rötliche Haarsträhne aus der Stirn. »Das gefällt mir nicht, Chef.«

»Du und ich, Schröder, wir beide sind die Einzigen, die Sauer etwas nachweisen können. Wir können ihn am Arsch kriegen. Aber bis es so weit ist, müssen wir allein arbeiten.«

Schröder stand ebenfalls auf und sah seinen Chef an. »Du meinst undercover?«

Zorn nickte.

»Das kann uns die Pension kosten, Chef.«

»Ist das wichtig?«

»Ja«, sagte Schröder ernst. Dann fügte er hinzu: »Aber wir könnten eine Menge Spaß haben.«

»Vielleicht.« Zorn lächelte. »Aber zuerst müssen wir rausfinden, was Sauer für ein Motiv hat.«

»Wenn es denn eines gibt«, erwiderte Schröder und hob den Zeigefinger.

»Es gibt eins, darauf wette ich.«

»Wenn wir den Fall lösen«, sagte Schröder, verschränkte die Arme hinter dem Rücken und begann, im Zimmer auf und ab zu laufen, »wissen wir auch, ob Sauer etwas zu verbergen hat.«

»Wir schnappen gleichzeitig einen Killer und einen korrupten Staatsanwalt.«

Schröder blieb stehen. »Okay, Chef. Was machen wir?«

»Den Originalbericht besorgen. Aber den holen wir uns nicht beim Pathologen, sondern von Sauer. Der hat ihn garantiert irgendwo liegen.«

»Wie willst du da rankommen?«

»Ich brauche den Vornamen seiner Sekretärin.«

»Warum?«

»Weil sie ständig in Sauers Nähe ist und möglicherweise etwas weiß, was wir nicht wissen.«

Schröder steckte die Hände in die Hosentaschen und trat zwei Schritte auf Zorn zu. »Sie heißt Hannah.«

Zorn legte Schröder eine Hand auf die Schulter. »Du weißt es schon?«

»Ich habe den Pförtner gefragt. Der kennt jeden im Präsidium.« Er gestattete sich ein kleines Lächeln. »Ich dachte mir neulich schon, dass das wichtig sein könnte.«

»Mein lieber Schröder«, sagte Zorn feierlich, »das ist der Beginn einer neuen, wunderbaren Zusammenarbeit.« Er sah seinem Kollegen tief in die Augen. »Nur du und ich. Undercover.«

»Gracias, Chef.«

»De nada, Schröder.«

Schröder tat, als würde er sich eine Träne aus dem Auge wischen.

»Wir treffen uns um fünf auf dem Parkplatz«, fuhr Zorn fort. »Dann gehen wir erst mal schwimmen.«

Als Schröder gegangen war, rief Zorn bei Hannah Saborowski an und lud sie für den nächsten Abend zum Essen ein. Danach stand er noch eine Weile am Fenster. Vor dem Präsidium wuchs eine riesige Eiche, noch vollständig kahl, obwohl der Frühling laut Kalender schon längst angebrochen war. Ein Schwarm Krähen hatte sich in den Zweigen niedergelassen. Ein seltsames Hochgefühl hatte ihn ergriffen.

Ist das Jagdfieber? Nein, überlegte Zorn, ich bin kein Jäger. Ich bin träge, einer, der nur abwartet und sich die Beute hübsch angerichtet auf dem Teller präsentieren lässt. Und hinterher den Koch anmeckert, weil die Klöße zu hart sind.

Zorn seufzte leise. Jetzt war alles anders. Er wusste nicht, wie lange dieses Gefühl anhalten würde, doch im Moment wollte er nicht darüber nachdenken.

Bald hab ich dich, Staatsanwalt Sauer, dachte er und beobachtete den Regen, der in feinen Fäden am Fenster hinabfloss. Eigentlich müsste ich dir dankbar sein. Hätte nie gedacht, dass ich jemals wieder so etwas wie Spaß an meiner Arbeit haben würde.

*

Staatsanwalt Sauer hatte gewisse Rituale. Eines davon war, sich täglich Punkt 12:30 Uhr das Mittagessen an den Schreibtisch servieren zu lassen. Die Mahlzeiten in der Kantine des Präsidiums waren nach allgemeiner Auffassung nicht übel, doch Sauer verachtete gewöhnliches Essen. Außerdem traf er seine Untergebenen so selten wie möglich, und so war es nur folgerichtig, dass er sich von diversen Edelrestaurants beliefern ließ.

Er hatte sich Sushi kommen lassen und war gerade dabei, etwas Lachskaviar in die Sojasauce zu tunken, als sein Handy klingelte. Sein Personal hatte strengste Anweisung, während der Mittagspause keine Anrufe durchzustellen, und im Normalfall schaltete er sein Handy um diese Zeit stumm. Heute hatte er es vergessen.

Er drückte den Anruf weg und trank einen Schluck grünen Tee. Wieder klingelte es. Sauer seufzte und nahm ab.

»Was ist los?«, knurrte er und pulte mit dem Zeigefinger ein halbes Reiskorn zwischen den Zähnen hervor.

Bereits eine halbe Sekunde, bevor der andere sprach, wusste Sauer, wer anrief.

»Eine gute Frage, Leutnant.«

Diese kalte, irgendwie unbeteiligte Stimme, die klang, als käme sie aus einem anderen Universum. Was in gewisser Weise auch der Fall war. Sauer spürte, wie sich seine Nackenhaare aufrichteten.

»Was?«, ächzte er.

»Ich will wissen, was ist.«

»Ich habe dir verboten, mich im Büro anzuru –«

»Du verbietest mir nichts, Staatsanwalt.«

Obwohl er allein war, senkte Sauer die Stimme und schirmte das Telefon mit der Hand ab.

»Was willst du?«

»In den Zeitungen steht, dass ihr sie sucht.«

»Natürlich muss ich die Presse informieren, wenn ich das nicht tue, fliegt sofort alles auf, verdammt! Versteh doch, ich …«, Sauer suchte nach den richtigen Worten, »ich kann einiges verhindern, aber gewisse Dinge eben nicht!«

Der andere schwieg.

»Es läuft alles nach Plan, das habe ich dir gesagt. Ich habe den Fall einem absoluten Schwachkopf übergeben. Niemand wird herausfinden, wer sie ist.« Sauer überlegte kurz. »Du bist absolut sicher. Und du musst mir vertrauen.«

»Ich vertraue keinem. Am allerwenigsten dir, Staatsanwalt.«

Sauer schluckte. Seine Kehle war trocken. Und ihm war plötzlich sehr kalt.

»Wir müssen uns treffen.«

»Das geht nicht!« Sauer fuhr auf. »Man darf uns nicht zusammen sehen, das Risiko ist viel zu groß!«

»Ich sage dir noch, wann und wo.«

Ein Klicken, und die Leitung war tot.

Sauer saß noch ein paar Minuten da, kaute an den Fingernägeln und starrte vor sich hin. Dann stand er mit einem Ruck auf. Nahm den Sushi-Teller, um ihn mit aller Kraft an die Wand zu werfen. Im letzten Moment entschied er sich dann doch für den Papierkorb.

*

»Beim Schwimmen«, sagte Zorn und lockerte die Oberarme, »darf man nicht verkrampfen, Schröder. Man muss seine Kraft gut einteilen und sich vor allem sorgfältig aufwärmen. Siehst du?«

Er machte ein paar Kniebeugen. Sie hatten pünktlich Feierabend gemacht und waren dann mit Zorns Volvo zum städtischen Hallenbad gefahren.

Das Schwimmbecken war mit bunten Leinen, an denen in kurzen Abständen helle Korkstücke befestigt waren, in einzelne Bahnen abgeteilt. Außer ihnen befand sich nur eine Handvoll Menschen im Bad. Links zogen drei Rentner gemächlich ihre Kreise, auf der gegenüberliegenden Seite übten ein paar Halbwüchsige Kopfsprünge. Ihre hellen Stimmen hallten laut durch den hohen, türkis gefliesten Raum.

»Interessant, Chef.« Schröder trug eine dunkelrote Badekappe, die mit einem Riemen unter dem Kinn befestigt war. Sein mächtiger, mit zartem, rötlichem Flaum bedeckter Bauch wölbte sich über einer viel zu engen, geblümten Badehose.

Zorn, schlank und gut gebaut, mindestens einen Kopf größer als Schröder, tänzelte mit angewinkelten Armen hin und her.

»Fertig?« Er sprang leichtfüßig auf einen Startblock und zog eine schmale, dunkel getönte Chlorbrille über die Augen.

»Jawohl!«, sagte Schröder und nahm Haltung an.

Zorn legte einen perfekten Hechtsprung hin, tauchte wieder auf und sah, wie Schröder unbeholfen an der Leiter ins Wasser glitt. Langsam, sehr langsam sank er unter und tauchte dann mit einem lauten Prusten wieder auf.

»Ganz schön kalt!«, stöhnte er.

»Lass es gemütlich angehen«, sagte Zorn. »Ich bin früher täglich mindestens drei Kilometer geschwommen, aber ich denke, für heute sollten tausend Meter reichen.«

»Das denk ich auch«, erwiderte Schröder und schwamm an den Beckenrand.

Zorn holte tief Luft. »Wenn du nicht mitkommst, ist nicht schlimm. Hauptsache, du bewegst dich ein bisschen. Schaden kann's nicht.« Er stieß sich ab. Ohne sich noch einmal umzusehen begann er, in langen Zügen zu kraulen. Das Becken maß fünfzig Meter. Als er die Hälfte zurückgelegt hatte, beschleunigte er ein wenig, erreichte das andere Ende und hielt, ein wenig außer Atem, an, um auf Schröder zu warten.

Der kam in ein paar Metern Abstand herangepaddelt. Die Badekappe war ihm über die Augen gerutscht, er war puterrot im Gesicht und erinnerte Zorn ein wenig an eine Schildkröte.

»Ich kann nur Brustschwimmen«, japste Schröder.

»Macht nichts«, sagte Zorn gnädig, »lass dir Zeit.«

Auf den letzten Metern der zweiten Bahn erkannte Zorn, dass er sich seine Kräfte einteilen und das Tempo drosseln musste. Als er anschlug, rang er mühsam nach Atem, hielt sich am Becken fest und sah sich nach Schröder um.

Der war nur einen halben Meter hinter ihm.

Nicht schlecht, dachte Zorn, hoffentlich hält er noch ein bisschen durch, und machte sich wieder auf den Weg. Nach wenigen Metern wurde die Luft ernstlich knapp und Zorn bemerkte, wie Schröder aufholte. Er nahm alle Kraft zusammen und schaffte es geradeso, als Erster anzuschlagen. Helle Punkte tanzten vor seinen Augen.

»Das macht Spaß!«, strahlte Schröder und schob die Badekappe aus der Stirn. »Wie viel Meter haben wir jetzt, Chef?«

»Hundertfünfzig«, keuchte Zorn und hielt sich unauffällig die Seite.

»Ich weiß nicht, ob ich tausend schaffe, ich schwimm einfach ganz langsam.« Schröder tauchte unter, stieß sich ab und war im nächsten Moment wieder unterwegs.

Das kann nicht wahr sein, dachte Zorn, holte tief Atem und machte sich an die Verfolgung. Er kraulte jetzt mit aller Kraft, dabei sah er abwechselnd zum Beckenboden und auf Schröders dünne, behaarte Beinchen, die munter vor ihm herstrampelten. Panisch versuchte er, in Reichweite zu bleiben. Nach zwanzig Metern merkte er, dass der Abstand immer größer wurde, hörte auf zu kraulen und ging jetzt ebenfalls zum Brustschwimmen über. Immerhin, jetzt holte er ein wenig auf, sah den Beckenrand, seine Lungen brüllten nach einer Pause, doch entsetzt stellte er fest, dass Schröder nur kurz anschlug, wendete und sofort weiterschwamm.

Zorn kniff die Augen zusammen und folgte abermals. Jetzt bekam er auch noch Seitenstechen, die hellen Punkte vor seinen Augen wurden flammend rot, er hob den Kopf, schluckte Wasser und sah, dass er gerade einmal die Hälfte der Bahn geschafft hatte.

Himmelherrgott, dachte Zorn, ich ersaufe in einem öffentlichen Schwimmbad, das gerade mal 1,80 m tief ist. Wo ist der verdammte Bademeister?

Schröder hatte bereits gewendet. Als er an Zorn vorbeikam, hob er kurz den Daumen, grinste breit und schwamm schnurstracks weiter.

Claudius Zorn gab auf. Er legte sich auf den Rücken und ließ sich langsam bis zum Ende der Bahn treiben. Seine einzige Sorge war, dass Schröder ihn sehen könnte, doch der zog unbeirrt seine Bahn und kümmerte sich nicht um das, was hinter ihm geschah.

Zorn nahm die Chlorbrille ab, hielt sich am Beckenrand fest und versuchte, wieder zu Atem zu kommen. Im nächsten Moment erschien Schröder, hielt an und warf Zorn einen fragenden Blick zu.

»Scheiß Brille«, sagte der, »taugt überhaupt nichts, ist total undicht.«

»Kann ich mir vorstellen«, japste Schröder und wendete. »Ich mach noch ein bisschen weiter.«

»Mach langsam«, sagte Zorn.

Nach ein paar Metern drehte sich Schröder um und rief: »Das müssen wir öfter machen, Chef!«

Zorn nickte. Schwimmen ist doof, dachte er. Ich sollte es langsamer angehen lassen. Wer weiß, vielleicht bin ich ja bloß ein wenig aus der Übung? Das nächste Mal geh ich jedenfalls alleine schwimmen. Wenn überhaupt.

Dann stand er schwerfällig auf und wankte unter die Dusche.

*

Als Zorn später daheim auf den Fahrstuhl wartete, hatte er immer noch weiche Knie. Aber er hatte sich so weit erholt, dass er wieder halbwegs ruhig zu atmen vermochte. Die zerkratzte Tür öffnete sich, und Zorn wäre fast von zwei halbwüchsigen Mädchen über den Haufen gerannt worden, die den Fahrstuhl laut kichernd verließen. Er trat ein, drückte den Knopf für die vierzehnte Etage und lehnte sich, die Tasche zwischen den Beinen, an die Wand. Leise rumpelnd schloss sich die Tür, als im Flur hastige Schritte zu hören waren. Im letzten Moment erschien ein Bein und die Tür ging wieder auf.

Zorn hielt die Luft an.

»Sorry«, sagte das Mädchen und trat ein. Beim letzten Mal hatte sie eine Regenjacke angehabt, heute trug sie einen dunklen Trainingsanzug und Laufschuhe. Um den Hals baumelten ein paar Kopfhörer. Das Haar hatte sie im Nacken zu einem kurzen Zopf gebunden, sie war völlig durchnässt, ob vom Schweiß oder vom Regen, war schwer zu sagen. Zorn fand, dass sie immer noch sehr gut aussah. Obwohl sie puterrot im Gesicht war. Oder vielleicht gerade deshalb.

Sie stand ihm gegenüber, lehnte sich ebenfalls an und starrte auf eine Stelle, die irgendwo ein paar Zentimeter über Zorns linker Schulter sein musste.

Plötzlich hatte er einen sehr, sehr trockenen Hals. Er räusperte sich heftig.

»Du joggst?«, fragte er dann.

»Hm.« Sie strich sich mit beiden Händen das Haar aus der Stirn.

Ein paar Sekunden vergingen, Zorn kam es vor, als sei es eine Ewigkeit, während er angestrengt überlegte, was er jetzt sagen sollte.

Sie räusperte sich ebenfalls.

»Und du?«

»Ich?«

»Joggst du auch?«

»Nee. Ich schwimme.«

Sie sah ihn kurz an.

»Aha.«

Er roch ihr Parfum. Flieder, dessen Duft sich mit dem Geruch ihrer nassen Kleidung zu einem Aroma vermischte, das an eine Wiese nach einem Frühlingsregen erinnerte. Schräg über ihrem Kopf hatte jemand mit dickem schwarzen Filzstift *Fuck the fucking Sistem* an die Wand gekrakelt.

Wenn sie schon alles beschmieren müssen, überlegte Zorn, sollten sie doch wenigstens auf die Rechtschreibung achten.

Das Mädchen räusperte sich erneut. »Könntest du …?«

Er sah sie verständnislos an.

Sie wies mit den Augen auf seinen Bauchnabel.

»Ich muss in die zwölfte.«

Jetzt wurde ihm bewusst, dass er direkt vor der Tafel mit den Etagenknöpfen stand. Hastig drehte er sich um, murmelte eine Entschuldigung und drückte den Knopf. Es ruckte, und der Fahrstuhl fuhr an.

Zorn blickte äußerst konzentriert auf ihre nassen Turnschuhe und fragte sich, ob das flaue Gefühl in seinem Magen von der plötzlichen Aufwärtsbewegung erzeugt wurde.

Himmelherrgott, überlegte er, wie alt bin ich eigentlich? Zweiundvierzig, und ich komme mir vor wie ein Drittklässler in der Kinderdisco. Ich muss jetzt was Witziges sagen. Oder was Geistreiches. Aber was? Ich könnte mich für den Spiegel bedanken, den sie mir geschenkt hat.

»Scheißregen«, murmelte er stattdessen.

»Ja«, erwiderte sie, »es ist so …«

»… nass.«

Gratuliere, dachte er. Geistreich *und* witzig.

Ächzend kam der Fahrstuhl zum Stehen. Sie stieß sich mit den Händen von der Wand ab und ging in den Flur. Dort drehte sie sich noch einmal um.

»Ich bin übrigens Malina«, sagte sie, kam einen Schritt zurück und streckte ihm durch die Tür die Hand entgegen. Sie war warm und trocken. So standen sie einen Moment da. Dann legte sie den Kopf ein wenig schief und lächelte.

»Und du?«

»Ich? Ich muss in die vierzehnte.« Er zeigte mit dem Kinn in Richtung Decke.

»Ich meinte, wer du bist.«

»Zorn. Ich bin Zorn.«

Sie überlegte.

»Hast du auch einen Vornamen, Zorn?«

»Claudius.«

»Also, Claudius Zorn, nett, dich kennenzulernen. Tschüs.«

Wieder bemerkte er, wie unglaublich hell ihre Augen waren. Er konnte sich nicht für eine Farbe entscheiden. Grün? Oder eher grau?

»Machs gut«, sagte er.

Blau, überlegte Zorn. Sie sind eindeutig blau. Extrem blau. Und extrem schön.

»Würdest du meine Hand loslassen, Claudius Zorn?«

»Entschuldige.« Verwirrt gab er sie frei und trat einen Schritt zurück. Sie winkte ihm kurz zu und war um die Ecke verschwunden. Dort, wo sie gestanden hatte, war jetzt eine kleine Pfütze.

Ich habe nur Schwachsinn erzählt, dachte er und setzte den Fahrstuhl wieder in Bewegung. Und ich habe mich nicht mal bedankt. Oh ja, sie muss denken, ich wär ein absoluter Vollidiot. Wenn ich in meiner Wohnung bin, öffne ich das Fenster, nehme ordentlich Anlauf und springe raus.

Neun

Es muss weit nach Mitternacht sein. Obwohl es stockdunkel ist, weiß er, dass er sich in seinem Hausflur befindet. Er erkennt es an dem typischen Geruch nach feuchtem Beton und abgestandenem Essen. Bis auf seine Boxershorts ist er nackt. Die bloßen Füße frieren auf dem kalten Linoleum. Mit vorgestreckten Armen tastet er sich blind durch die Finsternis. Es ist irgendwie so, als würde er sich unter Wasser bewegen. Nein, nicht Wasser. Etwas anderes, dickflüssigeres. Sirup vielleicht.

Er hört seinen eigenen, keuchenden Atem und das Tappen seiner vorsichtigen Schritte, ansonsten ist es vollkommen still. Er scheint allein in dem riesigen Haus zu sein. Mit der rechten Hand fährt er über die rissige Wand, er ist sicher, dass hier irgendwo der Lichtschalter sein muss. Schließlich findet er ihn, drückt, irgendwo klackt ein Relais, doch es bleibt dunkel. Sämtliche Neonröhren müssen kaputt sein. Er flucht leise, zuckt dann zusammen, als plötzlich weit vor ihm, mindestens dreißig Meter entfernt, eine einzelne Röhre aufflackert. Für einen kurzen Moment ist der hintere Teil des Flurs in helles Licht getaucht. Er sieht die dunkelbraunen Türen, die rechts zu den einzelnen Wohnungen führen. Links von ihm ist ein Feuerlöscher an die Wand geschraubt.

Dann ist es wieder dunkel.

Er hat keine Ahnung, wie er hierhergekommen ist. Und er weiß nicht, was er hier soll. Aber er spürt, dass er dieses Haus schnellstens verlassen muss.

Irgendwo wird ein Radio angestellt. Die Musik ist undeutlich. Sie scheint von weit her, aus einer der Etagen unter ihm zu kommen. Obwohl fast nur Bässe und das Wummern des Schlagzeuges zu ihm heraufdringen, erkennt er einen alten Police-Titel.

Er steht jetzt direkt vor dem Fahrstuhl. Die rot leuchtenden Ziffern des Digitaldisplays zeigen an, dass der Aufzug im Erdgeschoss ist. Er drückt auf den Taster mit dem Pfeil nach oben, im Schacht ist ein dumpfes Dröhnen zu vernehmen, als sich der Fahrstuhl tief unten in Bewegung setzt. Je näher er kommt, desto lauter wird die Musik. Der Bass rumpelt in monotonen Achtelnoten vor sich hin: »Every breath you take«, er hat den Titel immer gemocht.

Wieder flackert die Neonröhre auf. Er glaubt, eine Gestalt zu sehen, die weit hinten an der Wand lehnt und in seine Richtung blickt. Er kneift die Augen zusammen, doch bevor er etwas erkennen kann, ist es wieder dunkel.

Every step you take, every move you make, I'll be watching you!, dröhnt es herauf. Der Aufzug kommt näher. Das Licht flackert auf, neben dem Fahrstuhl liegt ein großer, wattierter Umschlag auf dem staubigen Boden. Vorsichtig hebt er ihn auf, dreht ihn in den Händen. *Kontrolle ist besser* steht darauf. Der Spruch, den Malina auf den Brief mit dem Taschenspiegel geschrieben hat.

Er sieht sich um. Die Gestalt ist verschwunden, auf dem Display über der Tür blinkt eine leuchtende 12. Das Dröhnen wird lauter, der Fahrstuhl muss jeden Moment da sein. Die letzten Takte des Liedes erklingen.

I'll be watching you.

Jetzt wechselt die Anzeige, die Zahlen verschwinden, Buchstaben erscheinen, sie laufen über das Display wie auf einer Werbetafel im Supermarkt. Wieder kneift er die Augen zusammen, als er die Aufschrift entziffert. Es ist dieselbe wie auf dem Umschlag:

KONTROLLE IST BESSER

Ihm ist, als würde er jemanden leise auflachen hören. Der Aufzug steht. Dann ist es still. Ein kalter Windstoß fegt über den Flur. Fröstelnd zieht er die Schultern hoch. Er würde gern weglaufen, doch seine Füße gehorchen nicht. Er sieht hinauf zum Display. Neue Buchstaben erscheinen. Sie geben das einzige Licht, ein dunkles, rotes Glühen, das sich vage auf seinem Gesicht und der gegenüberliegenden Wand abzeichnet.

ELLA, TOM, CLARA UND HENNING MAHLER WOHNEN HIER.

Die Anzeige erlischt. Ein leiser Gongschlag ertönt, die Aufzugtür öffnet sich quietschend, fährt langsam zur Seite. Eine ungeheure Hitzewelle schlägt ihm entgegen, er prallt zurück, schützend hält er die Hand vor das Gesicht, senkt sie dann wieder.

Er erkennt Clara Mahler sofort, obwohl er sie nur kurz auf einem Foto gesehen hat. Sie steht in der Kabine, sieht ihn an, die Schultern gesenkt, in ein diffuses, grünliches Licht getaucht. Sie trägt denselben Trainingsanzug wie Malina, vielleicht etwas dunkler, um die Schultern hängen dieselben Kopfhörer. Er öffnet den Mund, um ihr zu sagen, dass sie tot ist, dass sie hier, in seinem Haus, nichts zu suchen hat, doch außer einem erstickten Krächzen bringt er keinen Laut hervor.

Ein leises Plätschern ist zu hören, als sie einen Schritt vortritt. Er muss nicht hinsehen, um zu wissen, dass das, wodurch sie watet, Blut ist. Dass die komplette Kabine in Unmengen von Blut getaucht ist. Blut, das in dem grünlichen Licht schwarz schimmert und den Trainingsanzug durchnässt hat, der eigentlich Malina gehört. Das Display flackert auf.

HEUTE HAPPY HOUR: BLOODY MARY ZUM HALBEN PREIS!

Clara Mahler streckt ihm lächelnd die Arme entgegen. Er sieht, dass das Blut von ihr stammen muss, es fließt in stetigen, pulsierenden Strömen aus ihren Handgelenken. Ihr Haar ist feucht, sie trägt es jetzt zu einem kurzen Zopf gebunden.

Er schließt die Augen, weil er ahnt, was geschehen wird. Riecht den Fliederduft, hört, dass jemand leise nach ihm ruft. Als er die Augen wieder öffnet, sieht er, dass nicht Clara Mahler, sondern Malina vor ihm steht. Sie lächelt nicht mehr. Langsam, wie in Zeitlupe, öffnet sie den Mund. Ein paar Sekunden steht sie so da, mit offenem Mund, dann würgt sie, und ein Schwall Blut ergießt sich über ihn. Panisch versucht er, sich abzuwischen, vergeblich, immer mehr Blut folgt, es läuft an seinem Körper hinab, verklebt seine Nase, seinen Mund, er schreit, als sich ihr Gesicht vor seinen Augen mit tiefen Wunden überzieht, jetzt ist sie nicht mehr Malina, sondern die Tote vom Wehr, sie kreischt, ein hohes, wimmerndes Fauchen, sie kommt näher, greift nach ihm, er sieht ihre schwarzen Augenhöhlen, die weißen, teigigen Hände, er geht in die Knie, schlägt um sich, endlich kann er wieder laufen, rennt los, dann erhält er einen fürchterlichen Schlag gegen den Kopf, er fällt, krümmt sich am Boden und dann …

*

… erwachte er von seinem eigenen Gebrüll, einer irgendwie unentschlossenen Mischung aus Angst- und Schmerzensschreien.

Zorn lag im Flur, auf dem Teppich vor dem Bad, er musste im Schlaf aufgestanden, losgerannt und mit voller Wucht gegen die halboffene Badezimmertür gekracht sein. Benommen setzte er sich auf, tastete vorsichtig nach der Stirn und spürte die Beule, die sich dort bildete. Er war über und über mit kaltem, klebrigem Schweiß bedeckt, im Mund spürte er einen metallischen Geschmack, und als er die Hände hob, sah er, dass seine Fingernägel tiefe, halbmondförmige Abdrücke in seinen Handballen hinterlassen hatten.

Vorsichtig stand er auf. Durch die halboffene Tür sah er sein zerwühltes Bett. Die Nachttischlampe, ein hässlicher Würfel aus rosafarbenem Milchglas, lag zerborsten auf dem Boden. Er musste das Ding, ein Geschenk seiner Mutter zu seinem 30. Geburtstag, im Schlaf heruntergerissen haben.

Zorn ging unter die Dusche, stellte das Wasser so heiß wie möglich und stand minutenlang da, in der Hoffnung, endlich vollständig wach zu werden. Dann kochte er Kaffee, nahm eine Zigarette und setzte sich nackt an den Küchentisch.

Himmel, dachte er benommen und schüttelte den Kopf, ich habe ja schon viel Mist geträumt. Aber so schlimm war's noch nie. Aus dem Schlafzimmer war ein Geräusch zu hören, immer noch erwartete er, jeden Moment ein blutendes, verwesendes Etwas um die Ecke schlurfen zu sehen. Er drückte die Zigarette aus, stand abrupt auf und ging zum zweiten Mal ins Bad. Zorn duschte immer warm, zumindest lauwarm, doch jetzt drehte er an der Armatur, bis das Wasser eiskalt war, seine Kopfhaut zog sich zusammen, der Atem blieb ihm weg, und als es kaum noch auszuhalten war, zählte er laut bis zehn und sprang dann fluchend aus der Dusche.

Das mach ich nie wieder, dachte er und rubbelte sich mit dem Handtuch trocken. Dann rannte er zitternd ins Schlafzimmer. Nahm wahllos eine frische Jeans aus dem Schrank, trat dabei auf eine der überall herumliegenden Glasscherben, fluchte mit doppelter Lautstärke und humpelte zum Bett, um die Wunde zu untersuchen.

Sie war nicht tief, eigentlich hatte er sich kaum die Fußsohle geritzt und doch jammerte Zorn leise, dass er jetzt genug von dem ganzen Blut habe, erst auf Arbeit, dann in seinen Träumen und jetzt auch noch daheim, in seiner Wohnung, wo er doch eigentlich nichts weiter als seine Ruhe wolle.

Er gähnte und sah auf den Wecker neben dem Bett. Kurz nach halb sieben. Rief dann Schröder an und erklärte, dass er krank sei und heute nicht ins Büro komme, wies ihn an, seine Post und die E-Mails zu checken, schaltete das Handy aus, legte sich wieder hin und schlief bis zum Nachmittag. Tief. Und traumlos.

*

Kurz nach der Mittagspause ging Schröder in Zorns Büro, um wie befohlen nach den E-Mails zu sehen. In der Kantine hatte es Lammbraten gegeben, Schröder hatte sich zweimal Nachschlag geholt und fühlte sich jetzt ein wenig matt, aber zufrieden. Er setzte sich in Zorns Sessel, fuhr den Computer hoch, legte die kurzen Beine auf den Schreibtisch und überlegte dann, Zorns Abwesenheit zu nutzen und das Büro gründlich zu lüften. Das ließ er dann aber bleiben, denn er wusste, dass Zorn bei seinem nächsten Erscheinen nichts Besseres zu tun haben würde, als sich zuerst eine Zigarette anzustecken und die Luft erneut zu verpesten.

Den Vormittag über hatte er die Zeugenbefragungen noch einmal durchgelesen, mittlerweile zum dritten Mal, doch es blieb, wie es war: Weder in der Kantstraße noch in der Nähe des Wehrs hatte jemand etwas Außergewöhnliches beobachtet.

Er öffnete das Mailprogramm, seufzte und sah nach draußen. Es regnete und regnete. Und noch immer waren sie kein Stück vorangekommen.

Zorn hatte vier neue Mails, zwei waren von Sauer, allerdings schon vor vier Tagen eingegangen. Schröder beachtete sie nicht, er war sicher, dass Zorn sie bewusst nicht geöffnet hatte. Eine weitere stammte von Keitel, dem Polizeipsychologen, der ihn bat, sich umgehend zu melden.

Die vierte Mail hatte keine Betreffzeile, als Absender stand *etchm@hotmail.com.*

Schröder runzelte die Stirn, pulte ein Stück Fleisch zwischen den Zähnen hervor und klickte die Mail an.

FUER ZORN stand da. Mehr nicht. Keine Anrede und kein näherer Hinweis auf den Absender. Es gab einen Anhang, einen Quicktime-Film, den Schröder nach kurzem Zögern ebenfalls anklickte.

Ein paar Sekunden starrte er mit offenem Mund auf die grobkörnigen, verzerrten Bilder. Als er begriff, was er da sah, stieß er einen erstickten Schrei aus. Dann sprang er auf, riss den Stuhl um und wählte hastig die Nummer von Hauptkommissar Zorns Mobiltelefon.

Das allerdings lag ausgeschaltet zwischen den Scherben der Nachttischlampe, direkt neben dem Bett.

*

»Weißt du«, sagte sie und schob die Gabel ein wenig beiseite, »ich kenne dich jetzt ein bisschen. Du bist nicht der Typ, der jemanden einfach so zum Essen einlädt, nur weil er Gesellschaft braucht.«

Es war halb acht, die Dämmerung hatte bereits eingesetzt. Zorn hatte sich mit Sauers Sekretärin bei einem Italiener oberhalb der Flusspromenade getroffen. Er hatte bis halb drei geschlafen und war dann ziellos durch die Stadt gelaufen, um die Zeit totzuschlagen.

Der Laden war klein, gut gefüllt, und sie hatten Glück gehabt, noch einen Zweiertisch neben dem Eingang zur Küche zu finden. An den cremefarben getünchten Wänden hingen dezente Drucke, die wohl die Toskana oder eine andere mediterrane Gegend darstellen sollten, hinter dem Tresen stand ein Regal, das bis zur Decke reichte und mit Hunderten Weinflaschen gefüllt war.

Hannah Saborowski trug ein dunkelgraues, einfaches Wollkleid, hatte das Haar hochgesteckt und war bis auf etwas Lippenstift komplett ungeschminkt, soweit Zorn das beurteilen konnte.

»Hast du da eine Beule?«

Sie beugte sich über den Tisch und strich Zorn das Haar aus der Stirn. Ihre Finger waren angenehm kühl.

»Ich bin gegen die Badezimmertür gelaufen«, murmelte Zorn und wich ihrer Hand aus.

»Das sagen sie alle, du Witzbold.«

»Ich fand's kein bisschen witzig.«

Sie strich mit den Händen die Tischdecke glatt. »Ich kann mir nur zwei Gründe vorstellen, warum ich hier bin«, sagte sie nach einer kurzen Pause und lächelte. »Entweder du willst mich vögeln ...«

Zorn räusperte sich. »Und was ... was wäre der zweite Grund?«

Sie stützte die Ellenbogen auf und legte die Hände unters Kinn. »Dein Job. Oder irre ich mich, und du willst tatsächlich nur essen und mit mir reden?«

Zorn öffnete den Mund, um etwas Unverfängliches zu sagen, doch in diesem Moment erschien der Kellner und fragte nach den Getränken. Zu seiner Verwunderung bestellte Hannah ohne Zögern einen 97er Barolo und eine Flasche Wasser.

»Das ist dir doch recht?«

Zorn hatte von Wein keine Ahnung. Er nickte nur.

Irgendwo weiter hinten plätscherte leise italienische Popmusik, er tippte auf Adriano Celentano oder Umberto Tozzi.

»Danke, dass du mich letzten Freitag nach Hause gebracht hast, Hannah.«

»Ich konnte dich ja schlecht dort im Dreck liegen lassen, oder?«

Die Musik hatte gewechselt. Jetzt sang eine Frau, ebenfalls auf Italienisch. Er dachte angestrengt nach, kam aber ums Verrecken nicht auf ihren Namen. Warum müssen mich Frauen immer so verwirren?, überlegte er und drehte sein leeres Weinglas.

Hannah hatte sich zurückgelehnt, die Arme vor der Brust verschränkt und sah ihn an. »Was denkst du?«, fragte sie.

Er bemerkte, dass ihre Augen grau waren. Und dass sie winzige Sommersprossen um die Nase hatte. »Ich überlege, wer diesen Titel singt.«

»Gianna Nannini«, erwiderte sie wie aus der Pistole geschossen.

»Stimmt, das hatte ich total vergessen.« Er war heilfroh, endlich ein Gesprächsthema gefunden zu haben. »Ich hab die früher sehr gemocht, aber in den Neunzigern hat sie nur noch totalen Mist verzapft und das, was sie später –«

»Erzähl mir einfach, was los ist«, unterbrach sie ihn. »Ich bin vielleicht nur eine Tippse, aber ich bin nicht blöd.«

Er hielt es für besser, sich dumm zu stellen. »Wie meinst du das?«

»Was willst du von mir, Claudius?«

Zorn verdrehte die Augen.

»Ich hasse diesen Namen.«

»Claudius?«

»Ja.«

»Du hast recht, ein doofer Name. Aber wer kann sich seinen Namen schon aussuchen?« Sie beugte sich über den Tisch und nahm seine Hand. »Hast du eigentlich Geschwister?«

»Einen Bruder. Ihn hat's noch schlimmer getroffen.«

»Warum?«

Zorn zog eine Grimasse. »Er heißt Cornelius.«

Sie lachte ihr tiefes, angenehmes Lachen. »Ihr müsst als Kinder sehr gelitten haben.«

Er lächelte ebenfalls.

Sie griff zur Speisekarte. »Magst du Muscheln, Claudius Zorn?«

»Nein, aber du kannst mir gerne welche bestellen«, antwortete Zorn und beschloss in diesem Moment, ihr noch vor dem Hauptgang die Wahrheit zu sagen.

*

Später, als Zorn sich dann doch eine Thunfischpizza kommen ließ, stand Schröder gerade vor der Wohnung seines Chefs und hämmerte mit den Fäusten gegen die Tür. Es wummerte durch den Hausflur, doch das war Schröder egal. Stundenlang hatte er versucht, Zorn zu erreichen, und sich dann entschlossen, zu dessen Wohnung zu fahren. Das hatte er noch nie getan, und er wusste, dass Zorn wütend wurde, wenn man ihn zu Hause störte, aber auch das kümmerte ihn im Moment nicht. Er wartete einen Moment. Dann trat er mit aller Kraft gegen die Tür, und als er erneut ausholte, tippte ihm jemand von hinten auf die Schulter.

Langsam drehte Schröder sich um. Das, was da vor ihm stand, war mehr ein Fleischberg als ein Mensch. Ein schwarzhaariger, unrasierter Riese in hellgrünen Plastiksandalen, die in seltsamem Widerspruch zu den ausgeleierten Jogginghosen und dem weißen, fleckigen Unterhemd standen.

»Ich versuche zu schlafen, Kleiner.«

Jetzt bemerkte Schröder die halb geöffnete Tür ein paar Meter weiter, ein Fernseher war auf volle Lautstärke gedreht, das hysterische Gebrüll einer Talkshow drang aus der Wohnung. Er reckte sich, zog die Hosen stramm und sagte: »Ich muss dringend zu Herrn Zorn.«

Der Riese glotzte.

»Claudius Zorn«, wiederholte Schröder, »der wohnt hier.« Er wies mit dem Daumen über die Schulter.

»Kenn ich nicht«, sagte der Riese, seine Stimme dröhnte wie eine defekte Turbine. »Hier kennt niemand niemanden.«

»Wie meinen?«

»Keiner kennt keinen.«

Schröder verstand kein Wort, nickte allerdings kurz und wandte sich dann wieder Zorns Tür zu, um ihr einen weiteren Tritt zu versetzen. Als er ausholte, spürte er erneut eine Hand auf der Schulter. Keine Hand, eher eine Pranke von der Größe einer Bratpfanne, die seinen gesamten Oberarm bedeckte. Er wandte sich wieder um.

Der Riese sah ausdruckslos auf ihn hinab. »Ich versuche zu schlafen.«

»Das bemerkten Sie bereits, und ich will zu Zorn.«

»Kenn ich nicht.«

Schröder, der seinem Gegenüber nicht viel weiter als bis zum Bauchnabel reichte, legte den Kopf in den Nacken, sah hoch, überlegte kurz und seufzte. »So kommen wir nicht weiter.« Er zückte seinen Dienstausweis und hielt ihn nach oben. »Es ist wichtig.«

Der Riese riss ihm den Ausweis aus der Hand, hielt ihn dicht vor die Augen und betrachtete ihn eingehend. »Ein Bulle.«

»Ich mag diesen Ausdruck nicht.«

Schröder vernahm eine Art tiefes Grunzen, das er nach kurzem Überlegen als Lachen identifizierte. Der Riese hielt den Ausweis in die Höhe und ließ ihn dann los, worauf er langsam zu Boden segelte und dort mit einem leisen Klatschen landete.

»Oh«, sagte er, »das tut mir leid.« Dann trat er einen Schritt heran und fügte langsam und deutlich hinzu: »Bulle.«

Schröder seufzte wieder, kratzte sich am Kopf und sagte dann leise: »Aufheben.«

Der Riese starrte einen Moment mit offenem Mund, dann warf er den Kopf nach hinten, und das, was er diesmal ausstieß, war eindeutig ein heulendes, tiefes Lachen, das ohrenbetäubend durch den leeren Hausflur schepperte.

Schröder wartete eine Weile, dann piekste er ihn mit ausgestrecktem Zeigefinger leicht in den Bauch.

Augenblicklich verstummte der Riese. Dann knurrte er: »Fass mich nicht an, Kleiner.«

Der dicke Schröder zeigte auf den Ausweis. »Aufheben.« Er fuhr sich mit der Hand über den Scheitel und ergänzte: »Ich habe keine Zeit für Kinderspielchen.«

Jetzt hob der Riese die Pranke, packte Schröder am Kinn, hob ihn mühelos ein Stück empor und presste ihn gegen die Wand. »Verpiss dich, Bulle«, brummte er, »oder ich zermatsch dich. Ich mach dich schneller platt, als du denkst.«

Was dann geschah, dauerte nicht länger als zwei Sekunden.

Mit der linken Hand brach Schröder dem anderen den Daumen. Dann bückte er sich, bog den kleinen, dicken Körper zusammen, tauchte blitzschnell nach unten, schlug seinem Gegner mit der Rechten in die Leber, hob das Knie und trat ihm in die Weichteile.

Er ging einen Schritt zur Seite, verschränkte die Hände hinter dem Rücken und wartete interessiert ab, was geschehen würde.

Einen Moment stand der Riese reglos wie ein gekeultes Rindvieh. Dann gab er ein Geräusch von sich, als würde ein Autoreifen zerstochen. Wankte, verdrehte die Augen nach innen und ging krachend zu Boden.

Schröder trat näher, beugte sich über ihn und versicherte sich, dass er noch atmete.

»Ich mag es nicht, wenn man mich Bulle nennt. Wirklich nicht.«

Er zog sein Notizbuch und hinterließ Zorn eine Nachricht. Dann schlenderte er gemächlich zum Fahrstuhl.

*

Zorn wischte sich den Mund mit einer Papierserviette ab. Er hatte ihr während des Essens alles erzählt. Von der Leiche, die nicht identifiziert werden konnte, von den Berichten, die seiner Meinung nach frisiert waren, und von seinem Verdacht gegen ihren Vorgesetzten Staatsanwalt Sauer.

»Okay«, sagte sie und schob ihren Teller beiseite. »Du willst also den Originalbericht.«

Er sah sie an.

»Ja. Ich glaube, dass Sauer irgendwelche Hinweise auf die Identität der Leiche zurückhält. Keine Ahnung, was das sein kann, vielleicht ein Schmuckstück, eine markante Narbe oder so. Und ich muss wissen, was das ist.«

»Warum?«

Er sah sie verständnislos an. »Warum was?«

Sie zuckte die Achseln. »Ich hatte bisher nicht den Eindruck, als würde dich dein Job sonderlich interessieren. Du schleichst durchs Präsidium, als würde dir alles am Arsch vorbeigehen. Es ist dir vielleicht nicht bewusst, aber fast alle denken so. Und ich frage mich, woher dein plötzlicher Arbeitseifer stammt.«

Er nahm einen Schluck Wein, hielt das Glas gegen das Licht und betrachtete es nachdenklich. »Sauer ist ein Wichser.«

Sie nickte. »Das bedeutet aber nicht, dass er zwangsläufig ein Verbrecher ist, oder?«

»Natürlich nicht, aber es *könnte* sein! Und wenn Sauer wirklich was zu verbergen hat, wer weiß, wer da noch mit drinsteckt?«

»Eine Verschwörung? Tu nicht so. Dir geht's einzig und allein um Sauer.« Sie lachte auf. »Männer sind so einfach zu durchschauen, es ist immer dasselbe.«

»Wie meinst du das?«

»Ihr seid wie die Hühner: Wer am lautesten gackert, hat gewonnen. Du willst ihm beweisen, dass nicht er, sondern dass eigentlich du der Chef im Stall bist.«

»Quatsch!«, widersprach Zorn, »das hat damit nichts zu tun.«

»Sei ehrlich, du hasst ihn. Und du willst ihn am Arsch kriegen.«

Zorn holte tief Luft. »Ist das so schlimm?«

Sie trank ihr Glas aus. »Ich arbeite jetzt seit zwei Jahren für Sauer. Schreibe seine Briefe, nehme seine Telefonate entgegen und kümmere mich um seine Termine. Und in dieser ganzen Zeit ist mir nichts aufgefallen, was ihn irgendwie verdächtig machen könnte.«

»Er ist clever.«

»Möglich. Oder du spinnst.«

Zorn stand beleidigt auf.

»Wo willst du hin?«, fragte Hannah.

»Vor die Tür. Ich geh rauchen.«

Sie wies auf seinen Stuhl.

»Setz dich, Claudius Zorn.«

Er zögerte einen Moment.

»Ich sagte, du sollst dich setzen.«

Zorn zuckte die Achseln und nahm wieder Platz. Sie winkte dem Kellner und bestellte eine neue Flasche Wein.

»Wem hast du noch davon erzählt?«, fragte sie dann.

»Nur Schröder. Und jetzt dir.«

Hannah überlegte kurz.

»Sauer hat einen Safe.«

Zorn hieb mit der flachen Hand auf den Tisch. »Da versteckt er die Originale! Wollen wir wetten? Wir müssen die Kombination rauskriegen! Ich könnte –«

Sie legte eine Hand auf seinen Arm.

»Was ist?«, fragte Zorn.

Sie sah ihn lange an. »Ich weiß, wo er den Schlüssel versteckt.«

Zorn nahm ihre Hand und küsste sie. »Du bist großartig, Hannah.«

»Ich weiß«, sagte sie lächelnd. »Ich wette mit dir, dass ich nichts finden werde, aber nachsehen kann ich ja mal.« Dann stützte sie das Kinn in die Hand und fragte: »Wo schläfst du eigentlich heute?«

»Ich weiß noch nicht.«

Sie strich ihm das Haar aus der Stirn.

»Soll ich mich um deine Beule kümmern?«

Er überlegte einen Moment. »Ja«, sagte er dann. »Ich habe starke Schmerzen.«

Der Kellner brachte den Wein.

*

Schröder saß daheim vor seinem Computer. Er lebte allein in einer kleinen Wohnung, die er sich vor Jahren unter dem Dach eines Zweifamilienhauses eingerichtet hatte. Es war relativ spät, fast halb elf, seine Eltern, die unter ihm wohnten, schliefen längst.

Irgendwann hatte er es aufgegeben, Zorn zu erreichen, und sich gesagt, dass sie heute sowieso nichts mehr unternehmen konnten. Es war sogar wahrscheinlich, dass Zorn den Film geheim halten würde, solange sie nicht wussten, welche Rolle der Staatsanwalt spielte.

Im Zimmer war es dunkel. Die einzige Lichtquelle stammte von einem nagelneuen Powermac, dessen großer Flachbildschirm ein bleiches, bläuliches Licht auf sein sonst so rosiges Gesicht warf.

Auf dem Boden standen drei halb auseinandergebaute Rechner und ein Macbook, Computerzeitschriften, Kabel, diverse Tastaturen und ein Laserdrucker ließen kaum einen Zentimeter Platz auf dem Tisch. Hinter ihm an der Wand hing ein verblichenes Plakat mit dem schwarzweißen Logo des Chaos Computer Clubs.

Schröder, der sonst nie etwas Stärkeres als Bier trank, hatte sich aus dem Kühlschrank seiner Eltern eine Flasche Martini geholt. Sie war bereits halb leer, langsam stieg ihm der ungewohnte Alkohol zu Kopf. Er goss sich einen Schluck ein, nippte am Glas, verzog das Gesicht und wandte sich wieder seinem Computer zu.

Das Video hatte keinen Ton. Es war nicht lang, ein paar Sekunden nur, vielleicht eine halbe Minute, wenn es hoch kam. Er hatte die anonyme Nachricht mit dem angehängten Video aus Zorns Maileingang an seine eigene Adresse weitergeleitet und versuchte nun, die schemenhaften Bilder deutlicher zu machen. Kontrast, Belichtung und Schärfe hatte er bereits verändert, doch viel besser war es nicht geworden. Er überlegte kurz, tippte dann rasch eine Kombination ein und zoomte ein paar Standbilder näher heran. Beugte sich vor, bis sein Gesicht nur ein paar Zentimeter vom Bildschirm entfernt war. Alles, was er sah, waren verschwommene digitale Rechtecke. Der Film hatte eine viel zu geringe Auflösung.

Doch es war auch so genug zu erkennen.

Die Frau. Das Blut. Die Messer.

»Wer tut so etwas?«, murmelte Schröder und rieb sich die geröteten Augen. »Wer, verdammt nochmal, tut so was und filmt sich auch noch dabei?«

*

Er lag nackt auf dem Rücken, starrte an die Decke und rauchte. Hannah Saborowski schlief, sie hatte sich eng an ihn geschmiegt, ihr Kopf ruhte auf seiner Brust. Sie schnarchte leise.

Als sie ihn beim Italiener fragte, ob er mit zu ihr wolle, hatte Zorn ohne zu zögern eingewilligt. Er hatte sich eingeredet, dass ihre Wohnung viel näher sei als die seine, was auch stimmte, denn sie lebte im Erdgeschoss eines Mietshauses, das zu Fuß in ein paar Minuten zu erreichen war. Hannah hatte sich bei ihm eingehakt und dann kichernd den Weg gewiesen. An der Haustür hatte sie Probleme gehabt, den Schlüssel zu finden, und da hatte er festgestellt, dass sie ziemlich betrunken sein musste. Er selbst hatte sich mit dem Wein zurückgehalten, ein Umstand, der nicht seiner Vernunft, sondern den leidvollen Erfahrungen des vergangenen Wochenendes geschuldet war.

Das dreistöckige Haus stand am Fuße eines Hügels, an dessen rechter Flanke sich ein gepflegter Park hinzog. Gegenüber befand sich ebenfalls eine Anhöhe, dort war der städtische Zoo. Im Sommer, hatte sie ihm lachend erklärt, hörte man die Löwen brüllen, wenn das Fenster geöffnet war.

Eigentlich hatte alles begonnen wie immer. Sie hatten sich geküsst, und sie hatten sich gestreichelt. Als er ihren BH nicht öffnen konnte, hatten sie beide gekichert, und alles sah danach aus, als würde es so enden, wie es stets endete. Dann hatte sie sein Gesicht in die Hände genommen, seine Nase geküsst und erklärt, dass sie kurz aufs Klo müsse.

Und als er allein war, kam der Moment, in dem er sich fragte, was er hier eigentlich tat.

Ich bin gar nicht hier, hatte er gedacht. Sie ist wunderschön, sie ist klug, und sie ist witzig. Und trotzdem wäre ich lieber woanders. Bei jemandem, den ich erst zweimal in einem verschissenen, stinkenden Fahrstuhl getroffen habe und von dem ich nicht einmal weiß, wie er mit Nachnamen heißt. Was ist mit mir los? Bin ich bekloppt?

Das Bad war nur durch eine dünne Wand vom Schlafzimmer getrennt. Er hatte gehört, wie Hannah nebenan leise vor sich hin pfiff, und als sie pinkelte, war das Plätschern laut und deutlich zu ihm hinüber gedrungen.

Dann war er zum Fenster gegangen. Sie nimmt das alles viel ernster als ich, hatte er überlegt und hinaus in die Nacht gesehen. Was soll ich ihr sagen? Dass es Dinge gibt, die man gar nicht erst beginnen sollte, obwohl man eigentlich nichts anderes will? Weil man weiß, dass man sie bereuen wird? Früher oder später?

Plötzlich hatte er ihre Arme um seinen Bauch gespürt.

»Tut mir leid«, hatte er gemurmelt.

Er wusste nicht genau, woran es lag. Vielleicht hatte er vorher laut vor sich hin gesprochen, vielleicht sah sie es ihm an, jedenfalls wusste sie, was mit ihm los war.

»Du hast keine Ahnung, was du verpasst«, hatte sie gesagt, war ins Bett gesprungen, und nachdem sie umständlich das Kopfkissen zurechtgeklopft hatte, erklärte sie ihm, dass er ein komplizierter Spinner sei. Drei Sekunden später war sie eingeschlafen.

Jetzt regte sie sich neben ihm, ihre Haare kitzelten in seiner Nase.

»Es ist gut, dass ich dich kenne«, flüsterte Zorn, strich ihre Haare zur Seite und zog dann an seiner Zigarette. Er sah das kurze Aufleuchten der Glut und lauschte seinem Atem, als er den Rauch wieder ausatmete. Durch die Gardinen drang das gelbliche Licht einer Straßenlaterne.

»Mann, was bist du bloß für ein Hosenschisser«, murmelte sie im Schlaf.

Das bin ich wohl, dachte Zorn, beugte sich vor und küsste sie auf die Stirn.

Sie kicherte leise und legte den Arm um seinen Hals. »Die Berichte von Sauer kannst du übrigens vergessen.«

»Was?«, fuhr er auf.

»War Spaß«, murmelte sie und küsste ihn auf den Bauch. »Schlaf jetzt, Zorn.«

»Jawoll«, erwiderte Claudius Zorn und schloss folgsam die Augen.

Zehn

»Was ich nach Dienstschluss mache, ist meine Sache.« Zorn saß hinter seinem Schreibtisch und sah Schröder scharf an. »Wenn ich nicht erreichbar bin, dann hat das seine Gründe. Und ich habe keine Lust, irgendwelche Erklärungen abzugeben, klar?«

Schröder, der bisher kein Wort gesagt hatte, breitete die Arme aus. »Das würde ich niemals erwarten, Chef.«

»Was soll dann dieser vorwurfsvolle Blick?«

»Welcher Blick?«

»Ich seh doch, wie du guckst, Schröder!«

Schröder kratzte sich am Kopf. »Wie guck ich denn?«

»Na …«, Zorn fuchtelte hilflos mit den Händen, suchte nach den richtigen Worten. »Vorwurfsvoll eben!«, wiederholte er nach einer Weile, da ihm nichts anderes einfallen wollte.

Schröder betrachtete seine Fingernägel und murmelte, es hätte ja durchaus sein können, dass Zorn krank zu Hause liege, schließlich habe er am gestrigen Morgen angerufen und erklärt, dass er nicht ins Büro komme. Worauf Zorn die Faust auf den Tisch knallte und rief, dass er sich von niemandem ein schlechtes Gewissen einreden lasse.

Er hatte sich am Morgen von Hannah mitnehmen lassen, war allerdings ein paar hundert Meter vor dem Präsidium in der Nähe des Tabakladens aus ihrem Golf gestiegen mit der Ausrede, er müsse sich noch Zigaretten holen. Die Wahrheit war natürlich, dass er nicht mit ihr gesehen werden wollte, und er wusste, dass Hannah das ebenfalls klar sein musste. Doch es gab viele Wahrheiten, die Zorn niemals laut ausgesprochen hätte. Vor allem nicht, wenn sie ihn selbst betrafen.

»Ich dachte, du willst das Video so schnell wie möglich sehen, Chef. Und außerdem«, fügte Schröder nach einer kurzen Pause hinzu, »hab ich mir Sorgen gemacht.«

Einen Moment war Zorn sprachlos. Der einzige Mensch, der sich seiner Meinung nach ernsthaft Sorgen um ihn machte, war seine Mutter, die allein in einer zweigeschossigen Villa am Heiderand wohnte und zweimal im Monat anrief, um sich zu vergewissern, dass er regelmäßig Obst aß. Sowohl Zorn als auch Schröder waren stets darauf bedacht, ihre Gesprächsthemen auf die Arbeit zu beschränken. Selbst an ihren Geburtstagen hatten sie sich gegenseitig bisher nie beschenkt, ein Händedruck und ein kurzer, verlegen gemurmelter Glückwunsch waren das Höchste, was sie sich in all den Jahren an Gefühlsausbrüchen geleistet hatten.

Zorn räusperte sich, rückte ein paar Blätter auf seinem Schreibtisch zurecht und fragte dann barsch: »Könnten wir dann vielleicht mal an die Arbeit gehen?«

»Aber natürlich«, sagte Schröder und deutete eine leichte Verbeugung an.

»Dann wäre ich dir sehr verbunden, wenn du mir endlich den verdammten Film zeigen würdest.«

*

Zu behaupten, dass Hannah Saborowski ihre Arbeit liebte, wäre übertrieben gewesen. Doch ebenso wenig konnte man sagen, dass sie sie ungern tat. Es war ein gut bezahlter Job, der ihr ein angenehmes Leben ermöglichte, und was ihre Zukunft betraf, hatte sie alle hochfliegenden Pläne vorerst beiseitegeschoben.

Gleich nach dem Abitur hatte sie ein Jurastudium begonnen. Im zweiten Semester hatte sie sich bei einem Urlaub auf Lanzarote in einen italienischen Surflehrer verliebt, war dort geblieben, hatte das Studium abgebrochen und war absolut sicher gewesen, die Liebe ihres Lebens getroffen zu haben. Es sollte knapp zwei Monate dauern, bis sie bemerkte, dass weder der Italiener noch die Insel sie glücklich machten. Als sie dann nach Deutschland zurückkehrte, hatte sie erst in einem Anwaltsbüro gejobbt, bis sie irgendwann im Sekretariat von Staatsanwalt Sauer gelandet war.

Jetzt war sie 31 und bereits das zweite Jahr hier. Sauer war ihr nie sonderlich sympathisch gewesen, im Gegenteil, er war das, was sie früher als Arschlochmenschen bezeichnet hatte: ein Mann, der jeden Schritt haargenau kalkulierte und dem egal war, was um ihn herum passierte, solange es nicht die eigenen Interessen betraf. Sauer verachtete Frauen. Für ihn war sie nicht mehr als eine Topfpflanze. Oder ein nettes Möbelstück, dem man kaum Beachtung schenkte, solange man es nicht nutzte. Sie war ein kleiner, unbedeutender Teil einer Maschine, die seine Karriere vorantreiben sollte, und ihr war klar, dass er sie ohne Umschweife vor die Tür setzen würde, sollte sie Probleme machen. Aber er ließ sie in Ruhe, solange sie funktionierte, und das fiel ihr nicht schwer. Ihre einzige Aufgabe war, das Büro unter Kontrolle zu halten und ansonsten gut auszusehen. Und so lackierte sie sich jeden Morgen die Fingernägel, zog ein möglichst tief ausgeschnittenes Kleid an und tat, was von ihr erwartet wurde.

Bisher jedenfalls.

Als Zorn sie fragte, hatte sie sofort eingewilligt, ihm zu helfen. Einerseits hatte sie dieser mürrische, dunkelhaarige Kerl, der da gelangweilt durchs Präsidium schlich und eine nahezu greifbare Aura des Desinteresses und der Gleichgültigkeit verströmte, vom ersten Augenblick an fasziniert, und je weniger Zorn sie beachtete, desto interessanter fand sie ihn. Andererseits konnte sie sich nicht vorstellen, dass Sauer tatsächlich in krumme Geschäfte verwickelt sein sollte. Fähig war er ihrer Meinung nach durchaus dazu, allerdings war sie sicher, dass er niemals etwas tun würde, das seine Stellung als Staatsanwalt auch nur im Geringsten gefährden könnte.

Das Geld. Die soziale Stellung. Die Empfänge. Und die Interviews: Sie wusste, wie sehr Sauer es genoss, sein Bild in der Zeitung zu sehen oder in den Nachrichten zitiert zu werden.

Sie würde schnell herausfinden, ob Zorn recht hatte. Es war einfach. Und sie selbst, da war sie sicher, ging dabei so gut wie kein Risiko ein.

*

Der Mord in der Kantstraße.

Zu Beginn war nur die Frau im Bild. Sie saß auf dem Stuhl, gefesselt, das Gesicht in Richtung Kamera. Eine nackte Glühbirne hing von der Decke, im Hintergrund war deutlich das Kellerfenster zu erkennen.

Die Frau war wesentlich fülliger, als Zorn nach den Obduktionsbildern vermutet hätte. Sie war unbekleidet, ihr Körper glänzte und war mit einer klebrigen, dunklen Schicht überzogen, von der Zorn vermutete, dass es sich um eine Mischung aus Schweiß, Urin und teilweise bereits geronnenem Blut handeln musste.

Die Bilder waren undeutlich, und doch erkannte man, dass sie geknebelt war. Man sah ihre aufgerissenen Augen, man ahnte, dass sie weinte, sie bewegte sich, zerrte an den Fesseln, drehte den Oberkörper hin und her und versuchte, die Hüften nach vorn zu stemmen.

Nach einigen Sekunden kam von rechts jemand ins Bild, beugte sich über sie, hob den Arm, eine präzise, kurze Bewegung, ein Blitzen, dann trat die Gestalt langsam zwei Schritte zurück und war wieder aus dem Bild verschwunden. Die Frau starrte ungläubig auf ihr Handgelenk, aus dem jetzt das Blut in einer rhythmischen Fontäne zu spritzen begann. Ein paar Sekunden später erschien die Gestalt erneut. Die Frau versuchte auszuweichen, bäumte sich auf, es schien, als sage die Gestalt etwas, denn die Frau wurde ruhiger. Dann zwei weitere, schnelle Schnitte, einer quer über den Bauch, einer über den Oberschenkel.

Die Frau war jetzt schwarz von all dem Blut. Ihr Kopf sackte nach vorn.

Dann war der Film zu Ende.

Der Mord in der Kantstraße.

*

Hannah Saborowski saß hinter dem Empfangstresen, Kopfhörer auf den Ohren und tippte einen Brief an den Polizeipräsidenten, den ihr Sauer am Morgen diktiert hatte. Die Bürotür öffnete sich, der Staatsanwalt erschien und gab ihr mit einer knappen Handbewegung zu verstehen, dass er seinen Mantel wolle.

»Ich bin in einer halben Stunde zurück«, erklärte Sauer und verließ das Vorzimmer, ohne ihr höfliches Lächeln zu bemerken. Was nicht verwunderlich war, da er sie wie immer keines Blickes gewürdigt hatte.

Jetzt oder nie, dachte sie und ging in sein Büro.

Hinter Sauers Schreibtisch stand ein hohes, dunkles Regal aus Mahagoni. Der Safe war zwischen den Brettern in Kopfhöhe in die Wand eingelassen, davor standen einige afrikanische Figuren und Masken.

Hannah war sicher: Wenn er tatsächlich etwas im Büro versteckte, musste es dort zu finden sein. Sie hatte nicht die geringste Angst, schließlich war sie oft in Sauers Zimmer, auch wenn er nicht da war, und falls sie tatsächlich von jemandem überrascht werden sollte, konnte sie immer noch behaupten, eine Akte oder etwas Ähnliches gesucht zu haben.

Gegenüber der Tür stand eine riesige Art-déco-Lampe, schräg dahinter hing Sauers Anwaltszulassung in einem verchromten Rahmen an der Wand. Auf der Rückseite war ein kleiner Haken befestigt, an dem der Schlüssel zum Tresor hing.

Sauer hatte keine Ahnung, dass sie schon seit Monaten wusste, wo er den Schlüssel versteckte. Sie hatte ihm damals seinen Tee gebracht und gesehen, wie er sich hinter dem Bild zu schaffen machte. Ein paar Tage später, als ihr Chef auf einer Pressekonferenz war, hatte sie die Gelegenheit genutzt und den Schlüssel entdeckt.

Sie ging über den dicken Teppich zum Tresor, den sie im Handumdrehen geöffnet hatte. Dann sah sie hinein.

Bingo, murmelte sie kurz darauf. Ich hätte es nicht gedacht, aber ich glaube, jetzt hast du ein Problem, Herr Staatsanwalt.

*

»Scheiße«, sagte Zorn und rieb sich das Gesicht. »Scheiße, Scheiße, Scheiße.«

Ein paar Sekunden saßen sie schweigend vor Zorns Rechner.

»Soll ich's noch mal abspielen?«, fragte Schröder dann.

»Nein«, sagte Zorn schnell und hob die Hände. »Das reicht.«

»Okay, was machen wir, Chef?«

Zorn überlegte. »Jetzt haben wir Bilder vom Opfer. Und vom Täter. Und wir haben die Chance, den Absender der Mail zu ermitteln.«

Schröder schüttelte langsam den Kopf »Die Nachricht wurde von einer Hotmail-Adresse geschickt.«

»Was für Zeug?«

»Eine Hotmail-Adresse. Garantiert willkürlich gewählt. Kann man nicht zurückverfolgen.«

»Aber auf dem Film muss doch was zu finden sein, Schröder! Das Ding muss zur Kriminaltechnik. Die finden garantiert was. Irgendwas, das uns weiterhilft.«

»Ich habe das alles gecheckt. Der Film hat eine extrem niedrige Auflösung, es ist nichts zu erkennen, das wir nicht schon wissen.«

»Wer sagt das?«

»Ich.«

Zorn lehnte sich in seinem Sessel zurück. »Seit wann hast du denn Ahnung von Computern?«

Schröder verschränkte die kurzen Arme vor der Brust und sah seinen Chef an. »Wenn ich nichts finde, finden die Techniker auch nichts.«

»Ist das so?«

»Ja«, sagte Schröder einfach.

Zorn, der froh war, wenn er den Einschaltknopf am Rechner fand und seine Mails unfallfrei abrufen konnte, überlegte. Dass Schröder den kriminaltechnischen Computeranalysten ebenbürtig sein sollte, war schwer zu glauben. Das waren Freaks, die den ganzen Tag auf ihre Monitore starrten und nichts anderes zu tun hatten, als unverständliche Befehle in ihre Tastaturen zu hacken. Andererseits hatte Schröder noch nie etwas behauptet, das sich später als falsch erwiesen hatte. Vor allem nicht, wenn es die eigenen Fähigkeiten betraf.

Ich kenne ihn kaum, dachte Zorn und musterte den dicken Schröder aus dem Augenwinkel. Wer weiß, was er noch alles drauf hat? Und überhaupt: Was macht er eigentlich nach Dienstschluss? Sammelt er heimlich Briefmarken? Oder tut er andere schreckliche Dinge? Gedichte schreiben?

Er nahm sich eine Zigarette, klopfte mit dem Filter auf den Schreibtisch und zündete sie an. »Okay«, seufzte er und stieß den Rauch durch die Nasenlöcher aus, »es ist wahrscheinlich eh besser, wenn wir das alles für uns behalten, bevor wir nicht wissen, welche Rolle Sauer spielt.«

»Das Einzige, was ich anhand der Bewegungsmuster mit Sicherheit sagen kann, ist, dass der Täter ein Mann ist. Und dass er relativ groß ist, ungefähr eins fünfundachtzig.«

»Ungefähr? Was heißt das?«

Schröder tippte auf die Tastatur, auf dem Bildschirm erschien ein Standbild, ein Ausschnitt des Filmes. Der Mann stand mit dem Rücken zur Kamera, mehr als die Umrisse waren nicht zu erkennen. Die schemenhafte Gestalt erinnerte an einen Mönch, der hoch aufgerichtet in die entgegengesetzte Richtung zu blicken schien.

»Der Film ist mit einer handelsüblichen Webcam aufgenommen, den Ton hat er nachträglich entfernt. Die Dinger haben von Natur aus eine beschissene Auflösung. Er hat den Film trotzdem sicherheitshalber noch einmal runtergerechnet, damit so wenig Details wie möglich zu erkennen sind. Hier …«, Schröder wies mit dem Bleistift auf den Monitor, »er trägt eine Kapuze. Und er achtet darauf, dass er der Kamera immer den Rücken zuwendet.«

»Er weiß genau, was er tut. Kannst du das nicht irgendwie …«, Zorn holte tief Luft, »schärfer machen?«

»Das ist das Schärfste, was ich zu bieten habe.«

»Und sein Gesicht? Gibt's da keinen besseren Ausschnitt?«

»Nothing. Was das Opfer betrifft, da –«

»Dazu kommen wir später«, unterbrach Zorn. »Mich interessiert eher, warum er das Video ausgerechnet an mich geschickt hat.«

Schröder zuckte die Achseln.

»In den Zeitungen steht, dass du der zuständige Ermittler bist.«

»Ist mir klar. Aber welchen Sinn hat das alles? Was will er damit sagen?«

»Das passiert doch immer wieder, dass Täter Kontakt zur Polizei aufnehmen, Chef. Der Kitzel, das Gefühl der Überlegenheit. Der unterschwellige Wunsch, gefasst zu werden.«

»Hör auf mit diesem Psychokram«, blaffte Zorn und beschloss im selben Moment, Keitel, den Polizeipsychologen, anzurufen und zu befragen. Vielleicht war ja doch etwas dran?

Ich übersehe irgendwas, dachte er. Es liegt direkt vor mir, und trotzdem sehe ich's nicht.

»Woher«, sagte er dann, »wissen wir eigentlich, dass der, der mir die Mail geschickt hat, und der Typ auf dem Video ein und dieselbe Person sind?«

Schröder schob die Unterlippe vor und dachte kurz nach.

»Weil wir fähige Ermittler sind?«

»Sehr gute Antwort«, sagte Zorn. »Was machst du eigentlich in deiner Freizeit?«

»Wie bitte?«, fragte Schröder verdutzt.

»Hast du Hobbys? Schreibst du Gedichte? Oder so?«

»Nein«, sagte Schröder ernst. »Ich schwimme.«
»Hahaha.«
Dann klingelte Zorns Handy. Hannah Saborowski rief an.

*

Hannah hatte vorgeschlagen, dass sie sich in der Kantine treffen sollten. Doch da konnte Zorn nicht rauchen, und so hatten sie sich im *Basement* verabredet. Jetzt, um die Mittagszeit, herrschte hier Hochbetrieb, fast alle Tische waren besetzt, die Kellner rannten eilig hin und her, liefen ständig Gefahr, mit ihren vollbeladenen Tabletts umgestoßen zu werden. Der hintere Teil mit der Bar war geschlossen.

Zorn saß mit Schröder an dem Tisch, an dem er sich vor ein paar Tagen mit Henning Mahler so fürchterlich betrunken hatte. Er war aufgeregt, Hannah hatte ihm am Telefon nicht erklärt, was genau sie gefunden hatte, und so brannte er darauf, zu erfahren, um was es sich wohl handeln könnte.

Er war gerade dabei, Schröder zu erklären, dass Hannah den Safe vom Staatsanwalt geknackt habe, als diese mit gerötetem Gesicht hereinstürmte, Zorn einen Kuss auf die Wange gab und sich mit einem Seufzer an die Stirnseite des Tisches setzte.

»So«, sagte sie grinsend, nickte Schröder zu und warf eine dünne, in Klarsichtfolie verpackte Mappe auf den Tisch. »Ich glaube, das könnte euch interessieren, Jungs.«

In diesem Moment erschien die Kellnerin, eine stark geschminkte, rundliche Blondine, zückte ohne ein Wort zu sagen ihren Block und sah sie mit gehobenen Augenbrauen an, um die Bestellung aufzunehmen.

»Wir essen später«, sagte Zorn und griff hastig nach der Mappe, doch Hannah legte eine Hand auf seinen Arm.

»Ich habe Hunger«, erklärte sie und nahm die Speisekarte.

»Aber ich nicht.« Zorn schnappte erneut nach der Folie. Vergeblich, denn ohne aufzublicken hatte Hannah die Mappe zu sich herangezogen, während sie weiter aufmerksam die Speisekarte studierte.

»Jetzt bestimme ich«, beschied Hannah. »Ich will was essen.«

Zorn schnappte nach Luft. »Sind wir hier im Kindergarten?«

Die Kellnerin stand mit gezücktem Stift am Tisch und wartete, Hannah blätterte grinsend in der Karte.

»Nudelsuppe«, sagte Schröder.

»Was?«, stöhnte Zorn und trommelte mit den Fingern auf dem Tisch.

»Ich hätte gern eine Nudelsuppe«, wiederholte Schröder. »Und eine Cola.«

Schweigend schrieb die Kellnerin mit.

»Und ich«, Hannah legte die Speisekarte beiseite, »nehme den Eisbergsalat.«

»Okay, das hätten wir.« Zorn beugte sich vor. »Könnte ich jetzt endlich –?«

»Du isst auch was«, befahl Hannah.

Die Augenbrauen der Kellnerin hoben sich einen weiteren Zentimeter.

»Eisbein!«, bellte Zorn. »Und ein Bier.«

Die Kellnerin wollte abtreten, doch Hannah hielt sie zurück: »Moment!«

Zorn griff sich an den Kopf.

»Der Herr Hauptkommissar nimmt auch den Salat. Und ein Wasser.« Hannah tätschelte Zorns Wange. »Du solltest auf deinen Bauch achten.«

Jetzt war es an Schröder, die Augenbraue zu heben. Zorn biss sich auf die Unterlippe und schwieg.

»Ist das alles?«, fragte die Kellnerin in breitem Sächsisch.

»Ja«, erwiderte Hannah. »Das wär erst mal alles. Und jetzt können wir reden.«

*

Staatsanwalt Sauer betrat das Vorzimmer, warf seinen Mantel über den Haken, riss die Tür zu seinem Büro auf und blieb kurz stehen. »Einen Tee«, befahl er, ohne sich umzudrehen. »Und bestellen Sie mir bei Carazzi eine Pasta mit Muscheln und Scampi.«

Als keine Antwort ertönte, drehte er sich um und sah, dass der

Platz seiner Sekretärin leer war. »Blöde Kuh«, knurrte er, obwohl er wusste, dass sie in ihrer regulären Mittagspause sein musste. Schwungvoll steuerte er seinen Schreibtisch an.

Er sah auf den ersten Blick, dass etwas nicht stimmte.

Sauer war ein Mensch, der sich stets doppelt absicherte, und der Safe allein hätte ihm nie genügt, um sich zu schützen. Die vier afrikanischen Figuren vor dem Tresor standen auf den ersten Blick willkürlich aufgereiht da, doch wenn man genau hinsah, bemerkte man, dass sie schnurgerade ausgerichtet waren. Bis auf die dritte von links, eine aus dunklem Holz geschnitzte, sitzende Wassergottheit, die Sauer zehn Zentimeter nach hinten gestellt hatte. Wollte man den Safe öffnen, musste man sie beiseiteschieben. Und das hatte jemand getan, denn sie stand nicht an ihrem alten Platz.

Die Putzfrau konnte es nicht gewesen sein, sie kam am Montag, heute war Donnerstag. Es gab nur eine Person, die in der letzten Stunde hier eingedrungen sein konnte: seine Sekretärin. Er brauchte dreißig Sekunden, um den Schlüssel zu holen und den Safe zu öffnen.

Kurz darauf war aus Sauers Büro ein erstickter Wutschrei zu hören, und als die afrikanische Figur an der Wand in tausend Stücke zerbarst, wurde das Krachen von den dicken Wänden geschluckt.

*

»Es ist unglaublich«, sagte Zorn kopfschüttelnd. »Ich hatte tatsächlich recht. So eine Scheiße.«

Er hatte den Inhalt der Mappe, zwei eng beschriebene Formblätter und drei Fotos, vor sich auf dem Tisch liegen. Jetzt, da er seinen Verdacht schwarz auf weiß bestätigt sah, hätte er eigentlich triumphieren müssen, doch das Ganze war dermaßen absurd und unglaublich, dass er einfach nur ratlos war.

Schröder hatte seinen Stuhl herumgerückt und saß jetzt direkt neben ihm.

»Was wirst du tun?«, fragte Hannah.

»Ich habe keine Ahnung.« Zorn atmete tief ein. »Nicht die geringste. Ich muss nachdenken.«

Schröder nahm eines der Formulare und hielt es dicht vor die Augen. »Sind das eigentlich die Originale, Frau Saborowski?«

»Ja, warum?«

»Man hätte sie kopieren können und dann wieder zurück in den Safe legen.«

»Dazu war keine Zeit.«

»Das verstehe ich«, nickte Schröder, griff zum zweiten Formular und begann zu lesen. »Sie stammen beide definitiv aus dem Obduktionsbericht«, murmelte er, stutzte dann, legte das Papier beiseite und sah Zorn überrascht an. »Sie hatte einen Herzschrittmacher, Chef.«

»Steht ja deutlich drin«, sagte Zorn und nahm ihm das Blatt aus der Hand. »Samt Hersteller, Baujahr und Seriennummer. Wie lange wirst du brauchen, sie zu identifizieren?«

»Ich rufe den Hersteller an.«

»Cardiomatics«, las Zorn vor.

»Die werden mir sagen können, wann und an welches Krankenhaus sie geliefert haben, und anhand der Seriennummer müssten die ihre Krankenakte sofort finden.«

»Heißt?«

»Heute Nachmittag hab ich ihren Namen. Spätestens morgen früh.«

Sie sprachen leise, alle drei saßen sie vornübergebeugt am Tisch. Man hätte meinen können, sie heckten eine Verschwörung aus. Was sie in gewisser Weise auch taten.

Die Kellnerin kam, knallte wortlos die Getränke auf den Tisch und rauschte weiter.

Hannah nahm die Fotos und hielt sie in die Höhe. »Aber was hat es mit denen auf sich?«

»Das«, sagte Zorn, »steht hier.« Er nahm das zweite Formular.

Alle drei Bilder zeigten Großaufnahmen eines menschlichen Unterarms. Es war klar, dass es sich ebenfalls um Fotos aus dem Obduktionsbericht handelte. Der Arm war aus unterschiedlichen Blickwinkeln fotografiert. Wie der restliche Körper der Toten war er über und über mit schartigen Schnittwunden und dunklen, bläulichen Flecken übersät. Ansonsten war auf den ersten Blick nichts zu sehen.

Hannah reichte die Bilder an Schröder weiter. »Fällt euch was auf?«

Schröder betrachtete die Fotos eins nach dem anderen. Dann schüttelte er den Kopf.

»Buchstaben«, sagte Zorn.

Schröder kniff die Augen zusammen. Dann richtete er sich mit einem Ruck auf. »Tatsächlich.« Er fuhr mit dem Finger über eines der Fotos. »Was zum Teufel hat das zu bedeuten?«

Auf der Innenseite des Handgelenks waren vier Großbuchstaben zu erkennen. Bei oberflächlicher Betrachtung waren sie leicht zu übersehen, sie waren nicht größer als drei Zentimeter, unterschieden sich nicht von den übrigen Wunden und waren offensichtlich mit einer der Tatwaffen eingeritzt worden.

Schröder erkannte ein S, ein I, ein V und ein O.

»Sivo?«, fragte er und sah Zorn an.

Der nickte.

»Was kann das bedeuten?«

»Keine Ahnung, aber hier steht«, Zorn wedelte mit dem zweiten Papier, »dass die Buchstaben *post mortem* eingeritzt wurden. Als ihr die anderen Schnitte zugefügt wurden, hat sie noch gelebt.«

»Mehr oder weniger«, ergänzte Schröder.

Hannah schob ihren Stuhl zurück und stand auf.

Zorn sah sie fragend an.

»Ich muss pinkeln«, sagte sie, lächelte kurz und verschwand in Richtung Toilette.

»Chef«, sagte Schröder und sah ihr nach, wie sie sich durch die engen Tischreihen drängte, »ist dir eigentlich klar, in welcher Gefahr sie ist?«

»Und wie mir das klar ist.« Zorn seufzte und nahm einen tiefen Zug aus seiner Zigarette.

*

Sauer stand mit zusammengekniffenen Lippen am Fenster seines Büros und sah hinaus. Er hatte die Hände in den Hosentaschen und wippte auf Zehenspitzen und Fersen langsam vor und zurück.

Unter den Achseln seines hellblauen Calvin-Klein-Shirts hatten sich große, dunkle Schweißflecken gebildet. An der Scheibe lief der Regen in langen, dünnen Schlieren hinunter. Der Wind hatte zugenommen, eine Böe hatte eine weiße, zerrissene Plastiktüte bis hoch in die vierte Etage getrieben, wo sie jetzt, keine drei Meter vom Fenster entfernt, hin und her tanzte. Sauer bemerkte von alldem nichts.

Diese Schlampe, dachte er. Diese miese, kleine Schlampe macht alles kaputt, was ich mir jahrelang aufgebaut habe.

Er trommelte mit den Fingerspitzen gegen die Scheibe.

Sie ist selbst schuld, knurrte er, mir bleibt keine andere Möglichkeit. Dann räusperte er sich, zückte sein iPhone und wählte die Nummer.

*

»Es ist eindeutig«, sagte Zorn, »dass Sauer die Identifizierung verhindern wollte.«

»Zumindest verzögern«, ergänzte Schröder.

»Und das bedeutet, dass er irgendwie da drinsteckt.«

»Oder er ist selbst der Täter.«

Zorn strich die Zigarette sorgfältig am Aschenbecher ab.

»Hältst du das für möglich, Schröder?«

Schröder schob das Kinn vor und kratzte sich am Hals. Zorn bemerkte, dass er sich ein paar Tage nicht rasiert hatte. »Ich bin nicht sicher, Chef, ich weiß nur, dass er gefährlich ist. Und dass wir Frau Saborowski schützen müssen. Wenn er herausfindet, dass sie die Akte geklaut hat, dreht er durch.«

Zorn langte über den Tisch, nahm die Fotos und die Schriftstücke und packte sie zurück in die Folie. »Er darf auf keinen Fall erfahren, dass wir das hier kennen.« Er klopfte mit dem Zeigefinger auf die Akte.

Am anderen Ende des Raumes öffnete sich die Toilettentür. Hannah erschien und sah zu ihnen hinüber. Schröder winkte ihr zu. Zorn sah ebenfalls in ihre Richtung, erkannte aber nicht viel mehr als ein paar verschwommene Farbkleckse.

Mist, dachte er. Ich brauche wirklich eine Brille. Als ob ich nicht schon genug Scheiße an der Backe hätte.

Hannah nahm wieder Platz und wischte die Finger an den Hosenbeinen ab. »Keine Handtücher auf dem Klo«, entschuldigte sie sich, als sie Schröders pikierten Blick bemerkte. Dann rieb sie sich unternehmungslustig die Hände. »Also, was machen wir, Männer?«

»Hannah«, sagte Zorn und sah sie ernst an. »Du machst erst mal gar nichts. Das Einzige, was du tun wirst, ist Folgendes.«

»Ich höre, Herr Hauptkommissar«, sagte sie und stützte das Kinn in die Hand.

»Du wirst die Akte so schnell wie möglich zurück in den Safe legen. Bevor Sauer etwas merkt.«

»Dann gehe ich morgen einfach etwas früher auf Arbeit.«

»Gut.« Zorn nahm sich eine neue Zigarette. »Ansonsten lässt du dir nichts anmerken und machst deinen Job, als wäre nichts passiert. Wir werden vorerst mit niemandem reden.«

»Das ist albern, Claudius«, prustete Hannah. Zorn verdrehte genervt die Augen, als er seinen ungeliebten Vornamen hörte. »Ich meine, ich versteh das nicht«, sie legte eine Hand auf seinen Arm, »ihr habt doch jetzt die Beweise!«

»Haben wir die? Was, denkst du, hat dein Chef genau getan?«

Hannah überlegte, setzte zum Sprechen an und schwieg.

»Wir wissen nicht, warum und für wen genau Sauer die beschissenen Berichte manipuliert hat«, erklärte Zorn. »Und wir müssen rausfinden, ob er Komplizen im Präsidium hat. Oder anderswo.«

»Wie wollt ihr das machen?«

»Wir werden ihn beschatten.«

»Okay«, sagte Hannah. »Ich bin dabei.«

Zorn schüttelte langsam den Kopf.

»Hey, ich habe diese Unterlagen besorgt. Glaubt ihr wirklich, dass ich euch den ganzen Spaß allein überlasse? Jetzt, wo es erst richtig losgeht?«

Zorn wollte etwas entgegnen, doch Schröder kam ihm zuvor: »Das ist kein Spaß«, sagte er leise. »Philipp Sauer ist gefährlich, Frau Saborowski.«

»Hannah.«

»Bitte?«

»Nenn mich Hannah.«

»Gern«, sagte Schröder und deutete ein Lächeln an.

»Ihr wollt also, dass ich rumsitze und nichts mache?«

»Nein«, sagte Zorn. »Du wirst eine ganze Menge tun. Wenn du auf Arbeit bist, hast du Sauer ständig im Blick. Sobald irgendwas passiert, gibst du uns Bescheid. Schröder und ich kümmern uns nach Feierabend um ihn.«

»Mehr nicht?«

Schröder beugte sich ein wenig vor. »Niemand hat eine Ahnung, wozu Sauer fähig ist. Und wir beide«, er nickte seinem Chef zu, »wissen, was zu tun ist.«

Wissen wir das wirklich?, dachte Zorn.

Hannah war noch immer nicht überzeugt.

»Versteh doch«, mischte sich Zorn wieder ein. »Wir machen hier keine Pfadfinderspielchen. Eigentlich hast du schon viel zu viel getan. Wir müssen –«

Er erhielt einen unsanften Stoß in den Rücken. Die Kellnerin stand, drei große Teller in den Händen, hinter ihm und gab ihm mit einer Kopfbewegung zu verstehen, dass er gefälligst Platz machen solle. Ehe er etwas sagen konnte, hatte sie das Essen auf den Tisch gestellt und war verschwunden.

Zorn betrachtete angewidert seinen Salat, einen undefinierbaren Haufen staubtrockenen Grünzeugs. »Ich habe keinen Hunger«, sagte er, warf einen neidischen Blick auf Schröders Nudelsuppe und griff nach einer Zigarette.

»Jetzt wird gegessen«, sagte Hannah barsch, nahm ihm die Zigarette aus dem Mund und reichte ihm die Gabel. »Los!«

*

Später standen Zorn und Schröder vor dem *Basement*. Sie hatten unter dem Balkon eines alten, barocken Bürgerhauses Schutz vor dem Regen gesucht. Hannah war bereits wieder im Präsidium. Vielleicht, hatte Zorn zu ihr gesagt, ist Sauer ja noch immer unterwegs, dann könne sie die Akte sofort zurück in den Safe legen.

Zorn schlug den Jackenkragen hoch. »Ich werde mich wohler fühlen, wenn das Scheißding wieder im Tresor ist.«

»Willst du ihn wirklich beschatten, Chef?« Schröder trug einen altmodischen Blouson aus giftgrünem Nylon, die Kapuze war im Kragen integriert, er hatte sie herausgenommen, aufgesetzt und sah irgendwie aus, als hätte er eine Einkaufstüte auf dem Kopf, die ihm tief über die Augen hing.

»Mir fällt nichts anderes ein. Du weißt, wo er wohnt, oder?«

»Noch nicht«, erwiderte Schröder. »Aber das ist wohl unser geringstes Problem.«

»Morgen früh wissen wir endlich, wer die Leiche ist.« Eine Straßenbahn bog laut quietschend um die Ecke, der Lärm war ohrenbetäubend. »Und geheim halten können wir das nicht«, fuhr Zorn laut brüllend fort. »Wir müssen uns irgendwas einfallen lassen, vielleicht behaupten wir, dass wir durch Zufall auf ihre Identität gekommen sind. Als Erstes werden wir beide ihre Wohnung checken, danach rufen wir die Spurensicherung und machen das Ganze offiziell.«

Schröder zog fröstelnd die Schultern hoch und nickte.

»Was ist mit den eingeritzten Buchstaben?«

»Darum kümmerst du dich, wenn du Zeit hast. Heute Abend ist Sauer an der Reihe. Ich übernehme die erste Schicht, sagen wir bis Mitternacht.«

Schröder sah nachdenklich zu Boden. »Wir sind Polizisten«, sagte er nach einer Weile. »Und wir verletzen gerade so ziemlich jede Dienstvorschrift, die es gibt.«

»Ich weiß.«

»Mir gefällt das alles nicht, Chef.«

»Mir auch nicht, Schröder, mir auch nicht.« Hauptkommissar Zorn strich das regennasse Haar zur Seite. »Aber mir fällt nichts Besseres ein.«

Dann schickte er Schröder zurück ins Präsidium.

*

Zorn, der dringend nachdenken musste, hatte sich entschieden, zum Präsidium zu laufen. Er konnte es nicht leiden, unfreiwillig direkten körperlichen Kontakt mit fremden Menschen zu haben. Öffentliche Verkehrsmittel wie Straßenbahnen oder Busse waren ihm ein Gräuel, denn das Gefühl, anderen auf wenigen Quadratmetern ohne Rückzugsmöglichkeiten ausgeliefert zu sein, ertrug er nur mit äußerster Anstrengung. Zorn brauchte immer einen Fluchtweg. Selbst eine schnöde Taxifahrt konnte ihm zum Horrortrip werden, dann jedenfalls, wenn der Fahrer ein geselliger Mensch war und Zorn sich gezwungen sah, gegen seinen Willen ein unverfängliches Gespräch über die Straßenverhältnisse oder das Wetter führen zu müssen.

Vom *Basement* zum Präsidium war es nicht weit, er musste nur dem städtischen Boulevard folgen, einer Fußgängerzone, die den Markt mit dem Bahnhof verband. Er hatte die Hände in der Jacke und den Blick zu Boden gerichtet. Bereits nach den ersten Metern war er vom Regen völlig durchgeweicht und bereute seinen Entschluss, doch irgendwie hoffte er immer noch, hier, zwischen Schuhgeschäften, Buchläden und schmuddeligen Drogeriediscountern, auf andere Gedanken zu kommen.

Zorn wartete darauf, dass sich so etwas wie Euphorie oder Genugtuung einstellte. Schließlich war er es gewesen, der diesen ungeheuren Verdacht gegen Sauer gehegt hatte, und jetzt sah alles danach aus, dass er richtig gelegen hatte. Doch alles, was er fühlte, war eine ruhige, verbissene Entschlossenheit.

Himmelherrgott, dachte er und wich einer riesigen Pfütze aus, ich mutiere doch nicht etwa zum Superbullen, muss von jetzt an nur noch meinem Gefühl folgen und löse den Fall durch meine Spürnase? Nein, entschied er dann. Das war nur ein Glückstreffer, ein Zufall, und hatte nichts, aber auch gar nichts mit Intuition zu tun. Und ich werde nicht so blöd sein und glauben, dass es so weitergeht.

Er hatte den spätgotischen Wachturm erreicht, der früher Teil der Stadtmauer gewesen war. Jetzt, am frühen Nachmittag, waren viele Menschen unterwegs, liefen, mit Einkaufstüten und Regenschirmen beladen, vorsichtig und etwas ungelenk über das teure Pflaster aus italienischen, polierten Marmorplatten, die das dröge Gesamtbild der Innenstadt durchaus aufwerten mochten, bei Regen allerdings verwandelten sie sich in eine unberechenbare, spiegelglatte Rutschbahn. Zorn wunderte sich immer wieder, dass hier so wenige Unfälle passierten.

Vor einem Optiker blieb er stehen. Es roch nach Abgasen, feuchter Luft und frisch gebratenen Würstchen. Seinen Salat hatte er kaum angerührt, jetzt hatte er fürchterlichen Hunger. Er holte eine Zigarette aus der Tasche.

Im Schaufenster stand etwas von einem kostenlosem Sehtest. Zorn zögerte. Wenn ich das tue, dachte er, habe ich schwarz auf weiß, dass ich fast blind bin, dann ist es sozusagen amtlich. Dann muss ich für den Rest meines Lebens eine dicke, fette Hornbrille tragen, sehe aus wie ein vierzigjähriger BWL-Student und kriege nie wieder eine Frau ab. Nie wieder. Nee, dann bleib ich lieber blind, es ist besser so. Das meiste, was um mich herum passiert, will ich eh nicht sehen.

»Hallo, Kommissar.«

Unvermittelt wurde er aus seinen Gedanken gerissen, drehte sich um und erblickte Henning Mahler, der ihm mit einem schiefen Grinsen die Hand entgegenstreckte.

»Hey«, sagte Zorn. Seine anfängliche Freude wich einem leichten Magendrücken, das wiederum von einem Stich des schlechten Gewissens abgelöst wurde, dann nämlich, als ihm mit einem Schlag Clara Mahlers Beerdigung einfiel. Die war vor zwei Tagen gewesen.

»Scheiße«, entfuhr es Zorn, »ich hab die Beerdigung vergessen.«

»Macht nichts, es war sowieso kaum jemand da.«

Wenn es denn möglich war, sah Mahler noch abgerissener aus als beim letzten Mal. Er musste seit Tagen nicht geschlafen haben, der Regenmantel schien seit ihrer letzten Begegnung zwei Nummern größer geworden zu sein und schlotterte wie ein Müllsack um seine hageren Schultern.

Zorn wusste nicht, was er sagen sollte, und sah verlegen auf seine durchnässten Schuhe.

»Wie geht's den Kindern?«, fragte er nach einer Weile.

»Tom ist immer noch bei meiner Schwester, und Ella ...«, Mahler machte eine unbestimmte Handbewegung, »Ella wird wohl demnächst aus dem Krankenhaus entlassen. Wir kommen zurecht. Irgendwie.«

Zorn nickte, als ob er verstehen würde, was Mahler meinte. Obwohl das absolut nicht der Fall war.

Mahler zog die Schultern hoch und verschränkte die Arme vor der Brust. »Lust auf einen Kaffee?«, fragte er und nickte in Richtung eines Schnellimbisses, der verschiedene, angeblich frisch gefangene Fischgerichte anbot.

»Klar«, sagte Zorn, warf dann aber einen schnellen Blick auf das alte Uhrwerk des Wachturmes und verbesserte sich rasch: »Nee, geht nicht, ich muss ins Präsidium, tut mir leid, Henning.«

»Gibt's was Neues in deinem Fall?«

Zorn zögerte.

»Wie man's nimmt. Ich hab da was rausgefunden, und …«

»Ja?«

»Kann ich dir nicht erzählen.« Zorn entschuldigte sich mit einem Lächeln.

»Keine Angst, du musst mir deine Dienstgeheimnisse nicht verraten.«

»Lass uns morgen Abend ein Bier trinken, irgendwas finden wir schon, worüber wir reden können.«

»Okay.« Mahler reichte Zorn die Hand. »Ich ruf dich an. Vielleicht hast du ja morgen deinen Mörder schon gefunden.«

Wer weiß, dachte Zorn. Vielleicht.

Elf

Vor dem archäologischen Landesmuseum, einem hundertjährigen Sandsteinklotz, dessen dunkle Fassade an längst zerfallene römische Monumentalbauten erinnerte, befand sich ein mit uralten Platanen bewachsener Platz, der von einer mit Kopfstein gepflasterten Straße begrenzt wurde. Der nördliche, dem Museum gegenüberliegende Teil diente als inoffizielle Hundewiese, nach Süden hin schloss sich ein ungepflegter und selten genutzter Kinderspielplatz an. Staatsanwalt Sauer lebte in einer der klassizistischen Villen, die den Platz in einem großen Rechteck umgaben.

Claudius Zorn unterdrückte ein Gähnen und sah auf die Uhr. Kurz nach halb elf. Seit über viereinhalb Stunden hockte er nun in seinem Volvo, den er fünfzig Meter entfernt von Sauers Wohnung auf der gegenüberliegenden Straßenseite geparkt hatte.

Der Staatsanwalt war gegen halb sieben nach Hause gekommen und hatte seitdem seine Wohnung nicht mehr verlassen. In anderthalb Stunden würde Schröder für drei Stunden übernehmen und, wenn Sauer bis dahin nichts unternommen hatte, wieder nach Hause fahren und sich für ein paar Stunden ausruhen dürfen.

Es ist wahrscheinlich sinnlos, dachte Zorn zum zehnten Mal und kurbelte das Fenster ein wenig herunter, wieso sollte Sauer ausgerechnet jetzt, wenn ich ihn beschatte, aktiv werden?

Er nahm das Handy und wählte Hannahs Nummer. Ihr Telefon war ausgeschaltet, er sprach ihr auf die Mailbox und bat sie, sich bei ihm zu melden. Ich muss sie im Auge behalten, überlegte er. Sie nimmt das alles nicht ernst genug, und das Schlimmste, was man jetzt tun könnte, wäre, Sauer zu unterschätzen.

Er hatte mindestens eine halbe Schachtel geraucht, die Luft im Auto war zum Schneiden, sein Kopf schmerzte, der Mund fühlte sich an, als hätte er die Zigaretten nicht nur geraucht, sondern den Inhalt des übervollen Aschenbechers gleich mit geschluckt.

Ich bin wirklich bescheuert, dachte er, drückte die Zigarette aus und warf die Schachtel angewidert auf den Beifahrersitz. Es schmeckt nicht, es stinkt und es bringt mich langsam, aber sicher um. Und trotzdem höre ich nicht auf. Warum nur? Das war ein Gedanke, der ihm öfter kam. Seit fast zwanzig Jahren. Der allerdings auch schnell wieder vergessen war, spätestens dann, wenn er automatisch zur nächsten Zigarette griff.

Er seufzte und warf einen Blick in Richtung Sauers Haustür. Der dachte natürlich nicht im Traum daran, auf der Straße zu erscheinen. Zorn trommelte mit den Fingern auf dem Lenkrad. Begann, einen alten Iggy-Pop-Song vor sich hin zu pfeifen, kaute dann ein wenig auf den Fingernägeln, sah gelangweilt nach links, nach rechts, in den Rückspiegel, die Minuten vergingen, bis er plötzlich wieder das Feuerzeug in der einen und die Zigarettenschachtel in der anderen Hand hielt.

Nix da, knurrte er, warf beides auf den Rücksitz und schaltete das Radio ein. Im Inforadio wurde gerade bekanntgegeben, dass die Stadt in den nächsten Tagen definitiv mit einem Hochwasser zu rechnen habe, der Pegel des Flusses lag momentan bei vier Metern und würde, wenn es vor allem flussaufwärts weiter so regnen sollte, in den nächsten zwei Tagen um bis zu drei weitere Meter steigen. Bereits jetzt waren die meisten Uferstraßen überflutet, einige Gebiete wie die Pferderennbahn, die direkt am Fluss lag, standen unter Wasser.

Zorn, der von alldem nichts mitbekommen hatte, wunderte sich nun doch: Was in der Stadt passierte, hatte ihn noch nie sonderlich interessiert, aber dass er von einer drohenden Flut aus dem Radio erfuhr, ohne selbst das Geringste geahnt zu haben, konnte wohl nur daran liegen, dass er an einem der höchsten Punkte der Stadt wohnte und weder sein Weg zur Arbeit noch einer seiner Ausflüge in die tiefer liegenden Gebiete der Stadt führten.

Im Radio ging man nun zum aktuellen Börsenbericht über. Zorn schaltete um und zuckte zusammen, als er bei Janas Privatsender landete, auf dem gerade ein Werbetrailer für ein neues Gewinnspiel lief. Eine hektische Männerstimme forderte den Hörer auf, am kommenden Morgen zwischen sieben und acht unbedingt im Sender anzurufen und zu schätzen, welchen Pegelstand das Hochwasser in der nächsten Stunde erreichen würde. Dem Gewinner winkten Designer-Bademoden im Wert von 200 Euro, die von einem städtischen Herrenausstatter bereitgestellt wurden.

»Nicht verpassen! Einschalten!«, hauchte Janas aufgezeichnete Stimme und kündigte den nächsten Megahit der Neunziger an.

Den Teufel werd ich, knurrte Zorn und machte das Radio aus. Er fröstelte, startete den Motor, drehte die Heizung auf und fuhr die Scheibe wieder nach oben. Dann sah er hinüber zu Sauers Eingang. Zwei Teenager saßen geduckt auf einer der Bänke neben dem Spielplatz und rauchten, eine abgerissene Katze streunte über die feuchte, im Licht der Laternen glänzende Wiese, aber von einem weiteren Menschen, geschweige denn von Staatsanwalt Sauer, war weit und breit nichts zu sehen. So langsam, dachte Zorn und streckte den Rücken, könntest du deinen Arsch wirklich mal an die frische Luft bewegen.

Was natürlich nicht geschah. Dafür aber klingelte sein Telefon. Das heißt, es klingelte nicht, sondern Madonna fing an zu plärren.

»Ihr Name ist Sigrun Bosch«, meldete Schröder.

Zorn blinzelte verwirrt.

»Was?«

»Die Tote vom Wehr. Ehemalige Deutschlehrerin, ledig, wohnhaft Kornblumenweg 16. Ich habe eben einen Anruf aus dem Bezirksklinikum erhalten, die Nachtschwester hat die Krankenakte gefunden.«

»Scheiße!«, brüllte Zorn, der triumphierend hochgefahren war und sich den Kopf an der Sonnenblende gestoßen hatte.

»Was?«

»Schon gut.« Zorn rieb sich die Stirn. »Gute Arbeit, Schröder.«

»Ich weiß, Chef.«

Ein Taxi bog langsam um die Ecke und hielt vor Sauers Hauseingang.

»Morgen früh durchsuchen wir die Wohnung. Jetzt gehst du nach Hause und …«

»Ja?«

»Warte mal.«

Die Haustür öffnete sich.

Zorn hielt die Luft an.

Sauer erschien und sprang, ohne sich umzusehen, in das Taxi.

»Das gibt's nicht«, ächzte Zorn.

»Was gibt's nicht?«, fragte Schröder am anderen Ende.

»Ich muss Schluss machen.« Hektisch warf Zorn das Handy beiseite und startete den Volvo. Gegenüber war das Taxi wieder angefahren und verschwand in Richtung Innenstadt. Zorn legte den Gang ein, würgte den Wagen ab, fluchte laut, der Motor heulte auf, dann raste er mit Vollgas hinterher.

Als er die Rücklichter des Taxis vor sich sah, bremste er ab und fuhr langsamer. Verdammt, dachte er und atmete tief durch, auch das noch: Nächtliche Verfolgung einer verdächtigen Person im Taxi durch kettenrauchenden Ermittler. Ich bin eindeutig im falschen Film.

*

Unterhalb des Marktplatzes bog das Taxi in eine kleine Seitenstraße ein, die so etwas wie das Zentrum der Stadt bildete – jedenfalls, was das Nachtleben betraf. Früher hatten hier mittelalterliche Fachwerkhäuser gestanden, ein Großteil war abgerissen und in der Gründerzeit durch muffige, geduckte Mietskasernen, später dann durch dreistöckige Neubaublocks ersetzt worden. Auf einigen hundert Metern reihten sich hier Bars, Kaffees, ein Programmkino und diverse Kneipen in loser Folge aneinander. Im Sommer standen Stühle auf der Straße, und es gab Wochenenden, an denen so viele Menschen unterwegs waren, dass man sogar von einer Art lärmender Partyszene sprechen konnte. Jetzt, kurz vor Mitternacht an einem Donnerstag im April, war hier allerdings kaum jemand anzutreffen.

Das Taxi fuhr langsam, Zorn folgte vorsichtig und zählte vielleicht ein Dutzend Menschen, die ihm vereinzelt oder in kleinen Gruppen auf der schmalen Gasse entgegenkamen. Vor einem Irish Pub stieg Sauer aus und verschwand rechts daneben in einer kleinen Bar. Zorn parkte fünfzig Meter entfernt halb auf dem Fußweg, stieg hastig aus und ächzte gequält, als sein Rücken nach dem langen Sitzen heftig protestierte.

Die meisten Nachtclubs in dieser Gegend hatten Namen, die sinnigerweise etwas mit dem Begriff *Bar* zu tun hatten. Den Anfang hatte der Besitzer eines Ladens im Erdgeschoss einer Jugendstilvilla gemacht, der seinen Club *Sansibar* nannte. Die Kneipe war seit Jahren geschlossen, doch im Laufe der Zeit waren andere diesem Beispiel gefolgt, und so gab es eine *Sonderbar* und einige Meter weiter eine *Verfügbar*, die nur an den Wochenenden geöffnet hatte. Ein besonders witziger Grieche hatte seinen Schnellimbiss *Barbar* getauft.

Dort, wo Sauer verschwunden war, verkündete ein flackerndes, blaues Neonschild, dass es sich hier um die *Begehbar* handelte, einen stadtbekannten Schwulentreff, besser bekannt als *Be Gay Bar*. Unter der Markise eines kleinen Schmuckladens blieb Zorn ratlos stehen. Am Schaufenster klebte ein vergilbtes, völlig durchnässtes Plakat für ein Peter-Maffay-Konzert aus dem letzten Sommer.

Sauers Vorlieben interessierten Zorn herzlich wenig. Ihm fiel ein, dass dies seine erste Observation in fast zwanzig Dienstjahren war. Er fror, seine Jacke lag im Auto, er musste dringend pinkeln.

Nein, dachte er, ich werde den Teufel tun und womöglich stundenlang hier draußen rumstehen. Dann zückte er das Handy und schrieb Schröder eine SMS, in der er ihm mitteilte, wo er war.

Er atmete tief durch, überquerte die Straße und ging in die Bar.

*

Das Erste, was ihm auffiel, waren die großen, beleuchteten Aquarien, die in den Wänden eingelassen waren. Quietschbunte Fische schwammen darin, das diffuse Licht spiegelte sich an den ockerfarbenen Wänden eines langgestreckten, hohen Raumes. Überall waren dunkelbraune, bequeme Ledersessel verteilt, die um ein halbes Dutzend niedriger Holztische standen. Die meisten Plätze waren besetzt, irgendwo dudelte klassische Klaviermusik.

Direkt gegenüber dem Eingang war der Tresen. Der Barmann, ein dunkelhaariger, sonnengebräunter Typ, der aussah, als würde er in seiner Freizeit Werbung für Herrenunterwäsche machen, mixte mit schnellen, routinierten Bewegungen ein kompliziert aussehendes Getränk. Direkt hinter ihm schien eine Art Lagerraum zu sein, der mit einem Vorhang abgetrennt war. Von dort war leises Flaschenklirren zu hören.

Zorn versuchte, sich zu orientieren, starrte angestrengt in den hinteren Teil der Bar und hoffte, Sauer auszumachen. Was ihm aus drei Gründen nicht gelang: Es war dunkel, die meisten Gäste saßen mit dem Rücken zur Tür, und selbst wenn dies alles nicht der Fall gewesen wäre, hätte Zorn aufgrund seiner Kurzsichtigkeit so gut wie nichts erkannt.

Jetzt fiel ihm ein, dass er absolut nicht wusste, was er tun sollte, wenn er dem Staatsanwalt tatsächlich gegenüberstand. Er konnte das Ganze schlecht auf einen Zufall schieben, und Sauer, das war Zorn klar, würde nichts unternehmen, solange er sich beobachtet fühlte. Der Sinn einer Beschattung war nun einmal, unerkannt zu bleiben.

»Bist du neu hier?« Der Barkeeper hatte die Hände auf den Tresen gestützt und lächelte Zorn an. »Ich hab dich hier noch gar nicht gesehen.«

»Nee. Das heißt, ja«, verbesserte sich Zorn. »Ich suche einen Freund.«

Das Lächeln des Barmannes wurde breiter. »Freunde findest du hier viele.«

Er hat genauso weiße Zähne wie Sauer, dachte Zorn und setzte sich auf einen der verchromten Barhocker. Im Hintergrund war ein hohes, schrilles Männerlachen zu hören. Der Barkeeper stellte eine kleine Porzellanschüssel mit Erdnüssen auf den Tresen.

»Kann ich hier rauchen?«, fragte Zorn und suchte in den Hosentaschen nach seinen Zigaretten.

»Leider nicht.«

»Und die Toilette?«

»Ganz hinten rechts. Wenn du was trinken willst«, der Barmann reichte ihm eine Getränkekarte, die ungefähr so dick wie das Telefonbuch einer mittleren Kleinstadt war, »such dir was aus.« Zorn schlug die Karte aufs Geradewohl auf. Es musste hier Hunderte verschiedene Cocktails geben.

»Mai Tai«, sagte Zorn, der keine Ahnung hatte, was er da bestellte. Er stand auf und begab sich in den hinteren Teil der Bar.

Schön unauffällig bleiben, dachte er und schlängelte sich langsam zwischen den Sesseln hindurch. Blieb dabei immer wieder stehen und musterte die Gäste aus den Augenwinkeln. Die meisten der Anwesenden waren gut, aber unauffällig gekleidet, überwiegend in Jackett und Anzug, saßen zu zweit oder zu dritt um die Tische und unterhielten sich leise. Er fühlte sich unbehaglich, obwohl er, soweit er das beurteilen konnte, völlig ignoriert wurde. Eine Frau konnte er nirgends entdecken, und als Zorn die Toiletten erreichte, war er sicher, dass Staatsanwalt Sauer nicht hier war.

Er schloss die Tür hinter sich, lehnte sich an das auf Hochglanz polierte Edelstahl-Waschbecken und atmete tief durch. Fast hätte er vergessen, dass er wirklich pinkeln musste, und nachdem das erledigt war, wusch er sich hastig die Hände. Er wusste, dass es Blödsinn war, und doch rechnete er damit, dass jeden Moment ein bärtiger, in Lack und Leder gekleideter Riese hereinkommen würde, um ihn nach Strich und Faden zu vernaschen.

Neben dem Klo befand sich eine weitere Tür. Er prüfte sie unauffällig und stellte fest, dass sie verschlossen war. Verdammt, dachte Zorn, er kann sich doch nicht in Luft aufgelöst haben, und schlenderte betont gelangweilt zurück in Richtung Tresen.

Kaum hatte er Platz genommen, stellte der Barmann ein großes, mit einer trüben, gelblich-braunen Flüssigkeit gefülltes Glas, in dem ein paar Eiswürfel klimperten, vor ihm ab. Zorn nippte und verzog angewidert das Gesicht. Das Einzige, was er schmeckte, waren Unmengen Alkohol, Zucker und ein kaum wahrnehmbares Orangenaroma.

»Und? Schmeckt's?« Der Barkeeper lächelte.

Wenn ich das ausgetrunken hab, überlegte Zorn, kippe ich bewusstlos vom Hocker. Ich sollte langsam nachdenken, wie ich hier heil wieder rauskomme. »Total lecker«, entgegnete er und grinste zurück. Er spürte, wie sich hinter ihm die Tür öffnete. Ein kalter Windzug wehte herein, kurz darauf nahm jemand direkt neben ihm Platz. Zorn hob den Blick und traute seinen Augen nicht.

»Einen Prosecco«, sagte der dicke Schröder, bedachte Zorn mit einem knappen Nicken und nahm sich die Getränkekarte, um sie aufmerksam zu studieren. Er trug eine Schirmmütze aus dunkelblauem Kunstleder, die er sich tief in die Stirn gezogen hatte. Zorn stellte entsetzt fest, dass er sein kariertes Baumwellhemd bis zum Nabel aufgeknöpft hatte, sodass sein umfangreicher Bauch noch deutlicher als sonst zur Geltung kam. Und konnte es sein, dass seine Wangen ein wenig rosiger, die Lippen ein wenig voller und die Augen ein wenig stärker betont waren als sonst? Mein Gott, dachte

Zorn, jetzt ist er völlig durchgeknallt. Er hat sich tatsächlich geschminkt.

»Spinnst du?«, zischte Zorn und versuchte, ihm unter dem Tisch einen Tritt zu versetzen, verfehlte ihn aber um ein paar Zentimeter. Als Schröder flüsternd antwortete, tat er so, als würde er weiter in der Karte lesen.

»Undercover, Chef. Ich passe mich der Umgebung an.«

»Siehst du hier irgendjemanden, der auch nur annähernd so bescheuert rumläuft wie du?«

Schröder zuckte mit keiner Miene. »Es ist jedenfalls besser, wenn niemand merkt, dass wir uns kennen.« Er nahm einen Schluck Prosecco, hob die Stimme und wandte sich an den Barkeeper: »Der ist ja total warm, Herzchen. Willst du mich vergiften?«

Schröder hatte von Natur aus eine nicht eben tiefe Stimme, doch jetzt sprach er in einem nörgelnden, quengeligen Falsett. Im Zusammenspiel mit den überbetonten Konsonanten ergab dies die schlechteste Imitation eines Schwulen, die Zorn jemals gesehen hatte.

Der Barkeeper zuckte beleidigt die Achseln. Dann öffnete er eine neue Flasche, reichte wortlos ein weiteres Glas über den Tresen und verschwand hinter dem Vorhang. Schröder nahm den Prosecco und kippte den Inhalt des Glases in einem Zug hinunter.

»Wo ist Sauer?«, flüsterte Schröder und wischte sich den Mund ab.

»Nicht hier. Wag es ja nicht, dich zu besaufen, oder ich bring dich um.«

»Wie? Nicht hier?«

»Nicht hier heißt nicht hier! Verschwunden!«

»Ich denke, er ist hier reingegangen?«

»Jetzt ist er weg! Oder siehst du ihn irgendwo?«

Schröder sah sich unauffällig um.

»Vielleicht ist er weiter hinten?«

»Da war ich schon. Los, wir hauen hier ab.«

»Wir sollten noch warten, Chef.«

Und ehe Zorn etwas erwidern konnte, bestellte Schröder lautstark einen weiteren Prosecco. Der Vorhang hinter der Bar öffnete sich, und diesmal erschien nicht der Barkeeper, sondern jemand anders. Zorn, der dachte, an diesem Abend genügend Peinlichkeiten erlebt zu haben, wäre am liebsten im Erdboden versunken. Unwillkürlich zog er den Kopf ein und suchte nach einer Stelle, wo er in Deckung gehen konnte.

Malina trug Jeans und ein ärmelloses, weißes T-Shirt. Wieder registrierte Zorn, dass sie schlank, fast mager war. Es versetzte ihm einen nahezu körperlich fühlbaren Schlag, als sie ihn mit ihren hellen Augen ansah. Sie stutzte kurz, allerdings nur einen kleinen, fast unmerklichen Moment. Dann füllte sie ein weiteres Glas für Schröder.

»Danke, Schätzchen«, gurrte Schröder und sah Malina mit vollendetem Augenaufschlag an.

»Und dein Freund?«, lächelte sie mit einer Kopfbewegung Richtung Zorn.

»Was soll mit dem sein?«, fragte Schröder.

»Ich bin nicht sein Freund«, sagte Zorn.

»Ich meinte, ob du auch was trinken willst.«

»Ich hab noch.« Zorn nahm allen Mut zusammen und trank einen Schluck aus seinem Glas. Sofort spürte er, wie ihm der Alkohol zu Kopf stieg.

»Also ich …«, Schröder erhob sich umständlich von seinem Barhocker, »muss mal für kleine Königstiger.«

Zorn griff seinen Arm und hielt ihn flüsternd zurück: »Hör auf mit dem Scheiß und lass uns endlich hier verschwinden.«

»Gleich, Chef. Ich seh noch mal hinten, ob ich Sauer irgendwo entdecke.«

Zorn sah ihm kopfschüttelnd nach. Malina polierte ein Glas. Wenn sie erstaunt war, ihn hier zu sehen, ließ sie sich nichts davon anmerken.

»Ihr seid schon ein lustiges Pärchen, ihr zwei.«

Zorn wich ihrem Blick aus. »Quatsch, wir … wir sind kein Pärchen.«

Sie hielt das Glas prüfend gegen das Licht und stellte es dann in ein Regal hinter dem Tresen.

»Nein?«

»Nein. Und ich bin nicht …«

»Ja?«

Zorn rührte verlegen in seinem lauwarmen Mai Tai, der mittlerweile die Farbe von abgestandenem Urin angenommen hatte. Er hoffte inständig, dass Schröder schnell zurückkommen möge.

Malina musterte ihn nachdenklich. »Was bist du nicht?«

»Du weißt schon.«

»Was weiß ich?«

Täuschte er sich, oder erschien da ein feines Lächeln um Malinas Mundwinkel? Zorn sah sich hilflos um, beugte sich dann über den Tresen und sah sie an.

»Himmelherrgott, du weißt genau, was ich meine!«

»Du meinst, dass du nicht schwul bist? Das war mir von Anfang an klar. So siehst du nun wirklich nicht aus.«

Zorn atmete tief durch. »War das jetzt ein Kompliment?«

»Ich würde sagen«, sie griff ein weiteres Glas und hielt es gegen das Licht, »ja.«

Als sie ihn jetzt ansah, war ihr Lächeln wesentlich eindeutiger. Zorn spürte, wie er rot wurde, und hoffte, dass sie ihm seine Unsicherheit nicht anmerkte.

»Die Frage ist aber«, fuhr sie nach einer kurzen Pause fort, »was macht jemand, der nicht schwul ist, in einer Schwulenbar?«

»Das ist eine sehr gute Frage.« Zorn hatte keinen Schimmer, was er jetzt sagen sollte. Er setzte umständlich zu einer Erklärung an und machte dabei eine weit ausholende Handbewegung, mit der er unabsichtlich sein Glas streifte.

Es gibt Momente, in denen die Zeit schneller zu vergehen scheint. Meist sind es die schönen Augenblicke, in denen die Sekunden dahinrasen, ohne dass wir es bemerken. Hässliche, unangenehme Zeitpunkte dagegen scheinen sich ins Unendliche zu dehnen, und so stand Zorn da und sah zu, wie das Glas umkippte und in einem eleganten Halbkreis langsam, leise klappernd, wie in Zeitlupe über den Bartisch rollte. Zorn wusste, was nun folgen würde, und doch stand er da, unfähig, sich zu bewegen oder einzugreifen. An der Kante verhielt das Glas kurz inne, so, als könne es sich nicht entscheiden, dann verlagerte sich der Schwerpunkt. Eine Sekunde lang war es still. Dann zerschellte es auf dem Fußboden.

Jetzt sprang er auf. Der Rest des Mai Tai hatte sich zuerst über den Tresen und dann über Malinas Jeans ergossen. Es krachte erneut, als sein Barhocker zu Boden ging und dabei den Nachbarstuhl umriss.

»Scheiße«, murmelte Zorn, als der Lärm sich ein wenig gelegt hatte. »Scheiße.«

Mehr fiel ihm nicht ein.

In der Bar wurde es still, es schien, als würden sämtliche Anwesenden in ihre Richtung schauen. Malina sah erst auf ihre durchnässte Hose und dann zu Zorn. Sie stemmte die Arme in die Hüften, räusperte sich kurz und sagte: »Kann es sein, dass du manchmal ein wenig neben der Spur bist, Claudius Zorn?«

»Tut mir leid.« Zorn kam sich vor wie ein begossener Pudel. »Das war echt nicht mit Absicht.«

»Wär ja noch schöner.« Sie nahm das Handtuch, mit dem sie eben noch die Gläser poliert hatte, und begann, ihre Jeans trockenzuwischen. »Also«, fuhr sie dann fort. »Was machst du hier?«

Zorn suchte noch immer nach einer plausiblen Ausrede, doch er wurde unterbrochen.

»Kann ich behilflich sein?«

Aus dem hinteren Teil hatte sich ein kräftiger, hochgewachsener Mann genähert, der ungefähr in Zorns Alter zu sein schien. Das dichte, kurz geschnittene Haar war grau, fast weiß, er trug einen schwarzen Rollkragenpullover, und als er Zorn lächelnd die Hand reichte, entblößte er eine Reihe großer, ebenmäßiger Zähne, die irgendwie wirkten, als seien sie aus Plastik.

»Guten Tag. Stapic«, stellte er sich vor. »Mir gehört der Laden. Gibt es ein Problem?«

Er sprach leise, wie jemand, der es seit langem gewohnt ist, Anweisungen zu geben. Zorn meinte, einen leichten Akzent wahrzunehmen. Nein, überlegte er dann, kein Akzent, eher eine ungewöhnliche Satzmelodie, die zeigte, dass Deutsch nicht seine Muttersprache zu sein schien. Zorn räusperte sich, ergriff die Hand und drückte sie kurz.

»Es gab einen kleinen Unfall, war meine Schuld.«

Stapic warf Malina einen fragenden Blick zu.

»Alles okay«, sagte sie knapp.

Es entstand eine kleine, unangenehme Pause. Stapic musterte Zorn unverhohlen von oben bis unten. Obwohl er die ganze Zeit lächelte, war ihm deutlich anzusehen, dass er nicht sicher war, was er von Zorn zu halten hatte.

»Schicke Aquarien«, sagte Zorn.

Stapic schwieg. Und lächelte weiter.

Zorn erkannte, dass er wesentlich älter sein musste, als er im ersten Augenblick angenommen hatte. Um Augen und Mundwinkel waren tiefe, winzige Fältchen zu sehen, die zeigten, dass dieser Barbesitzer um die fünfzig sein musste, mindestens.

Dann klappte hinten eine Tür, und Schröder näherte sich mit raschen Schritten. Er schien seine Taktik geändert zu haben, die Ledermütze hatte er abgenommen, kam zielstrebig zum Tresen, knallte seinen Dienstausweis auf den Tisch und sagte mit normaler Stimme: »Schluss mit der Maskerade. Das ist Hauptkommissar Zorn, mein Name ist Schröder, und wir suchen«, er kramte aus seiner Hemdtasche ein Foto hervor und legte es neben den Ausweis, »diesen Mann.«

Zorn überlegte kurz, ob er wütend werden sollte, entschied sich dann aber dagegen. Der dicke Schröder hatte recht, mit diesem Undercover-Quatsch kamen sie hier nicht weiter.

Malina runzelte die Stirn. »Du bist Polizist?«

»Ja.« Zorn wies mit dem Kinn auf Schröder. »Er auch.«

Stapic griff Schröders Ausweis und betrachtete ihn nachdenklich.

»Darf man fragen, worum es geht, Herr Kommissar?«

»Darf man fragen, wer Sie sind?« Schröder war jetzt ganz pflichtbewusster, förmlicher Beamter.

Stapic machte eine unbestimmte Bewegung in die Runde. »Ich bin der Inhaber. Die Bar gehört mir.«

»Ausweis und Gewerbeschein, wenn ich bitten darf.«

»Das wird nicht nötig sein«, unterbrach Zorn.

»Oh, das ist kein Problem«, lächelte Stapic. »Ich bin diese Kontrollen gewohnt.« Dann wandte er sich an Malina. »Geh dich umziehen. Ich kläre das.«

»Sie bleibt.«

Stapic hob die Augenbrauen.

»Wie Sie wünschen, Herr Kommissar.«

Zorn nahm das Foto und zeigte es Malina. »Kennst du den?«

Sie warf einen kurzen Blick darauf.

»Ja. Der ist öfter hier.« Sie fuhr sich mit der Hand über die linke Augenbraue und dachte kurz nach. »Aber wie er heißt, weiß ich nicht.«

»Darf ich?« Stapic nahm das Foto. Zorn bemerkte einen goldenen Siegelring an seinem linken kleinen Finger. »Ich kenne ihn. Er heißt Sauer. Arbeitet bei der Stadt, soviel ich weiß.«

»Ist er oft hier?«

»Ein, zwei Mal die Woche. Kommt allein, geht allein. Sie nennen ihn hier den Schönen Anwalt.«

Toller Spitzname, dachte Zorn, und sagte: »Er ist vor einer halben Stunde hier reingekommen.«

»Ist er das?«

»Ich bin ihm gefolgt.«

»Tut mir leid«, Stapic reichte Zorn das Foto, »aber heute habe ich ihn nicht gesehen. Allerdings habe ich auch nicht auf ihn geachtet. Um diese Zeit ist der Laden fast immer voll. Hat er irgendwas verbrochen?«

Zorn ignorierte die Frage und wandte sich an Malina: »Und du? Hast du ihn vorhin gesehen?«

Sie schüttelte den Kopf. »Ich war hinten, hab Flaschen sortiert. Was ist mit ihm?«

»Nichts«.

»Reine Routine«, fügte Schröder hinzu.

»Routine?« Sie warf ihm einen amüsierten Blick zu.

»Wenn Sie mein Outfit meinen«, erwiderte Schröder und strich sich über den Scheitel, »das ist nicht ungewöhnlich. Ich laufe immer so rum.«

Sie lachte auf.

Ich mag ihr Lachen, dachte Zorn. Sehr.

Schröder überlegte einen Moment. »Gibt es hier noch weitere Zimmer?«, wandte er sich dann an Stapic.

»Sie meinen so etwas wie einen Darkroom?«

»Nennen Sie's, wie Sie wollen.«

Stapic zeigte seine großen, ebenmäßigen Zähne. »Das ist eine Bar und kein Bordell. Die Leute treffen sich hier und trinken. Und wenn sie mögen, gehen sie gemeinsam los. Was sie dann tun, geht mich nichts an. Das Einzige, was ich Ihnen zeigen kann, ist mein Büro dort hinten, die Tür neben der Toilette.«

Schröder stand auf. »Das würde ich gern sehen.«

»Nach Ihnen.« Stapic machte eine leichte Verbeugung und ließ Schröder den Vortritt. Zorn sah ihnen nach, dem dicken Schröder, der mit kurzen, schnellen Schritten voranging, und Stapic, der mit geschmeidigen, knappen Bewegungen folgte.

Malina nahm ein paar Bierflaschen, bückte sich und verstaute sie im Kühlschrank.

»Dass du bei der Polizei bist, wäre das Letzte gewesen, was ich erwartet hätte.«

»Das Letzte? Was … ich meine, wie meinst du das? Ist das schlimm?«

»Quatsch.«

»Was hättest du denn gedacht, was ich mache?«

»Keine Ahnung.« Sie richtete sich wieder auf, pustete sich eine Strähne aus der Stirn und wischte mit dem Tuch über den Tresen. »Versicherungsvertreter?«

»Sehr witzig.«

»Was ist denn jetzt mit diesem Sauer?«

»Was soll mit ihm sein?«

»Warum sucht ihr den?«

Zorn schnippte einen Erdnusskrümel vom Tisch. »Kann ich dir nicht sagen, wirklich nicht. Wahrscheinlich ist es eh nicht so wichtig.«

Schröder erschien, setzte sich neben Zorn und schüttelte unmerklich den Kopf. »Ein stinknormales, leeres Büro. Neben dem Klo ist ein Hinterausgang, der auf den Hof führt.«

»Abgeschlossen?«

»Nein.«

»Wahrscheinlich ist er da durch.«

»Das ist anzunehmen, Chef.«

»Wo ist Stapic?«

»In seinem Büro. Wenn wir noch Fragen haben, sollen wir uns melden.«

»Haben wir die?«

»Fragen?«

Zorn stand auf und streckte den Rücken. »Ich habe eine ganze Masse Fragen, aber ich glaube nicht, dass wir hier eine Antwort finden. Jedenfalls nicht heute.« Er kramte in seiner Hosentasche und holte eine zerknickte Visitenkarte hervor, die er Malina gab. »Ruf mich an, wenn er wieder hier auftaucht, ja?«

Sie nickte. »Es war nett, Sie zu sehen, Herr Kommissar.«

Zorn nahm allen Mut zusammen, räusperte sich umständlich, beugte sich dann vor und sagte leise: »Du kannst mich auch anrufen, wenn er nicht auftaucht.«

Sie drehte die Karte in den Händen. »Wer weiß, vielleicht tu ich das ja.«

Zorn reichte ihr die Hand, gab Schröder ein Zeichen, und beide verließen die Bar. Draußen blieb er stehen, zündete sich eine Zigarette an und nahm einen tiefen Zug.

»Kannst du mir mal sagen, was das eben sollte?«

»Was, Chef?«

»Diese lächerlichen Klamotten, verdammt nochmal!«, blaffte Zorn und wies erst auf die Ledermütze und dann auf das Hemd, das Schröders Bauch umspannte wie ein Einkaufsnetz einen Medizinball.

Schröder schob die Unterlippe nach vorn.

»Ich hätte mir auch einen falschen Bart ankleben können, aber ich hab gedacht«, er sah seinen Chef unschuldig an, »ein bisschen Spaß sollte das Ganze schon machen.«

»Spaß?«

»Genau.« Schröder stemmte die kurzen Arme in die Hüften und

stellte den linken Fuß ein wenig zur Seite. »Das war doch eine lustige Vorstellung, oder nicht?«

Darauf wusste Zorn keine Antwort, und so blieb ihm nichts anderes übrig, als das Thema zu wechseln.

»Wo hattest du eigentlich das Foto von Sauer her?«

Schröder unterdrückte ein Gähnen. »Das war nicht schwer zu besorgen. Ich hab mich eben auf den Einsatz vorbereitet.«

»Na ja.« Zorn strich sich mit der Hand über den Nacken und gähnte jetzt ebenfalls. »Morgen früh fahren wir erst mal zur Wohnung von dieser Lehrerin.«

»Das machen wir. Gute Nacht, Chef.«

»Gute Nacht, Schröder.«

Schröder tippelte in Richtung Markt, um sich ein Taxi zu nehmen.

»Vergiss nicht, dich abzuschminken!«, rief Zorn ihm nach und trat die Zigarette aus.

Zwölf

»Du wirst sie bestrafen, Staatsanwalt.«

»Das kann ich nicht.«

»Du kannst. Ich will es so.«

Es war weit nach Mitternacht. Sauer lief in seiner dunklen Villa auf und ab. Er hatte das Licht ausgeschaltet, draußen, vor den hohen Fenstern seines Wohnzimmers, hing die Dunkelheit wie ein schwarzes Tuch. Das Telefon hatte er so fest umklammert, dass seine Finger schmerzten. Der Hörer drohte, ihm aus den schweißnassen Händen zu gleiten.

»Sie ist meine Sekretärin.«

»Sie ist eine Schlampe, die dich bestohlen hat. Und sie ist eine Gefahr für mich. Ich will, dass du sie aus dem Weg räumst. Und ich will, dass sie leidet, bevor du sie tötest.«

Die Stimme am anderen Ende klang heiter. Gelassen. So, als würde sie im Restaurant eine Chinapfanne bestellen.

Sauer strich sich über das feuchte Gesicht. »Ich weiß, dass sie mich beobachtet, aber mehr als die Fotos und die Akte wird sie nicht finden. Sie kann uns also nicht mehr schaden als bisher. Wozu willst du sie aus dem Weg räumen?«

»Betrachte es als Strafe. Für sie, weil sie gegen mich arbeitet. Und für dich, weil du versagt hast. Niemand stellt sich mir in den Weg, ohne dafür zu bezahlen. Ich bin der, der dir sagt, was du zu tun hast. Es ist ein Befehl, Staatsanwalt. Hast du vergessen, dass Befehle befolgt werden müssen?«

»Ich bin nicht wie du, ich kann nicht –«

»Du kannst. Sie arbeitet für den Feind. Sie hat ihn sogar gefickt, diesen …«

»Zorn.«

»Du hast gesagt, er ist ein unfähiger Polizist.«

»Das ist er, glaub mir!« Sauer hatte die Stimme gehoben. Jetzt klang er wie ein Kind, unsicher, fast flehentlich. »Er ist faul, und er hasst seine Arbeit. Wahrscheinlich wird er ihre Identität herausfinden, aber das heißt noch lange nicht, dass er irgendeine Spur findet, die zu dir führt.«

»Er hat dich vorhin verfolgt.«

»Aber nicht gefunden«, sagte Sauer trotzig.

»Ich weiß.«

Eine Pause entstand. Am anderen Ende der Leitung war klassische Musik zu hören. Einen Moment lauschte Sauer den perlenden Akkorden des zweiten Klavierkonzertes von Mozart, die leise aus einer anderen Welt zu ihm herüber drangen. Sauer holte tief Luft und versuchte, selbstsicher zu klingen, so, als würde er im Gerichtssaal die Anklageschrift verlesen. »Ich werde sie nicht umbringen.«

Die Antwort bestand aus einem amüsierten Lachen. »Du wirst sogar noch mehr tun, wenn ich es verlange, Jungchen. Viel mehr.«

»Was meinst du?«

»Das wirst du früh genug erfahren. Wenn du das hier überstehen willst, tötest du zunächst die Frau.«

Sauer schluckte. »Und wenn nicht?«

Wieder eine Pause. Draußen fegte ein Windstoß durch die Nacht, die Fenster protestierten mit einem mürrischen Klappern.

»Muss ich dir das wirklich erklären, Staatsanwalt?«

»Nein.«

»Ich gebe dir vierundzwanzig Stunden. Keine Sekunde mehr.«

Sauer schluchzte auf. »Ich kann das nicht tun.«

»Oh doch.

»Das darfst du nicht von mir verlangen.«

»Schlaf gut, Staatsanwalt. Und träum schön.«

*

Ein paar Kilometer weiter lag Claudius Zorn in seinem Bett. Hätte er geschlafen, wären seine Träume alles andere als schön gewesen. Da er aber wach war, starrte er rauchend an die Decke und versuchte, seine Gedanken zu ordnen.

Er war sicher, dass Sauer in diese Bar gegangen war, daran gab es keinen Zweifel. Aber was hatte er dort gesucht? Und hatte das überhaupt eine Bedeutung? Wenn ja, warum war er so schnell wieder verschwunden?

Er dachte an Malina, an ihre hellen Augen und den Blick, den sie ihm zugeworfen hatte, als sie erfuhr, dass er Polizist war. Die Tatsache, dass ihm in ihrer Nähe der Schweiß ausbrach und sein Hirn mit einem Schlag leer zu sein schien wie ein vertrockneter Schwamm, war ein klares Zeichen, dass da irgendetwas war. Etwas, das ihn gleichzeitig verunsicherte, erschreckte und mit einer undefinierbaren Freude erfüllte. Den Gedanken an das umgekippte Glas und an das Chaos, das er verursacht hatte, wischte er beiseite.

Morgen wird ein anstrengender Tag, überlegte er und zog an seiner Zigarette. Ich muss Hannah anrufen. Sie muss aus der Schusslinie, am besten, sie lässt sich krankschreiben, bis das alles vorbei ist. Und ich muss rausfinden, was diese dämlichen Buchstaben bedeuten. S - I - V - O. Vielleicht finden wir in der Wohnung der Toten einen Hinweis.

Zorn gähnte. Die Leuchtziffern seines Weckers zeigten auf halb vier. Er stand auf, holte ein Glas Wasser aus dem Bad, leerte es zur Hälfte, goss den Rest ins Waschbecken und legte sich dann wieder hin.

Und während Staatsanwalt Sauer am Fenster seiner Villa stand und mit tränenden Augen in die Dunkelheit starrte, drehte Zorn sich zur Seite und schloss mit einem leisen Seufzer die Augen.

Ach ja, ich darf nicht vergessen, Henning Mahler anzurufen, waren seine letzten Gedanken. Das hab ich ihm versprochen. Dann schlief er ein. Tief unter ihm lag die Stadt, und alles, was dazugehörte, schien ebenfalls zu schlafen.

Bis auf den Fluss.

Sein Wasser stieg und stieg.

*

Als Zorn am Freitag gegen sieben Uhr auf den Parkplatz vor dem Präsidium bog, wartete Schröder bereits. Er stand unter der alten Eiche, in der Linken einen dunkelblauen Regenschirm, in der Rechten seine lederne Aktentasche.

»Guten Morgen«, grüßte er gutgelaunt, warf den Schirm auf die Rückbank und nahm auf dem Beifahrersitz Platz.

Zorn knurrte etwas Unverständliches. Er hatte eindeutig zu wenig geschlafen, die Müdigkeit waberte in seinem Kopf wie ein wattiger Nebel. Immerhin: Er hatte nicht vergessen, Hannah anzurufen. Vergeblich, ihr Handy war immer noch ausgeschaltet. Was nicht unbedingt zur Besserung seiner Laune beigetragen hatte.

»Wo soll's hingehen?«

»Kornblumenweg 16, wenn's recht ist«, erwiderte Schröder, öffnete die Tasche, holte sein Macbook hervor und klappte es auf dem Schoß auf.

»In der Neustadt?«

»Genau, Chef.«

Die Neustadt lag westlich, auf der anderen Seite des Flusses. Zorn fuhr schweigend in Richtung Magistrale, während Schröder seinen Laptop startete.

»Ich hab letzte Nacht geschaut, was diese Buchstaben auf dem Unterarm der Toten bedeuten könnten.«

»Schläfst du eigentlich manchmal?«, fragte Zorn und schaltete die Scheibenwischer eine Stufe höher.

»Nur, wenn es sich nicht vermeiden lässt.«

Sie näherten sich dem Kreisverkehr vor dem Hauptbahnhof. Zorn bremste ab, ließ einen LKW überholen und ordnete sich links ein.

»Und?«

Schröder tippte auf der Tastatur. »Über Google landet man zuerst bei einem Kunststoffhersteller, der Sivo heißt.«

»Toll, Schröder. Kunststoffhersteller sind ja bekannt dafür, Frauen aufzuschlitzen und verbluten zu lassen. Gratuliere, du hast den Mörder gefunden.«

»Als Nächstes«, fuhr Schröder unbeirrt fort, »erscheint eine belgische Schönheitsklinik, wenn ich das richtig verstehe.«

Zorn antwortete nicht. Sie näherten sich jetzt der westlichen Magistrale. Der Laster, ein verdreckter Getränketransporter, fuhr direkt vor ihnen. *Sie folgen einem Flaschenzug*, stand in riesigen, weinroten Lettern auf der Heckklappe.

Schröder starrte konzentriert auf seinen Computer. »Dann haben wir noch einen Persönlichkeitstrainer, der sich Sivo nennt.«

»Steht da eine Telefonnummer?«

»Ihr universeller Problemlöser, der praktisch schlüsselfertige Lösungen für jede Aufgabe liefert«, las Schröder vor. »Die Nummer steht auch da.«

»Dann ruf ihn an, vielleicht kann er den Fall ja lösen.«

Schröder scrollte nach unten. »Außerdem gibt es noch ein Korkenziehermodell aus pulverbeschichtetem Aluminium. Und hier steht, dass ›sivo‹ kroatisch ist und ›grau‹ bedeutet.«

Der LKW beschleunigte, Zorn fuhr ebenfalls schneller.

Schröder sah kurz auf. »Ich weiß nicht, ob es klug ist, über den unteren Knoten zu fahren.«

»Wieso?«

»Oberhalb der Stadt ist ein Damm gebrochen, und im Radio kam, dass –«

»Mist!« Zorn stöhnte und trat mit aller Kraft auf die Bremse. Es quietschte heftig, Schröder rutschte unter dem Sicherheitsgurt nach vorn, hielt mit der linken Hand das Macbook fest und stützte sich mit der Rechten am Armaturenbrett ab.

»… der untere Knoten überschwemmt ist«, beendete Schröder seinen Satz, als wäre nichts geschehen. Der Volvo war ein paar Zentimeter hinter dem LKW zum Stehen gekommen.

Fluchend schlug Zorn auf das Lenkrad. »Warum hast du das nicht vorher gesagt?«

»Du hast mich nicht gefragt. Und ich bin davon ausgegangen, dass du das weißt.«

Zorn fuhr die Seitenscheibe herunter, beugte sich aus dem Fenster und sah nach vorn. Sie befanden sich auf der Auffahrt zur Hochstraße. Diese führte über den Fluss und stellte die Hauptverbindung zwischen Alt- und Neustadt dar, war allerdings baufällig und seit Monaten gesperrt. So war man gezwungen, den direkt am Fluss gelegenen unteren Knoten, einen zweispurigen Kreisverkehr, zu benutzen. Rechts von ihnen befand sich das ehemalige Klubhaus der Gewerkschaften, ein riesiger, heruntergekommener Bau, der seit Jahren leer stand. Links zweigte eine Spur ab, die hinab zum Knoten führte. Weiter hinten reckten sich die Türme der Marktkirche in den trüben Himmel.

Vor ihnen reihte sich Auto an Auto. Ein ohrenbetäubender Lärm herrschte, es schien, als würden sämtliche Fahrer gleichzeitig mit aller Kraft auf die Hupen drücken. Weiter unten, mindestens fünfhundert Meter entfernt, blinkte Blaulicht, Sirenen heulten, Absperrbänder flatterten im Wind, und Zorn bemerkte, dass der Knoten tatsächlich komplett von einer schmutzigen Wasserfläche bedeckt war.

In der Mitte des Platzes erblickte er eine Straßenbahn, die bis zu den Türen im Wasser stand. Mehrere Autos waren bereits zur Hälfte verschwunden, die dicken Betonstelzen der Hochstraße ragten aus der Flut wie die Türme eines gestrandeten Ozeanriesen. Das städtische Krankenhaus an der Südseite des Kreisverkehrs war bis zum ersten Stockwerk in der trüben Brühe versunken, und Zorn traute seinen Augen nicht, als er mehrere Schlauchboote des Technischen

Hilfswerks über den neu entstandenen See schwimmen sah. Uniformierte Beamte in hellen Regenmänteln versuchten hektisch, das Chaos zu ordnen.

Zorn schloss das Fenster und lehnte sich resigniert zurück. Hinter ihnen standen die Autos jetzt ebenfalls Stoßstange an Stoßstange. Sie waren eingekeilt.

»Das wird eine Weile dauern.«

»Davon ist auszugehen«, erwiderte Schröder, der noch immer eifrig mit seinem Rechner beschäftigt war, ohne aufzusehen.

»Wieso fahren diese Idioten auch alle hier runter?«

Jetzt hob Schröder den Kopf und warf Zorn einen langen, bedeutungsvollen Blick zu.

»Was ist?«, blaffte der.

Der Regen trommelte jetzt mit verdoppelter Kraft auf das Dach des Volvos. Schröder setzte zu einer Antwort an, doch in diesem Moment klingelte sein Handy.

»Nichts Chef«, seufzte er.

»Das wollte ich dir auch geraten haben.«

Schröder nahm ab und hörte eine Weile schweigend zu. »Leg's mir auf den Schreibtisch«, sagte er dann und unterbrach die Verbindung.

»Was gibt's?«, fragte Zorn nicht eben interessiert.

»Nichts Besonderes. Das war die Pforte, jemand hat eine Anzeige wegen Belästigung erstattet.«

»Belästigung? Weswegen?«

»Krähen.«

»Bitte?«

»Angeblich sitzen in der Waldstraße seit Tagen über hundert Krähen in einem Baum und rühren sich nicht vom Fleck.«

»Schwachsinn«, sagte Zorn und schaltete den Motor aus. Dann überlegte er kurz. »Wie heißt die Straße noch mal?«

»Waldstraße.«

»Welche Nummer?«

»Zwölf.«

Zorn kratzte sich nachdenklich am Kopf.

»Ist was?«, fragte Schröder.

»Nee.«

Waldstraße 12. Die Adresse von Henning Mahler. Das kann nur Zufall sein, dachte Zorn. Irgendein Spinner hat Langeweile und nichts Besseres zu tun, als totalen Blödsinn zur Anzeige zu bringen.

»Da kann sich das Veterinäramt kümmern«, entschied er. »Oder der Zoo.«

*

Es dauerte eine geschlagene Stunde, bis sie das Chaos am Knoten verlassen konnten, und weitere dreißig Minuten, bis sie die Neustadt erreichten, eine Plattenbausiedlung, die in den fünfziger und sechziger Jahren aus dem lehmigen Boden gestampft worden war. Früher hatten hier die Arbeiter der nah gelegenen Chemiefabriken gelebt, jetzt standen die Betonklötze entweder leer oder wurden zum größten Teil von Sozialhilfeempfängern, Rentnern und Asylanten bewohnt. Die blumigen Straßennamen sollten wohl darüber hinwegtäuschen, dass es in dieser Gegend alles andere als grün war. Auch im Nelken- und im Kornblumenweg gab es außer ein paar kümmerlichen Eiben und kleinen, ungepflegten Rasenstücken vor den Hauseingängen so gut wie keine größeren Pflanzen zu entdecken.

Die Haustür war offen. Als sie die Treppe zum zweiten Stock emporstiegen, stellte Zorn verwundert fest, dass man den Boden frisch gewischt hatte. Auch an den Wänden waren so gut wie keine Schmierereien zu entdecken.

»Sigrun Bosch«, las Schröder vor. »Hier ist es.«

Er öffnete seine Aktentasche und holte ein kleines Bund mit Dietrichen hervor. In weniger als dreißig Sekunden hatte er die Tür geöffnet.

»Nach Ihnen, Chef.«

Interessant. Einbrechen kann er also auch, dachte Zorn und betrat die Wohnung.

Das Erste, was ihm auffiel, war der Geruch. Er erinnerte ihn an seine Kindheit, eine staubige Mischung aus Kaffee, Kölnisch Wasser,

Apfelsinen und alten Teppichen. Von einem winzigen Flur zweigten drei Zimmer ab. Zorn wandte sich nach rechts.

»Moment, Chef.« Schröder reichte ihm ein paar durchsichtige Gummihandschuhe. »Sicher ist sicher.« Zorn nickte und öffnete die Tür zum Wohnzimmer.

Es ist verdammt eng hier, dachte er und streifte die Handschuhe über. Vor dem Fenster hingen helle, geblümte Gardinen. Die pastellfarbene, gemusterte Tapete ließ den Raum kleiner erscheinen, als er eh schon war. Über einem geschwungenen Sofa hingen Dutzende, in vergoldeten Gips gerahmte Fotografien, davor stand ein niedriger Couchtisch, auf dem eine Lesebrille und eine aufgeschlagene Bildzeitung lagen. Zorn nahm sie und sah aufs Datum. »Die ist vom 16. April.«

»Letzten Montag? Das passt vom zeitlichen Ablauf, an diesem Tag ist sie …« Schröder stockte, sah sich um und bemerkte nach kurzem Überlegen verwundert: »Kein Fernseher.«

»Ich hab auch keinen.«

»Echt? Ich auch nicht.«

»Dann sind wir beide jetzt wohl die Letzten in dieser Stadt.«

»Wahrscheinlich, Chef.« Schröder setzte sich aufs Sofa und verschränkte die Arme hinter dem Kopf. »Auf den ersten Blick das Zimmer einer normalen, allein lebenden Frau, oder?«

»Bis auf die fehlende Glotze.«

»Vielleicht hat sie lieber Radio gehört.« Schröder deutete nach rechts, auf eine billige Stereoanlage auf einer gedrechselten Kommode. Darüber hing ein altmodisches Leinentuch mit einem verschnörkelten, in dunkelblauen Buchstaben gestickten Spruch. Zorn trat näher.

»Die Wüste wächst, wehe dem, der Wüsten birgt.«

Ich habe keine Ahnung, was das bedeutet, überlegte er. Klingt aber spannend.

»*Also sprach Zarathustra*«, meldete sich Schröder aus dem Hintergrund.

Zorn drehte sich um. »Was?«

Schröder zeigte auf den Spruch. »Friedrich Nietzsche.«

»Das ist mir klar«, erwiderte Zorn, der noch immer keinen Schimmer hatte, was Schröder meinte. Er setzte sich auf die Kante des Sofas. »Was wissen wir noch? Außer, dass sie Lehrerin war?«

»Ich hab mir ihre Daten mailen lassen. Keine Vorstrafen, nicht mal einen Strafzettel. Sie lebte allein, hat sich kurz vor Weihnachten pensionieren lassen.«

»Deshalb hat sie wohl niemand vermisst.«

»Es gibt einen Bruder, einen arbeitslosen Stuckateur.«

»Bestell ihn so schnell wie möglich ins Präsidium.«

Schröder nickte. »Ich schicke heute Nachmittag drei Leute her, die die Nachbarn befragen.«

Zorn dachte kurz nach. »Das wird nichts bringen, hier weiß niemand, was der andere macht. Aber schaden kann es nicht.« Er stand auf und öffnete das Fenster. Einen Moment lang genoss er die frische, feuchte Luft, dann wandte er sich den Fotos an der Wand zu. Auf allen sah man ein und dieselbe Person, einen dunkelhaarigen Jungen.

»Das muss ihr Sohn sein«, sagte Schröder hinter ihm.

»Sie hatte einen Sohn?«

Die Bilder waren zu unterschiedlichen Anlässen gemacht worden. Eins zeigte die Einschulung, der Junge hielt eine riesige Zuckertüte in der Hand und sah ernst und konzentriert in die Kamera. Ein anderes war beim Schwimmen aufgenommen worden, Zorn erkannte das Nordbad. Das Kind stand lachend am Beckenrand und setzte zum Sprung an. Weitere Fotos waren beim Reiten gemacht worden, im Zoo, es gab Aufnahmen, die den Jungen im Alter von vielleicht zwei Jahren dick eingepackt auf einem Schlitten zeigten, und ein Foto, auf dem ein Baby zwischen Bauklötzen spielte. Bilder, die es millionenfach von anderen Kindern gab.

»Er ist vor einem halben Jahr ums Leben gekommen.«

»Und wie ist das passiert?«, fragte Zorn, ohne sich umzusehen.

Er hörte, wie Schröder hinter ihm mit ein paar Papieren raschelte. »Autounfall. Nach Aktenlage ist sie selbst gefahren und völlig unverletzt geblieben. Sie müssen eine Weile eingeklemmt gewesen sein. Als sie befreit wurden, war der Junge schon tot. Er war zwölf. Kurz danach hat sie ihre vorzeitige Pensionierung beantragt.«

Manchmal bin ich froh, dass ich keine Kinder habe, überlegte Zorn. Es gibt Dinge, die ich niemals erleben möchte. Es ist schon schlimm genug, davon zu hören. Wie kann sie das verkraftet haben?

»Was ist mit dem Vater?«, fragte er dann.

»Unbekannt.«

Zorn baute sich dicht vor den Bildern auf. Eines zeigte eine junge Frau im Alter von vielleicht dreißig Jahren. Die Aufnahme musste in einem Atelier entstanden sein: die Frau stand vor einer Fototapete mit einem kitschigen Südseestrand, das dunkle Haar war zu einem Dutt hochgesteckt. Sie lächelte schüchtern in die Kamera und trug ein helles, schulterfreies Sommerkleid.

Sigrun Bosch, dachte Zorn. So hast du also ausgesehen. Du warst mal eine schöne Frau.

Er räusperte sich.

»Also, was machen wir, Schröder?«

»Wir müssen die Fotos checken, die Nachbarn befragen und die Spurensicherung holen.«

»Das bedeutet, dass wir Sauer informieren müssen.«

Schröder zuckte die Achseln. »Es bleibt uns nichts anderes übrig, Chef.«

Verdammt, irgendwas muss in dieser Bude doch zu finden sein, überlegte Zorn. Er setzte zum Sprechen an, wurde aber von Madonna unterbrochen, die wieder einmal lautstark mitteilte, dass sie sich wie eine Jungfrau fühle. Zorn seufzte und nahm ab.

»Du hast angerufen?«, fragte Hannah. Sie war offensichtlich bester Laune. Im Gegensatz zu Zorn, der wütend aufsprang. »Bist du noch ganz bei Trost? Wieso gehst du nicht an dein verdammtes Telefon?«

»Der Akku war leer. Wieso regst du dich so auf?«

»Weil …« Er stockte und fuchtelte hilflos mit der linken Hand durch die Luft.

»Ja?«

Zorn drehte Schröder den Rücken zu, senkte die Stimme und knirschte: »Ich hab mir Sorgen gemacht.«

Eine Pause entstand.

»Oh, das ist schön, Claudius.«
»Wo bist du?«
»Wo soll ich schon sein? Im Büro.«
»Und Sauer?«
»Nicht da. Hat sich krank gemeldet.«
»Okay. Bis später.« Ohne eine Antwort abzuwarten, klappte Zorn das Handy zu.
»Du«, sagte er zu Schröder, »fährst ins Präsidium. Kümmer dich um den Bruder, schick mir die Spurensicherung und ein paar Kollegen, die die Nachbarn befragen. Ich sehe mir den Rest der Wohnung an. Sauer ist krank, wir haben also Ruhe.«
»Er hat sich krank gemeldet?«
»Ja.«
»Das hat er meines Wissens noch nie getan.«
»Er wird seine Gründe haben.«
Schröder stand auf, blinzelte kurz und sagte dann: »Da wäre noch eine Sache, Chef.«
»Der Volvo bleibt hier, Schröder.«
»Und wie komme ich ins Präsidium?«
»Nimm die Straßenbahn.«
»Die fährt nicht. Der Knoten ist überschwemmt, falls ich daran erinnern darf.«
»Dann nimm ein Boot.«
»Hahaha«, sagte Schröder gedehnt, griff seine Tasche und ging.

*

Die Küche war blitzblank und sauber, man hätte denken können, sie sei erst vor ein paar Minuten verlassen worden. Nur eine vertrocknete Geranie auf dem Fensterbrett und die Tasse mit einem schimmligen Kaffeerest in der Spüle deuteten darauf hin, dass seit fast zwei Wochen niemand hier gewesen war.

Zorn ging ins Schlafzimmer. Eine Wand wurde von einem Bücherregal eingenommen, das bis zur Decke reichte. Das Doppelbett war nur auf einer Seite bezogen, daneben stand ein Hometrainer. Auch hier überall Bilder des Jungen, darunter bunte, ungelenke Kinderzeichnungen. Ein halbes Dutzend hing an der Wand über dem Bett, ein weiteres Foto stand in einem Klapprahmen auf einem schmalen Schreibtisch vor dem Fenster.

Er nahm auf einem Stuhl davor Platz, stützte die Hand aufs Kinn und dachte nach. Eine stinknormale Lehrerin wird gefoltert, getötet und dann am Wehr abgeladen wie ein Stück Dreck. Später finden wir heraus, dass sie kurz vor ihrem Tod Schmerzmittel bekommen hat. Was soll das alles? Gedankenverloren wischte Zorn mit dem Finger über die Tischplatte, auf der sich eine feine Staubschicht gebildet hatte.

Er öffnete eine der Schubladen, fand Mietbescheide, Heizkostenabrechnungen, eine vergilbte Bedienungsanleitung für den Hometrainer. Keine Briefe. Kein Tagebuch. Nichts Persönliches.

Es macht keinen Spaß, in den Sachen einer Toten zu wühlen, dachte er und ging zur nächsten Schublade über. Ich sollte das alles der Spurensicherung überlassen und lieber etwas anderes tun. Etwas, das mir Freude bringt vielleicht.

Er stieß auf einen Reiseprospekt, den sie sich aufgehoben hatte. Lanzarote, dachte er und blätterte durch die bunten Seiten. Oder Portugal, die Algarve? Ich könnte einfach in die Sonne fliegen. Auswandern. Fort aus diesem matschigen Mief, dahin, wo's warm ist. Und trocken. Ein anderes Leben beginnen. Geld hab ich genug, jedenfalls so viel, dass es für einen Neuanfang reichen würde.

Zorn seufzte leise. Er wusste, dass er niemals die Kraft dazu haben würde, er war einfach zu träge. So stand er auf, streckte gähnend die Arme und hörte, wie es in seinem Rücken knackte. Ging zur Tür, drehte sich noch einmal um. Zögerte. Die untere Schublade hatte er noch nicht durchsucht. Eine Sekunde war er unentschlossen, dann ging er zurück. Im letzten Schubfach stieß er auf ein eng beschriebenes, braunes Schulheft. Er erkannte sofort, was er vor sich hatte.

Sigrun Bosch, du hast Briefe an deinen toten Sohn geschrieben. Ich danke dir.

Dreizehn

Mein geliebtes Kind,

ich bitte Dich nicht um Verzeihung. Ich kann nichts erhoffen, was ich mir nicht selbst gewähren würde. Es ist jetzt ein halbes Jahr her, dass ich Dich getötet habe, und es vergeht keine Sekunde, in der ich mir nicht selbst den Tod wünsche.

Alle sagen, dass es ein Unfall war. Aber was macht das schon aus? Niemand soll zusehen müssen, wie das eigene Kind verblutet, und als Du neben mir im Auto so langsam, so unendlich langsam gestorben bist, war auch mein Leben vorbei.

Ich habe aufgehört zu arbeiten. Es geht nicht mehr. Wenn ich vor der Klasse stehe, sehe ich in den Gesichtern meiner Schüler nur eines: Dich. Jedes Lachen, jede kleinste Bewegung, jeder Laut erinnert mich an Dich. Ich will die Kinder packen, anschreien. Ich will sie schlagen, wieso sind sie am Leben und Du nicht? Warum ist nicht eines von ihnen gestorben? Es ist so ungerecht!

Ich denke an all die Jahre, die noch vor mir liegen. Ich weiß nicht, wie ich das schaffen soll. Es gibt keine Hoffnung. Wie schön wäre es, wenn Du irgendwo auf mich warten würdest, auf einer Wolke oder hinter dem Vollmond, den wir uns immer angesehen haben, erinnerst Du Dich? Oh, ich würde es so gern glauben … Aber ich weiß, dass es nicht so ist, ich habe gesehen, wie Deine Augen stumpf wurden, wie Dein Leben einfach verpufft ist wie Luft aus einem kaputten Reifen.

Wir werden uns nicht wiedersehen. Denn Du bist tot. Tot. Tot.

Ich werde versuchen, noch ein wenig weiterzuleben.

Schlaf gut, mein Sohn.

*

Zorn reckte sich, rieb mit Daumen und Zeigefinger die müden Augen und sah auf die Uhr. Kurz vor sieben, eigentlich war schon längst Feierabend. Wochenende. Gegen Mittag hatte der Regen nachgelassen, vom Fluss war ein dichter Nebel herauf über die Stadt gezogen, so, als wolle er dem Wasser folgen und jetzt auch die Stadtteile, die bisher von der Flut verschont waren, ebenfalls in Beschlag nehmen.

Er hatte drei Stunden gebraucht, um zurück ins Präsidium zu kommen. Für eine Strecke, die er unter normalen Umständen in ein paar Minuten zurücklegte. Dann hatte er sich in sein Büro verzogen und begonnen, das braune Schulheft zu lesen.

Ich durchwühle die Sachen fremder Leute, lese die Briefe ermordeter Menschen an ihre toten Kinder und mache auch noch Überstunden. Jeder Müllmann ist besser dran, dachte er ein wenig selbstmitleidig.

Er hatte sich fest vorgenommen, Henning Mahler anzurufen. Das würde er auch noch tun. Aber vorher musste er noch ein wenig lesen. Selbstmitleid hin oder her – er würde das jetzt irgendwie hinter sich bringen.

*

»Guten Tag, spreche ich mit Adam Bosch?«

»Wer will das wissen?«

»Die Kriminalpolizei, Hauptkommissar Schröder hier, ich muss Sie dringend sprechen, Herr Bosch. Es geht um Ihre Schwester. Ich weiß, es ist spät, aber–«

»Polizei?«

»Ja, wir müssen –«

Ein kurzes Knacken. Adam Bosch hatte aufgelegt.

Schröder drückte die Wahlwiederholung. Lauschte dem Besetztzeichen, warf das Telefon auf den Schreibtisch und stand auf. »So nicht, mein Lieber«, knurrte er, »so nicht.«

Nahm seine Jacke und verließ das Präsidium.

*

Hannah Saborowski lag derweil in der Badewanne und dachte nach. Sie hatte den ganzen Tag nichts anderes zu tun gehabt als die *Vogue* zu lesen, ein paar Telefonate entgegenzunehmen und den Anrufern zu sagen, dass Staatsanwalt Sauer leider krank sei. Ja, das sei sehr bedauerlich, man könne aber davon ausgehen, dass er hoffentlich am Montag wieder auf Arbeit erscheine.

Sie hatte ein paar Kerzen angezündet, das Handy lag griffbereit auf dem Beckenrand. Im Wohnzimmer wummerte die neue Linkin-Park-CD.

Ihr gefiel der Gedanke, dass Claudius Zorn sich um sie sorgte. Und so hatte sie sich heute Morgen ein Weilchen länger Zeit gelassen, als eigentlich für den Rückruf nötig gewesen wäre.

Hannah richtete sich auf und ließ heißes Wasser nachlaufen. Ich muss mir die Beine rasieren, überlegte sie. Dann warf sie einen prüfenden Blick auf ihre Unterarme. Und ich darf nicht vergessen, mich einzucremen. Meine Haut ist ganz trocken.

Es war heiß, fast wie in einer Sauna. Der Dampf waberte in dünnen Schwaden träge durchs Bad und schlug sich am Spiegel nieder. Sie griff zum zehnten Mal in der letzten Stunde nach ihrem Handy, sah aufs Display und ließ es dann frustriert neben die Wanne fallen.

Du lässt dich ganz schön lange bitten, mein Lieber, dachte sie, hielt sich die Nase zu und tauchte unter. Genoss die Ruhe. Und die Wärme, die ihr Gesicht umgab.

Du wirst anrufen, Claudius Zorn. Ich weiß es.

*

Schröder drückte die Klingel. Tief in der Wohnung erscholl ein hässlicher, misstönender Gong, kurz darauf öffnete ein massiger Mann in den Fünfzigern die Tür einen kleinen Spalt.

»Wir haben telefoniert, Herr Bosch«, sagte Schröder knapp und hielt ihm seinen Ausweis entgegen. Wortlos wollte der andere wieder schließen, vergeblich. Plötzlich stand Schröders Aktentasche zwischen Wohnungstür und Angel.

»Was soll das?«

»Ich kann gerne einen Streifenwagen rufen, dann übernachten Sie in einer netten Zelle, und wir führen dieses Gespräch morgen früh im Präsidium.«

Adam Bosch dachte nach. Dann öffnete er und ging, ohne sich umzusehen, voraus in den Flur. Schröder folgte ihm in ein Zimmer, das seit Monaten nicht gelüftet schien und offensichtlich gleichzeitig als Wohn- und Schlafraum diente. Das Sofa war mit einem zerknüllten Laken bedeckt. Davor, auf einem niedrigen Tisch, standen Bierflaschen, eine ungeöffnete Weinflasche und ein riesiger Aschenbecher aus geschliffenem Glas. Es roch nach schalem Bier und dumpfer Resignation.

Schröder setzte sich unaufgefordert in einen abgewetzten Sessel und wies auf den großen Flachbildfernseher, der eine der täglichen Seifenopern zeigte.

»Könnten Sie das bitte ausmachen?«

»Hast du eigentlich 'ne Ahnung, wie spät es ist?«, knurrte Bosch und drückte auf die Fernbedienung. Schröder sah auf seine Uhr.

»Neunzehn Uhr siebenundvierzig, Herr Bosch.«

Schröder holte ein kleines Notizbuch und einen Stift aus der Innentasche seines Jacketts, schob den Aschenbecher beiseite und legte beides auf den Tisch. Das gab dem Gespräch einen offiziellen Charakter, und er wusste, dass Bosch die Sache jetzt ernster nehmen würde.

»Sie heißen Adam Bosch?«

»Ja.«

»Sie haben eine Schwester, Sigrun?«

»Ja.«

»Wann haben Sie sie zuletzt gesehen?«

Bosch fuhr sich mit der Hand durch das dünne Haar. Früher musste es blond gewesen sein, jetzt war es von grauen Strähnen durchzogen. Die Farbe erinnerte an die Kippen, die sich in dem übervollen Aschenbecher türmten.

»Was ist mit ihr?«

»Beantworten Sie bitte die Frage.«

Bosch zündete sich umständlich eine Zigarette an. »Das ist mindestens zehn Jahre her.«

Schröder tat, als würde er mitschreiben, und fuhr ohne aufzublicken fort: »Wo genau?«

»Ich will jetzt wissen, was los ist, sonst sag ich gar nichts mehr.«

Bosch schob das Kinn vor und sah ihn herausfordernd an. Er hatte wässrige, von geplatzten Äderchen durchzogene Augen. »Ich kenne meine Rechte«, sagte er mit erhobener Stimme, »ihr könnt hier nicht einfach aufkreuzen und die Leute ausquetschen, wie ihr Lust habt. Das muss ich mir nicht gefallen lassen!«

Schröder legte den Stift beiseite und sah Bosch an.

»Sie wollen wissen, was los ist?«

»Ja. Und … und ein bisschen plötzlich, wenn ich bitten darf.«

»Sind Sie sicher?«

»Ich kenne meine Rechte«, wiederholte Bosch trotzig.

»Gut.« Schröder verschränkte die Arme vor der Brust. »Nach jetzigem Ermittlungsstand wurde Ihre Schwester am 16. April entführt, stundenlang gefoltert und dann getötet. Ihre Leiche wurde ans Wehr neben der alten Papiermühle verbracht, wo sie am 20. April in halb verwestem Zustand aufgefunden wurde. In den Zeitungen wurde darüber berichtet.«

Das Kinn von Adam Bosch sackte nach unten. »Du willst mich verarschen.«

»*Sie*, wenn ich bitten darf. Und nein, ich will Sie nicht verarschen. Ich will den Mörder Ihrer Schwester finden, Herr Bosch, und dazu brauche ich Ihre Mitarbeit. Mir ist klar, dass Sie frustriert sind. Sie haben keine Arbeit, Sie leben wie ein Hund in diesem Loch, und Sie suchen die Schuld an Ihrer Situation nicht bei sich selbst, sondern bei der Gesellschaft. Okay, das tun Millionen anderer auch, und ich könnte Ihnen sagen, dass Sie wenigstens versuchen sollten, etwas zu ändern, anstatt hier zu sitzen und zu trinken. Aber ich habe keine Zeit. Und keine Lust, mir weiter Ihr Gewäsch anzuhören. Seit zehn Tagen suchen wir nach brauchbaren Hinweisen auf ein Motiv in einem Mordfall von widerwärtiger Brutalität, und Sie, Herr Bosch, sind momentan der Einzige, der uns weiterhelfen kann.« Schröder beugte sich vor und sagte leise: »Haben Sie verstanden, was ich eben gesagt habe?«

Mit zitternden Fingern griff Bosch nach einer weiteren Zigarette, obwohl die letzte noch halb angeraucht im Aschenbecher qualmte. Schröder öffnete eine der Bierflaschen und reichte sie über den Tisch.

»Ich fragte, ob Sie mich verstanden haben.«

Bosch leerte das Bier zur Hälfte, als habe er seit Tagen nichts getrunken. Dann nickte er.

»Können wir jetzt weitermachen?«

Ein weiteres Nicken.

»Was war Ihre Schwester für ein Mensch?«

Jetzt schien Bosch aus weiter Ferne zurückzukommen. Er sah Schröder an, als erblicke er ihn zum ersten Mal. »Wer … hat das getan?«

»Wenn ich das wüsste, wäre ich nicht hier.«

Mit einer fahrigen Bewegung strich sich Bosch über das unrasierte Gesicht. Schröder sah, dass er mit den Tränen kämpfte. Er war nicht sicher, vielleicht war es auch der Zigarettenqualm, der in seinen Augen brannte.

»Sigrun war immer die Beliebtere von uns beiden. Ich war der ältere, trottelige Bruder, sie das Nesthäkchen, das jeder mochte. Sie hatte das gute Zeugnis, ich wurde ständig beim Klauen erwischt. Es war, als würde sie nie Fehler machen, während ich von einer Falle in die andere getappt bin. Ich weiß, dass sie mich geliebt hat. Wir haben uns nie gestritten, aber ich bin ihr immer aus dem Weg gegangen, verstehen Sie?«

Das tat Schröder nicht, nickte aber trotzdem.

»Sie hat oft angerufen, wollte sich mit mir treffen. Aber ich habe immer eine Ausrede erfunden. Dann hat sie sich immer seltener gemeldet.« Bosch trank den Rest seines Bieres. »Und auf einmal waren zwanzig Jahre vorbei.«

»Sie waren nicht mal auf der Beerdigung ihres Sohnes?«

Bosch schüttelte den Kopf.

»Aber Sie wussten, dass Sie einen Neffen haben?«

»Ja.«

»Und Sie kannten ihn?«

»Nein.«

Was bist du doch für ein fürchterlicher Mensch, dachte Schröder. »Kannten Sie seinen Vater?«

Wieder ein Kopfschütteln. »Aber ich glaube, er ist ein gottverdammter Kanake.«

»Kanake?«

»Ausländer.«

Das letzte Wort spie Bosch geradezu heraus. Schröder horchte auf.

»Wie kommen Sie darauf?«

»Sie hat irgendwann mal so was erwähnt, am Telefon.«

»Hat sie gesagt, aus welchem Land genau er kam?«

»Nein.«

»Hören Sie …« Schröder legte eine Hand auf Boschs Unterarm. Er erkannte eine Tätowierung, eine primitive Rose, die von einem geflammten Schwert durchbohrt wurde. »Es ist verdammt wichtig, dass Sie sich erinnern. Ich brauche jeden Hinweis.«

Adam Bosch dachte nach.

»Mann, das ist über zehn Jahre her«, sagte er und strich sich über das Kinn. »Sie hat damals seinen Vornamen erwähnt. Marko, oder Mario. Vielleicht auch Niko, ich weiß es wirklich nicht mehr. Ich hab sie nur gefragt, ob er Ausländer ist. Sie hat ja gesagt, mehr nicht.« Bosch sah ihn aus wässrigen Augen an. Schröder erkannte erst jetzt, dass er ziemlich betrunken war. »Ich hab meinen Job an einen Albanier verloren. Über sieben Jahre her.« Er wies mit einer vagen Handbewegung durchs Zimmer. »Sie sehen ja selbst, wie ich lebe. Früher, da konnte man stolz auf dieses Land sein, es gab Zeiten, da … ich meine, gucken Sie sich doch mal an, wie die scheiß Ausländer –«

»Ich muss jetzt gehen«, unterbrach Schröder, stand auf und ging zur Tür. »Entschuldigen Sie den überstürzten Aufbruch.«

»Warum so schnell?«, fragte Bosch verwirrt.

Schröder drehte sich noch einmal um. »Weil ich Ihnen sonst auf den Teppich kotze«, sagte er leise und ging.

*

Okay, seufzte Zorn und klappte das braune Heft zu. Die letzten Seiten hatte er nur noch überflogen, ständig bemüht, die Augen offen zu halten.

Er war müde, furchtbar müde. Konkrete Hinweise auf die Umstände von Sigrun Boschs Tod hatte er nicht gefunden. Auf den ersten Blick deutete nichts darauf hin, dass sie sich bedroht gefühlt hatte. Das, was er da gelesen hatte, waren die Worte eines unendlich traurigen, einsamen Menschen, sie klangen eher wie der Abschiedsbrief einer Frau, die mit dem Leben abgeschlossen hat.

Er nahm sich vor, das Heft später noch einmal in Ruhe zu lesen. Vorher würde er es Schröder geben. Vier Augen lesen mehr als zwei, dachte er und sah nach draußen.

Der Nebel hatte sich zu einer dicken Brühe verdichtet, ein böiger, kalter Wind rüttelte am Fenster seines Büros. Nächste Woche ist schon der erste Mai, überlegte Zorn, ging zurück zum Schreibtisch und nahm sein Telefon. Man könnte denken, wir sind mitten im Februar. Wo bleibt nur der verdammte Frühling?

Dann wählte er die Nummer von Henning Mahlers Handy. Lauschte dem Rufzeichen und überlegte, dass er jetzt viel lieber nach Hause fahren würde. Als die Mailbox anging, legte er auf, ohne eine Nachricht zu hinterlassen. Spielte kurz mit dem Gedanken, ein weiteres Mal anzurufen, ließ es dann aber bleiben.

Ich ruf ihn morgen früh noch mal an, dachte er. Ich habe jetzt über dreizehn Stunden gearbeitet, das reicht für heute. Jetzt brauch ich ein Bier, ein paar Zigaretten und eine Pixies-Platte. Vielleicht auch Radiohead. Aber dann schlafe ich.

*

Es war weit nach Mitternacht, als Hannah Saborowski ihre Wohnungstür abschloss und in Richtung Innenstadt ging. Sie war wütend. Nein, nicht wütend, eher enttäuscht. Vor ein paar Stunden noch war sie so sicher gewesen, dass Zorn sich melden würde. Je später es wurde, desto klarer war ihr geworden, dass sie sich geirrt hatte. Eine Weile war sie ruhelos durch ihre Wohnung gelaufen, dann hatte sie sich entschlossen, im *Basement* ein Glas Wein zu trinken. Schließlich war Freitag, sie konnte morgen ausschlafen, und vielleicht, hatte sie überlegt, würde sie Zorn ja dort treffen. Obwohl es unwahrscheinlich war.

Sie bog in die Salzstraße ein, eine steile Gasse, die hoch zu einem Taxistand an der Hauptstraße führte. Das trübe Licht der vorsintflutlichen Gaslaternen kämpfte vergeblich gegen die Dunkelheit. Die alten Bürgerhäuser, die sich links und rechts hinter schmiedeeisernen Gittern den Hügel hinaufzogen, blieben in der nebligen Suppe verborgen.

Es war, als ginge sie durch Watte. Selbst, wenn sie sich anstrengte, konnte sie nicht mehr als drei, vier Meter weit sehen. Aber sie war diesen Weg schon hundert Mal gegangen und wusste, dass sie in ein paar Minuten die Hauptstraße erreichen würde.

Es war ungewöhnlich still. Der Nebel schluckte sämtliche Geräusche, und es schien, als sei niemand außer ihr auf der Straße. Das Einzige, was sie hörte, war das Klappern ihrer Absätze auf dem nassen Kopfsteinpflaster und ihr eigener, regelmäßiger Atem, der eine feine Wolke vor ihrem Gesicht bildete.

Plötzlich kniff sie die Augen zusammen, die Schweinwerfer eines Taxis leuchteten auf. Zwei schmale Tunnel aus Licht bohrten sich in den Nebel. Für einen Moment wurde ein riesiges Baustellenschild vor der maroden Fassade des alten Solbades in gleißende Helligkeit getaucht. Hannah trat auf die Straße und hob den Arm. Vergeblich. Das Taxi fuhr vorbei. Sie blieb stehen und beobachtete, wie der Wagen mit blinkenden Bremslichtern im Dunst verschwand.

Dann war es wieder still. Und dunkel.

Sie holte tief Luft und machte sich mit hochgezogenen Schultern erneut auf den Weg. Nach wenigen Metern schrak sie zusammen, als eine kleine, schemenhafte Gestalt vor ihr über die Straße schoss.

»Ein Wiesel«, murmelte sie leise. »Oder eine Katze.« Sie lächelte kurz. »Von rechts nach links – Glück bringt's.«

Das waren die letzten Worte von Hannah Saborowski. Die Drahtschlinge, die sich von hinten um ihren Hals legte, schnitt tief in das weiche Fleisch oberhalb ihres Kehlkopfes und schnürte ihr in Sekundenbruchteilen die Luft ab. Es knackte, als ihr Kopf mit furchtbarer Gewalt nach hinten gerissen wurde. Dann hing sie in der Luft wie eine Marionette an einem dünnen, stählernen Faden und führte in dem vergeblichen Versuch, festen Boden unter die Füße zu bekommen, einen wilden, grotesken Tanz auf.

Ein beißender Geruch entstand, als sich zuerst ihre Blase und dann ihr Darm entleerten. Sie schrie aus voller Kraft, so laut, dass ihre Lungen zu bersten schienen, und doch war nicht mehr als ein ersticktes Röcheln zu hören.

Als sie nach einer halben Ewigkeit losgelassen wurde, rutschte sie auf dem nassen Pflaster zusammen wie ein alter, ausgedienter Müllsack.

Ihr letzter klarer Gedanke hatte Claudius Zorn gegolten, der in diesem Moment mit heruntergesacktem Kinn auf seinem Sofa saß und leise schnarchte.

*

Gegen vier Uhr morgens lag der Marktplatz einsam in der Dämmerung. Vor zwei Stunden hatte sich der Nebel verzogen, kurz darauf war der Regen mit verstärkter Kraft zurückgekehrt und peitschte nun gegen die Bleiglasscheiben des Rathauses, lief von den kupferbeschlagenen Dächern der Marktkirche in Strömen auf das frisch sanierte Kopfsteinpflaster und bildete dort Pfützen, die auf dem besten Wege waren, sich in kleine Seen zu verwandeln. Eine einsame Straßenbahn bahnte sich rasselnd den Weg durch das Wasser, doch abgesehen vom Fahrer, der schlaftrunken in seiner Kabine hockte, gab es weit und breit niemanden, der jetzt, kurz vor Morgengrauen, auf den Beinen war.

Wäre in diesem Moment jemand wach gewesen und hätte den Blick nach oben zu einem der Kirchtürme gerichtet, dann hätte er dort, in siebzig Meter Höhe, die menschliche Leiche entdeckt, die wie ein übermütiger Bungeespringer kopfüber aus einem der reich verzierten spätgotischen Fenster hing.

Tief unten auf dem Markt war es still. Die Stühle, die der Besitzer des italienischen Nobelrestaurants in der vergeblichen Hoffnung auf besseres Wetter ins Freie gestellt hatte, glänzten im Regen.

Die Stadt würde noch eine Weile schlafen. Es war Samstag, kaum jemand musste arbeiten, die Läden würden erst in ein paar Stunden öffnen, und es gab keinerlei Veranlassung, die Behaglichkeit des warmen Bettes ohne triftigen Grund zu verlassen.

Und so schaukelte Staatsanwalt Philipp Sauer einsam und leise dort oben im Wind. Niemand registrierte das Regenwasser, das von seiner markanten Nase troff. Auch das Blut, das aus einer klaffenden Halswunde drang, rann unbemerkt hinab, wurde von den Windböen ergriffen und vermischte sich mit dem Regen, der weiterhin unablässig zu Boden fiel.

Als dann die Uhr am Turm der alten Kirche schlug, kümmerte dies außer ein paar aufgeschreckten Krähen keine Seele. Die ersten Menschen, die wenig später geduckt durch den Regen hasteten, waren viel zu sehr mit sich selbst und ihren nassen Schuhen beschäftigt, und schließlich war es fast schon acht, als sich die völlig durchweichten Bankowsky-Slipper des Staatsanwalts lösten, das Seil von seinen Füßen glitt und er mit einem fettigen Klatschen zwischen einem Obststand und einem Fahrkartenautomaten auf dem Boden aufschlug.

Schon zu Lebzeiten hatte sich der ehemals angehende Oberstaatsanwalt so gut wie keine Freunde gemacht. Auch jetzt, da er tot war, sollte sich dies nicht ändern. Zumindest der türkische Obsthändler war wenig erbaut, als der leblose Staatsanwalt so unvermittelt in seine Melonen krachte.

TEIL ZWEI

I focus on the pain
The only thing that's real.

Vierzehn

Der spektakuläre Tod von Staatsanwalt Sauer versetzte die Stadt in Aufruhr und bescherte ihr eine Aufmerksamkeit, die sie in dieser Form bisher nur selten erfahren hatte. Selbst zehn Jahre zuvor, als Paul McCartney während einer Welttournee sein einziges Deutschlandkonzert im Stadion gegeben hatte, war der Medienrummel nicht so groß gewesen.

Fünf Minuten nach acht war der Notruf bei der Polizei eingegangen, bereits eine halbe Stunde später fand sich der erste Übertragungswagen einer Fernsehanstalt ein. Bis zum Mittag sollte der halbe Marktplatz von Reportern, Kameramännern und Fotografen wimmeln.

Um den Fundort vor dem Regen zu schützen, wurde am Fuße der Marktkirche ein riesiges Zelt errichtet. Ein blickdichter, mannshoher Bauzaun wurde aufgestellt und die untere Hälfte des Marktplatzes für die Öffentlichkeit gesperrt. Auf diese Weise sollten die Fotografen ferngehalten werden. Eine vergebliche Hoffnung, denn überall in den umliegenden Häusern hatten sie sich versteckt: In den Fenstern des Kaufhauses, auf dem Balkon der Commerzbank, ja selbst auf dem Dach des Rathauses lauerten sie, die Teleobjektive auf den Boden gerichtet wie Scharfschützen ihre Gewehre während einer Geiselnahme.

Zorn stand ein wenig abseits, die Hände in den Hosentaschen, und beobachtete Schröder, der die Einsatzkräfte koordinierte.

Die rotweißen Absperrbänder flatterten wild in der klammen Brise. Hunderte Menschen drängten sich davor. Die meisten wussten nicht, was eigentlich geschehen war, folgten aber dem Drang der Menge, standen da, tuschelten und harrten der Dinge, die da kommen würden.

Es ist wie früher, dachte Zorn: Wenn du eine Menschenschlange siehst, stell dich an, irgendwas wird es schon geben.

Hoch oben am Turm der Kirche begann das Glockenspiel, eine dünne Melodie, die weit über den Markt hallte. Er sah hinauf zur Uhr. Punkt zehn.

Ein uniformierter Beamter erschien und reichte ihm eine durchsichtige Plastiktüte mit einer zerbeulten Brille aus Edelstahl. »Hauptkommissar Schröder sagt, ich soll Ihnen das bringen.«

»Wo habt ihr die gefunden?«

Der Beamte wies auf einen mobilen Käsestand, der zehn Meter weiter rechts aufgebaut war. »Da drunter. Unter der Hinterachse.«

Zorn sah sich die Brille an. Das linke Glas war zerbrochen, trotzdem erkannte er sie sofort. Eindeutig Sauers Brille. »Sagen Sie Schröder, dass ich ihn sprechen will.«

Der Beamte entfernte sich, kurz darauf trat Schröder aus dem Zelt. Er sah müde aus, seine sonst so rosigen Wangen waren von einer ungewohnten Blässe.

Zorn schlug den Mantelkragen hoch. »Sicher, dass es Sauer ist?«

»Wenn jemand aus siebzig Metern kopfüber auf eine Betonfläche knallt, kann man nie sicher sein, Chef. Aber alles deutet darauf hin. Er hatte seinen Ausweis dabei.«

»Todesursache?«

»Jedenfalls kein Selbstmord. Er war gefesselt.«

»Was sagt der Gerichtsmediziner?«

»Der glaubt ebenfalls nicht an Suizid. Seiner Meinung nach war Sauer entweder ohnmächtig oder tot, als er runtergestürzt ist. Ansonsten wäre er mit den Füßen zuerst aufgekommen.«

Zorn schüttelte den Kopf. »Versteh ich nicht.«

»Jeder Mensch ist instinktiv bemüht, seinen Kopf zu schützen, ein natürlicher Reflex. Sauer ist mit dem Schädel aufgeschlagen.«

Zorn zog die Schultern ein und schüttelte sich kurz. Keine zehn Pferde hätten ihn dazu gebracht, hinter die Abschirmung zu treten und die Leiche in Augenschein zu nehmen. Das musste er auch nicht. Wozu hatte er schließlich Schröder?

An der Absperrung entstand Tumult. Ein Würstchenverkäufer forderte lautstark, zu seinem Verkaufsstand durchgelassen zu werden. Während er lamentierte, dass ihm niemand den verlorenen Umsatz ersetze, fragte Zorn: »Was ist mit dem Melonenhändler, hat der irgendwas gesehen?«

»Der liegt im Klinikum. Er hat einen Schock und wird in den nächsten Stunden nicht vernehmungsfähig sein. Ich glaube aber nicht, dass er brauchbare Angaben machen kann.«

Das konnte auch Zorn sich nicht vorstellen. Ein Leichenwagen bahnte sich langsam den Weg durch die Gaffer, widerwillig machte die Menge Platz.

Das also wird deine letzte Fahrt, Staatsanwalt Sauer, überlegte Zorn und trat einen Schritt beiseite. Wahrscheinlich hättest du diesen Rummel sogar genossen. Tja, mein Lieber, es würde mich nicht wundern, wenn du heute Abend in den Lokalnachrichten oder vielleicht sogar in der *Tagesschau* erwähnt würdest. Das hätte dir bestimmt gefallen, oder?

Er fuhr sich mit der Hand über die Augen. Was bin ich nur für ein Arschloch, dachte er. Ich habe ihn wirklich nie gemocht, das kann man beileibe nicht behaupten. Aber ein solches Ende hat niemand verdient. Sauer ist tot. Ich lebe. Er ist auf eine beschissene Art und Weise gestorben. Wer weiß, wie ich irgendwann abtrete?

Zorn legte den Kopf in den Nacken und blickte nach oben. Fast sah es aus, als würden die Türme der Kirche die tief dahinjagenden Wolken teilen. Für einen schwindligen Moment hatte er das Gefühl, als drehe sich die Welt, als sei er jetzt oben und schaue nach unten. Als seien die Türme Paddel, die nicht den Himmel, sondern fließendes Wasser pflügten.

Tut mir leid, entschuldigte sich Zorn im Stillen bei Sauer. Ich konnte dich nicht ausstehen, das stimmt. Aber egal, wo du jetzt bist, ob da oben oder sonst wo, es waren gehässige Gedanken. Liegt am Hochmut des Überlebenden, nehme ich an.

Aber recht hatte ich trotzdem.

»Wie machen wir weiter, Chef?«

»Was?« Es dauerte einen Moment, bis Zorn in die Wirklichkeit zurückkehrte. Er räusperte sich und dachte kurz nach. »Wir kümmern uns, dass hier alles ordentlich abläuft. Beweisaufnahme, Zeugenbefragung, das volle Programm.«

Schröders Handy klingelte. Er entschuldigte sich kurz, nahm ab und hörte eine Weile schweigend zu. Zorn sah zur Absperrung hinüber: Dutzende Reporter verlangten laut nach Auskunft, andere streiften ziellos durch die Menge und interviewten Menschen, die nichts gesehen hatten und trotzdem ihre Meinung kundtaten, in der Hoffnung, sich vielleicht abends in den Nachrichten sehen zu können.

»Ich melde mich«, beendete Schröder das Gespräch. Als er Zorns fragenden Blick bemerkte, sagte er: »Der Pressesprecher der Bürgermeisterin will wissen, was er den Reportern erzählen soll.«

»Er soll sich was einfallen lassen. Von uns gibt's keine Interviews.«

»Ist das klug?«

»Mir egal, ob das klug ist. Es ist nicht unsere Aufgabe, mit der Presse zu reden. Wir wissen ja nicht mal genau, ob die Sache hier ein Unfall, Selbstmord oder Mord war.«

»Doch. Das wissen wir, Chef.«

Wie immer, wenn er nachdenken musste, griff Zorn zu einer Zigarette. Schröder hatte recht. Es schien klar, dass es kein Unfall war. Und auch kein Selbstmord. Blieb nur noch eine Möglichkeit.

»Stimmt«, seufzte er und blies den Rauch durch die Nase. »Wir warten trotzdem auf die endgültige Identifizierung und den vorläufigen Bericht des Pathologen.«

»Wir sollten die Öffentlichkeit um Mithilfe bitten. Wir sind hier mitten auf dem Markt. Irgendjemand muss doch was gesehen haben.«

»Dann sag dem Pressesprecher, dass wir in drei Stunden eine Erklärung rausgeben. Nee, vier! Das sollte reichen.«

Schröder nickte.

Zorn trat die Zigarette aus. »Ich geh jetzt frühstücken und bin in einer halben Stunde wieder da.« Hunger hatte er überhaupt nicht, aber er wollte einfach nur weg. Weg von diesem Rummel, von all diesen Menschen. Und vor allem wollte er weg von Philipp Sauers hässlicher Leiche.

Er wandte sich in Richtung unterer Markt. Notgedrungen musste er direkt an der Stelle vorbei, an der man den Staatsanwalt gefunden hatte. Er lief zwischen den Verkaufsständen hindurch, nickte den beiden Polizisten zu, die vor dem Zelt Wache standen, und stoppte dann vor einem Fahrkartenautomaten. Ein roter, quadratischer Kasten auf verchromten Stelzen. Rechts unten, über der Klappe für das Wechselgeld, klebte etwas, das dort nicht hingehörte.

Er winkte einen der Uniformierten heran. »Schick mir jemanden von der Spurensicherung«, sagte er barsch und unterdrückte die aufsteigende Übelkeit.

Er ahnte, was er da vor sich hatte. Ein gezackter, feuchter Fleck von vielleicht fünfzehn Zentimetern Durchmesser. Hellgrau, glänzend, eindeutig frisch. Eine durchsichtige Flüssigkeit lief an den Rändern herab und war bereits teilweise geronnen. In der Mitte ein weißer Splitter, trapezförmig, etwa doppelt so groß wie eine Briefmarke. Ein Haarbüschel klebte daran. Dunkel, glänzend. Haare, die irgendwie gepflegt aussahen. Sorgfältig gegelt. Wie bei Staatsanwalt Sauer.

»Oh«, sagte jemand hinter ihm, »da hätten wir fast was übersehen.« Ein untersetzter Mann im weißen Schutzanzug der Spurensicherung war herangetreten, beugte sich hinab und musterte den Fleck interessiert. »Eindeutig ein Stück Schädel.« Er schabte mit einer Pinzette an der weißen Flüssigkeit, das Geräusch erinnerte Zorn an Fingernägel, die über eine Schultafel kratzen. »Hirnmasse«, murmelte der Mann und richtete sich stöhnend auf. »Danke, Kollege. Was für 'ne Riesensauerei, oder?«

Zorn nickte nur. Es war über ein Jahrzehnt her, und doch erinnerte er sich gut an das italienische Feinschmeckerrestaurant, in dem er damals mit Jana zum Essen gewesen war. Es hatte Kalbsbregen gegeben, in Gemüsebrühe gekochtes Hirn. Er hatte es kaum angerührt, doch plötzlich spürte er den nussigen, gummiartigen Geschmack auf der Zunge. Rannte los und schaffte es gerade noch, um die Ecke zu verschwinden.

Am Seitenportal der Kirche befand sich eine versteckte Nische, in der eine Statue in den Sandstein gehauen war. Zorn wehrte sich nach Kräften, doch er konnte nicht verhindern, dass sich ein großer Teil seines Mageninhaltes über die Füße des Heiligen Johannes ergoss.

Fünfzehn

Langsam, ganz langsam öffnet sie die Augen. Schließt sie wieder. Wartet einen Moment, bevor sie sie wieder aufmacht. Versucht, zur Seite zu sehen, erst nach links, dann nach rechts, starrt mit äußerster Anstrengung, doch es ergibt keinen Unterschied. Egal, ob ihre Augen geschlossen sind oder nicht: Alles bleibt schwarz. Eine kompakte, fast physisch greifbare Finsternis.

Dies ist der dunkelste Ort, an dem sie jemals war.

Und es ist kalt. Sie liegt auf dem Rücken, auf einer Stahlplatte oder etwas Ähnlichem, etwas, das die Kälte speichert und mit doppelter Kraft von unten gegen ihren Körper presst. Hand- und Fußgelenke sind gefesselt. Die Stricke müssen irgendwo am Boden befestigt sein, vielleicht mit Pflöcken. Ihre Arme sind gestreckt, die Beine gespreizt, sie werden mit unwiderstehlicher Gewalt vom Körper weggezogen. Das ist unangenehm, verursacht aber im Moment kaum mehr als ein Kribbeln in den Gelenken. Schlimm ist die Kälte, die sich in ihren nackten Rücken zu verbeißen scheint wie Millionen Insekten, die eifrig damit beschäftigt sind, ihr das Fleisch von den Knochen zu nagen. Sie streckt sich, drückt die Hüften nach oben, versucht, den Körper vom Metall wegzubekommen. Dabei sackt ihr Kopf nach hinten, und die Wunde, die die Schlinge in ihren Hals gegraben hat, klafft zentimeterweit auf und lässt sie stöhnend zurücksinken. Es ist, als würde sie nackt auf blankem Eis liegen.

Wieder schließt sie die Augen. Grelle Flecken tanzen hinter ihren Lidern. Verblassen langsam, bis sie schließlich ganz verschwunden sind. Bis auf einen, einen kleinen, leuchtend grünen Punkt, der unbeweglich in der Schwärze über ihr verharrt. Das sieht irgendwie anders aus, realer, sie will die Augen wieder öffnen und merkt, dass sie das schon längst getan hat. Der grüne Fleck bleibt. Wie ein Stern, der einsam auf sie hinabblickt. Nein, irgendwie anders. Sterne haben etwas Tröstliches. Das, was da schräg über ihr schwebt, ist anders. Bedrohlich. Und es scheint direkt auf sie gerichtet zu sein.

Sie hört ihren eigenen, kratzenden Atem. Hält die Luft an und lauscht. Es ist absolut still. Klinisch still, keinerlei Geräusch. Nicht einmal dieses leise Rauschen, das man selbst in leeren Räumen wahrnimmt, wenn man sich Zeit lässt und genau hinhört. Sie spürt, wie ihr Rücken taub wird, es ist ein angenehmes Gefühl, als der Schmerz allmählich nachzulassen scheint.

»Was weiß er über mich?«

Sie schreit auf. Er spricht leise, und doch dröhnen diese fünf Worte wie ein Bombenhagel. Sie hebt den Kopf, spürt einen leichten, kaum wahrnehmbaren Luftzug. Der grüne, flimmernde Punkt scheint die Position gewechselt zu haben. Er kommt näher. Sie bäumt sich auf, zerrt an den Fesseln, weiß, dass es sinnlos ist, und kann doch nicht aufhören, sich zu wehren.

»Was weiß er?«

Ein Flüstern, nur ein paar Zentimeter von ihrem linken Ohr entfernt. Sie spürt seinen warmen Atem. Er muss unheimlich schnell sein. Und leise. Sie dreht den Kopf in seine Richtung, erwartet, dass das grüne Licht direkt vor ihr erscheint, und schließt instinktiv die Augen, um nicht geblendet zu werden.

»Was weiß er über mich?«

Diesmal von der anderen, der rechten Seite. Sie hat keine Ahnung, wie er dorthin gekommen ist. Reißt den Kopf herum, das Licht explodiert dicht vor ihren Augen.

Sie schreit, so laut sie nur kann.

Dann hört sie zwei, drei leise Schritte, gefolgt von kaum wahrnehmbarem Knarren, als würde sich jemand auf einen Stuhl setzen. Als sie aufblickt, ist das grüne Licht da, wo sie es zuerst gesehen hat.

Mehrere Minuten vergehen. Schon fängt sie an zu zweifeln, ob das alles real ist, eine leise Hoffnung keimt in ihr, dass sie vielleicht nur träumt. Dass sie in Wirklichkeit zu Hause in ihrem Bett liegt.

»Ich mag diesen Ort«, klingt es aus der Dunkelheit. »Es ist der finsterste auf der ganzen Welt. Das hast du bestimmt auch schon gedacht, oder?« Eine leichte Euphorie schwingt in seiner Stimme mit, so, als müsse er sich Mühe geben, nicht lauthals loszulachen. »Und es gibt noch etwas, obwohl es vielleicht abgedroschen klingt, aber du solltest es wissen: Hier hört dich niemand schreien.«

Sie weiß, dass sie etwas sagen muss. Ihr Hals brennt, das Schreien hat den Schmerz in der Kehle verdoppelt.

»Was wollen Sie von mir?«

Viel mehr als ein Krächzen bringt sie nicht zustande.

»Das habe ich dir gesagt. Ich will wissen, was er weiß.«

»Ich weiß nicht, was Sie meinen.«

»Doch, das weißt du. Es ist eine einfache Frage, oder?« Er klingt, als würden sie sich schon jahrelang kennen. »Aber wir haben Zeit. Du kannst nachdenken, so lange du willst. Besser gesagt, so lange du durchhältst.«

Sie versucht zu schlucken. Es ist, als würde ein mit Sandpapier umwickelter Tennisball ihre Kehle hinabgleiten. »Wenn Sie … wenn Sie mir erklären, was Sie von mir wollen, kann ich Ihnen helfen.« Sie beginnt zu weinen, wehrt sich dagegen, auch gegen das, was sie als Nächstes sagen wird. »Ich tue alles, was Sie wollen. Ich habe Geld gespart. Ich kann …«

Er kichert leise.

»Ich werde dich jetzt eine Weile allein lassen.« Das Scharren eines Stuhls, der Lichtpunkt bewegt sich. »Ist dir kalt?«

»Sehr.«

»Hast du Durst?«

»Ein bisschen.«

»Es wird schlimmer werden, das verspreche ich dir.«

*

Draußen legte er das Nachtsichtgerät beiseite, setzte sich in einen bequemen Sessel und schaltete die Musik ein. Er liebte Mozart. Am meisten das Requiem, Mozarts letzte Arbeit, das Werk, das er nicht vollendet hatte. Ja, das war der einzige Komponist, dem es jemals gelungen war, menschlichen Schmerz in Töne zu wandeln. Die ersten Takte des *Lacrimosa* erklangen, als der Chor einsetzte, lehnte er sich zurück, schloss die Augen und dirigierte mit der linken Hand mit.

Schon in seiner Kindheit hatte er gelernt, Angst zu verbreiten.

Und Horror. Er kannte die leisen, subtilen Mittel, die eine gewisse Zeit brauchten, um den Willen eines Menschen zu brechen, dafür aber umso zuverlässiger wirkten. Aber auch die lauten, schnellen Methoden nutzte er, wenn die Zeit drängte. Oder wenn er Lust dazu hatte. Egal, wofür er sich entschied: Es endete stets mit dem Tod.

Zum Reden gebracht hatte er schon viele Menschen. Wenn sie also etwas wusste, würde sie es ihm sagen, bald.

*

Am Montagmorgen war der Mord an Sauer tatsächlich das Titelthema in den Zeitungen. Die Leiche war am Samstag entdeckt worden, so hatten die Redaktionen das ganze Wochenende über Zeit gehabt, möglichst reißerische Überschriften und Kommentare zu verfassen. Ein Boulevardblatt titelte mit dem *SCHLÄCHTER VOM MARKTPLATZ*, selbst das sonst eher zurückhaltende *Tageblatt* zeigte in Ermangelung besserer Bilder das verschwommene Foto eines Blutflecks und fragte: *WANN SCHLÄGT ER WIEDER ZU?*

Zorn, der jedes Interview verweigert hatte, saß zu Hause, trank Kaffee und war wütend. Jetzt war sogar von einem Serienmörder die Rede. In der Pressemitteilung hatte die Polizei sorgfältig vermieden, von einem Mord zu sprechen, und die Bevölkerung um Mithilfe gebeten. Natürlich waren Hunderte Hinweise eingegangen, keiner hatte sich bisher als hilfreich erwiesen.

Drei Männer hatten angerufen und sich selbst der Tat bezichtigt. Der Älteste war einundachtzig, außerdem meldeten sich ein Rollstuhlfahrer und ein arbeitsloser Taxifahrer, der sich zur Tatzeit in der Ausnüchterungszelle aufgehalten hatte. Auch sie behaupteten steif und fest, den Mord begangen zu haben, und wurden nach einer kurzen Vernehmung nach Hause geschickt.

Zorn hatte keine Lust, zur Arbeit zu gehen. Im Präsidium herrschte Chaos. Noch war kein Nachfolger für Sauer bestimmt, niemand wusste momentan genau, wer die Ermittlungen in diesem Fall leiten würde. Die einzelnen Abteilungen arbeiteten auf Hochtouren, aber es gab keinen, der die Ergebnisse koordinierte. Das würde sich im

Laufe des Tages ändern, aber bis dahin wäre er am liebsten zu Hause geblieben und hätte die Zeit rauchend am Fenster verbracht. Was natürlich reines Wunschdenken war, wie er sich eingestehen musste, als sein Handy klingelte.

»Wo bist du, Chef?«

»Zu Hause.«

Schröder ließ sich seine Verwunderung nicht anmerken. »Es gibt ein paar Dinge, die wir besprechen müssen, Chef.«

»Wird sich wohl nicht vermeiden lassen. Gibt's was Neues in Bezug auf Sauer?«

Der Gerichtsmediziner hatte den Todeszeitpunkt zwischen zwei und drei Uhr morgens angesetzt. Der Kirchturm war zweimal pro Woche für die Öffentlichkeit zugänglich, es würde eine Weile dauern, bis man die unzähligen Spuren ausgewertet und zugeordnet hatte.

»Nein, Chef. Aber ich denke, du solltest trotzdem herkommen.«

»Ich habe keine Lust auf dieses ganze Kompetenzgerangel. Ruf mich an, wenn klar ist, wer den Fall bearbeitet.«

»Wir.«

Toll, dachte Zorn. Das hat mir gerade noch gefehlt.

»Wer sagt das?«

»Anweisung vom Oberstaatsanwalt. Wir sollen das übernehmen. Vorläufig, sagt er.«

Zorn stieß einen Fluch aus. »Wir können keine zwei Morde gleichzeitig bearbeiten, Schröder!«

»Das solltest du dem Herrn Oberstaatsanwalt am besten selbst erklären.«

»Verarschen kann ich mich alleine!«

»Das weiß ich«, erwiderte Schröder höflich und fuhr dann unbeirrt fort: »Ich habe vorerst angewiesen, Sauers Büro und seine Wohnung zu durchsuchen.«

»Okay.« Zorn überlegte kurz. »Ich bin in zwei Stunden da.«

»Geht es nicht eher?«

»Langsam fängst du wirklich an zu nerven, Schröder. Ich hab echt –«

»Hör zu, Chef.«

Irgendetwas an Schröders Stimme ließ Zorn aufhorchen. »Was?«

»Hannah Saborowski ist nicht im Büro erschienen. Und sie geht nicht an ihr Telefon.«

Zorn spürte, wie ihm der Schweiß ausbrach. »Schick eine Streife zu ihrer Wohnung. Sofort. Die sollen die verdammte Tür aufbrechen, wenn sie nicht aufmacht. Ich bin in zehn Minuten im Präsidium.«

*

Die Zeit ist aus den Fugen, sie dehnt sich. Wie eine Blase, wird größer, immer größer, bis sie den ganzen Raum ausfüllt. Verdrängt alles. Die Angst, die Kälte, den Durst. Es gibt kein Gut, kein Böse. Nur die Zeit, die nicht vergeht. Und die Dunkelheit.

Sie hat keine Ahnung, wie lange sie jetzt hier ist. Stunden? Tage? Viel mehr kann es nicht sein, sonst wäre sie längst verdurstet. Oder ist sie vielleicht schon tot?

Dann ändert sich alles. Die Blase fällt in sich zusammen, sie hört einen hohen, dissonanten Pfeifton und kehrt zurück. Riecht den Gestank ihrer eigenen Exkremente, spürt das Gewicht ihres Körpers. Ein rohes, zitterndes Stück Fleisch. Dann kommt der Schmerz zurück. Als hätte er nur in der Dunkelheit gelauert, um sich nun mit verdoppelter Wucht auf sie zu stürzen. Verbeißt sich in ihr, wie ein hungriger, tollwütiger Köter, der von der Leine gelassen wird.

Das schrille Pfeifen wird lauter. Es kommt nicht von außen, sondern entsteht direkt in ihrem Kopf. Sie schluchzt leise, zerrt kraftlos an ihren Fesseln und sinkt dann zusammen. Weiß, dass es keine Hoffnung gibt.

Ein Schlüssel dreht sich rumpelnd im Schloss. Die dicke Stahltür protestiert quietschend, als sie geöffnet wird. Gelbliches, trübes Licht dringt herein.

Sie schließt geblendet die Augen. Gut, dass du kommst, denkt sie. Ich will nicht mehr warten. Lass uns das hier beenden.

*

»Warum um alles in der Welt hast du noch keine Fahndung rausgegeben?«

»Weil wir keine Ahnung haben, wie lange sie verschwunden ist, Chef. Falls das überhaupt der Fall sein sollte. Sie könnte genauso gut weggefahren sein.« Schröder hob ratlos die Arme. »Vielleicht ist sie beim Arzt oder besucht eine Freundin, das Handy hat keinen Empfang, es gibt Dutzende Möglichkeiten.«

Zorn dachte einen Moment nach. Schröder hatte recht. Aber das war egal.

»Gib die Fahndung raus. Ich will das volle Programm, mit allem Brimbamborium.«

Schröder nickte und machte Anstalten, das Büro zu verlassen.

Zorn hob die Hand. »Warte. Schick mir den Psychologen her, Keitel. Ich will ihn sofort sprechen.«

»Geht es um die Anzeige?«

»Welche Anzeige?«

»Gegen dich. Wegen Fahrerflucht.«

Das hatte Zorn völlig vergessen.

»Scheiß auf die verdammte Anzeige. Schick ihn einfach her.«

Als Schröder gegangen war, fühlte Zorn sich besser. Etwas jedenfalls. Die anfängliche Panik hatte sich gelegt, obwohl er sicher war, dass irgendwas nicht stimmte. Dass Hannah etwas zugestoßen sein musste. Er wusste nicht, wie er dieses Gefühl bezeichnen sollte, ob es nur eine Ahnung war oder tatsächlich so etwas wie Intuition. Oder war es Logik, und er zog einfach nur die richtigen Schlüsse?

Egal, er hatte sie in Gefahr gebracht, es war zu spät, etwas daran zu ändern. Er wählte Hannahs Handynummer, die Mailbox sprang sofort an. Etwas anderes hatte er auch nicht erwartet. Frustriert warf er das Telefon auf den Schreibtisch. Überlegte kurz, nahm es wieder zur Hand und schrieb eine SMS.

Wo bist du, verdammt?? Melde dich!

Jetzt konnte er nur noch warten.

Es klopfte kurz, die Tür wurde aufgerissen, und Doktor Keitel betrat das Büro. Zorn wies auf den Stuhl vor seinem Schreibtisch.

»Danke, dass Sie so schnell gekommen sind.«

Keitel nahm Platz und knöpfte sein Jackett auf. »Normalerweise kommen die Leute zu mir, Herr Hauptkommissar.«

»Die Situation ist alles andere als normal.« Zorn nahm sich eine Zigarette. »Und ich brauche Ihre Hilfe.«

»Wenn es um Ihr Gutachten geht, sollten wir uns in Ruhe –«

»Das ist mir egal«, unterbrach Zorn. »Es gibt im Moment Wichtigeres.«

»Sie sollten das nicht unterschätzen.«

»Das tue ich nicht. Aber ich habe gerade andere Probleme. Zwei Menschen sind innerhalb kurzer Zeit ermordet worden, ein Dritter ist wahrscheinlich verschwunden, und ich habe keine Ahnung, ob es eine Verbindung gibt.« Zorn machte eine Pause und sah den Psychologen an. »Sie wissen, was ich von Ihrem Berufsstand halte.«

Keitel lehnte sich zurück und lächelte. »Das haben Sie mir deutlich zu verstehen gegeben, Herr Hauptkommissar.«

»Ich habe mir stundenlang den Kopf zerbrochen, aber … Wenn es Ihnen nichts ausmacht, würde ich Ihnen gern erzählen, worum es geht. Und Ihre Meinung dazu hören.«

»Ich denke, Sie halten nichts von Psychologie?«

»Allerdings.«

»Warum wollen Sie dann meine Hilfe?«

»Weil ich glaube, dass Sie ein kluger Mann sind. Und weil ich völlig ratlos bin.«

»Schießen Sie los«, erwiderte Keitel und lockerte seine Krawatte.

*

»Trink das.«

Etwas kitzelt ihren Mund, ein Strohhalm. Sie hebt den Kopf. Gierig versucht sie zu saugen, doch ihre rissigen Lippen finden keinen Halt. Kraftlos sinkt sie zurück. Spürt, wie ein paar Tropfen in ihren Mund gegossen werden. Etwas Warmes, Tee vielleicht. Zuerst ist es, als würde die Flüssigkeit in ihrer Kehle verdunsten, dann breitet sich die Wärme in ihrem Körper aus. Sie spürt etwas in sich aufsteigen, ein Gefühl, das ihr völlig unsinnig erscheint. Dankbarkeit.

Zunächst wehrt sie sich dagegen, dann ist es ihr egal, sie trinkt und trinkt, obwohl das Schlucken fürchterlich weh tut. Sie will nie mehr aufhören.

Dann ist es vorbei, viel zu schnell.

»Das reicht.« Sie hört, wie etwas auf den Boden gestellt wird. Ein Becher. »Wir haben noch viel vor. Du wirst Kraft brauchen.«

Sie spürt einen Lichtstrahl über ihr Gesicht flackern. Vorsichtig öffnet sie die Augen einen Spalt, schließt sie sofort wieder. Das Licht ist nicht grün, wie bei seinem ersten Besuch, sondern weiß. Diesmal scheint er eine Lampe am Kopf befestigt zu haben. Sie kann sein Gesicht nicht sehen. Das grelle Licht blendet wie der Scheinwerfer eines landenden Jumbojets.

»Was für ein Tag ist heute?« Sie weiß nicht, warum sie das fragt, aber es erscheint ihr im Moment ungeheuer wichtig. Das Sprechen fällt ihr schwer, es klingt, als würden rostige Metallplatten aneinanderreiben.

»Montag.«

Fast drei Tage ist sie jetzt hier.

Er lacht leise. »Ich wollte eigentlich gestern zu dir kommen, aber ich wurde aufgehalten.«

Sie schaudert, als er ihr über die Brüste streicht.

»Du hast schöne Titten.«

Dann wandern seine Finger über ihren Bauch, zu ihren Schenkeln.

»Deine Beine sind auch okay.«

Verharren dort.

»Lang. Und sehnig.«

Sie bewegt den Kopf zur Seite, mehr kann sie nicht tun. Dann dreht sie sich um, sieht direkt in die Lampe. Dahin, wo sie seine Augen vermutet. Versucht, entschlossen zu klingen.

»Fass mich nicht an.«

Als er den Kopf in den Nacken wirft, wandert der Lichtstrahl zur Decke. Jetzt lacht er, als hätte er den besten Witz seines Lebens gehört. Laut, fast herzlich.

»Glaub mir, wenn ich dich ficken wollte, hätte ich das längst getan.«

Eine Pause entsteht. Sie ahnt, was geschehen wird, und beginnt, am ganzen Körper zu zittern. Dann kommt die Panik. Der Puls donnert in ihrem Kopf, ihr Herz schlägt um sich wie ein gefangenes Tier, das um sein Leben kämpft. Sie weiß, dass er seine Entscheidung längst getroffen hat, dass sie das, was jetzt geschehen wird, nicht ändern kann, und doch beginnt sie, um ihr Leben zu betteln. »Geht es um Zorn? Um Sauer? Sag mir, was du wissen willst«, fleht sie. »Ich habe nur ein paar Akten besorgt, mehr nicht, aber ich erzähle dir alles, was ich weiß!«

»Das ist nicht mehr nötig.«

»Aber du hast mich gefragt, was er über dich weiß, ich kann dir –«

»Das war eher eine rhetorische Frage«, unterbricht er sie. »Ein kleines psychologisches Vorspiel. Du bist hier, weil du gestohlen hast. Und dafür wirst du bestraft.«

Es klatscht leise, als er die Hände auf die Oberschenkel schlägt, dann steht er auf. »Es gibt Arbeit.« Sie hört das Klirren von Metall, als er mehrere Gegenstände auf dem Boden ausbreitet. »Und ich habe Werkzeug mitgebracht.«

*

»Wenn ich das richtig verstehe«, Keitel schlug die Beine übereinander, »haben Sie momentan drei Fälle: den Mord an Sigrun Bosch, den an Staatsanwalt Sauer und das Verschwinden von Hannah Saborowski. Richtig?«

»Richtig«, nickte Zorn. »Zweimal Mord, einmal vermisst, kurze Tatabstände, und ich suche nach einer Verbindung.«

»Was ist, wenn es keine gibt?«

»Das glaube ich nicht. Sauer wollte mit allen Mitteln verhindern, dass der Tod von Sigrun Bosch aufgeklärt wird. Und Hannah hat mir geholfen, gegen Sauer zu ermitteln. Es gibt einen Zusammenhang. Es muss einen geben.«

»Wahrscheinlich.« Keitel nickte langsam, schob seine Brille zurecht und überlegte. »Dann müsste man herausfinden, welches Motiv Staatsanwalt Sauer hatte.«

»Er ist der Mörder von Sigrun Bosch.«

»Das könnte erklären, warum er die Ermittlungen verschleppt hat. Aber nicht, weshalb sie getötet wurde. Und erst recht nicht, warum er selbst ermordet wurde.«

Zorn fühlte sich plötzlich unglaublich müde. »Wissen Sie, ich kann an nichts anderes mehr denken. Es macht mich wahnsinnig, dieses ständige Gefühl, etwas zu übersehen. Ich fürchte, dass das erst der Anfang war. Dass noch viel mehr passieren wird. All das Blut und … und diese beschissene Brutalität.«

»Sie müssen sich keine Schuld geben.«

»Tu ich nicht.«

Das tue ich sehr wohl, dachte Zorn. Wer außer mir sollte schuld an Hannahs Verschwinden sein? Ich weiß nicht, was ich mache, wenn ihr etwas passiert.

Keitel nahm seine Brille ab und betrachtete sie nachdenklich. »Ich denke, dass es durchaus Parallelen gibt. Die Morde ähneln sich in gewisser Weise.«

»Inwiefern?«

»Sie haben es selbst gesagt, wir haben es mit einer ungewöhnlichen Brutalität zu tun. Und ich sehe in beiden Fällen einen gewissen Hang zur Theatralik. Nehmen Sie die öffentliche Zurschaustellung der Leichen, Sauer auf dem Turm, Sigrun Bosch auf einer Bank. Das hat etwas von einer Inszenierung. Man schickt Ihnen ein Video, hinterlässt Zeichen auf der Leiche. Sucht den Kontakt zu Ihnen. Ich bin übrigens sicher, dass auch bei Philipp Sauer ein Hinweis hinterlassen wurde.«

»Gefunden haben wir nichts.«

»Suchen Sie weiter.«

Plötzlich hatte Zorn eine Idee. Er ging zum Schreibtisch und wählte Schröders Nummer.

»Schick eine Streife in die Kantstraße. Die sollen den Keller durchsuchen.«

Schröder verstand sofort. »Ist unterwegs«, erwiderte er und legte auf.

Wenn es eine Verbindung zwischen den Morden gab, konnte es immerhin sein, dass Hannah an dem gleichen Ort festgehalten wurde, wo Sigrun Bosch gestorben war. Die Chance war verschwindend gering. Aber es war immerhin eine.

Zorn räusperte sich und versuchte, seine Gedanken zu ordnen. »Denken Sie, dass es aufhört?«

»Nein«, erwiderte Keitel. »Jedenfalls nicht sofort. Wie gesagt, es ist eine Inszenierung, und wer immer auch die Fäden zieht, hört erst auf, wenn der letzte Akt vorüber ist. Und das scheint mir noch lange nicht der Fall zu sein.«

Zorn ging zum Schreibtisch, holte das braune Schulheft aus einer Schublade und reichte es dem Psychologen. »Die Aufzeichnungen von Sigrun Bosch. Es wäre nett, wenn Sie das durchlesen würden. Vielleicht finden Sie etwas, das ich übersehen habe.«

»Gut.« Keitel stand auf und strich sein Jackett glatt. »Haben Sie mittlerweile einen Hinweis, wo Frau Saborowski sein könnte?«

Zorn schüttelte den Kopf.

»Ich hoffe, dass Sie sie bald finden.«

»Ja«, erwiderte Zorn leise. »Das müssen wir, verdammt.«

*

Langsam bog der Streifenwagen in die Kantstraße ein. Wachtmeister Kusch hatte jetzt seit elf Stunden Dienst. Als der Funkspruch kam, war er auf dem Rückweg ins Präsidium gewesen und hatte in Gedanken bereits zu Hause mit einem Bier auf dem Balkon gesessen. Die Überstunden machten ihm nichts aus, er liebte seine Arbeit und das Gefühl, etwas Sinnvolles zu tun.

»Wonach genau suchen wir?«, fragte der Junge auf dem Beifahrersitz, ein pickliger Polizeianwärter, der seine Mütze verwegen in den Nacken geschoben hatte.

Kusch bremste und kam vor dem Abrisshaus zum Stehen.

»Nach einer vermissten Frau.«

»Hier?«

»Ja, im Keller. Hast du deine Waffe geprüft?«

»Logisch.« Der Junge griff aufgeregt zum Halfter. Eine leichte

Röte breitete sich auf seinen blassen Wangen aus. »Soll ich sie bereithalten?« Das klang fast ein wenig hoffnungsvoll.

»Bleib ruhig, Columbo«, erwiderte Kusch und stieg aus. »Du wirst sie schon nicht brauchen.«

*

»Du willst sicher wissen, was ich mit dir vorhabe.«

Das will sie nicht. Nein, das will sie wirklich nicht.

Der Strahl der Lampe wandert zitternd nach rechts, fällt auf einen grauen Koffer. Ein gewöhnliches Gepäckstück aus kräftigem Leinen, ungefähr anderthalb Meter lang und knapp halb so hoch. »Ein Mensch hat über zweihundert Knochen. Ich werde dir nicht alle brechen können. Aber die meisten.«

Sie fängt wieder an zu frieren, innerhalb von Sekunden bildet sich ein dünner Schweißfilm auf ihrem Körper. Der Lichtstrahl wandert zurück zu ihrem Gesicht. Sie kneift die Augen zusammen. Spürt den salzigen Geschmack, als sie sich die Lippen blutig beißt.

»Hier unten sind wir sicher, aber die Gegend ist sehr belebt.« Wieder erscheint der Koffer im Licht. »Ich muss dich unauffällig hier wegtransportieren.«

Er spricht leiser als vorher. Sein Tonfall erinnert an einen Arzt, der dem Patienten die OP erklärt. Sachlich. Ein wenig distanziert. Aber nicht unfreundlich.

»Mach die Augen auf.«

Sie gehorcht. Es hat keinen Sinn, sich zu wehren.

*

»Sei still.« Mit einer Handbewegung gab Kusch dem Jungen zu verstehen, hinter ihm zu bleiben. Er legte das Ohr an die dicke Kellertür und lauschte.

Nichts.

Vorsichtig drückte er die Klinke nach unten. Abgeschlossen.

»Was machen wir jetzt?«, flüsterte der Junge.

Kusch überlegte. Sie hatten keinen Schlüssel.

»Ich breche die Tür auf. Gib mir Deckung.«

»Was?«

»Du sollst deine Waffe nehmen und mir Deckung geben.«

Hektisch holte der Junge die Pistole aus dem Halfter. Als er sie entsicherte, fiel sie ihm fast aus der Hand. Kusch legte ihm die Hand auf die Schulter.

»Bleib ruhig. Stell dich hinter mich und pass auf. Es wird schon nichts passieren.« Er nickte ihm aufmunternd zu. »Fertig?«

Der Junge nickte ebenfalls. Schweißtropfen glänzten auf seiner Oberlippe. Die Waffe zitterte in seinen ausgestreckten Händen.

Kusch holte tief Luft. Dann nahm er Anlauf. Sein massiger Körper bewegte sich erstaunlich schnell. Die Tür gab sofort nach und fiel mit einem lauten Krach nach innen.

Kusch warf einen Blick hinein und sah sofort, was los war.

Der Keller war leer.

*

Auf dem Boden liegen Hämmer, ein Dutzend vielleicht, der Größe nach geordnet. Unterschiedliche Sorten. Die meisten hat sie noch nie gesehen. Sie erkennt einen Maurerhammer, die scharfe Seite glänzt im Licht.

»Ich verwende immer nur eine Sorte Werkzeug. Entweder Messer oder Draht, Strom oder Beil, niemals beides zusammen. Ich denke, das erscheint mir irgendwie ...«, er überlegt kurz, »sauberer.«

Sie hat keine Ahnung, was er meint. Er klingt nachdenklich, als er weiterspricht. »Hämmer haben etwas Beruhigendes. Es ist anstrengend, aber man fühlt sich danach, als wäre man stundenlang durch den Wald gerannt. Ausgelaugt, aber glücklich.«

Ihr Blick fällt auf einen riesigen Vorschlaghammer mit hüfthohem, hölzernem Stiel. Der stählerne Kopf hat leichten Rost angesetzt.

»Den benutze ich erst, wenn alles vorbei ist. Du wirst es nicht mehr spüren.«

Er lacht leise.

Hannah Saborowski verlässt ihren Körper, es gibt keine Sekretärin mehr, nur noch ein panisches, hyperventilierendes Etwas aus Haut, Knochen, Sehnen und Angst. Das Zittern ist in ein konvulsivisches Zucken übergegangen. Selbst wenn sie wollte, sie könnte es nicht unterdrücken.

Sie spürt nicht, wie er einen großen Holzklotz unter ihr rechtes Handgelenk legt. Er greift einen vier Kilo schweren Fäustel mit flachem, rechteckigem Kopf. Dann schlägt er ihr mit der freien Hand leicht ins Gesicht.

»Sei ruhig.«

Sie schafft es, einen Moment die Luft anzuhalten. Ein kurzes, sausendes Geräusch, dann ein dumpfer Aufprall, gefolgt von einem trockenen Knacken. Sie sieht nach rechts, auf das, was von ihrer Hand übrig geblieben ist. Ein blutiges Stück Fleisch, das in groteskem Winkel an ihrem Handgelenk hängt wie ein toter Fisch.

»Jetzt kannst du schreien.«

Das tut sie. Immer und immer wieder.

Später, während er langsam und methodisch weitermacht, werden ihre Schreie leiser. Es folgt der Moment, in dem ihr Gehirn den Dienst versagt und sich in eine graue Masse verwandelt, die nur noch sinnlose elektrische Signale sendet. Auch diese werden schwächer, wie bei einer langsam verlöschenden Taschenlampe, und als er zum Schluss, Ewigkeiten später, breitbeinig mit dem Hammer in der Linken über ihr steht und schweratmend fragt, ob sie noch etwas zu sagen habe, ist sie längst tot.

Der Hammer saust von links heran und zertrümmert ihren Unterkiefer.

Es ist Montag, der 30. April, 16 Uhr 15.

Nebenan, keine drei Meter entfernt, schluchzt ein zehnjähriges Mädchen im Schlaf und ruft leise nach seiner Mutter.

Sechzehn

»Scheiße, muss das wirklich sein?«

Stöhnend legte Zorn den Kopf in den Nacken und sah hinauf zum nördlichen Turm der Marktkirche. Die letzten Stunden hatte er damit verbracht, in seinem Büro auf und ab zu gehen und abwechselnd die Fahndung und Schröder anzurufen, um sich nach Hannah zu erkundigen. Erfolglos, noch immer fehlte jede Spur.

Er hatte versucht, sich auf die beiden Mordfälle zu konzentrieren, doch immer wieder landeten seine Gedanken bei Hannah, und je mehr er nachdachte, desto verworrener wurde ihm alles.

Vor einer halben Stunde war der Anruf gekommen, dass sie auch in der Kantstraße nicht fündig geworden waren. Um wenigstens etwas zu tun, war er mit Schröder zum Markt gefahren, um den Turm zu inspizieren. Jetzt, da er davor stand, hatte er absolut keine Lust, hinaufzusteigen. Er war einfach nur müde.

»Was hast du gesagt?«, fragte Schröder.

»Nichts. Lass uns hochgehen.«

Sie standen vor einer kleinen Holztür am Fuße des Turms. Schröder griff in die Manteltasche und holte ein Schlüsselbund hervor. »Die war aufgebrochen. Was wahrscheinlich kein Problem war, das Schloss ist mit einem nassen Handtuch zu knacken.« Die Tür öffnete sich mit einem Quietschen. Er deutete eine Verbeugung an. »Grüß Gott, tritt ein, bring Glück herein. Du gestattest, dass ich vorangehe.«

»Witzbold«, knurrte Zorn.

Das Treppenhaus war schmal und zugig. Zorn folgte den ausgetretenen Sandsteinstufen, die sich scheinbar endlos nach oben schlängelten. Bereits nach wenigen Metern verlor er den Kontakt zu Schröder, der auf kurzen Beinen munter voranstapfte. Die ersten fünfzig Stufen schaffte Zorn relativ problemlos, bei der hundertsten hörte er auf zu zählen, nach weiteren zwanzig blieb er schließlich stehen, lehnte sich schnaufend an die Wand und versuchte, wieder zu Atem zu kommen. Weiter oben hallten Schröders schnelle, regelmäßige Schritte und entfernten sich langsam.

Er stand direkt an einem kleinen, vergitterten Fenster, das von außen in die meterdicke Wand eingelassen war. Auf einem schmalen Sims saß eine zerzauste Taube und beäugte ihn misstrauisch mit schief gelegtem Kopf. Er beugte sich vor, sah auf den Markt hinunter und bemerkte frustriert, dass er höchstens die Hälfte des Weges geschafft haben konnte. Die Taube flatterte auf, eine feine Wolke aus Kalk, getrocknetem Kot und uraltem Staub wehte Zorn ins Gesicht.

Die Luft im Treppenhaus war stickig. Vor einigen Jahren mussten die Wände frisch gekalkt worden sein. Die Farbe und Teile des Putzes waren stellenweise abgebröckelt,

Warum tue ich mir das an?, fragte sich Zorn und wischte den Schweiß von der Stirn.

Direkt neben das Fenster hatte jemand mit schwarzem Edding ein stilisiertes weibliches Geschlechtsteil an die Wand gekrakelt. Zorn tippte auf einen übergewichtigen Sechstklässler, der offensichtlich auf dem letzten Klassenausflug hier pausiert hatte. Er schien äußerst schlechter Laune gewesen zu sein, denn unter das Bild hatte er mit ungelenker Hand etwas geschrieben.

Fotsenscheiße, las Zorn.

Sein Handy klingelte, er kramte es hastig aus der Tasche und sah auf dem Display eine Nummer, die er nicht kannte. »Zorn?«

Als er ihre Stimme hörte, sackte sein Magen ein paar Zentimeter nach unten.

»Hi, ich bin's.«

Malina.

»Hallo.« Er räusperte sich umständlich, während sie zu warten schien, dass er etwas sagte. Was er dann auch tat: »Wie geht's?«

»Gut«, erwiderte sie. Mehr nicht.

Himmelherrgott, dachte Zorn. Du hast mich angerufen, also sag auch was!

»Und dir?«, fragte er dann.

»Auch gut.«

»Schön.«

Er hörte ein Feuerzeug klicken, wahrscheinlich steckte sie sich eine Zigarette an.

»Ich wollte dich fragen«, sagte sie nach einer Weile, »was du –«

»Kommst du, Chef?«, hallte es undeutlich von oben herab.

»Ruhe!«, brüllte Zorn.

»Was?«, fragte Malina.

»Nichts«, druckste Zorn, »ich hab dich eben schlecht verstanden.«

»Stör ich dich?«

»Nee, überhaupt nicht«, versicherte er hastig.

Er hörte deutlich, wie sie den Rauch ausatmete. Dann sagte sie: »Was machst du heute Abend?«

»Ich?«

»Ja.«

»Na ja …« Er tat, als müsse er nachdenken. »Eigentlich nichts.«

»Magst du Sushi?«

»Sehr.«

Zorn hasste Fisch. Vor allem Sushi.

»Okay«, sagte Malina, »ich besorg das Sushi und du den Wein. Ich komm zu dir, so gegen acht?«

»Das klingt gut.«

Es war still in der Leitung. Zorn trat von einem Bein aufs andere, zupfte sich eine Fussel vom Ärmel und lauschte ihrem Atem. Komisch, schoss es ihm durch den Kopf, man könnte denken, sie ist genauso verlegen wie ich.

»Ich freu mich«, sagte sie leise.

»Ja.« Das war für seine Verhältnisse mehr als eindeutig. Dann legten sie auf.

Was für ein Tag, dachte er und steckte das Handy ein. Jetzt hab ich auch noch ein Date. Er atmete tief durch und machte sich wieder auf den Weg. Zwei Minuten später waren seine Beine weich wie Pudding, doch kurz darauf erreichte er Schröder, der ihn auf einem kleinen Absatz gutgelaunt erwartete.

Zorn keuchte, öffnete den Reißverschluss seiner Jacke und warf Schröder einen unauffälligen Blick zu. Er dachte an das verlorene Duell im Schwimmbad.

Der Kerl ist einen Kopf kleiner als ich, doppelt so dick und ungefähr in meinem Alter, überlegte er wütend. Warum macht ihm das überhaupt nichts aus? Er könnte doch wenigstens so tun, als ob er außer Atem wäre.

»Hier.« Schröder wies auf einen Fleck am Boden, den die Spurensicherung mit Kreide markiert hatte. »Sauers Blut. Weiter unten sind ebenfalls Blutflecken. Ich denke, er hat noch gelebt, als er hier hochkam. Wahrscheinlich wurde er gezwungen, mit vorgehaltener Waffe womöglich.«

Zorn nickte.

»Ich kann mir nicht vorstellen, dass jemand einen fünfundsiebzig Kilo schweren Menschen hier raufschleppt, du etwa?«

»Möglich wär's«, erwiderte Schröder. »Wenn er betäubt ist. Aber Sauer wurde nicht getragen, der ist hier hochgelaufen. Wir haben seine Fußspuren.«

Zorn wurde hellhörig. »Dann müssten wir auch Spuren vom Täter finden.«

»Haben wir auch«, nickte Schröder. »Nagelneue Arbeitsschuhe, Größe vierundvierzig. Es würde mich nicht wundern, wenn sie extra zu diesem Zweck angeschafft und dann irgendwo im Fluss versenkt wurden.« Er stand auf, klopfte sich umständlich den Staub von der Hose und ging weiter.

Diesmal versuchte Zorn mitzuhalten und war froh, als Schröder nach wenigen Metern erneut stehen blieb.

»Guck mal, Chef.« Er deutete auf eine reich verzierte, steinerne Verankerung, die über ihnen ein paar Zentimeter weit aus der Wand ragte. »Die haben früher das komplette Treppenhaus gehalten. Bestimmt vierhundert Jahre alt.«

Zorn steckte die Hände in die Hosentaschen und lehnte sich an die Wand. »Und?«

Schröder sah nachdenklich nach oben. »Spätromanik, würde ich sagen.«

Zorn räusperte sich, kniff die Augen zusammen und blickte ebenfalls auf.

»Aha«, meinte er nach einer Weile.

»Oder Gotik«, fuhr Schröder fort und kratzte sich am Kinn. »Ich bin nicht ganz sicher.«

Ein frischer Luftzug wehte von oben herab.

Zorn schob die Unterlippe vor und wippte ein wenig auf den Zehenspitzen.

»Interessiert mich einen Dreck.«

Dann ging er weiter.

Schröder blieb noch einen Moment mit verschränkten Armen unter dem Vorsprung stehen. »Ich denke, es ist Gotik«, meinte er nach einer Weile. Dann folgte er seinem Chef nach oben.

*

Doktor Keitel stand am Fenster und goss seinen Drachenbaum, eine kümmerliche Topfpflanze, die ihm seine Frau vor drei Jahren zum fünften Hochzeitstag geschenkt hatte. Er machte sich nichts aus Blumen, aber er liebte seine Frau aus tiefstem Herzen. »Du musst sie gut pflegen«, hatte sie gesagt und ihm einen Kuss auf die Nase gegeben. »Sie wird dich an mich erinnern, wenn du im Büro bist. Ich will, dass du immer an mich denkst.« Daran hatte er sich gehalten. Denn er liebte seine Frau nicht nur, er hörte auch auf sie.

Das Heft mit den Aufzeichnungen von Sigrun Bosch hatte er zur Hälfte durchgelesen. Nach wenigen Seiten war ihm klargeworden, dass ihre Briefe an den verunglückten Sohn vor allem dazu gedient hatten, Trauer und Schuldgefühle zu verarbeiten.

Ihm war klar, was Zorn von ihm erwartete: Dass er etwas finden sollte, etwas, das ihnen weiterhelfen oder womöglich den Tod der Frau erklären könnte. Bisher war ihm außer den typischen Anzeichen einer Depression nichts aufgefallen. Eine solche psychische Störung war nach dem Verlust eines Kindes nicht ungewöhnlich, sondern absehbar.

Keitel seufzte und zupfte ein vertrocknetes Blatt vom Stiel des Drachenbaums. Betrachtete es stirnrunzelnd, warf es in den Papierkorb, ging zurück zum Schreibtisch, schob die Brille zurecht und las weiter. Seite um Seite hatte sie sich ihre Wut, die Angst und die Hilflosigkeit in einer strengen, steilen Schrift von der Seele geschrieben, Gefühle, die er tagtäglich analysierte, die im Moment aber uninteressant waren. Gähnend schlug Keitel die nächste Seite auf. Überflog die folgenden Zeilen, blätterte wieder um, stutzte und blätterte zurück.

Ich habe Dir nie gesagt, wer Dein Vater ist. Das hatte seine Gründe, mein Sohn. Glaube mir, Du hättest es irgendwann erfahren. Dann nämlich, wenn Du stark genug gewesen wärst, ihm gegenüberzutreten.

Das ist wirklich interessant, überlegte Keitel, schob das Kinn vor und kratzte sich nachdenklich den dünnen Hals. Äußerst interessant.

*

»Zweihundertsiebenundvierzig!«, sagte Schröder und lehnte sich an die Brüstung.

»Was?«

»Stufen, Chef.«

»Gut, dass ich das jetzt weiß«, erwiderte Zorn, dem beim Gedanken an den Abstieg etwas mulmig wurde.

Den Abschluss des Turms bildete ein achteckiges Zimmer, überdacht von einer kupfernen, mit Grünspan überzogenen Kuppel. Auf allen Seiten waren große, unverglaste Fenster eingelassen, die einen atemberaubenden Blick über die Stadt boten.

Der Raum maß höchstens fünf Meter im Durchmesser. Den Boden bildeten rohe, unbehandelte Eichendielen, wahrscheinlich schon vor Jahrhunderten verlegt. Die mit Kalk verputzten Wände waren mit krakeligen Inschriften, Zeichnungen und Initialen übersät. Hier oben wehte ein ziemlich starker Wind, sie mussten fast rufen, um sich verständlich zu machen.

»Hier hat er gehangen.«

Schröder wies auf eines der Fenster, das direkt auf den Markt zeigte. Es war wie die anderen unvergittert. Einzig eine schmiedeeiserne Stange, die links und rechts in der Wand verankert und in Brusthöhe quer vor der Öffnung befestigt war, bot so etwas wie Schutz vor dem Sturz in den sicheren Tod.

Zorn beugte sich über die Brüstung und sah hinab. Es ging mindestens fünfzig Meter senkrecht in die Tiefe. Ein heftiger Windstoß fuhr ihm durchs Haar, ihn schwindelte, eilig wich er zurück, trat zwei Schritte nach hinten und atmete tief durch. Es war etwas anderes, in seiner Wohnung zu stehen und hinter der sicheren Fensterscheibe nach unten zu schauen, als hier, wo man direkt mit dem freien Fall konfrontiert wurde.

Er zeigte auf die Querstange vor dem Fenster. »Hier war das Seil befestigt, oder?«

Schröder nickte.

»Gewöhnlicher Hanfstrick aus dem Baumarkt.«

»Gibt es da eine Verbindung zu Sigrun Bosch?«

»Nein, Chef. Sie war nicht mit Stricken, sondern mit Kabelbindern gefesselt.«

»Wäre auch zu schön gewesen.«

»Allerdings.«

»Okay, lass uns überlegen. Sauer wird mit vorgehaltener Waffe gezwungen, hier hochzusteigen. Und bevor er an den Füßen aus dem Fenster gehängt wird, schneidet man ihm die Kehle durch.«

»Und zwar genau hier.« Schröder deutete in die Mitte des Raumes, auf einen weiteren Blutfleck, wesentlich größer als der, den sie im Treppenhaus gefunden hatten. »Mit einer Schlinge aus Diamantsägedraht.«

Zorn hob fragend die Augenbrauen.

»So ähnlich wie ein Laubsägeblatt«, erklärte Schröder. »Ein dünner, gezackter Draht, der mit winzigen Industriediamanten beschichtet ist. Spuren davon wurden in Sauers Halswunde gefunden. Normalerweise sägt man damit Stein oder Metall. Aber bei einem Menschen …«, Schröder fuhr sich mit dem Finger über die Kehle. »Ein kurzer Ruck und der halbe Kopf ist ab.«

»So genau wollte ich's gar nicht wissen.« Zorn ging in die Hocke und besah sich den eingetrockneten Blutfleck. Eine große, schwarze Fliege kroch träge darüber hinweg, er verscheuchte sie mit der Hand und sagte: »Der Staatsanwalt ist also auch verblutet.«

»Wie man's nimmt.«

»Bei Sigrun Bosch wurden keine Diamantspuren gefunden, oder?«

»Nein, Chef.«

»Auch das wäre zu schön gewesen.«

Als Zorn aufstand, gab sein linkes Knie ein deutlich vernehmbares Knacken von sich. Er ging zum gegenüberliegenden Fenster und sah nach Westen. Langsam zog die Dämmerung herauf. Der Fluss war weiter gestiegen, vom Unteren Knoten bis zur Pferderennbahn erstreckte sich jetzt ein riesiger See, in dem sich das Licht der Straßenlaternen spiegelte. Die überschwemmten Straßen in der tiefer gelegenen westlichen Altstadt hatten sich in Seitenarme des Flusses verwandelt. Links ragten die riesigen Scheinwerfertürme des Stadions in den Himmel. Vor zwei Stunden hatte es aufgehört zu regnen, doch am Horizont zogen bereits neue, schwarze Wolken heran.

»Wenn das so weiter regnet, steht irgendwann die gesamte Stadt unter Wasser.« Schröder war leise hinter ihn getreten und sah nachdenklich hinab.

»Wenn du wüsstest, wie egal mir das ist«, murmelte Zorn.

»Was?«

»Nichts.« Zorn wandte sich um und kramte in seiner Tasche nach den Zigaretten. Als er die Schachtel hervorholte, fiel das Feuerzeug zu Boden und rollte an die Wand. Er knurrte eine Verwünschung und bückte sich, um es aufzuheben.

Später würde er sich fragen, ob das, was dann geschah, Zufall, Schicksal oder einfach nur Glück war. Manche hätten es auch als Fingerzeig Gottes gewertet, eine Formulierung, die Zorn allerdings niemals verwendet hätte, selbst auf der Turmspitze einer Kirche nicht.

Als er am Boden unter dem Fenster hockte, fiel sein Blick auf die gekalkte Wand. Die Inschriften, die Generationen von Besuchern hinterlassen hatten, waren stellenweise verblasst und kaum noch zu entziffern. Um die Fensteröffnung lief ein schmales, gemustertes Band aus verziertem Sandstein, ebenfalls mit eingeritzten Zeichen übersät. Zorn entdeckte etwas, das er für Kyrillisch hielt, möglicherweise das Werk eines russischen Soldaten, der hier im Zweiten Weltkrieg Wache gestanden haben musste. Er wollte sich aufrichten, stützte sich dabei mit der Hand ab und blieb dann gebückt, das Gesicht nur wenige Zentimeter von der Wand entfernt, stehen.

Direkt unter dem Fensterbrett war etwas in den Kalk geritzt.

Es sah frisch aus. Deutlich. Insgesamt nicht größer als eine Zigarettenschachtel.

SIVO, entzifferte Zorn.

Darunter ein Herz.

Und ein weiteres Wort: *HANNAH*

Er hat sie, dachte Zorn verzweifelt. Dieses verdammte Schwein hat sie tatsächlich entführt. Zorn hätte nie für möglich gehalten, dass es so etwas wirklich gab, aber sein Herz hörte tatsächlich einen Moment auf zu schlagen. Er kippte nach hinten und blieb rücklings auf dem Hintern sitzen.

»Vorsicht, Chef. Taubenscheiße geht schwer raus.«

»Komm her«, sagte Zorn leise, den Blick stur auf die Wand gerichtet.

»Du solltest lieber aufstehen, die –«

»Du sollst herkommen, verdammt!«

Schröder, der wusste, wann es ernst wurde, hockte sich neben seinen Vorgesetzten auf den Boden. Der starrte stumm auf die Wand.

»Das gibt's nicht«, flüsterte Schröder nach einer Weile.

»Warum hat das niemand bemerkt?«

»Chef, die Kollegen von der Spurensicherung –«

Zorn sprang auf. »Die Spurensicherung heißt Spurensicherung, weil sie Spuren sichern soll! Und das da auf der Wand ist eindeutig eine Spur, die nicht gesichert wurde! Scheiße, die wurde ja nicht mal gefunden!«

Schröder erhob sich ebenfalls. »Seit Samstag früh waren acht Leute im Einsatz, sie haben ununterbrochen gearbeitet.«

»Die sollen noch mal anrücken und jeden Quadratzentimeter absuchen, und zwar den ganzen verdammten Turm! Mist, was sind das nur für Pfeifen!«

Schröder steckte die Hände in die Taschen. »Du weißt, dass das unfair ist.«

Das wusste Zorn natürlich. Aber es war ihm egal. Er brauchte etwas, um seine Wut abzulassen. Und seine Angst. Es ging nicht um die Spurensicherung. Es ging um Hannah. In dem Moment, als er die

Inschrift gelesen hatte, war ihm klargeworden, dass es zu spät war. Dass sie wahrscheinlich nicht mehr lebte.

Er lehnte sich an die Wand und schloss die Augen.

»Chef?«

»Du hast recht, es ist unfair. Sie sollen trotzdem noch mal kommen.«

»Hier steht noch was.«

Er ging zu Schröder, der wieder in die Hocke gegangen war und auf zwei Buchstaben deutete, die schräg unter dem Bild in die Wand geritzt waren. Wie die Initialen eines Künstlers, der sein Bild signiert hat: *H. M.*

»Ich bin nicht ganz sicher, ob es dazugehört«, sagte Schröder nachdenklich.

»Aber ich.«

Zorn stand auf, griff eine Zigarette, steckte sie in den Mund, zögerte und nahm sie wieder heraus. Sah sie kurz an, schüttelte den Kopf und legte sie zurück in die Packung. Dann trat er an die Brüstung und sah nach Westen. Die Wolken kamen näher.

Siebzehn

Es war kurz vor sieben Uhr abends, als Zorn auf der überfüllten Schnellstraße in Richtung Norden fuhr. Normalerweise war der Berufsverkehr um diese Zeit längst abgeklungen, doch jetzt waren viele Straßen wegen Überschwemmung gesperrt, ein Großteil des Verkehrs wurde hierher umgeleitet. So ging es nur stockend voran. Das Radio dudelte einen angestaubten Popsong aus den frühen Achtzigern.

Ein paar Mal hatte er vergeblich versucht, Henning Mahler auf dem Handy zu erreichen. Schließlich hatte er keine andere Möglichkeit gesehen, als ins Auto zu steigen und direkt in die Gartenstadt zu fahren. Schröder war auf dem Kirchturm geblieben, um die Spurensicherung einzuweisen.

Was Henning Mahler betraf, hatte Schröder Zweifel angemeldet.

Wahrscheinlich gab es Dutzende, wenn nicht Hunderte Menschen in der Stadt, deren Initialen *HM* waren, und sicherlich hatte er damit recht. Aber an diesem Montag war Claudius Zorn bereit, jedem noch so kleinen Hinweis nachzugehen, der auf der Suche nach Hannah Saborowski helfen konnte.

Im Radio lief jetzt ein Beitrag über den Mord an Staatsanwalt Sauer. Zorn drehte lauter und hörte ein Interview mit der Bürgermeisterin, die in gestelztem Kauderwelsch den »selbstlosen Einsatz der technischen Hilfskräfte« lobte und versicherte, dass es nur eine Frage der Zeit sei, bis man den Mörder gefasst haben werde. »Ich bin betroffen und fassungslos«, sagte sie und klang, als würde sie die Bedienungsanleitung einer Mikrowelle vorlesen. »Meine Gedanken sind bei den Angehörigen von Philipp Sauer, den ich persönlich geschätzt habe. Er war ein Mann, der dieser Stadt sehr große Dienste geleistet hat.«

Als sie hinzufügte, dass die besten und erfahrensten Ermittler der Polizei jede noch so kleine Spur verfolgten, lachte Zorn freudlos auf und schaltete das Radio aus.

Die besten und erfahrensten Ermittler, dachte er, blinkte und ordnete sich links ein, was für ein guter Witz. Aber dass wir ein paar Spuren haben, das stimmt immerhin. Wir wissen jetzt, dass Hannahs Verschwinden mit den Morden an Sigrun Bosch und Staatsanwalt Sauer zusammenhängt. Es kann kein Zufall sein, dass ein und dieselbe Buchstabenkombination an der Leiche von Sigrun Bosch und dort, wo Sauer ermordet wurde, gefunden wurde. Man müsste nur wissen, was das bedeutet.

SIVO

Wir hätten das besser prüfen müssen.

HANNAH

Alles hängt zusammen. Das muss die Verbindung sein, von der Keitel gesprochen hat.

Die Dämmerung lag über der Stadt wie ein verdrecktes Laken. Zorn schaltete das Licht ein, bremste ab und kam zum Stehen. Rechts von ihm donnerte eine S-Bahn in Richtung Norden. Er war jetzt in der Nähe des Zoos, hier wurde die Schnellstraße einspurig.

Warum bin ich so ruhig?, überlegte er, schob den Sitz zurück und streckte die Beine. Weil alles sinnlos ist? Weil ich weiß, dass ich zu spät komme? Dass ich Hannah nicht mehr helfen kann? Wird mir das alles zu viel?

»Allein schaff ich das nicht«, seufzte er leise, nahm das Handy und wählte Schröders Nummer. Der meldete sich nach dem ersten Klingeln.

»Chef?«

»Wie weit seid ihr?«

»Warte mal kurz.«

Er hörte, wie Schröder halblaut ein paar Anweisungen gab. Dann knallte eine Tür.

»Wo bist du?«, fragte Zorn.

»Auf dem Turm, im Treppenhaus.« Schröders Stimme hallte jetzt ein wenig nach. »Die Spurensicherung legt gerade die Kabel für die Scheinwerfer.«

»Und?«

»Ich weiß nicht, Chef. Es wird eine Weile dauern, bis wir wissen, ob die Zeichen tatsächlich frisch sind. Und ob sie etwas mit den Morden zu tun haben.«

»Darauf kannst du deinen Arsch verwetten.«

»Das tu ich ungern.«

»Würd ich an deiner Stelle auch.«

Sie schwiegen für ein paar Sekunden.

»Glaubst du wirklich, dass Mahler in die Sache verwickelt ist?«, fragte Schröder dann.

»Das weiß ich, wenn ich mit ihm gesprochen hab. Ich ruf dich an.«

»Okay.«

»Du fährst ins Präsidium und findest raus, was diese Buchstaben bedeuten.«

»Sivo?«

»Ja.«

»Es ist ein Name.«

»Mir ist klar, dass das kein Korkenzieher ist, Schröder.«

»Hahaha.«

»Wir müssen wissen, wer das ist. Und sieh nach, ob wir irgendetwas über Henning Mahler haben.«

»Das mach ich als Erstes, Chef. Ich lasse mir seine Akte raussuchen. Wenn es denn eine gibt.«

»Tu das. Und mach vor allem der beknackten Fahndung Beine«, sagte Zorn und legte auf.

*

Als er endlich die Waldstraße erreichte, war die Dunkelheit vollständig hereingebrochen. Er parkte direkt vor Mahlers Haus, stieg aus und trat als Erstes mit dem linken Bein in eine tiefe Pfütze. »Verdammt«, murmelte er und erinnerte sich, dass ihm bei seinem ersten Besuch genau dasselbe passiert war. Allerdings mit dem anderen Bein. Wie lange war das jetzt her? Zwei Wochen? Nicht ganz, aber fast. Es kam ihm vor, als seien inzwischen Ewigkeiten vergangen.

Das Haus lag still und verlassen da. Obwohl er wusste, dass es sinnlos war, drückte er auf den Messingknopf unter dem Namensschild. Wartete einen Moment. Klingelte erneut. Steckte die Hände in die Jackentasche und dachte nach. Dann öffnete er das niedrige Tor und ging den kurzen Weg durch den Garten zum Haus.

Er stellte sich auf die Zehenspitzen, schirmte die Augen mit den Händen ab und sah durch eines der Fenster ins dunkle Wohnzimmer. Drinnen erkannte er die schemenhaften Umrisse des Sofas, den Couchtisch und den großen Sessel gegenüber. In einer Ecke leuchtete die Digitalanzeige eines Weckers.

»Darf man fragen, was Sie da treiben?«

Auf der Straße stand ein älterer Herr und beugte sich über die Hecke. Zorn zögerte einen Moment, dann ging er zu ihm. »Darf man fragen, wer Sie sind?«

»Allerdings.« Der Alte hob einen Krückstock und wies auf das Nachbarhaus. »Ich wohne hier. Ich kenne Sie nicht und möchte gern wissen, was Sie hier zu suchen haben. Sie befinden sich auf einem Privatgrundstück.«

Er zeigte keinerlei Anzeichen von Angst oder Verunsicherung. Zorn schätzte ihn auf weit über siebzig. Trotz seines Alters hatte er eine tiefe, sonore Stimme. Wie jemand, der es gewohnt ist, vor vielen Menschen zu sprechen. Ein ehemaliger Bankdirektor vielleicht. Oder ein Theaterregisseur.

Zorn reichte seinen Ausweis über die Hecke. Der Alte nahm seine Brille ab und hielt ihn dicht vor die kurzsichtigen Augen. Betrachtete erst den Ausweis, dann Zorn, dann wieder den Ausweis.

»Polizei? Das wurde auch Zeit«, sagte er dann und gab das Dokument zurück.

Zorn steckte den Ausweis in die Innentasche seiner Jacke. »Zeit? Wieso?«

»Heute ist Montag.« Der Alte setzte die Brille wieder auf. »Am Freitag habe ich die Anzeige erstattet. Korrigieren Sie mich, aber meiner Meinung nach sind seitdem drei volle Tage vergangen. Arbeitet die Polizei heutzutage immer so schnell?«

»Welche Anzeige?«, fragte Zorn.

»Krähen.«

»Bitte?«

»Am Freitag«, erklärte der Alte und klang jetzt, als würde er mit einem Zwölfjährigen reden, »habe ich bei Ihnen angerufen und angezeigt, dass sich auf diesem Grundstück«, er deutete auf Mahlers Haus, »ungewöhnlich viele Krähen herumtreiben. Ich wohne jetzt seit fünfunddreißig Jahren hier und habe so etwas noch nie erlebt.«

Jetzt erinnerte sich Zorn. Schröder hatte den Anruf erhalten, als sie unterwegs zur Wohnung von Sigrun Bosch gewesen waren.

»Ich weiß«, sagte er. »Die Kollegen sind dabei, die Sache zu prüfen.«

Der Alte lachte auf. »Sehr gut, ihr haltet mich also für einen verkalkten Spinner.«

»Nein«, wehrte Zorn ab, »wir nehmen jeden Hinweis der Bevölkerung ernst, dazu sind wir ja da.« Was rede ich hier eigentlich für einen Mist?, dachte er und suchte in den Taschen nach seinen Zigaretten. Die lagen im Auto.

»Ich mag ja alt sein, aber hier«, der alte Mann pochte mit dem Zeigefinger an die Schläfe, »ist noch alles intakt. Ich bin nicht senil. Noch lange nicht. Und ich gehöre nicht zu den Menschen, die aus Langeweile die Polizei belästigen.«

»Das habe ich auch nicht behauptet.«

»Aber ich merke sofort, wenn man mich anlügt. Also, was wollen Sie?«

Zorn entschloss sich, die Wahrheit zu sagen. Wahrscheinlich hätte er als Nächstes sowieso in der Nachbarschaft fragen lassen.

»Ich suche Henning Mahler.«

»Henning?« Der Alte schien ehrlich verwundert.

»Ja«, nickte Zorn. »Wann haben Sie ihn zuletzt gesehen?«

»Hat er sich etwas zuschulden kommen lassen?«

»Beantworten Sie bitte die Frage.« Und nach kurzem Überlegen fügte Zorn hinzu: »Nein, ich glaube nicht, dass er etwas ausgefressen hat. Ich muss ihn nur dringend sprechen.«

»Er ist ein netter Junge.«

»Das bestreitet niemand. Die Frage ist, wann Sie ihn zuletzt gesehen haben«, wiederholte Zorn.

Der Alte dachte nach. »Letzten Donnerstag. Ich war spazieren. Als ich nach Hause kam, stand Henning am Fenster und hat mir zugewunken.«

»Können Sie sich an die Uhrzeit erinnern?«

»Ungefähr wie heute, es war fast dunkel. Gegen halb acht, würde ich sagen.«

»Haben Sie eine Ahnung, wo er jetzt sein könnte?«, fragte Zorn und dachte an Malina, die in einer halben Stunde bei ihm sein wollte.

»Natürlich, bei seiner Familie.«

Zorn horchte auf. »Wie meinen Sie das?«

»Henning hat erzählt, dass seine Frau mit den Zwillingen in Urlaub gefahren ist. Er hat nicht gesagt, wohin, aber ich denke, er ist hinterhergefahren und verbringt mit ihnen ein verlängertes Wochenende.«

Dass Mahler den Selbstmord seiner Frau verschwiegen und versucht hatte, ein normales Familienleben vorzugaukeln, war verständlich, überlegte Zorn. Er selbst hatte Mahler ebenfalls zuletzt am

Donnerstag gesehen, als dieser ihn vor dem Optiker angesprochen hatte. Auch das war mittlerweile vier Tage her.

»Sind Sie sicher, dass er seit Donnerstag nicht mehr in seiner Wohnung war?«

Der Alte sah ihn einen Moment an. »Darf man fragen, wie alt Sie sind, junger Mann?«

»Zweiundvierzig«, antwortete Zorn verwundert und erschrak, sobald er diese astronomische Zahl laut ausgesprochen hatte. »Warum fragen Sie?«

»In dreißig Jahren werden Sie verstehen, was ich meine. Wenn alle Welt glaubt, dass Sie nur noch dröge dahinvegetieren und nichts anderes zu tun haben, als Kreuzworträtsel zu lösen und Ihre Nachbarn zu beobachten. Glauben Sie mir, ich habe weiß Gott Besseres zu tun.«

Darauf wusste Zorn keine Antwort.

»Egal«, fuhr der alte Mann fort. »Ich muss jetzt schlafen. Auch das werden Sie später herausfinden. Dass man ständig müde ist.«

»Ich danke Ihnen für die Hilfe.«

Der Alte winkte ab und ging langsam davon.

»Wo haben Sie die Krähen eigentlich gesehen?«, rief ihm Zorn hinterher.

»Hinter dem Haus, im Garten.«

»Ich kümmere mich sofort darum.«

»Lassen Sie's von mir aus bleiben. Wenn noch was ist, ich bin nebenan.«

Zorn sah ihm einen Moment nach, dann wandte er sich um. Rechts führte ein Weg am Haus vorbei in den hinteren Teil des Gartens. Er überlegte, ob er die Zigaretten aus dem Auto holen solle, ließ es dann aber bleiben.

Kurz darauf stand er hinter dem Haus. Die Hecke war hier deutlich höher, von der Straße aus war es unmöglich, den Garten einzusehen. Eine Laterne warf einen schmalen Streifen Licht über den abschüssigen, gepflegten Rasen. Links von ihm befand sich eine überdachte Terrasse, er erkannte mehrere Stühle, die schräg an einem Tisch lehnten.

Hier haben sie im Sommer gesessen und den Kindern beim Spielen zugesehen, dachte er und betrat den Rasen. An der Hauswand stand ein großer Grill, daneben lehnten ein Spaten, ein großer Vorschlaghammer und mehrere Harken.

Der untere Teil des Grundstücks lag im Schatten, er sah das Dach des angrenzenden Hauses und davor, in einer Entfernung von vielleicht zwanzig Metern, die Umrisse eines knorrigen, dicht belaubten Baumes. Langsam lief er darauf zu. Als er nah genug war, erkannte er, dass der Baum vollständig kahl war.

Das war kein Laub.

Im Geäst drängten sich Hunderte große, schwarze Vögel. Krähen. Die äußeren, dünnen Zweige bogen sich unter ihrer Last. Dicht an dicht saßen sie da, reglos, manche schienen zu schlafen, andere starrten ausdruckslos auf Hauptkommissar Claudius Zorn hinab. Als würden sie auf etwas warten.

Was soll der Quatsch?, überlegte er verwirrt. Wo bin ich hier? Bei Hitchcock?

*

»Ich habe die Aufzeichnungen von Sigrun Bosch gelesen. Wir sollten schnellstens miteinander reden, Herr Kommissar.«

Zorn wusste nicht, wie lange er dagestanden und mit offenem Mund auf die Vögel gestarrt hatte. Es hatte eine Weile gedauert, bis er das Klingeln seines Handys registriert und verstanden hatte, was der Psychologe von ihm wollte.

»Wenn ich ehrlich sein soll, ist es im Moment sehr ungünstig, Doktor Keitel.«

Es regnete wieder, dicke Tropfen klatschten auf den Rasen. Er hatte unter dem Terrassendach Schutz gesucht und lehnte mit dem Rücken an der Hauswand.

»Es gibt da eine Stelle, die mir aufgefallen ist«, sagte Keitel. Zorn hatte kaum Empfang, immer wieder setzte die Verbindung aus. Er wischte sich das nasse Haar aus der Stirn und versuchte, sich zu konzentrieren. »Können wir uns morgen früh treffen?«

»Gern.«

»Gut, ich melde mich bei Ihnen«, sagte Zorn und wollte sich verabschieden, dann fiel ihm noch etwas ein. »Das ist jetzt vielleicht eine blöde Frage, aber können Sie mir sagen, was Sie über Krähen wissen?

»Krähen?«

»Ja.«

»Das ist nicht unbedingt eine blöde Frage. Eher ungewöhnlich.«

Der Baum war von hier aus nur schemenhaft zu erkennen. Die Krähen sah Zorn von hier aus nicht, doch er wusste, dass sie da waren. Es roch nach nassem, frisch gemähtem Gras. Und nach Erde.

»Ich bin kein Ornithologe«, sagte Keitel am anderen Ende. Er klang ein wenig verwundert. »Aber man sagt, dass Krähen äußerst intelligente Tiere sind. Früher galten sie als Unglücksboten, soweit ich weiß. Und sie sind …« Der Rest ging in statischem Rauschen unter.

»Herr Keitel? Ich verstehe Sie kaum«, rief Zorn und drückte das Handy ans Ohr. »Was sagten Sie?«

Nebenan wurde Licht eingeschaltet. Es stammte aus dem Haus des alten Mannes, das direkt an Mahlers Grundstück grenzte. Ein Fenster wurde angekippt, uralte Schlagermusik aus den dreißiger oder vierziger Jahren drang leise herüber. Zorn sah, wie sich der Alte mit müden Bewegungen in der Küche zu schaffen machte. Ein schmaler Lichtstreifen fiel schräg in den Garten, der Rasen glänzte im Regen.

»Aasfresser.«

»Können Sie das wiederholen?«

»Ich sagte, dass Krähen Aasfresser sind. Nicht ausschließlich, aber …«

Diesmal brach die Leitung endgültig zusammen. Das Besetztzeichen ertönte, Zorn schimpfte leise und stopfte das Handy in die Jacke. Nahm sich einen der Stühle und setzte sich an die Hauswand. Ich sollte ins Präsidium fahren, überlegte er, und sehen, was die Suche nach Hannah macht. Oder nach Hause, Malina wartet wahrscheinlich schon.

Langsam wurde ihm kalt. Sein linker Fuß war bis hinauf zur Wade durchnässt. Fröstelnd verschränkte er die Arme vor der Brust. Nebenan ging das Licht aus, einen Moment später wurde es in einem anderen Zimmer eingeschaltet. Wahrscheinlich im Bad. Nun drang das Licht weiter hinten in den Garten, fast bis an den Fuß des Baumes. Die Krähen waren auch jetzt nicht zu erkennen, sie saßen weiter oben, im Schatten.

Und warteten.

*

Der dicke Schröder war äußerst schlechter Laune. Er saß allein in der Kantine und kaute lustlos an einer lauwarmen Bockwurst. Den ganzen Tag hatte er so gut wie nichts gegessen und gehofft, hier wenigstens ein ordentliches Abendbrot zu bekommen. Ein Blick über den leergefegten Tresen hatte ihn schnell eines Besseren belehrt.

Vor ihm lag ein eng beschriebenes Blatt mit allem, was über Henning Mahler zu finden gewesen war. Das war nicht viel. Mahler war weder vorbestraft, noch hatte er sich sonst etwas zuschulden kommen lassen, es gab keinerlei Eintrag im Polizeicomputer. Auf dem Papier standen ausschließlich allgemeine Angaben.

Adresse, Familienstand, Geburtsdatum, Verwandtschaftsverhältnisse.

Schröder stutzte und nahm das Blatt in die Hand.

Hier stand, dass Mahler keine Geschwister hatte.

Er trank einen Schluck Cola, streckte den Rücken und strich das dünne Haar hinter die Ohren. Nachdenklich trommelte er mit den Fingern auf den Tisch. Zorn hatte ihm erzählt, dass Mahler eine Schwester habe.

»Man weiß doch, ob man eine Schwester hat oder nicht«, murmelte er, bedachte die halbe Wurst mit einem angewiderten Blick und warf sie zurück auf den Teller. Dann machte er sich auf in sein Büro.

*

Das war der Grund, der Zorn zögern ließ: Das Gefühl, dass die Tiere nicht zufällig hier waren. Er konnte sich nicht erinnern, wo genau er davon gehört hatte, womöglich hatte er es im Fernsehen gesehen, in einer Quizshow vielleicht: Im Mittelalter galten sie als Todesboten.

Metaphysischer Quark, murmelte er und stand auf. Warf einen letzten Blick in den Garten und machte Anstalten, zum Auto zu gehen. Dann zögerte er. Kniff die Augen zusammen und sah genauer hin. Er war nicht sicher, also trat er ein paar Schritte näher.

Die Musik aus dem Haus des alten Mannes wurde jetzt deutlicher.

Ich weiß, es wird einmal ein Wunder geschehn, und dann werden tausend Märchen wahr.

War das Greta Garbo?, überlegte er, als er über den Rasen lief. Oder Zarah Leander?

Am Fuße des Baumes war der Rasen abgesackt und bildete eine gleichmäßige Vertiefung. Im Licht aus dem Nachbarhaus war sie deutlich zu erkennen. Rechteckig, vielleicht zwei Meter lang und gut einen halben breit. Das Gras an den Rändern war sorgfältig mit einem Spaten abgestochen worden.

Ich weiß, so schnell kann keine Liebe vergehn, die so groß ist und so wunderbar.

Er sah nach oben. Die Vögel saßen bewegungslos da.

Todesboten.

Jemand hatte hier gegraben. Er strich mit den Fingern über die frische Erde. Sah zurück zum Haus, dachte an den Spaten, der dort an der Wand lehnte. Über ihm ertönte ein leises Krächzen.

Aasfresser.

Das kann nicht sein, dachte er. Lief zur Terrasse und holte den Spaten. Als er zurückkam, war er bis auf die Haut durchnässt. Im Baum war ein Rascheln zu hören, die Vögel wurden unruhig.

»Ihr könnt mich mal«, sagte Zorn laut, hob den Spaten und hieb die flache Seite mit aller Kraft gegen den Stamm. Wie auf Kommando flogen die Tiere auf und verschwanden in der Dunkelheit. Ein Windstoß fuhr Zorn ins Gesicht.

Dann begann er zu graben.

*

Am anderen, südlichen Ende der Stadt hielt ein silbergrauer Mercedes an einer Ampel neben der ehemaligen Kaserne der Bereitschaftspolizei. Der Wagen war alt, mindestens zehn Jahre, aber gut gepflegt. Ein Kombi, der aussah, als habe er soeben erst das Fließband verlassen. Aus einer teuren Stereoanlage drang leise klassische Musik. Mozart.

Leise pfiff der Fahrer vor sich hin und trommelte mit den Fingern im Takt auf das Lenkrad.

*

Die Erde war locker. Schon nach wenigen Minuten hatte Zorn eine Tiefe von dreißig Zentimetern erreicht. Plötzlich stieß er auf Widerstand. Etwas Weiches, Elastisches.

Aus dem Nachbarhaus schluchzten die Geigen herüber.

Wir haben beide denselben Stern, und dein Schicksal ist auch meins!

Er warf den Spaten weg und nahm die Hände zu Hilfe. Schob die Erde beiseite und legte ein Stück Stoff frei.

Du bist mir fern, und doch nicht fern.

Ein Sack oder etwas Ähnliches. Möglicherweise auch ein Bettlaken.

Und unsre Seelen sind eins.

Mit einem Mal kam der Gestank. Urplötzlich, wie ein unerwarteter Schlag ins Gesicht. Hüllte ihn ein, als würde ihm ein alter, vermoderter Scheuerlappen über Mund und Nase gelegt. Er würgte, fuhr zurück und wischte sich den Schweiß aus der Stirn.

Eine Katze, dachte er und griff nach dem Stoff. Sie haben bestimmt nur ihre Katze begraben. Das nasse Leinen riss mit einem hässlichen, unangenehmen Laut. Der Geruch wurde schlimmer. Infernalisch. Hennings Frau, grübelte Zorn, sie muss eine Katze gehabt haben, bestimmt hing das Tier sehr an ihr, und, wer weiß, man hat schon so was gehört, die Katze könnte vor Gram gestorben sein, als Clara Mahler plötzlich nicht mehr da war.

Er schloss für einen Moment die Augen. Bitte, lieber Gott, lass es eine Katze sein. Oder von mir aus auch einen Hund.

Doch es war wie so oft. Vielleicht hatte Gott keine Zeit, oder einfach nur keine Lust? Zorns Stoßgebet jedenfalls verpuffte wirkungslos im Äther.

Das war weder ein Hund noch eine Katze.

Und darum wird einmal ein Wunder geschehn.

Aber auch nicht das, was Zorn befürchtet hatte.

Und ich weiß, dass wir uns wiedersehn.

Hannah Saborowski hatte rötliches Haar. Das, was da durch den Riss schimmerte, war hellblond. Aber es gehörte eindeutig zu einem Menschen.

Aus weiter Ferne hörte Zorn, wie das Fenster zugeklappt wurde, plötzlich war es still im Garten. Totenstill. Er spürte, wie die Übelkeit wiederkam, erhob sich und stand mit weichen Knien über dem Grab. Sosehr er sich auch anstrengte, er konnte nicht denken, sein Kopf war leer wie eine hohle Nuss. Einen Moment widerstand er dem Drang, einfach davonzulaufen. Dann gab er auf und wankte zu seinem Auto. Um nichts in der Welt wollte er sehen, wer dort begraben lag.

Was ist mit mir?, überlegte er, während er mit zitternden Fingern nach den Autoschlüsseln suchte. Werde ich alt? Nein, ich bin einfach nicht für diesen Job gemacht. Oder nicht cool genug? Der dicke Schröder würde das hier locker wegstecken.

Schließlich gelang es Zorn, den Volvo zu öffnen. Hastig griff er nach den Zigaretten, die erste fiel ihm aus den lehmverschmierten Händen, er benötigte drei Versuche, bis er es endlich geschafft hatte, ein Streichholz anzuzünden.

Er inhalierte tief, als wäre dies die letzte Zigarette in seinem Leben. Nach den ersten Zügen wurde er ruhiger, das Nikotin tat seine Wirkung. Es gelang ihm, seine Gedanken halbwegs zu ordnen. Dann rief er Schröder an.

»Schnapp dir ein Kommando und komm in die Waldstraße.«

»Chef, es ist halb neun, alle verfügbaren Leute sind unterwegs und –«

»Waldstraße, Schröder. Sofort.«

»Was ist passiert?« Schröder klang besorgt.

»Das erzähl ich dir, wenn du hier bist.«

»Ist alles okay mit dir?«

»Ja. Komm einfach her. Und wir brauchen den Ornithologen.«

»Wie bitte?«

»Quatsch, den … den Pathologen«, korrigierte sich Zorn und atmete tief durch. Er fühlte sich jetzt besser. Bevor Schröder etwas erwidern konnte, fügte er hinzu: »Ich weiß, wie spät es ist. Aber glaub mir, wenn er hier in zehn Minuten nicht aufgetaucht ist, fahre ich persönlich vorbei und hole ihn aus dem Bett.«

»Ich werd's ihm ausrichten, Chef.«

*

Als die Ampel auf Grün schaltete, setzte er den Mercedes langsam in Bewegung und fuhr in Richtung Zentrum. Den Mozart drehte er lauter, nur ein bisschen. Einige Minuten später passierte er das neue Justizzentrum, sah vorschriftsmäßig in den Rückspiegel, fädelte in den Kreisverkehr ein und nahm die Ausfahrt zum Bahnhof.

Langsam schaukelte der große, graue Koffer im Heck des Wagens hin und her.

*

»Es handelt sich um einen Jungen. Zehn, vielleicht elf Jahre alt. So genau kann ich das auf den ersten Blick nicht sagen.«

Der Gerichtsmediziner, ein untersetzter Mann mit schütterem Haar und bedächtiger Stimme, war nach einer halben Stunde erschienen. Zorn kannte ihn nicht, wahrscheinlich arbeitete er erst seit kurzem in der Pathologie.

»Wie lange hat er dort gelegen?«, fragte Zorn.

»Das kann ich Ihnen morgen sagen, nach der Obduktion.«

»Ich brauche eine ungefähre Zeit. Zwei Tage? Zwei Wochen? Zwei Monate?«

Der Gerichtsmediziner überlegte. »Nach dem Grad der Verwesung würde ich eher auf zwei, drei Wochen tippen. Aber nageln Sie mich nicht darauf fest. Ich muss einige Untersuchungen anstellen.«

Sie standen unter dem Vordach auf der Terrasse. Unten im Garten waren Scheinwerfer aufgebaut, vier Männer in weißen Schutzanzügen waren damit beschäftigt, die Spuren zu sichern. Schröder stand daneben, er trug Gummistiefel und ein quietschgelbes Regencape, dessen spitze Kapuze ihm tief in die Stirn hing. Von weitem sah er aus wie ein vergessener Gartenzwerg.

»Ich danke Ihnen«, sagte Zorn.

Der Pathologe nickte und ging hinunter in den Garten. Schröder kam näher, in der Hand hielt er zwei Plastikbecher mit Kaffee.

»Auch einen?«

Zorn schüttelte den Kopf.

»Einer der Männer hat erzählt«, Schröder deutete mit dem Becher in den Garten, »dass es vor ein paar Jahren einen ähnlichen Fall gegeben haben soll.«

»Was für einen Fall?«

»Mit den Krähen, Chef. Ein junger Mann hatte seine Eltern erschlagen, zerstückelt und im Garten verscharrt.«

»Lass mich raten: Das Ganze wurde nur wegen dieser Mistviecher aufgeklärt.«

»Mit dem Unterschied, dass sie nicht auf einem Baum, sondern auf einem Strommast saßen.«

Zorn blickte hoch in den nachtschwarzen Himmel. Er war sicher, dass die Vögel da oben irgendwo kreisten. »Es ist der Geruch von totem Fleisch, der sie anzieht.«

»So wird es wohl sein.« Schröder schob die Kapuze aus der Stirn. »Aber das konnte niemand ahnen, als wir die Anzeige bekommen haben.«

Zorn zuckte die Achseln. »Wahrscheinlich nicht. Trotzdem hab ich das Gefühl, dass wir einen Fehler nach dem anderen machen.«

Schröder wandte sich dem hell erleuchteten Garten zu. Die Männer waren dabei, die Leiche in einen grauen Plastiksack zu verfrachten. Der Gerichtsmediziner stand daneben und gab halblaut ein paar Anweisungen.

»Glaubst du auch, dass wir Henning Mahlers Sohn gefunden haben, Chef?«

»Ja.« Zorn schwieg einen Moment. Er sehnte sich nach seinem warmen Bett. »Ja, das glaube ich«, wiederholte er dann. »Tom heißt der Junge. Er ist nicht mal zehn Jahre alt geworden. Hast du eine Ahnung, was das bedeutet?«

Schröder trank einen Schluck Kaffee und verzog angewidert das Gesicht. »Nein, Chef.«

»Henning sagte, der Junge ist bei seiner Schwester.«

»Er hat keine.«

»Keine was?«

»Mahler hat keine Schwester.«

Zorn sah Schröder überrascht an. »Bist du sicher?«

»Ja, Chef.«

»Und warum hat er mich angelogen?«

»Weil er den Mord an seinem Sohn vertuschen wollte?«

Über ihnen erscholl ein lautes Krächzen. Erst weit entfernt, dann langsam näher kommend. Automatisch zählte Zorn mit. Nach dem siebten Mal verstummte die Krähe. Komisch, überlegte er, wieso zähle ich immer mit? Bei Glockenschlägen ist es genauso, da rechne ich auch immer nach.

»Ich glaub, ich werd langsam verrückt«, murmelte er.

»Was sagst du?«

»Nichts.« Zorn räusperte sich laut. »Lass Henning Mahler zur Fahndung ausschreiben.«

»Ist bereits passiert.«

»Und überprüf die Tochter. Sie heißt Ella. Henning sagte, dass sie im Krankenhaus liegt. Wer weiß, ob das stimmt. Wenn ja, dann überwachen wir das Mädchen. Er liebt seine Familie über alles.« Er deutete mit dem Kinn auf das Haus. »Und lass diese Hütte auf den Kopf stellen. Komplett.«

Der Gerichtsmediziner kam näher, nickte Schröder zu und sagte leise: »Der Junge wurde erdrosselt. Den Rest lesen Sie morgen in meinem Bericht.« Er gab beiden die Hand und verschwand um die Ecke.

»Hast du jemals gehört, dass ein Vater sein eigenes Kind erwürgt und dann im Garten verscharrt?«, fragte Zorn.

Schröder schüttelte den Kopf. »Nein, nicht hier, nicht in dieser Gegend. Aber ich bin sicher, dass es schon tausendfach passiert ist.« Er sah Zorn an. »Du willst wirklich keinen Kaffee?«

»Bloß nicht. Ich geh jetzt ein paar Stunden schlafen. Ich lass das Handy an. Weck mich, wenn's was Neues wegen Hannah gibt.«

»Natürlich.«

»Sonst noch was?«

»Nein.« Schröder gähnte. »Außer, dass ich seit sechzehn Stunden auf den Beinen bin.«

»Du schläfst erst, wenn wir den Fall gelöst haben.«

»Das kann noch eine Weile dauern.«

»Dann«, sagte Zorn und klopfte Schröder auf die Schulter, »solltest du dich vielleicht ein bisschen anstrengen, mein Lieber.«

Sprach's und stiefelte davon.

*

Als Zorn endlich zu Hause aus dem Fahrstuhl stieg, konnte er sich kaum noch auf den Beinen halten. Die Plastiktüte am Knauf seiner Wohnungstür bemerkte er erst, als er den Schlüssel ins Schloss stecken wollte.

Er wusste sofort, was darin war. Müde schlich er in die Küche, stellte das Sushi auf den Tisch und ließ sich mit einem Seufzer auf den Stuhl sinken. Malina hatte etwas mit Kugelschreiber auf die Packung geschrieben.

Nichts wird so heiß gegessen, wie's gekocht wird. Außer Sushi, das isst man kalt. Aber das weißt du ja bestimmt, oder?

Nee, das weiß ich nicht, dachte er, stand auf und stopfte die Tüte in den Kühlschrank. Es ist mir aber auch egal. Ich mag weder Fisch noch klebrigen Reis. Erst recht nicht, wenn das Zeug kalt ist.

Er sah auf die Uhr über der Spüle. Gleich Mitternacht. Überlegte kurz, ob er Malina anrufen sollte, ihre Nummer hatte er ja nun im Handy. Ließ es dann aber bleiben, er hatte einfach keine Ahnung, was er ihr sagen sollte. War es eine gute Entschuldigung, wenn er ihr erklärte, dass er in einem Garten voller Krähenscheiße einen halbverwesten, erdrosselten Jungen hatte ausgraben müssen? Wahrscheinlich nicht, dachte er und rieb sich die juckenden Augen. Egal, ich will mir jetzt nicht mehr den Kopf zerbrechen, über gar nichts. Denken kann ich morgen wieder. Ich will nur noch ins Bett, wenn ich nicht gleich aufstehe, schlafe ich hier am Tisch ein.

Er schlurfte ins Schlafzimmer und ließ sich rücklings aufs Bett fallen. Blieb einen Moment mit geschlossenen Augen liegen. Setzte sich dann noch einmal auf, um wenigstens Jeans und Schuhe auszuziehen.

Hätte das Telefon in seiner Hosentasche eine Minute später vibriert, wäre es ihm entgangen, so aber sah er nach und stellte fest, dass er eine SMS bekommen hatte.

Lust auf einen kleinen Ausflug? Bin am Bahnhof, erwarte Dich auf Gleis 8

Jetzt war Claudius Zorn wieder wach.

Hellwach.

Die Nachricht war von Hannah.

Achtzehn

»Was meinst du? Sollen wir ihn aufmachen?«

»Was sonst? Willst du vielleicht warten, bis er von allein aufgeht?«

Die Stimmen der beiden Männer in den unförmigen Schutzanzügen drangen gedämpft unter den Helmen hervor. Es war das dritte Mal innerhalb einer Woche, dass sie wegen Bombenalarms hatten ausrücken müssen. Zuerst waren sie zum Flughafen gerufen worden, zwei Tage später ins Straßenbahndepot an der alten Schlachterei. Jedes Mal hatte sich der Verdacht als falsch erwiesen. Keine Bomben, sondern einfach nur vergessene Gepäckstücke, die im Fundbüro besser aufgehoben waren als beim Sprengkommando der Bundespolizei.

Der eine erhob sich unbeholfen und sah zur Uhr auf dem Bahnsteig. Siebzehn Minuten nach Mitternacht. 22 Uhr 48 hatte der letzte

Zug den Bahnsteig in Richtung Landeshauptstadt verlassen. Kurz darauf hatte eine Bahnstreife neben dem Snackautomaten einen Koffer entdeckt und sofort die Bundespolizei alarmiert. Diese wiederum hatte den Bahnsteig abgesperrt, und jetzt, nachdem weder die Hunde noch die Scanner ein Zeichen auf Sprengstoff gegeben hatten, entspannte sich die Lage allmählich.

Ein kalter Windstoß fuhr über den verlassenen Bahnsteig. Der nächste Zug würde erst gegen fünf Uhr morgens fahren. Das Funkgerät knackte. Der, der eben aufgestanden war, sprach mit dem Einsatzleiter. Dann wandte er sich an seinen Kollegen, der immer noch vor dem Koffer kniete. »Okay, lass uns das hinter uns bringen, sonst kommen wir ja nie nach Hause.«

Der andere drehte schwerfällig den Kopf. »Was denkst du, ist diesmal drin?«

»Ich tippe auf dreckige Socken und ein paar Schlüpfer.«

»Oder alte Pornohefte.«

»Das ist Wunschdenken, mein Lieber. Mach dir bloß keine Hoffnungen.«

Sie hatten die Absperrung am Fuße einer Treppe errichtet, die hinauf zum Bahnsteig führte. Von dort war jetzt lautes Stimmengewirr zu hören. Jemand schrie, er sei Kommissar und müsse unbedingt durch.

Wieder knackte das Funkgerät, der Stehende lauschte einen Moment.

»Was ist da los?«, fragte der andere.

»Ein Typ von der örtlichen Polizei. Behauptet, dass wir nichts anfassen dürfen, bevor er den Koffer nicht untersucht hat.«

Unten in der Halle wurde der Tumult lauter.

»Was sagt der Einsatzleiter?«

»Nichts. Wir sollen weitermachen.«

»Gut.« Der Kniende begann vorsichtig, die Schlösser zu öffnen. »Mal sehn, was wir da Schönes haben.« Er hieß Edgar Bethmann, war einundfünfzig Jahre alt und hatte bis zu diesem Moment eigentlich vorgehabt, seinen Job noch ein paar Jahre weiterzumachen.

Das, was er dann zu sehen bekam, änderte alles.

Die folgenden Wochen verbrachte Edgar Bethmann in einer Nervenklinik, danach wurde er in den Innendienst versetzt. Drei Monate später ging er in Frühpension. Doch die Albträume würden ihn nie mehr verlassen. Genauso, wie ihn der Anblick eines geschlossenen Koffers für den Rest seines Lebens in Panik versetzen sollte.

*

»Was hast du dir eigentlich dabei gedacht, Chef?«

»Fängst du jetzt auch noch an? Verdammt nochmal, Schröder! Ich stand am Bahnhof vor einer bescheuerten Absperrung, und diese Typen von der Bundespolizei hatten nichts Besseres zu tun, als von einer Bombe zu faseln und mich nicht durchzulassen!«

Zorn war knallrot im Gesicht. Er war völlig außer sich gewesen, als er am Bahnhof ankam. Immerhin hatte er noch die Klarheit besessen, Schröder anzurufen, der zehn Minuten nach ihm eingetroffen war. Es war jetzt sieben Uhr morgens, beide hatten vergeblich versucht, ein paar Stunden zu schlafen. Bleich und übernächtigt saßen sie in Zorns Büro, vor sich einen Becher mit lauwarmem, abgestandenem Kaffee.

»Es hätte eine sein können.«

»Eine Bombe?«

»Ja.«

»Ich wusste, dass es Hannah war.«

»Das konntest du nicht wissen.«

Zorn rieb sich die entzündeten Augen.

»Ich wusste auch, dass die Nachricht nicht von ihr war«, sagte er leise. »Dass der Typ, der sie umgebracht hat, mich dorthin gerufen hat. Damit ich sie dort finde. Das war mir klar, als ich von dem Koffer gehört habe.« Er zwinkerte und wischte sich erneut über das Gesicht.

»Weinst du, Chef?«

»Quatsch, ich hab was im Auge.«

Schröder zupfte eine Fussel vom Ärmel seines karierten Hemdes.

»Ich hab sie auch sehr gemocht«, sagte er nach einer Weile.

Nach und nach war Zorn klargeworden, dass er am Bahnhof so

etwas wie einen Nervenzusammenbruch gehabt haben musste, einen Blackout, dessen Folgen er noch immer spürte. Er fühlte sich, als würde er unter Drogen stehen, was natürlich auch am Schlafmangel liegen konnte. Vor allem aber lag es an der Gewissheit, dass Hannah tot war. Er atmete tief ein.

»Jetzt liegt sie in der Pathologie.«

Schröder räusperte sich und meinte dann: »Auch das kannst du nicht mit Sicherheit wissen. Es kann jemand anders sein.«

Zorn sah ihn an, als hätte er einen Viertklässler vor sich. »Ich bekomme eine SMS von Hannahs Handy und werde zum Bahnhof bestellt«, sagte er und drückte seine Zigarette aus. »Genauer gesagt, auf Bahnsteig acht, der um diese Zeit so gut wie verlassen ist. Dort findet man in einem Koffer eine zerstückelte Frauenleiche mit langem, rötlichem Haar. Scheiße, was glaubst du, wer das ist? Frau Holle?«

Bevor Schröder etwas erwidern konnte, wurde die Tür aufgerissen und eine große, brünette Frau stand in der Tür.

»Hauptkommissar Zorn, wenn ich nicht irre?«

Sie trug drei dicke Aktenordner im Arm, die sie bis unter das Kinn gestapelt hatte. Zorn schätzte sie auf Mitte zwanzig. »Allerdings«, meinte er verdattert. »Und wer sind Sie?«

»Sie haben einen Beamten der Bundespolizei verprügelt?«, erwiderte sie, ohne auf seine Frage einzugehen.

»Nicht ganz«, korrigierte Zorn. »Er hat mir den Zugang zum Fundort verwehrt. Daraufhin habe ich ihm Schläge angeboten. Mein Kollege hier«, er deutete auf Schröder, »war so freundlich, mich davon abzuhalten.«

»Angenehm«, sagte Schröder und erhob sich ein wenig.

»Ich erwarte Sie beide in zehn Minuten in meinem Büro.«

Mit einem Knall fiel die Tür ins Schloss, um kurz darauf noch einmal geöffnet zu werden. »Eine Etage höher. Zimmer 312. Sie können es nicht verfehlen, mein Name steht dran. Frieda Borck.«

Zorn und Schröder sahen sie verständnislos an.

»Ich bin die Nachfolgerin von Staatsanwalt Sauer.«

Die Aktenordner schwankten bedenklich unter ihrem Kinn. Schröder sprang auf und wollte ihr behilflich sein.

»Danke, ich komme zurecht«, wehrte sie ab.

»Sehr wohl«, meinte Schröder mit einer leichten Verbeugung.

Sie schob die Unterlippe vor und musterte ihn einen Moment von Kopf bis Fuß.

»Also, in zehn Minuten.«

Frieda Borck wandte sich zum Gehen. Dann drehte sie sich noch einmal um: »Und lüften Sie diesen Saustall, meine Herren.«

*

»Wie kann die bitte in diesem Alter schon Staatsanwältin sein? Ich verstehe nicht, wieso man uns bei einem solchen Fall einen Anfänger schickt«, knurrte Zorn. »Die ist doch noch ein Küken.« Er hatte darauf bestanden, mindestens eine Viertelstunde zu warten, bevor sie losgingen.

»Keine Ahnung, Chef. Vielleicht ist sie ja gut?« Schröder hob die Hand, um anzuklopfen.

»Warte einen Moment.«

Zorn schloss die Augen und versuchte, sich zu konzentrieren. Er würde das alles in einer Viertelstunde hinter sich bringen, eine Weile den abgeklärten Ermittler spielen, den nichts und niemand aus der Ruhe bringt. Danach hatte er Zeit, wieder an Hannah zu denken. Jetzt musste sie ein wenig warten.

Dann traten sie ein.

Das Erste, was Zorn auffiel, war, dass Frieda Borcks Büro nur unwesentlich größer war als sein eigenes. Das Zweite war die Unordnung. Überall lagen Akten verstreut, auf dem Schreibtisch türmte sich ein Berg juristischer Zeitschriften, dicke Fachbücher stapelten sich auf dem Boden.

Das Dritte war Frieda Borck selbst.

Sie war keine klassische Schönheit im eigentlichen Sinn. Mund, Nase und Augen schienen ein wenig zu groß für das schmale Gesicht mit den hohen Wangenknochen. Als sie aufstand und den beiden entgegenkam, hatte es den Anschein, als gehöre sie eher auf den Laufsteg als in die trostlosen Flure des Polizeipräsidiums. Sie trug ein graues, hochgeschlossenes Kostüm mit einer weißen Bluse, dazu eine altmodische Kette aus dunklen Perlen, die sie dreimal um den Hals geschlungen hatte. Das dunkle, widerspenstige Haar war mit einem weißen Band zurückgebunden.

Wenn sie andere Klamotten anhätte, würde sie phantastisch aussehen, überlegte Zorn und hätte sich im selben Moment am liebsten geohrfeigt. Dieser Gedanke war ihm innerhalb einer Zehntelsekunde durch den Kopf geschossen, ohne dass er sich dagegen wehren konnte.

»Also meine Herren«, sagte sie und rückte zwei Stühle vor ihrem Schreibtisch zurecht. Zorn schob mit dem Fuß einen Umzugskarton beiseite und setzte sich, Schröder folgte seinem Beispiel.

»Ich will ehrlich zu Ihnen sein«, begann Frieda Borck. »Vor vierundzwanzig Stunden hatte ich noch keine Ahnung, dass ich heute hier sitzen würde. Ich habe bisher keine Zeit gehabt, mich in den Fall einzuarbeiten, Sie sehen ja selbst«, sie zeigte auf das Chaos im Zimmer, »ich bin noch nicht mal dazu gekommen, mich hier einzurichten. Mir ist klar, dass die Situation für Sie genauso ungewöhnlich ist wie für mich. Und bevor wir anfangen, möchte ich noch eines klarstellen.« Sie sah Zorn direkt in die Augen. »Dies ist mein erster offizieller Fall. Ich habe keinerlei praktische Erfahrung, aber ich werde diesen Job gut machen. Und dazu brauche ich Ihre Hilfe.« Sie lehnte sich zurück und verschränkte die Arme vor der Brust. »Wahrscheinlich halten Sie mich für ein unerfahrenes Huhn.«

Nee, dachte Zorn. Küken.

»Was nicht weiter verwunderlich wäre«, fuhr sie fort. »Sie machen Ihren Job seit Jahren, jetzt komme ich und soll Ihnen sagen, was Sie zu tun haben. Ich kann verstehen, dass Sie damit Probleme haben. Schließlich könnten Sie mein Vater sein.«

»Haha, das glaub ich nicht«, lachte Zorn und versuchte sich in einem jugendlichen Grinsen. Zögerte und rechnete nach. Scheiße, sie hat recht, dachte er und kratzte sich am Kopf.

»Apropos«, sagte sie und spielte an ihrer Halskette, »Sie werden es sowieso bald erfahren, deswegen teile ich es Ihnen lieber gleich mit: Mein Vater ist Richter am Oberlandesgericht.«

»Ist das denn wichtig?«, fragte Schröder und sah sie erstaunt an.

»Ich denke schon. Viele werden sagen, dass ich hier bin, weil ich Beziehungen in die höchsten Etagen habe. Mein Vater hat damit nichts zu tun.«

Wer's glaubt, wird selig, dachte Zorn, schlug die Beine übereinander und lächelte höflich.

»Ich habe diesen Job, weil ich Jahrgangsbeste bin. Nur deshalb. Und ich werde ihn nicht vermasseln. Das funktioniert nur, wenn wir zusammenarbeiten.«

Widerwillig musste Zorn sich eingestehen, dass ihre Direktheit ihn beeindruckte. Sie war unerfahren, das gab sie ohne Umschweife zu. Und sie schien ehrlich zu sein.

Frieda Borck schob ein paar Papiere zur Seite und räusperte sich. »So, das war der erste Teil. Kommen wir zum zweiten. Der ist ebenso unangenehm, aber ich muss Sie das fragen.« Wieder sah sie Zorn an. »Glauben Sie, dass Sie dieser Aufgabe gewachsen sind, Herr Hauptkommissar?«

Zorn hielt ihrem Blick stand.

»Nein.«

Sie hob die Augenbrauen.

»Sehen Sie«, sagte Zorn und schob seinen Stuhl ein wenig zurück. »Diese Stadt hat über zweihunderttausend Einwohner und ist doch nicht mehr als ein kleines, verschlafenes Provinznest.«

Frieda Borck wollte etwas sagen, doch Zorn hielt sie mit einer Handbewegung zurück. »Sind Sie hier geboren?«

Sie schüttelte den Kopf.

»Die Leute hier sind träge, Frau Borck. Ich nehme mich da nicht aus. Die meisten wollen nur ihre Ruhe, und wenn man nachts durch die Straßen läuft, könnte man denken, dass die Bürgersteige nur deshalb nicht hochgeklappt werden, weil die Menschen einfach nur zu faul dazu sind.«

»Jetzt übertreiben Sie, Herr Hauptkommissar.«

»Wahrscheinlich«, nickte Zorn. Plötzlich hatte er das Gefühl, jeden Moment von seinem Stuhl zu kippen. Die Fassade des gleichmütigen, beherrschten Ermittlers begann zu bröckeln, er gab sich einen Ruck, richtete sich ein wenig auf und meinte dann: »Das letzte wirkliche Kapitalverbrechen, das diesen Namen verdient, liegt Jahre zurück. Das heißt nicht, dass hier nichts passiert wäre, im Gegenteil. Wir bekommen es nur nicht mit.«

Aus dem Augenwinkel sah er, wie Schröder neben ihm die Hand vor den Mund hob und vergeblich versuchte, ein Gähnen zu unterdrücken.

»Jetzt haben wir innerhalb von wenigen Tagen vier Morde, einer brutaler als der andere. Als da wären«, er nahm die Finger zu Hilfe und begann mit der Aufzählung, »Sigrun Bosch wird zu Tode gefoltert. Staatsanwalt Sauer fliegt mit durchtrennter Kehle von der Marktkirche. Tom Mahler, ein zehnjähriger Junge, wird erwürgt und wie ein Tier verscharrt. Hannah Saborowski ...« Er schluckte und machte eine Pause. »Hannah Saborowski wird in einem Koffer am Bahnhof gefunden.«

»Sie haben sie gekannt?«

»Ja.«

»Gut?«

»Nein.«

Zorn kratzte sich hinter dem Ohr. Seine Finger zitterten ein wenig. »Um auf Ihre Frage zurückzukommen: Nein, ich fühle mich dieser Aufgabe nicht gewachsen. Und ich kann mir nicht vorstellen, dass es irgendjemanden gibt, der das guten Gewissens behaupten kann.«

»Ich habe bereits Verstärkung vom BKA angefordert.«

Zorn zuckte die Achseln. »Gut. Wenn Sie meinen.«

Neben ihm ertönte ein leises Grunzen. Schröder war auf seinem Stuhl zusammengesunken und schnarchte leise vor sich hin. Langsam, ganz langsam kippte er zur Seite. Zorn hielt ihn vorsichtig an der Schulter fest.

»Er ist jetzt seit über vierundzwanzig Stunden auf den Beinen.«

Frieda Borck überlegte einen Moment.

»Okay«, sagte sie und stand auf. »Ich würde vorschlagen, Sie gehen beide ein wenig schlafen. Ich werde in der Zeit die Akten durcharbeiten.« Sie sah auf die Uhr. »Wollen wir uns in drei Stunden hier treffen? Halb elf? Dann besprechen wir, wie wir weitermachen.«

Er nickte und erhob sich ebenfalls. Einen Augenblick lang wurde ihm schwindlig, er wankte kurz und hielt sich an der Stuhllehne fest. Schröder schreckte hoch und sah sich verdattert um.

»Entschuldigen Sie, ich bin wohl kurz eingenickt«, murmelte er und rieb sich das Gesicht.

»Das macht nichts«, erwiderte Frieda Borck. Dann wandte sie sich an Zorn. »Sie behalten vorerst die Leitung. Es würde einfach zu lange dauern, jemand anderen einzuarbeiten.« Sie gestattete sich ein kleines Lächeln. »Nicht, weil ich Sie für einen fähigen Ermittler halte.«

»Keine Sorge«, erwiderte Zorn. »Das tut hier niemand.«

*

Es hatte sich schnell herumgesprochen, dass in der Waldstraße irgendetwas passiert sein musste. Man hätte meinen können, dass die meisten Leute an einem Dienstagmorgen entweder auf Arbeit oder im Bett waren, und doch hatte sich vor dem Haus Nummer 12 ein knappes Dutzend Menschen versammelt, angezogen von zwei Streifenwagen und einem Kleintransporter der Spurensicherung, die vor dem Grundstück parkten. Geduckt standen die Menschen im Nieselregen, als wären sie gegen ihren Willen hier versammelt. Es herrschte eine seltsame Mischung aus demonstrativer Teilnahmslosigkeit und unterdrückter Anspannung, eine Atmosphäre, wie man sie im Raubtierhaus kurz vor der Fütterung beobachten kann. Ein großer, dürrer Mann mit einer Plastiktüte versuchte immer wieder, über die Hecke einen Blick ins Innere des Grundstücks zu werfen, und unterrichtete die Übrigen mit wichtiger Miene von dem, was er dort sah. Das war so gut wie nichts, denn die Spurensicherung war längst fertig und untersuchte nun das Innere des Hauses.

Niemand beachtete den hageren Mann, der mit gesenktem Kopf in die Waldstraße einbog. Als er die versammelten Menschen bemerkte, stutzte er und blieb stehen. Einen Moment lang schien er wieder umkehren zu wollen. Dann kam er langsam näher, den Blick wieder zu Boden gerichtet. Er trug einen alten Regenmantel und einen Hut, dessen breite Krempe er tief in die Stirn gezogen hatte. Vor dem Haus blieb er einen Moment stehen, als höre er den Leuten zu.

Dann schlug Henning Mahler den Mantelkragen hoch und ging langsam davon.

*

Sie hatten sich in einem der Schulungsräume im Erdgeschoss getroffen und saßen nun zu viert um einen der großen Tische. Zwischen ihnen standen zwei Kannen Kaffee und ein Teller mit belegten Brötchen. Die kleine Gruppe wirkte ein wenig verloren in dem großen Raum, der Platz für zehnmal so viele Menschen bot.

Zorn hatte darum gebeten, den Psychologen hinzuzuziehen. Dieser hatte in der letzten Stunde kein Wort gesagt, während Schröder den kompletten Ablauf der letzten beiden Wochen darlegte, angefangen beim Mord an Sigrun Bosch bis zu den Ereignissen der letzten Nacht. Auch Frieda Borck hatte schweigend zugehört und sich ab und zu Notizen gemacht.

»Wenn ich das richtig sehe«, begann sie, nachdem Schröder geendet und sich eines der Brötchen gegriffen hatte, »haben Sie Ihren Verdacht, dass Staatsanwalt Sauer die Ermittlungen verschleppt hat, niemandem mitgeteilt?«

»Korrekt«, nickte Zorn. »Außer uns beiden wusste niemand davon.«

Schröder warf ihm einen fragenden Blick zu. Zorn, der wusste, was gemeint war, überlegte eine Sekunde. Dann beschloss er, die ganze Wahrheit zu sagen.

»Bis auf Hannah Saborowski.«

Die Staatsanwältin sah auf. »Sie war eingeweiht?«

»Nicht nur das. Sie hat uns geholfen, die fehlenden Papiere aus Sauers Safe zu besorgen.«

»Sagen Sie, ist Ihnen klar, dass –«

»Ja, das ist es«, unterbrach Zorn. »Mir ist klar, dass sie wahrscheinlich deshalb ermordet wurde. Und bevor Sie weiterreden: Mir ist ebenfalls bewusst, dass das ein schwerer Fehler war. Wir hätten …«, er warf einen Seitenblick auf Schröder. »Nein, ich«, verbesserte er sich dann, »ich hätte das nicht für mich behalten dürfen.«

»Ich war übrigens derselben Meinung.« Schröder langte erneut nach dem Teller. »Wenn die Bemerkung gestattet ist.«

Die Staatsanwältin beachtete ihn nicht. »Warum haben Sie das überhaupt geheim gehalten, Herr Hauptkommissar?

»Ich wollte warten, bis wir eindeutige Beweise gegen Sauer haben.«

»Und? Haben Sie?«

»Beweise?«

»Natürlich«, erwiderte sie. »Hat sich außer den zurückgehaltenen Akten sonst noch etwas ergeben? Haben Sie irgendetwas gefunden, was den Verdacht gegen Sauer erhärtet hätte?«

»Nein.« Zorn schüttelte den Kopf. Er wurde allmählich wütend und fühlte sich in die Enge getrieben. Was wird das? Ein Verhör?, dachte er. Ich weiß verdammt nochmal selbst, dass ich Mist gebaut habe.

»Sowohl Sauers Büro als auch die Wohnung sind gründlich durchsucht worden«, mischte sich Schröder ein. In seinem Mundwinkel hatte sich ein großer Krümel verfangen. »Außer ein paar Kokainspuren im Schlafzimmer haben wir nichts gefunden. Wir sind davon ausgegangen, dass die Drogen nichts mit dem Fall zu tun haben.«

»Wahrscheinlich nicht«, nickte die Staatsanwältin, reichte Schröder ein Taschentuch und meinte: »Sie haben Butter im Gesicht. Wischen Sie sich mal den Mund ab.« Schröder wurde puterrot, murmelte eine Entschuldigung und tat, was von ihm verlangt wurde.

Frieda Borck wandte sich wieder an Zorn. »Trotzdem, Sie hätten Ihren Verdacht melden müssen.«

»Wem denn?«, rechtfertigte er sich. »Schließlich waren das schwere Anschuldigungen, und ich wusste nicht, ob Sauer allein arbeitet.«

»Wir sind hier nicht in Italien, Herr Hauptkommissar.«

Darauf wusste Zorn keine Antwort. Was sollte er auch sagen? Schließlich hatte sie recht. Er fühlte sich wie nach einem Marathonlauf. Die drei Stunden, die er geschlafen hatte, kamen ihm vor wie drei Minuten, während Schröder den Eindruck vermittelte, er habe gerade drei Wochen Urlaub verbracht.

Frieda Borck überlegte einen Moment. »Wir werden eine Pressemitteilung rausgeben. Über die beiden Leichenfunde der letzten Nacht und über den Verdacht gegen Philipp Sauer.«

Schröder nahm sich ein Salamibrötchen und betrachtete es nachdenklich. »Das wird ordentlichen Wirbel geben«, meinte er und biss herzhaft ab.

»Das ist mir klar. Aber wenn Sauer wirklich Dreck am Stecken hatte, kommt das irgendwann raus. Die Presse würde uns in der Luft zerreißen und behaupten, wir hätten das unter den Teppich gekehrt. Es ist besser, wir gehen jetzt damit an die Öffentlichkeit. Es muss ja nicht jeder erfahren, wie lange wir davon wussten.«

Sie ist clever, dachte Zorn. »Ich übernehme übrigens die volle Verantwortung für das, was mit Hannah passiert ist«, sagte er dann.

»Ich auch«, fügte Schröder mit vollem Mund hinzu.

Die Staatsanwältin lachte auf. »Dieses heroische Getue können Sie sich vorerst sparen, Herr Zorn. Wenn Sie Vorschriften verletzt haben, werden Sie die Konsequenzen tragen. Im Moment allerdings gibt es Wichtigeres.« Zorn setzte zu einer Erwiderung an, doch sie kam ihm zuvor: »Wir sollten zunächst klären, ob und wie die Ereignisse der letzten vierundzwanzig Stunden zusammenhängen. Und ob eine Verbindung zu den Morden an Sigrun Bosch und Staatsanwalt Sauer besteht.«

Es entstand eine kurze Pause. Schröder nutzte den Moment und schnappte nach einem weiteren Brötchen, dem fünften mittlerweile. Der Psychologe hockte mit halb geschlossenen Augen zurückgelehnt in seinem Stuhl und machte den Eindruck, als döse er vor sich hin.

Zorn antwortete mit einer Gegenfrage. »Was halten Sie von dem Ganzen, Frau Borck?«

Wenn du wirklich so schlau bist, weißt du bestimmt schon, wer der Mörder ist, dachte er und lehnte sich zurück.

Sie strich sich eine Locke hinter das Ohr.

»Ich denke, dass wir zuerst einen konkreten zeitlichen Ablauf festlegen sollten. Die bisherigen Ermittlungen scheinen ein wenig chaotisch verlaufen zu sein.«

Zorn setzte zu einer heftigen Erwiderung an, sie hob die Hand und meinte: »Das ist jedenfalls mein Eindruck, vielleicht irre ich mich auch. Eines ist jedenfalls Fakt: Wenn wir genau wissen, was wann passiert ist und die Zusammenhänge klären, erfahren wir auch irgendwann das Warum.«

»Vollkommen richtig.«

Zorn sah überrascht auf, als Doktor Keitel sich so plötzlich zu Wort meldete.

»Ich glaube auch«, sagte der Psychologe und nahm seine Brille ab, »dass alles, was in den letzten Wochen geschehen ist, miteinander zu tun hat. Was uns fehlt, ist der Auslöser. Das, was diese Lawine losgetreten hat. Wir sollten ganz von vorn anfangen.«

»Also bei Sigrun Bosch?«, fragte Zorn.

»Vielleicht auch vorher.« Keitel sprach langsam, jedes einzelne Wort schien genau überlegt zu sein. »Was ist mit Tom Mahler, dem Jungen, den Sie gestern gefunden haben? Wann genau ist er gestorben?«

Schröder hob die Hand, als würde er sich im Unterricht zu Wort melden. »Vor zwei bis drei Wochen, sagt der Gerichtsmediziner. Genaueres erfahren wir im Laufe des Tages.«

»Er wurde also vor Sigrun Bosch getötet«, sagte Frieda Borck.

Keitel nickte. »Vielleicht liegt hier das Motiv. Die Morde an Sigrun Bosch, Staatsanwalt Sauer und wahrscheinlich auch an Hannah Saborowski könnten Folgen dieses ersten Verbrechens sein. Eines bedingt das andere, Ursache und Wirkung wechseln sich ab wie die Glieder einer Kette. Und noch etwas: Wenn ich das richtig verstanden habe, hat Clara Mahler am selben Tag Selbstmord begangen, an dem Sigrun Bosch getötet wurde, richtig?«

Schröder brummte zustimmend. »Und sie wurde vor ihrem Tod misshandelt. Wir können allerdings nicht sagen, von wem. Darf ich?« Er wies auf den Teller. Da niemand antwortete, nahm er das letzte Brötchen. »Ich habe seit gestern so gut wie nichts gegessen«, entschuldigte er sich, biss hinein und fuhr kauend fort: »Im Moment deutet alles auf Henning Mahler, zumal es scheint, als wäre er jetzt auch noch untergetaucht. Wir können ihn nicht finden.«

»Aber es gibt keine direkte Verbindung zu Sigrun Bosch, Philipp

Sauer oder Hannah Saborowski«, gab Zorn zu bedenken. »Das haben wir gründlich geprüft.«

»Dafür haben wir den ermordeten Sohn und eine tote Ehefrau«, erwiderte Schröder. »Nicht zu vergessen die Initialen auf dem Kirchturm.«

Keitel kratzte sich nachdenklich am Kinn. »Was ist mit den letzten drei Opfern? Hannah Saborowski hat für Staatsanwalt Sauer gearbeitet. Der wiederum verschleppt die Ermittlungen im Fall Bosch, aus welchen Gründen auch immer. Und bei Frau Bosch wurde dieselbe Buchstabenkombination wie bei Sauer gefunden.«

»Sivo.«

»Richtig. Und in allen drei Fällen werden die Leichen unter mehr oder weniger spektakulären Umständen gefunden. Am Wehr, auf dem Markt und letzte Nacht am Bahnhof. Jedes Mal hinterlässt man Spuren. Im Fall Sigrun Bosch wird Ihnen ein Video geschickt, beim Staatsanwalt finden Sie die eingeritzten Zeichen, von Frau Saborowskis Handy erhalten Sie eine SMS, die Sie zur Leiche führt.«

»Was völlig überflüssig war«, erwiderte Zorn. »Sie wäre auch so gefunden worden.«

Frieda Borck seufzte.

»Wenn ich das richtig sehe, passt der Tod des Kindes nicht ins Muster. Der Junge wurde versteckt, während die anderen gefunden werden sollten.«

»Was ist mit dem Schmerzmittel bei Sigrun Bosch?«, fragte Zorn.

»Auch das fällt aus dem Rahmen«, nickte Keitel. »Wobei es denkbar wäre, dass das Medikament einen anderen Zweck erfüllen sollte, als wir bisher annehmen. Manche Schmerzmittel verzögern die Blutgerinnung, Buprenorphin zum Beispiel senkt den Blutdruck.«

Zorn horchte auf. »Sind Sie sicher?«

»Was die Wirkung betrifft, ja. Ob es für den Fall wichtig ist, kann ich nicht sagen.« Keitel lächelte ein wenig. »Ich habe eine Weile Medizin studiert. Bis ich durchs Physikum gefallen bin und mich notgedrungen der Psychologie gewidmet habe.«

Schröder kicherte leise und wischte ein paar Krümel vom Tisch.

»Das reicht fürs Erste«, sagte Frieda Borck und stand auf. »Ich denke, wir sind uns einig, dass wir uns zunächst auf Henning Mahler und sein Umfeld konzentrieren. Er kann sich ja nicht in Luft auflösen. Was ist mit seiner Tochter?«

»Die Anfrage in den Krankenhäusern läuft.« Schröder erhob sich ebenfalls und warf einen sehnsüchtigen Blick auf den leeren Teller. »Wir sollten jeden Moment Bescheid bekommen.«

Jetzt stand auch Zorn auf und ging zur Tür. »Eine Sache noch, Herr Hauptkommissar«, sagte Keitel und nahm ihn beim Arm.

»Herr Keitel, bitte, ich kann mich im Moment echt nicht um irgendein dämliches Gutachten kümmern!«

»Darum geht's nicht. Ich habe die Aufzeichnungen von Sigrun Bosch gelesen.«

»Und?«

»Was wissen Sie über den Vater ihres Kindes?«

»Nicht viel«, erwiderte Zorn. »Nur, dass er wahrscheinlich kein Deutscher ist. Haben Sie mich deswegen gestern angerufen?«

»Ja. Sie sollten das prüfen. Sigrun Bosch hatte Angst. Ich denke, sie fühlte sich von dem Mann bedroht.«

Ich habe auch Angst, dachte Zorn, als er wieder in seinem Büro war. Er wusste nicht, ob es an seiner Müdigkeit lag oder an den Schuldgefühlen, vielleicht stand er auch einfach unter Schock. Jedenfalls war er unfähig, einen klaren Gedanken zu fassen. Namen, Dinge, Bilder wirbelten durch seinen Kopf, ein Chaos, das ihn schwindeln ließ.

Sauer, Mahler, Sivo. Feuchtes Gras. Große, zerzauste Vögel. Ein Koffer. Uralte Schlagermusik. Der Geruch nach frischer Erde. Hannah, die ihm einen Kuss auf die Nase gab.

Er sah auf seine Hände. Da war immer noch Dreck zwischen den Fingern und unter den Nägeln. Ich muss mich unbedingt waschen, überlegte er und legte den Kopf auf die Arme. Im nächsten Moment war er eingeschlafen.

Neunzehn

Ungefähr zu der Zeit, als Claudius Zorn in seinem Zimmer leise zu schnarchen begann, stand Schröder in der Pathologie und ließ sich die Ergebnisse der Obduktion erklären.

»Ich habe schon einiges erlebt, aber so etwas ist mir wirklich noch nicht unter die Augen gekommen«, meinte der Gerichtsmediziner und wusch sich die Hände in einem der verchromten Waschbecken. »Die Frau ist regelrecht zerlegt worden. Es gibt so gut wie keinen intakten Knochen, allein das Brustbein wurde sechsfach zertrümmert. Sechsfach.« Seine Stimme klang eigenartig, hallte unnatürlich stark von den weißen, bis zur Decke gefliesten Wänden wider.

Schröder lehnte neben der Tür und hörte aufmerksam zu.

»Was ist mit der Mordwaffe?«

»Es sind mehrere, mindestens zehn. Sie wurde mit unterschiedlichen, mehr oder weniger stumpfen Gegenständen geschlagen. Ich habe Spuren von Metall und Rost in den Wunden gefunden. Wahrscheinlich handelt es sich um Hämmer, die stumpfe Seite einer Axt oder andere Werkzeuge. Sie hat Dutzende Rippenbrüche. Frakturen an sämtlichen Extremitäten, Becken und Rückgrat sind mehrfach gebrochen, der Schädel wurde förmlich pulverisiert. Ein Großteil der Verletzungen wurde ihr beigebracht, als sie bereits tot war. Die endgültige Todesursache ist wohl ein neurogener Schock, ausgelöst durch die Schmerzen.« Der Pathologe leierte seinen Befund herunter, als würde er eine Vorlesung halten. Er trug eine Chirurgenbrille, an deren Gestell große, eckige Lupen befestigt waren, die ihm das Aussehen eines riesigen Insekts gaben. »Kurz gesagt, ihr Körper besteht aus einer einzigen, großen Wunde. Bei einem Haus würde man sagen, es wurde kein Stein auf dem anderen gelassen. Oder anders ausgedrückt: Man hat sie buchstäblich durch den Fleischwolf gedreht.«

Schröder verzog das Gesicht. »Der Vergleich gefällt mir nicht, Herr Doktor.«

»Mir auch nicht. Aber er passt. Leider.« Der Gerichtsmediziner nahm die Brille ab und trat näher. »Wir kennen uns noch nicht, Herr

Kommissar«, sagte er und reichte Schröder die Hand. »Mein Name ist Salomon. Ich bin erst seit zwei Wochen hier.«

»Freut mich«, nickte Schröder und schüttelte dem Pathologen die Hand, ein glattes, weißes Ding, das durch den ständigen Umgang mit Desinfektionsmitteln etwas Fischiges bekommen hatte. »Ich frage mich, was die Ursache für all diese Gewalt sein könnte.«

Salomon zuckte die Achseln. »Wut? Hass? Rache? Es ist nicht meine Aufgabe, über die Motive eines Täters nachzudenken. Obwohl es einen sehr naheliegenden, pragmatischen Grund geben könnte.«

»Der wäre?«

»Platzgründe.«

»Wie meinen Sie das?«

»Ich meine, dass ein Mensch mit intakten Gelenken niemals in diesen Koffer gepasst hätte. Das Opfer wurde regelrecht zusammengefaltet. Wie ein Karton.«

Schröder, dem die bildhafte Sprache des Gerichtsmediziners zuwider war, wechselte das Thema. »Was ist mit dem DNA-Test?«

»Es handelt sich zweifelsfrei um die gesuchte Frau.«

»Frau Saborowski?«

»Richtig. Das Vergleichsmaterial stimmt überein. Wir werden noch einen Gebissabgleich durchführen, aber ich bin auch jetzt sicher. Bei dem Kind verhält es sich übrigens genauso«, fuhr Salomon nach einer kurzen Pause fort. »Die DNA-Proben aus dem Haus in der Waldstraße stammen definitiv von dem Jungen. Auch ihn können wir eindeutig identifizieren, obwohl die Leiche stark verwest ist.«

»Todesursache?«

»Das habe ich Ihrem Kollegen schon gestern gesagt: erwürgt. Allerdings gibt es eine Sache, die mich stutzig macht.«

»Was wäre das?«

»Der Junge war stark dehydriert, er muss kurz vorm Verdursten gewesen sein.«

Schröder kratzte sich umständlich am Hals. »Das verstehe ich nicht.«

Salomon hob ratlos die Arme und meinte: »Ich auch nicht, wenn ich ehrlich sein soll. Aber wie gesagt: Es ist nicht meine Aufgabe, über die Ursachen nachzudenken.«

Schröder überlegte. »Haben Sie Spuren von Schmerzmitteln feststellen können?«

Der Pathologe schüttelte wortlos den Kopf.

»Wär auch zu schön gewesen«, brummte Schröder und fragte dann: »Gibt es eigentlich DNA-Spuren von weiteren Personen bei den Opfern?«

»Sie meinen vom Täter?«

»Im besten Falle: Ja.«

»Mehr als genug«, nickte Salomon. »Sowohl bei dem Jungen als auch bei der Frau.«

»Woher wollen Sie wissen, dass die vom Täter sind?«

»Das weiß ich natürlich nicht, aber ich habe bei beiden Leichen Spuren einer dritten Person gefunden, die noch nicht zugeordnet sind.«

»Ist es ein und dieselbe?«

»Das muss ich noch prüfen. Und bevor Sie fragen: Das wird eine Weile dauern. Ich muss –«

»Moment!«, unterbrach Schröder, »wie lange brauchen Sie, um eine Haarprobe mit den Spuren der unbekannten Person zu vergleichen?«

»Mindestens bis morgen Mittag. Die Probe muss ins Labor. Das dauert seine Zeit.«

»Schneller geht es nicht?«

»Ich bin auch nur ein Mensch, Herr Kommissar.« Salomon schaute auf eine große Uhr über dem unförmigen, verchromten Pathologietisch. »Es ist jetzt halb zwei, ich habe seit vierzehn Stunden ununterbrochen gearbeitet. Ab und zu brauche auch ich ein wenig Schlaf.«

»Den brauchen wir alle.« Schröder wandte sich zum Gehen. In der Tür drehte er sich noch einmal um. »Die Probe sollte in der nächsten halben Stunde bei Ihnen eintreffen, Herr Doktor. Sie stammt von Henning Mahler. Ich erwarte das Ergebnis dann morgen um zwölf.«

Salomon setzte zu einer Erwiderung an, doch da hatte Schröder den Raum bereits verlassen.

*

Es war dunkel im Zimmer. Er hatte die Vorhänge zugezogen, schwere, braune Stoffe, die bis hinab zum Boden reichten. Das trübe Licht einer altmodischen Stehlampe fiel auf einen dicken Kokosfaserteppich und tauchte den Raum in einen unwirklichen, staubigen Schimmer.

Er saß in einem hohen Ohrensessel, neben ihm, auf einem geschwungenen Stehtisch, standen eine halbe Flasche Chianti, ein Glas und ein Messingaschenbecher. Eigentlich rauchte er selten, nie in der Öffentlichkeit, doch heute hatte er sich eine Zigarre angezündet. Das tat er nur, wenn er nachdenken wollte, und das musste er. Über die Frage, ob sein Plan funktionierte.

In den Ecken standen zwei mannshohe Lautsprecherboxen. Er hatte eine CD eingelegt, Maria Callas als Königin der Nacht, es klang, als würde sie mitten im Raum stehen und nur für ihn singen.

Der Hölle Rache kocht in meinem Herzen!

Auch er nahm Rache. Aber da war nichts, was in ihm kochte. Wut, Jähzorn und all diese nebligen Gefühle hatte er nie gekannt. Seine Rache war kalt. Er war ein Mensch, der kühl und emotionslos plante, und Vergeltung, da war er sicher, wollte wohlüberlegt sein. Und genauso sorgfältig hatte er diejenigen ausgewählt, die für ihn arbeiten sollten. Er hatte sich Zeit gelassen, bis er die Richtigen gefunden hatte, war im Hintergrund geblieben, und als die Sache aus dem Ruder zu laufen drohte, hatte er blitzschnell seine Deckung verlassen und gehandelt.

Er zog an der Zigarre, kniff die Augen zusammen und beobachtete, wie der Rauch in dünnen Schlieren durch das dämmrige Zimmer zog. Das Dunkel hatte er schon immer geliebt, hier fühlte er sich sicher. Und er vergötterte die Callas. Jeder Ton klar wie ein Diamant, sauber, fast klinisch rein, eine perfekte Maschine. Selbst der Hass und die Wut waren haargenau kalkuliert.

Er trank einen Schluck Wein. Der war ihm zu trocken, er kräuselte die Lippen, als er den sauren Geschmack in der Kehle spürte.

Seufzend stand er auf, um dem Mädchen etwas zu essen zu bringen.

*

Es klopfte. Einmal. Dann noch einmal. Beim dritten Mal schreckte Zorn hoch und stieß sich das Knie heftig an der Schreibtischschublade.

»Hast du geschlafen?«, sagte Schröder und trat vorsichtig ein.

»Quatsch«, brummte Zorn und fragte sich wieder einmal, warum er immer automatisch log, wenn ihm diese Frage gestellt wurde. »Wie spät ist es?«

»Halb drei.« Schröder reichte ihm einen Kaffeebecher, schob mit dem Fuß einen Stuhl vor den Schreibtisch und nahm Platz. »Nachmittags«, fügte er hinzu, als er Zorns verdatterten Gesichtsausdruck bemerkte. Toll, dachte der. Ich verpenne den halben Tag, während hier die Hölle los ist.

Er rieb sich unauffällig das schmerzende Knie und versuchte, seiner Stimme einen geschäftsmäßigen Klang zu geben.

»Also, was gibt's Neues?«

»Nicht viel. Wir haben Rückmeldung vom Stadtklinikum. Ella Mahler ist dort behandelt worden. Laut Auskunft des Krankenhauses ist sie gestern von ihrem Vater abgeholt worden. Das sollte die Fahndung nach Henning Mahler erleichtern. Jetzt suchen wir nach einem erwachsenen Mann in Begleitung eines zehnjährigen Kindes.«

Zorn, der nur mit halbem Ohr zugehört hatte, bemerkte einen feuchten Fleck auf seinem Unterarm. Und zwar an der Stelle, auf der soeben noch sein Kopf gelegen hatte. Herrgott, überlegte er. Ich werde alt. Jetzt sabbere ich schon im Schlaf.

»Weiter?«, meinte er dann.

»An den Leichen von Hannah und Tom Mahler sind Spuren anderer Personen gefunden worden. Ich lasse sie mit einer Haarprobe von Henning Mahler vergleichen. Morgen mittag haben wir das Ergebnis.«

»Bei Tom Mahler würde mich das nicht wundern. Sie hatten schließlich ständig Kontakt.«

»Das stimmt, Chef. Es geht mir auch um Hannah. Wenn wir dort etwas finden, hätten wir eine Verbindung zwischen ihr und Mahler.«

Zorn fuhr sich schlaftrunken über den Mund.

»Was ist eigentlich mit Mahlers Handy?«

»Das ist ausgeschaltet und nicht zu orten.«

»Und wir haben also immer noch keine Ahnung, wo er steckt?«

»Nicht die geringste.«

Das war nicht weiter verwunderlich, schließlich wurde noch nicht einmal 24 Stunden nach Henning Mahler gesucht. Trotzdem sank Zorns Laune rapide. »Was machen die Herrschaften von der Fahndung eigentlich den ganzen Tag?«, knurrte er und nahm sich eine Zigarette.

»Keine Ahnung.« Nach einer kurzen Pause fügte Schröder langsam hinzu: »Schlafen tun sie jedenfalls nicht.«

Zorn horchte auf. »Gibt es irgendetwas«, sagte er gedehnt und lehnte sich in seinem Sessel zurück, »was du mir mit dieser süffisanten Bemerkung mitteilen willst, mein Lieber?«

Schröder sah seinen Chef mit großen Augen an.

»Ich habe keine Ahnung, was du meinst.«

»Einen Moment hab ich geglaubt, einen sarkastischen Unterton zu vernehmen.«

Schröder zuckte mit keiner Wimper. »Würde mir nie einfallen«, antwortete er unschuldig. »Gut.« Zorn rieb sich den steifen Nacken und gähnte leicht. »Sonst noch irgendwelche Erfolgsmeldungen?«

»Wie man's nimmt. Die eingeritzten Zeichen im Kirchturm sind frisch, meint die Spurensicherung. Und wo wir einmal bei Erfolgsmeldungen sind …« Schröder zögerte einen Moment.

»Ja?«

»Ich habe die Überwachungskameras am Bahnhof checken lassen. Der Koffer stand zwar außerhalb ihres Einzugsbereiches, aber trotzdem hätte der, der ihn dort abgestellt hat, irgendwann durchs Bild laufen müssen.«

Zorn fuhr hoch.

»Und? Ist er?«

»Ich weiß es nicht, Chef.«

»Was?«

»Sie sind ausgefallen.«

»Wer?«

»Die Kameras.«

»Wie?«

Zorns Gesichtsausdruck schien Bände zu sprechen, denn Schröder hob theatralisch die Hände und meinte: »Schlag mich nicht, Chef. Ich bin nur der Überbringer der Botschaft.«

»Du willst also sagen, dass die Überwachungsanlage ausgefallen ist. Und das ausgerechnet zu dem Zeitpunkt, als ein mutmaßlicher Serientäter mit einer Leiche im Koffer auf dem Bahnhof erscheint?«

»Jawoll.«

»Habt ihr das überprüft?«

»Wir sind dabei. Aber es scheint, als wäre nichts manipuliert worden. Das passiert angeblich öfter, die Anlage stammt noch aus dem letzten Jahrtausend.«

Zorn stöhnte auf. Hier klappt aber auch gar nichts, dachte er. Warum muss die Realität immer so ernüchternd sein? Wenn das hier ein Film wäre, hätten die Kameras funktioniert. Und es gäbe jetzt Aufnahmen von einem Mann, der mit einem siebzig Kilo schweren Koffer durchs Bild spaziert. Nur ganz kurz, das Gesicht wäre natürlich auch nicht zu erkennen, aber im Drehbuch würde ein Spezialist auftauchen, der irgendetwas herausfindet, das uns hilft, ihn zu identifizieren. Eine Kleinigkeit. Vielleicht, dass er Linkshänder ist. Oder dass er humpelt. In null Komma nichts wäre der Fall gelöst.

Er sah Schröder einen Moment an und überlegte: Obwohl, so, wie ich Schröder einschätze, würde auch der so was rausfinden.

»Ist was?«, fragte Schröder, dem es unangenehm war, so von seinem Chef angestarrt zu werden.

»Nee.«

Eine plötzliche Windböe ließ das Fenster erzittern. Dann ergoss sich ein heftiger Regenschwall auf die Scheibe. Als würde ein Eimer Wasser dagegengeschüttet.

»Wie viel wird Hannah gewogen haben?«, überlegte Zorn laut. »Sechzig, fünfundsechzig Kilo?«

Schröder zuckte die Achseln. »Ist das wichtig?«

»Er muss verdammt kräftig sein.« Zorn trank einen Schluck Kaffee. »Ich jedenfalls hätte Probleme, wenn ich ein solches Gewicht mit mir rumschleppen müsste.«

»Wahrscheinlich«, nickte Schröder.

Zorn stand auf. »Ich geh jetzt pinkeln. Wenn du willst, kannst du dich ausruhen. Wir sehen uns nachher.«

»Ich bin nicht müde, Chef.«

»Streber«, knurrte Claudius Zorn und begab sich auf die Toilette.

*

Frieda Borck stand in ihrem neuen Büro, stemmte die Arme in die Hüften und sah sich um. Die wichtigsten Sachen hatte sie ausgepackt, jetzt kam der Moment, ein winziger Augenblick nur, in dem sie im luftleeren Raum schwebte und nicht wusste, was sie als Nächstes tun sollte.

Das Gespräch mit Zorn, Schröder und dem Psychologen war besser verlaufen, als sie anfangs befürchtet hatte. Sie hatte ihre Unsicherheit durch betont selbstsicheres Auftreten zu kaschieren versucht, und so, wie sie die Sache jetzt sah, war ihr das ganz gut gelungen.

Schröder war ihr auf Anhieb sympathisch gewesen. Man musste schon sehr genau hinsehen, aber wenn man das tat, merkte man schnell, dass dieser kleine, dicke Mann mit dem geschmacklosen Haarschnitt keineswegs so tapsig und unbeholfen war, wie er sich gab.

Was den anderen betraf, war sie sich nicht sicher. Dieser Zorn hatte etwas Divenhaftes, fast Weibisches und schien jeden noch so kleinen Anlass zu nutzen, um sich beleidigt zurückzuziehen. Eine Eigenschaft, die sie überhaupt nicht mochte. Und bei Männern schon gar nicht. Dazu kam, dass er seine Arbeit nur widerwillig zu tun schien.

Draußen setzte die Dämmerung ein. Frieda Borck ging zur Tür, um das Licht einzuschalten, und blieb vor einem kleinen Spiegel stehen, der neben dem Schalter an der Wand hing. Sie warf einen prüfenden Blick hinein und stellte zum wahrscheinlich hundertsten Mal fest, dass ihre Nase zu groß war. Als Kind hatte sie sich selbst als unglaublich hässlich empfunden, und erst, als sie mit sechzehn aus einer Laune heraus an einem Modelwettbewerb der Mitteldeutschen Verkehrsgesellschaft teilgenommen und gewonnen hatte, war ihr bewusst geworden, dass sie womöglich nicht ganz so unansehnlich war, wie sie sich immer eingeredet hatte. Das war jetzt über zehn Jahre her, ihre Nase allerdings störte sie noch immer.

Auf ihrem Schreibtisch türmten sich die Akten mit den Fällen der vergangenen Wochen. Es würde Tage dauern, bis sie das alles durchgearbeitet hatte, doch so viel Zeit hatte sie nicht. Sie stand unter Beobachtung, es war klar, dass man ihr genau auf die Finger sehen würde. Dass sie Ergebnisse liefern musste. Schnell.

Seufzend ging sie zum Schreibtisch, schlug wahllos eine Akte auf, blätterte durch die eng beschriebenen Seiten und legte sie dann wieder beiseite.

Sicherlich, sie selbst wollte glauben, dass sie aufgrund ihrer Leistungen hier war. Aber woher sollte sie wissen, dass ihr Vater nicht doch seine Finger im Spiel hatte? Der alte Richter stand kurz vor seiner Pensionierung und hatte alle Möglichkeiten, ihr einen solchen Posten zu verschaffen. Ob er es getan hatte, wusste sie nicht. Und wenn sie ehrlich war, wollte sie es auch nicht wissen.

Wieder nahm sie die Akte und begann zu lesen. Sie hatte gesagt, dass sie diesen Job nicht vermasseln würde.

*

Es war kurz vor sieben Uhr abends. Seit einer halben Stunde saß Zorn daheim in der Küche, rauchte und starrte auf die Plastiktüte mit Sushi, die vor ihm auf dem Tisch stand. Daneben lag sein Handy. Den Punkt, an dem er Malina hätte anrufen und ihr erklären können, warum er am letzten Abend nicht daheim gewesen war, hatte er längst überschritten.

Aus der Nebenwohnung drang ein Poltern herüber, so, als würde ein schwerer Gegenstand zu Boden fallen. Einen Augenblick versuchte er, sich das Gesicht seines Nachbarn in Erinnerung zu rufen, aber es misslang. Zorn war ihm ein paar Mal auf dem Flur begegnet, ein farbloser, dünner Mann mit spärlichem Haar und hängenden Schultern. Sie hatten sich kurz zugenickt, dann war jeder seiner Wege gegangen.

Komisch, dachte Zorn. Da lebt man jahrelang nur ein paar Meter entfernt voneinander und weiß noch nicht mal, wie der andere aussieht. Geschweige denn, dass man jemals ein Wort miteinander gewechselt hätte. Woran das wohl liegt? Weil es mich nicht interessiert?

Warum, überlegte er weiter, mache ich dann diesen Job? Wenn mir andere Menschen egal sind?

Er wusste, dass es sinnlos war, darüber nachzudenken. Es führte zu nichts.

Zorn hatte Hunger. Einen Menschen gibt es ja, der mir definitiv nicht egal ist, dachte er und stand auf. Und wenn ich mich nicht traue, sie anzurufen, muss ich sie eben besuchen. Vielleicht kann ich ja unterwegs noch was essen. Er nahm seine Jacke und verließ die Wohnung.

Zwanzig

Die Türme der Marktkirche standen schief. Eine tektonische Verwerfung, die sich quer unter dem Markt über mehrere Kilometer bis hin zum Bahnhof erstreckte, war die Ursache dafür, dass die Turmspitzen im Laufe der Jahrhunderte immer weiter aus dem Lot geraten und mittlerweile fast zwei Meter nach Südwesten geneigt waren.

Das südliche Seitenschiff war mit Bauzäunen abgesperrt. Dort hatte man begonnen, die Fundamente der Stützpfeiler zu erneuern, und eine tiefe Baugrube ausgehoben.

Der Markt war so gut wie menschenleer. Nichts erinnerte daran, dass hier vor weniger als vier Tagen ein Mensch aus über fünfzig Metern Höhe auf das Pflaster gestürzt und buchstäblich zermalmt worden war. Die Reporter waren mit den Übertragungswagen der Fernsehanstalten längst abgezogen, auf der Suche nach neuen, spektakulären Ereignissen, die in den Abendnachrichten gesendet werden konnten. Was genau das war, blieb uninteressant. Hauptsache, die Menschen sahen es an. Egal, ob es mit Mord, untreuen Filmstars oder kleinen Tieren zu tun hatte.

Die Verkaufsstände hatten seit einer Stunde geschlossen. Langsam, eine nach der anderen, flackerten die Laternen auf. Vor dem Rathaus lungerten ein paar schwarz gekleidete Teenager und stritten lautstark um eine Zigarette.

Eine Straßenbahn kam quietschend um die Ecke. Aus den Lautsprecherboxen an der Haltestelle verkündete eine knarrende Stimme, dass der Zug wegen des Hochwassers hier ende und ins westliche Depot umgeleitet werde. Die Verkehrsgesellschaft bedauere die Umstände und wünsche den verehrten Fahrgästen trotz allem einen guten Heimweg. Das Echo dieser Durchsage hallte noch von den Glaswänden der Stadtsparkasse wider, als die Insassen die Bahn verließen und hastig in alle Richtungen auseinanderstoben.

Als Letzter stieg ein hochgewachsener Mann aus, der im Gegensatz zu den anderen keine Eile zu haben schien.

Den Regenmantel hatte er gegen eine schwarze Trekkingjacke getauscht. Er trug einen Rucksack und hohe Wanderstiefel. Niemand schenkte ihm Beachtung, als er langsam über den Platz in Richtung Kirche schlenderte. Vor dem Bauzaun blieb er stehen, sah sich kurz um und verschwand hinter der Absperrung.

In der Baugrube lehnte eine Leiter. Vorsichtig stieg Henning Mahler in die Tiefe.

*

Malina schien Zorn erst zu bemerken, als er direkt vor ihr am Tresen Platz genommen hatte. Sie saß auf einem Hocker und las in einer Illustrierten. Die Bar war so gut wie leer, nur im hinteren Teil, direkt unter dem Aquarium, saßen zwei junge Männer, steckten die Köpfe zusammen und unterhielten sich leise.

Als er sich setzte, blickte sie kurz auf, nickte ihm zu und widmete sich wieder ihrer Lektüre.

Nach ein paar Minuten wurde Zorn ungeduldig und begann, mit den Fingern auf dem Tisch zu trommeln. Für Malina allerdings schien es nichts Wichtigeres als ihre Zeitschrift zu geben.

Er räusperte sich.

»Ja?«, fragte sie und blätterte um.

»Ich kann verstehen, dass du sauer bist, Malina.«

Sie legte die Zeitung beiseite und sah ihn an. »Was meinst du?«

»Nichts«, druckste er. »Ich wollte mich entschuldigen.«

»Wenn du hier bist, musst du auch was trinken«, erwiderte sie, als hätte sie nicht verstanden, was er von ihr wollte.

»Irgendwas. Aber nicht das Zeugs vom letzten Mal.«

Ohne den Blick von ihm abzuwenden griff sie unter sich in die Ablage und stellte eine Flasche Bier auf den Tisch.

»Danke«, murmelte Zorn und nahm einen tiefen Schluck.

»Warum hast du nicht angerufen?«

»Mein Akku war alle.« Dann wurde ihm klar, dass er sich gerade wie ein Schuljunge herausredete. »Es klingt bescheuert, aber eigentlich«, er holte tief Luft, »habe ich mich nicht getraut. Ich wusste nicht, was ich dir sagen soll.«

»Du siehst beschissen aus, Kommissar.«

»Danke für das Kompliment. Es gab wahnsinnigen Stress auf Arbeit.«

»Ich hab's in den Nachrichten gesehen.«

Sie ließ ihn keine Sekunde aus den Augen, während Zorn konzentriert auf das Etikett seiner Bierflasche starrte.

»Du solltest eines wissen, Claudius Zorn.«

Er sah auf und bemerkte, dass ihre Augen einen grünlichen Schimmer hatten. Wie macht sie das?, überlegte er verwirrt. Beim letzten Mal waren ihre Augen doch blau? Oder grau?

»Was sollte ich wissen?«

»Ich laufe niemandem hinterher.«

»Ich auch nicht.«

»Warum bist du dann hier?«

»Ich bin nicht gelaufen. Sondern gefahren.«

Sie lachte kurz auf. »Ich hätte nicht gedacht, dass es witzige Polizisten gibt.«

»Die gibt es auch nicht.« Er dachte kurz an Schröder und ergänzte: »Jedenfalls sehr selten.«

Im Hintergrund öffnete sich eine Tür. Stapic, der Besitzer, kam aus seinem Büro und reichte ihm die Hand. »Guten Tag, Herr Kommissar.«

Zorn nickte schweigend. Stapic musterte ihn eine Weile prüfend und meinte dann: »Sie sehen müde aus.« Noch immer hielt er Zorns Hand fest in der seinen. Sie war trocken und fast unangenehm warm.

»Ich bin in letzter Zeit wenig zum Schlafen gekommen.« Zorn machte sich los und wischte die Hand am Oberschenkel ab. Stapic schien es nicht zu bemerken. »Schrecklich, was mit Staatsanwalt Sauer passiert ist«, sagte er.

»Ja.«

»Im Fernsehen kam, dass Sie mehrere Spuren verfolgen.«

Zorn machte eine vage Handbewegung und schwieg.

»Gibt es denn schon einen Verdächtigen?«

»Hör auf«, meldete sich Malina und sah Stapic vorwurfsvoll an. »Du weißt doch, dass er darüber nicht reden darf.«

»Oh«, lachte Stapic und entblößte seine weißen, regelmäßigen Zähne. »Denken Sie nicht, dass ich Sie aushorchen will, Herr Kommissar. Ich bin einfach ein neugieriger Mensch.«

»Das bist du wirklich.«

Malina beugte sich über den Tisch und gab Stapic einen Kuss auf die Wange. Der fuhr sich verlegen mit der Hand durch das dichte, graue Haar. »Entschuldigen Sie«, sagte er zu Zorn, »sie ist manchmal ein wenig vorlaut.«

Zorn, der keine Ahnung hatte, was hier vorging, brummte etwas Unverständliches, nahm sein Bier und trank es aus. Dann stand er unbeholfen auf.

»Tja, ich werd mich dann wieder auf den Weg machen.«

Malina warf Stapic einen Blick zu. Der überlegte, lächelte kurz und sagte: »Du kannst Feierabend machen, Malina.« Er warf einen Blick in die leere Bar. »Heute ist nicht viel los, das sollte ich alleine schaffen.« Dann wandte er sich noch einmal an Zorn: »Wenn ich Ihnen helfen kann, dann geben Sie mir Bescheid. Ich stehe Ihnen jederzeit zur Verfügung.«

Er nickte beiden zu und war kurz darauf in seinem Büro verschwunden. Zorn starrte ihm mit offenem Mund nach.

»Ist was?«, fragte Malina einen Augenblick später.

»Nee. Wieso?«

»Du siehst aus, als hättest du ein Problem.«

»Problem? Ich?«

»Glaubst du, ich hätte was mit ihm?«

»Quatsch!«, wehrte er ein wenig übertrieben ab. »Ich glaube, er ist ganz nett. Und er scheint dich sehr zu mögen.«

»Das muss er. Schließlich ist er mein Onkel.«

»Ach so«, sagte Zorn und hoffte, dass ihm die Erleichterung nicht zu deutlich anzusehen war. »Er ist dein Onkel.«

Malina griff ihre Jacke von der Garderobe und hakte sich bei ihm unter. »Ich hab Hunger. Lass uns was essen gehen.«

»Aber bitte kein Sushi«, murmelte Zorn.

»Was sagst du?«

»Nichts. Du hast recht, lass uns gehen.«

*

Ella Mahler erwachte, weil sie Durst hatte. Es war dunkel, und doch wusste sie sofort, dass sie nicht mehr im Krankenhaus lag. Dort hatte immer irgendwo ein Licht gebrannt, auch mitten in der Nacht. Hier war es finster. Und es roch anders. Irgendwie feucht. Und erdig. *Nach verdammter Affenpisse* hätte Tom gesagt, wenn er jetzt hier wäre. Aber das war er nicht. Sie hatten sich oft gestritten, ja, und er konnte ein richtiges Arschloch sein. Aber jetzt vermisste sie ihn.

Die Wochen im Krankenhaus hatte sie mehr oder weniger vor sich hingedämmert, die Medikamente hatten dafür gesorgt, dass die Schmerzen irgendwann verschwanden. Sie hatte viel geschlafen, und sie hatte geträumt.

O ja, sie hatte viel geträumt. Von Pferden, die über Wiesen mit blauen Blumen galoppierten. Von Magiern mit weißen Bärten, gütigen Augen und Zauberstäben, mit denen sie die wütenden Drachen in harmlose Kaninchen verwandelten. Dinge, von denen die meisten zehnjährigen Mädchen träumen. Gute Träume.

Aber es gab auch schlechte. Da war dieses schwarze Auto, das immer näher kam. Sie konnte es nicht sehen, denn es war hinter ihr, aber sie wusste, dass es da war. Dann hörte sie das Quietschen der

Bremsen, das Kreischen von Metall. Der Geruch von verbranntem Gummi, ihr neues Fahrrad wurde beiseitegeschleudert, sie flog durch die Luft, lange, als ob sie nie wieder den Boden berühren würde. Die Zeit stand still. Obwohl doch Winter war, trug sie ein blaues Sommerkleid, das im Wind flatterte. Es gab keine Schmerzen, auch dann nicht, als sie nach Ewigkeiten aufprallte.

Nein, keine Schmerzen. Nur dieses Knacken im Rücken. Als würde ein trockener Zweig brechen.

Irgendwann waren die Grenzen zwischen Wachen und Schlafen verwischt. Zwischendurch war ihr Vater aufgetaucht, das war in den guten Träumen gewesen. Sie hatte mit ihm gesprochen. Er hatte ihre Hand gehalten, dann war sie wieder abgetaucht, flog über die Wiesen, die Blumen waren nicht mehr blau, sondern rot, und die Zauberer hatten jetzt die dunklen Augen ihres Vaters. Und als sie selbst die Augen wieder öffnete, war er weg, aber das war nicht schlimm. Er würde wiederkommen, und er würde ihre Mama mitbringen. Und Tom.

Auch jetzt war ihr nicht klar, dass sie wach war. Sie wusste nur, dass sie Durst hatte. Und dass der Ort, an dem sie jetzt war, kein guter Ort sein konnte. Und noch etwas war anders: Sie lag nicht im Bett, sondern sie saß. Ein weicher, großer Stuhl, der nicht einmal unbequem war.

Sie konnte nicht wissen, dass sie die letzten dreißig Stunden sitzend vor sich hingedämmert hatte. Ebenso, wie sie nicht ahnen konnte, dass sie für den Rest ihres Lebens auf diesen Rollstuhl angewiesen sein würde.

Vorsichtig tastete sie mit der rechten Hand über die Lehne. Dort war eine runde Vertiefung, ein Pappbecher stand darin. Sie hob ihn auf und roch daran. Cola. Warm, ein wenig abgestanden, aber süß. Sie trank schnell, ein Großteil lief ihr über die Mundwinkel und den Hals.

Die linke Hand war noch immer verbunden, mit der rechten tastete sie weiter. Ihre Finger wanderten über eine Decke, die um ihre Beine geschlungen war. Auf ihrem Schoß lag ein Schokoriegel. Sie biss ein Stück ab und verzog kurz das Gesicht. Nüsse. Sie mochte Schokolade, aber keine Nüsse. Das war allerdings egal, im Handumdrehen hatte sie alles verschlungen. Jetzt ging es ihr besser.

Dann hörte sie ein Geräusch. Ein leises Scharren.

Sie schrak zusammen. Woher sollte sie wissen, dass es nur das Knacken der Heizung war? Sie war zehn Jahre alt. Und in ihrer Welt lauerten die Monster noch in den Wänden.

»Papa?«, flüsterte sie.

Sie richtete sich auf, saß mit aufgerissenen Augen da, den Mund mit Cola und Schokolade verklebt, und lauschte angestrengt in die Dunkelheit.

»Papa?«

Dann war es still.

Ich habe keine Angst, dachte sie und wischte sich eine Träne aus dem Augenwinkel. Nein, ich werde nicht weinen. Irgendwann kommt mein Papa. Er hat es versprochen.

*

»Kann es sein, dass du gar nicht so cool bist, wie du immer tust?«

»Wie meinst du das?«, fragte Zorn.

Malina trug ein hellgraues, dünnes Kleid, das knapp über die Knie reichte. Sie hockte auf seinem Sofa, die Beine hatte sie bis unters Kinn hochgezogen und die Arme um die nackten Unterschenkel geschlungen. Er saß ihr im Sessel gegenüber und rauchte. Sie hatten im *Basement* gegessen, eine Flasche Wein getrunken und später ein Taxi genommen. Im Fahrstuhl war Malina wie selbstverständlich auf seiner Etage ausgestiegen und mit ihm in die Wohnung gegangen.

Sie waren jetzt seit einer halben Stunde hier, der übliche, dumpfe Geruch nach Zigarettenqualm schien verschwunden. Es roch nach ihr, nach Flieder. Das gefiel ihm.

»Du versuchst ständig, anderen weiszumachen, dass du anders wärst, als du eigentlich bist, Claudius.«

Sie redet, als wären wir verheiratet, dachte er und musste unwillkürlich lächeln.

Malina gestikulierte mit dem vollen Weinglas in seine Richtung. »Und man sieht dir nie an, was du denkst.«

»Das liegt an meinem Job.«

»Dann hast du einen Scheißjob.«

»Würd ich nicht abstreiten.«

»Und woran denkst du jetzt, Claudius?«

»An deinen Onkel.«

Sie sah ihn verwundert an. »Onkel Mirko? Warum?«

Er stützte die Ellenbogen auf die Knie. »Du hast mich gefragt, was ich denke. Und ich habe dir geantwortet.«

»Ist das ein Verhör, Herr Kommissar?«

Zorn grinste schief und schüttelte den Kopf. »Mich interessiert einfach, wo du herkommst. Mit welchen Menschen du zu tun hast. Und was du den ganzen Tag machst.«

Sie zuckte die Achseln. »Gläser spülen?«

»Mehr nicht?«

»Gibst du mir noch Wein?« Sie hielt ihm ihr Glas entgegen. Er goss ihr nach und nahm sich eine neue Zigarette. Sie trank einen Schluck und stellte das Glas vorsichtig auf den Tisch. »Warst du schon einmal in Kroatien?«

Er nickte. Das musste jetzt fast zwanzig Jahre her sein, kurz, bevor sich Jana von ihm getrennt hatte. Sie hatte damals einen Urlaub in einem Hotel an der Adria gebucht. Wahrscheinlich, um herauszufinden, ob an ihrer Beziehung noch etwas zu retten war. Zorn hatte den ganzen Tag am betonierten Hotelstrand gelegen und gelesen. Auf der Rückfahrt hatten sie kein Wort miteinander gewechselt.

»Ich meine nicht das Meer«, sagte Malina. Der Alkohol hatte ihre Wangen leicht gerötet. »Sondern das Hinterland, da, wo man keine Touristen trifft. Warst du dort?«

»Nein. Warum fragst du?«

»Ich bin in den Bergen aufgewachsen.«

»In Kroatien?«

»Ja. Als ich zwölf war, im Krieg, kamen die Serben in unser Dorf.« Sie sprach langsam, als würde sie jedem ihrer Worte nachlauschen. »Sie blieben nur eine halbe Stunde, aber nachdem sie das Dorf verlassen hatten, waren alle Erwachsenen tot. Meine Eltern auch. Onkel Mirko war damals bei der Armee, er kam drei Tage später zurück und hat mich zu sich genommen. Als er zwei Jahre später nach

Deutschland ging, bin ich mit. Ich habe keine Sekunde überlegt, als er mich gefragt hat.«

Sie stellte ihr Glas ab und sah nachdenklich zum Fenster. Die Scheiben waren beschlagen, der Regen rann in dünnen Schlieren hinab.

Zorn drückte seine Zigarette aus. »Man hört dir gar nicht an, dass du aus Kroatien kommst.«

»Meine Mutter war Deutsche. Mirko ist der ältere Bruder meines Vaters. Er hat selbst keine Kinder und sagt immer, dass wir vom gleichen Blut sind, er und ich. Dass es nichts Wichtigeres geben kann als das Band zwischen ihm und mir. Ich halte nichts von diesem Gelaber, aber er liebt mich, das weiß ich. Und ich liebe ihn. Ohne ihn hätte ich damals nicht überlebt. Er hat sich immer um mich gekümmert, das ist bis heute so geblieben.«

»Deshalb arbeitest du in seiner Bar?«

»Ja. Es ist eine gute Arbeit. Und ich bin immer in seiner Nähe.« Sie nahm ihr Glas, sah, dass es leer war und hielt es ihm wortlos entgegen. Wieder goss er nach. »Du bist der Erste, dem ich das erzähle, Kommissar.«

Sie sah ihn lange an. Sehr lange. Claudius Zorn spürte, wie ihm plötzlich warm wurde. Malina holte tief Luft. »Und jetzt«, sagte sie und prostete ihm zu, »erzähl mir was von dir.«

»Was willst du wissen?«

»Alles.«

*

Die Stationsschwester warf einen missbilligenden Blick auf die Uhr.

»Haben Sie eine Ahnung, wie spät es ist?«

Sie war knapp einen Kopf größer als Schröder und wog an die zwei Zentner.

»Die habe ich, Schwester.« Schröder lächelte höflich. »Und es ist sehr nett von Ihnen, dass Sie mich um diese Zeit noch empfangen.«

Der Flur der Kinderstation war verlassen. An den Wänden hingen fröhliche Zeichnungen mit lachenden Fröschen, tanzenden Zwergen und aufgehenden Sonnen. Die massige Krankenschwester hingegen verbreitete die Aura einer gereizten Elchkuh.

»Es ist fast Mitternacht. Was macht die Polizei eigentlich tagsüber?«

»Arbeiten.« Schröders Lächeln wurde breiter. »Tag und Nacht im Einsatz für Ordnung und Sicherheit.«

Die Schwester dachte nicht daran, sich von seiner guten Laune anstecken zu lassen. Stattdessen schürzte sie vorwurfsvoll die Lippen, was zur Folge hatte, dass sich über ihrer leicht behaarten Oberlippe winzige senkrechte Falten bildeten. Schröder konnte sich beim besten Willen nicht vorstellen, dass diese Frau jemals in ihrem Leben gelacht hatte. Das allerdings konnte ihn nicht davon abhalten, weiterhin den Strahlemann zu spielen.

»Sie hatten gestern tagsüber Dienst?«

»Das habe ich Ihnen am Telefon gesagt, ja.«

»Dann wäre es nett, wenn Sie mir die Entlassungspapiere des Kindes zeigen könnten.«

»Bin ich dazu verpflichtet?«

»Nein, Schwester. In diesem Falle allerdings wäre ich gezwungen, mit einem richterlichen Beschluss wiederzukommen und Sie zur Vernehmung aufs Präsidium vorzuladen«, log Schröder und strahlte über das ganze Gesicht.

Sie fuhr sich mit der Zunge über die Lippen und dachte nach.

»Wie, sagten Sie, war der Name des Kindes?«

»Mahler. Ella Mahler.«

»Warten Sie einen Moment.«

Sie verschwand im Schwesternzimmer. Schröder hörte, wie sie mit einigen Papieren raschelte. Irgendwo begann ein Kind, leise zu weinen.

»Hier.« Sie reichte ihm eine Krankenakte. »Das Original bleibt aber hier. Von mir aus können Sie sich eine Kopie machen.«

Schröder antwortete nicht und blätterte die Akte rasch nach hinten durch. »Wer hat ihre Entlassung befürwortet?«, fragte er, ohne aufzusehen.

»Doktor Prakash, ihr behandelnder Arzt.«

»Sie haben gesehen, wer das Mädchen abgeholt hat?«

»Natürlich, ich bin ja nicht blind.«

»Hier steht, es war ihr Vater, Henning Mahler.«

»Wenn es da steht, wird es wohl stimmen.«

Er zeigte ihr die Akte. »Ist das seine Unterschrift?«

»Sicher.«

Das Weinen wurde lauter. Sie warf einen genervten Blick über die Schulter. »Ich muss mich jetzt um meine Arbeit kümmern.«

Schröder dachte an den verängstigten kleinen Patienten, der da hinten irgendwo allein in seinem Bett lag und anstatt tröstender Worte wohl eher eine saftige Standpauke zu erwarten hatte.

Die Schwester machte Anstalten zu gehen. »War's das jetzt?«

»Moment noch.« Er griff in die Brusttasche und reichte ihr ein Foto von Henning Mahler. »Das ist ihr Vater. War es dieser Mann?«

Sie musterte das Bild genau. Schröder registrierte, wie sich auf ihrem breiten Gesicht so etwas wie Verwunderung zeigte. Ein blasser, grünlicher Hauch, der sofort in einen Ausdruck der Verblüffung überging, um einige Sekunden später einer tiefen Bestürzung zu weichen. Sie ließ das Foto sinken und griff sich an den überdimensionierten Busen, genauer gesagt an die Stelle, an der Schröder ihr Herz vermutete.

»Ach!«

Das Kind schrie jetzt wie am Spieß. Sie achtete nicht darauf, sondern starrte Schröder mit offenem Mund an. Dann gab sie ihm das Foto zurück.

»Ich weiß es nicht.«

Schröder nickte langsam. »Tja, jetzt müssen Sie mich doch aufs Präsidium begleiten, Schwester. Ich glaube, Sie werden erklären müssen, wie Sie ein zehnjähriges Kind einem wildfremden Menschen überlassen konnten.«

»Ich habe nicht ahnen können, dass –«

»Egal.« Schröder war jetzt alles andere als freundlich, seine Stimme hatte einen selten scharfen Unterton bekommen. »Holen Sie Ihren Mantel. Wir brauchen ein Phantombild.«

*

Nach einer guten halben Stunde hatte Zorn tatsächlich eine ganze Menge erzählt. Zunächst wunderte er sich selbst, was er Malina alles preisgab, schließlich kannte er sie kaum. Trotzdem redete er in diesen Minuten so viel wie sonst in einer ganzen Woche nicht. Er vermied es, über seine Arbeit zu sprechen, die Zweifel am Sinn seines Tuns allerdings verschwieg er ihr ebenso wenig wie ein paar seiner verkorksten Frauengeschichten. Es fühlte sich ungewohnt an, befremdlich, schließlich erwähnte er Dinge, über die er sonst nicht einmal nachdachte. Lag es am Alkohol? Wahrscheinlich nicht, schließlich hatte er kaum etwas getrunken.

Egal, es tat ihm gut. *Sie* tat ihm gut. Etwas, das ihn noch mehr verwunderte.

Malina hatte sich auf dem Sofa ausgestreckt und schweigend zugehört. Sie stützte den Kopf auf den Arm und fragte: »Was ist aus den ganzen Frauen geworden?«

»Was soll mit denen sein?«

»Gibt es im Moment eine?«

Er trank einen Schluck Wein. »Aber ja, meine neue Vorgesetzte. Eine blutjunge Staatsanwältin, sie sieht umwerfend aus. Leider ist sie total zickig. So schnell werde ich sie nicht ins Bett kriegen. Aber ich arbeite dran.«

Malina lachte auf. »Du bist ein Spinner.« Plötzlich dachte er an Hannah, ihr Lachen hatte er ebenfalls gemocht. Schnell schob er den Gedanken beiseite und wurde ernst. »Nein, im Moment gibt es niemanden. Und glaub mir, ich hab schon viele Beziehungen beendet. Es ist einfach.«

»Wirklich?«

»O ja. Irgendwann gewöhnt man sich daran. Es ist wie bei einer schweren Erkältung. Man weiß, dass es ein, zwei Wochen weh tun wird, aber man weiß auch, dass es danach vorbei ist.«

»Du redest wie ein verbitterter, alter Mann, weißt du das?«

»Ich bin alt, Malina, uralt, ich bin zweiundvierzig.« Zorn lächelte. »Aber verbittert bin ich nicht.«

Oder doch?, überlegte er und langte nach seiner Zigarettenschachtel. Dabei fiel sein Blick auf ihre nackten Beine. Sie waren schlank und sehnig, und sie gefielen ihm. Er hielt in der Bewegung inne, schluckte und sah zur Seite.

Sie setzte sich auf und legte den Kopf ein wenig schief. »Ist was?«

O Gott, dachte er, ich kann ihr ja schlecht sagen, dass ich ihr die ganze Zeit auf die Beine starre. Er kratzte sich im Nacken und stand auf. »Möchtest du noch Wein?«

»Ich hab noch.« Sie hob ihr volles Glas.

Zorn sank zurück in seinen Sessel. Bisher war alles so einfach gewesen, er hatte geredet, ohne nachzudenken, was er da sagte. Und jetzt? Sie wird bald gehen, überlegte er. Ich muss irgendwas tun. Aber was? Scheiße, ich werd nie lernen, wie man so was macht.

Malina saß auf dem Sofa, nicht mehr als einen guten Meter entfernt. Es wäre ein Leichtes gewesen, sie zu berühren, er musste sich nur ein wenig vorbeugen, mehr nicht. Er konnte sich auch zu ihr setzen, dazu musste er nur um den Couchtisch herumgehen, das waren zwei, höchstens drei Schritte. Doch es kam ihm vor, als müsse er dazu Welten durchqueren. Von einem Moment auf den anderen saß sie in einem anderen Universum.

»Was ist mit ihnen?«

»Was? Mit wem?«

»Mit meinen Beinen.«

»Was?« Zorn wurde rot wie ein Teenager, der im Supermarkt zum ersten Mal beim Klauen erwischt wird. »Was soll mit deinen Beinen sein?«

»Du hast sie angestarrt.«

»Hab ich nicht.«

Sie sah ihn prüfend an, während er zu Gott betete, sie möge ihm seine Verlegenheit nicht anmerken. Er wusste, dass es sinnlos war. Dieser alte, weißbärtige Trottel war nie da, wenn man ihn brauchte.

Dann klopfte Malina mit der flachen Hand neben sich auf das Sofa. »Komm her, Claudius.«

»Was?«

»Wenn du das noch einmal sagst, schreie ich. Komm jetzt her.«

Er stand auf, stieß sich das Schienbein am Tisch und war froh, dass wenigstens die Weinflasche nicht umkippte. Irgendwie schaffte er es, sich neben sie zu setzen.

Er spürte, wie sich in seinem Magen ein Kloß bildete. Jetzt, überlegte er, lege ich gleich meinen Arm um sie. Ich muss nur noch einmal kurz tief durchatmen. Nein, ich zähle bis zehn, dann tu ich's.

Als er bei sieben angekommen war, sah Malina ihn an. Ihre Augen waren dicht vor ihm, jetzt, aus der Nähe, konnte er sich erst recht nicht für eine Farbe entscheiden, es schienen alle gleichzeitig zu sein. Er bemerkte ihre Ohrringe, kleine, glänzende Sterne an silbernen Ketten. Sah die mageren Schultern, das Pochen einer Ader an ihrem Hals. Den zarten Flaum an ihrem Ohr.

»Würdest du mir jetzt bitte dein Bett zeigen?«

Aber natürlich, wollte Zorn sagen, mit dem größten Vergnügen. Brachte aber nur ein Krächzen zustande und musste sich mit einem stummen Nicken begnügen.

Sie nahm seine Hand. »Dann komm.«

Danke, lieber Gott, dachte Zorn.

Morgen zünde ich dir eine Kerze an. Vielleicht.

*

Es war zwei Uhr morgens, als Mirko Stapic vor seiner Bar stand und in den Taschen nach seinem Schlüssel kramte. Er blieb immer bis eine Stunde nach Ladenschluss, in dieser Zeit machte er die Abrechnungen und den lästigen Papierkram, der sich tagsüber angesammelt hatte. Das war nicht sonderlich viel, in der letzten Zeit waren die Umsätze stark zurückgegangen. Die Menschen hatten nichts zu feiern an ihrem Feierabend. Sie tranken zu Hause, allein womöglich.

Die Uhr am Turm der Marktkirche schlug zweimal, einsame, spröde Töne, die seltsam fehl am Platze wirkten. Tagsüber, wenn sich der Verkehr durch die enge Gasse quälte, war nichts davon zu hören. Jetzt war es hier still, bis auf das Rauschen des Regenwassers in den überfüllten Gullys und ein blechernes Plärren, das aus dem alten Mietshaus gegenüber der Bar drang. Eine siebzigjährige, schwerhörige Frau schlief in ihrem Sessel, während aus einem großen Fernseher eine Quizshow in voller Lautstärke durch das angekippte Fenster auf die Straße dröhnte.

Stapic schimpfte leise, als er den Schlüssel nicht sogleich fand. Von links näherte sich ein junges Mädchen, das auf hohen Absätzen Richtung Markt hastete. Sie achtete nicht auf den großen, grauhaarigen Mann, der gebückt vor der Bar stand und seine Hosentaschen abklopfte. Er sah ihr einen Moment nach und wandte sich dann wieder seiner Suche zu.

Die alte Frau in der Wohnung gegenüber schnarchte leise vor sich hin. Der Fernseher, ein riesiges Flachbildmodell, war an der Wand befestigt, darunter lag ein Kissen, auf dem ein alter, zerzauster Kater vor sich hin döste. Das Programm hatte gewechselt, jetzt liefen Werbeclips für Telefonsex.

Mit einem zufriedenen Grunzen zog Stapic endlich den Schlüssel aus seiner Jacke. Er murmelte etwas auf Kroatisch, hielt den Schlüssel prüfend gegen das Licht einer Laterne und steckte ihn dann ins Schloss.

Ruf! Misch! An!, hauchte eine barbusige Blondine mit leichtem hessischen Akzent in der Wohnung gegenüber. Der Kater unter dem Fernseher zuckte kurz mit den Ohren.

Stapic drehte den Schlüssel.

Die alte Frau kratzte sich im Schlaf an der Nase.

Eine weitere Drehung.

Das Schloss rastete ein.

Die Wucht der Explosion riss Mirko Stapic von den Füßen. Die Laterne vor der Bar flackerte auf und erlosch, in den Schränken der umliegenden Wohnungen klapperte das Geschirr, Glassplitter und kleine Gesteinsbrocken flogen quer über die Straße und zerbarsten am Haus gegenüber. Der Fernseher der alten Dame wurde durch die Erschütterung aus seiner Verankerung gerissen und begrub den Kater unter sich, der sofort tot war und schon deswegen gar nicht wusste, wie ihm geschah. Die alte Frau fuhr auf, sah das Tier mit zertrümmertem Schädel auf dem Teppich liegen und begann zu schreien, bevor sie richtig verstand, was eigentlich passiert war.

Und während Claudius Zorn gar nicht weit entfernt wach lag und hörte, wie Malina im Schlaf leise seinen Namen flüsterte, wurde der kroatische Barbesitzer zwei Meter durch die Luft geschleudert und krachte dann mit voller Wucht auf das nasse Pflaster des Gehsteigs.

Die Stille dröhnte, sonst rührte sich nichts.

TEIL DREI

What have I become, my sweetest friend?
Everyone I know goes away in the end.

Einundzwanzig

»Du siehst prima aus, Chef.«

»Wie?«

»Erholt und ausgeruht. Hast du letzte Nacht gut geschlafen?«

»Das geht dich gar nichts an«, knurrte Zorn und warf Schröder einen vorwurfsvollen Blick zu. Er war wütend, weil er erst von der Explosion erfahren hatte, als er gegen neun ins Präsidium gekommen war.

»Wir haben mindestens sechs Stunden verloren, Schröder! Wieso hat es niemand für nötig gehalten, mich sofort zu unterrichten?«

»Weil die Kollegen es zuerst für eine Gasexplosion hielten. Und weil sie nicht geahnt haben, dass es einen Zusammenhang mit den Mordfällen geben könnte.«

Zorn brummte etwas von überbezahlten, unfähigen Beamten, die nichts anderes als ihre Pension im Kopf hätten. Eine Bemerkung, die Schröder geflissentlich überhörte.

»Der Besitzer hat unglaubliches Glück gehabt, Chef. Abgesehen von ein paar Schürfwunden ist er so gut wie unverletzt.«

»Das weiß ich. Erzähl mir lieber was Neues.«

»Als Sprengsatz diente eine Handgranate, wahrscheinlich ein Modell aus der Schweiz, das auch die Bundeswehr einsetzt. Sie war in einem Papierkorb direkt neben dem Eingang versteckt.«

»Ein Papierkorb?«

»Ja, so ein schweres, dickes Betonding. Er ist wie durch ein Wunder ganz geblieben, deswegen ist die Druckwelle zum größten Teil nach oben abgeleitet worden.«

»Wo ist Mirko Stapic jetzt?«

»Zu Hause.«

»Wir sollten mit ihm sprechen, oder?«

»Ich habe ihn herbestellt, Chef. Er ist in einer Stunde hier.«

»Gut. Vielleicht kann er uns weiterhelfen.«

»Dieser Anschlag geschieht wirklich zu einem ungewöhnlichen Zeitpunkt. Immerhin ist der Barbesitzer einer der Letzten, die Philipp Sauer lebend gesehen haben. Auf der anderen Seite könnte es sich aber auch um einen stinknormalen Bandenkrieg handeln.«

»Schutzgelderpressung?«

»Warum nicht? Da fliegt öfter mal eine Bombe, Chef.«

Ich muss Malina anrufen, überlegte Zorn. Sie weiß wahrscheinlich noch gar nicht, was passiert ist. Er dachte kurz an die vergangene Nacht, spürte, wie sein Puls stieg, und hatte plötzlich Probleme, sich auf das Gespräch zu konzentrieren.

»Was ist mit dem … mit dem Zünder?«, fragte er.

»Da haben wir ein gewisses Problem. Die Handgranate wurde per Funk ausgelöst, der Zünder war mit dem Türschloss gekoppelt. Da hat jemand hübsch was zusammengebastelt, es wird eine Weile dauern, bis wir wissen, welche Teile da verwendet wurden.«

»Dann werden wir mal wieder abwarten müssen.« Zorn schob den Sessel zurück und legte die Beine auf den Schreibtisch. »Eins würde mich noch interessieren: Wie bist du eigentlich auf den Gedanken gekommen, ins Krankenhaus zu fahren und die Schwester zu befragen?«

Schröder griff sich mit dem Zeigefinger an die Nase und lächelte. »Intuition, Chef.«

»Hör auf mit dem Scheiß, oder ich lass dich an die Pforte versetzen.«

»Selbstverständlich.« Schröder schlug militärisch die Hacken zusammen.

Zorn winkte gnädig ab: »Ich geb's ungern zu, aber es war eine gute Idee.«

»Die uns leider nicht viel weiterbringt. Wir wissen zwar, dass Mahler seine Tochter nicht abgeholt hat, aber wer an seiner Stelle dort war, werden wir so schnell nicht herausbekommen.«

»Ich denke, ihr lasst gerade ein Phantombild anfertigen?«

»Wir haben's versucht. Es bringt nichts.«

»Wieso?«

»Die Krankenschwester ist Prosopagnostikerin.«

»Wenn du mich wieder veralbern willst, dann …«

»Nein, Chef. Sie kann sich keine Gesichter merken.«

»Ach!«

»Es ist eine angeborene Krankheit, irgendein genetischer Defekt. Die Menschen haben Schwierigkeiten, ein Gesicht einem Menschen zuzuordnen. Geschweige denn, sich etwas davon zu merken.«

»Und ausgerechnet die einzige Person, die uns im Moment weiterbringen würde, hat diesen Mist?«

Schröder zuckte die Achseln. »Ja. Die Krankenschwester hat bisher selbst nicht gewusst, dass sie daran leidet. Sie hat sich die ganze Nacht gequält, bis unser Techniker den Verdacht geäußert hat. Als ob sie nicht schon genug gestraft wäre.«

»Wie meinst du das?«

»Sagen wir mal, sie ist von eher unvorteilhaftem Äußeren, die Arme.«

Zorn warf einen kurzen Blick auf Schröders gedrungene Gestalt, das rötliche, schräg über die Glatze gekämmte Haar, und setzte zu einer Bemerkung an, die er sich dann aber verkniff.

»Außerdem«, fuhr Schröder fort, »hat sie ziemlichen Ärger zu erwarten. Schließlich hätte sie den Mann überprüfen müssen, bevor sie ihm einfach ein Kind überlässt.«

»Mein Mitleid hält sich in Grenzen«, murmelte Zorn und spürte einen Hauch Resignation in sich aufsteigen. Es ist unglaublich, dachte er. Erst fallen die Kameras am Bahnhof aus, und jetzt haben wir eine Zeugin, die keine ist. Was soll das? Ist es Zufall? Oder pfuscht uns da jemand ins Handwerk?

Während er noch überlegte, ob dies möglicherweise Gott, der Teufel oder dessen Großmutter sein könnte, klopfte es kurz, und Frieda Borck steckte den Kopf zur Tür herein. Sie schnüffelte, verzog angeekelt das Gesicht, ging wortlos an Zorn vorbei zum Fenster und riss es sperrangelweit auf. Eine kalte, regengetränkte Böe fegte durchs Zimmer und wehte einige Papiere vom Schreibtisch.

Zorn warf der Staatsanwältin einen verdatterten Blick zu, während Schröder sich behutsam in die Ecke neben der Tür zurückzog.

»Es reicht«, sagte sie barsch. »Sie halten sich ans Rauchverbot, oder Sie bekommen eine Beschwerde, die sich gewaschen hat. Dies ist ein öffentliches Gebäude, hier gibt es Regeln, und die gelten auch für Sie, Herr Hauptkommissar.« Wütend riss sie Zorn die Zigarette aus der Hand, drückte sie heftig im Aschenbecher aus und warf diesen dann in den Papierkorb, wo er in tausend Stücke zerschellte. »Und nehmen Sie verdammt nochmal die Beine vom Tisch, wenn ich mit Ihnen rede!«

Zorn wusste nicht, wie ihm geschah. Jetzt ist sie gerade mal einen Tag hier, und schon wird sie Sauer immer ähnlicher, dachte er. Wenn sie so weitermacht, baumelt sie irgendwann an der Marktkirche.

Im nächsten Augenblick fragte er sich, warum ihm ausgerechnet in den unmöglichsten Situationen solch unpassende, pietätlose Gedanken durch den Kopf gingen. Zum Glück, überlegte er dann, habe ich's nicht laut ausgesprochen. Er nahm erst den einen, dann den anderen Fuß vom Tisch und begnügte sich mit einem Grinsen, das er für überlegen hielt. In Wahrheit jedoch fiel es ausgesprochen dümmlich aus.

Frieda Borck stand mit verschränkten Armen da und sah wütend auf Zorn hinab. Dann warf sie den Kopf zurück, lief ein paarmal auf und ab und versuchte offensichtlich, sich zu beruhigen. Ihre Absätze klapperten laut auf dem zerschrammten Linoleum.

»Sie haben den Barbesitzer zur Vernehmung einbestellt?«

»Nun ja«, erwiderte Zorn, »wir sollten auf jeden Fall mit ihm sprechen. Oder halten Sie ihn für verdächtig?«

Frieda Borck zuckte die Achseln. »Ich würde diesen Gesichtspunkt jedenfalls nicht außen vor lassen. Wer übernimmt die Befragung?«

»Er«, sagte Zorn ohne Zögern und nickte Schröder zu. Der Gedanke, Malinas Onkel selbst befragen zu müssen, war ihm zuwider.

»Ich möchte, dass wir vorher die Strategie durchsprechen.«

Schröder setzte zum Reden an, doch Zorn kam ihm zuvor: »Oh, die Strategie ist einfach, Frau Staatsanwältin. Schröder wird ihn fragen, ob er die Morde begangen hat. Wenn er es zugibt, verhaften wir ihn und haben den Fall gelöst.«

Zu Zorns Überraschung lachte Frieda Borck laut auf. »Okay. Ich habe Sie eben vielleicht ein wenig hart angefasst und kann verstehen, dass Sie beleidigt sind.«

»Ich bin nicht beleidigt.«

Nein, das bin ich wirklich nicht, dachte Zorn. Du hast mich eben runtergeputzt, als wären wir in der Vorschule und ich hätte meine Hausaufgaben vergessen. Und Schröder hat alles mit angesehen. Ich könnte dich erwürgen, Frieda Borck. *Erwürgen.*

»Egal«, erwiderte sie. »Wir können es uns jedenfalls nicht leisten, uns gegenseitig das Leben mit irgendwelchen Kindereien schwerzumachen, Herr Hauptkommissar. Wir alle sind im Stress.«

Zorn versuchte, eine undurchdringliche Miene aufzusetzen, dachte nach und kam zu dem Schluss, dass sie recht hatte. Sie war jung und unerfahren, aber er hatte bereits festgestellt, dass sie nicht dumm war.

»Es stimmt, wir sollten uns auf die Arbeit konzentrieren, Frau Borck. Und ich nehme Ihre Entschuldigung an.«

»Das war keine Entschuldigung.«

Er hob die Augenbrauen. »Was war es dann?«

»Nennen wir es eine taktische Maßnahme, um meine Untergebenen besser zu motivieren.«

Schröder ließ ein kurzes Kichern vernehmen. Zorn warf ihm einen wütenden Blick zu, worauf er sofort verstummte und sich scheinbar schuldbewusst auf die Unterlippe biss.

Die Staatsanwältin sah auf ihre Armbanduhr. »Also. Was denken Sie über diesen Mirko Stapic, Herr Hauptkommissar?«

Zorn räusperte sich und erwiderte ausweichend: »Ich denke, dass wir mehr wissen, wenn wir ihn vernommen haben. Und natürlich dürfen wir nicht vergessen, dass Philipp Sauer Stammkunde in seiner Bar gewesen ist.«

»Deswegen sollten wir auch das Personal befragen.«

Malina. Auch sie musste vernommen werden, es ließ sich nicht umgehen. »Das übernehme ich.«

»Gut. Stapic ist Kroate. Der Vater des Kindes von Sigrun Bosch …«

»… war Ausländer«, unterbrach Zorn. »Das ist mir bewusst.«

»Sie fühlte sich laut ihren Aufzeichnungen von ihm bedroht.«

»Das macht Stapic noch lange nicht verdächtig.«

»Wenn ich etwas anmerken dürfte«, meldete sich Schröder aus dem Hintergrund, »es gibt nicht nur einen Ausländer.«

»Soll das ein Witz sein?«

»Ausnahmsweise nicht, Chef. Ich meinte, dass außer Stapic noch weitere Personen mit diesem Fall in Verbindung stehen. Doktor Prakash zum Beispiel, der behandelnde Arzt von Ella Mahler. Er ist Pakistani.«

»Wir können nicht jeden Ausländer überprüfen, der uns bei der Ermittlung über den Weg läuft, Schröder. Dann sind wir Weihnachten noch nicht fertig.«

Schröder steckte die Hände in die Hosentaschen. »Ich wollt's auch nur gesagt haben.«

»Das hast du jetzt.«

»Also, meine Herren.« Frieda Borck ging zum Fenster und schloss es mit einem resoluten Knall. »Ich lasse Sie jetzt allein. In einer halben Stunde erwarte ich einen kurzen, schriftlichen Plan über unser weiteres Vorgehen.« Sie streckte Zorn den Zeigefinger entgegen. »Und sollte ich Sie hier noch einmal beim Rauchen erwischen, lernen Sie mich kennen.«

Sie rauschte aus dem Büro.

Gott, wie ich es hasse, wenn mir jemand sagt, was ich zu tun habe, dachte Zorn.

»Du kannst gehen«, sagte er zu Schröder. »Schreib irgendwas zusammen, damit sie sich beruhigt. Ich muss telefonieren.«

Schröder wandte sich schulterzuckend zur Tür.

»Und noch was.«

»Ja, Chef?«

»Besorg mir einen neuen Aschenbecher.«

*

»Das ist eine stinknormale Befragung, Malina. Ich musste dich herbestellen. Es ist besser, wir beide reden über die Sache, als dass dich irgendein anderer im Präsidium vernimmt.«

Sie saßen an dem kleinen Tisch in der Ecke, dort, wo Zorn sich manchmal mit Schröder besprach. Malina war blass, sie schien aufgeregt und unsicher in dieser ungewohnten Umgebung. Zorn nahm ihre Hand und streichelte sie vorsichtig. Er spürte, wie ihre Finger zitterten. Sie wurde ein wenig ruhiger und sah sich in seinem Büro um.

»Hier arbeitest du also den ganzen Tag?«

»Ganz schön trostlos, oder?«

»Kein Wunder, dass du manchmal so knurrig bist.«

Er lächelte. Überlegte einen Moment, wie er fortfahren sollte. »Hast du irgendeine Ahnung, was da passiert sein kann?«, begann er vorsichtig.

Sie schüttelte den Kopf. »Woher denn? Onkel Mirko hat mich angerufen, kurz nachdem du weg warst. Er sagte, es hätte eine Explosion gegeben und dass er unverletzt wäre.«

»Es war eine Bombe.«

»Was?«

Malina war aufgesprungen. Ihr Stuhl kippte um und polterte zu Boden. Zorn hob ihn auf und wartete, bis sie wieder Platz genommen hatte. Ihre Hände begannen wieder zu zittern.

»Du musst uns helfen, Malina. Wir haben keinen Schimmer, wer das getan haben könnte.«

»Ich auch nicht.«

»Niemand kennt deinen Onkel besser als du. Hat er irgendwelche Feinde?«

Ihre Stimme wurde schrill. »Feinde? Woher soll ich das wissen?«

»Okay.« Er nickte langsam. »Da ist noch eine andere Sache. Es gibt hier im Präsidium Leute, die einen Zusammenhang mit den Morden der vergangenen Wochen sehen. Das kann ich nicht ignorieren, und ehrlich gesagt, will ich das auch nicht. Der tote Staatsanwalt zum Beispiel wurde das letzte Mal lebend bei euch in der Bar gesehen.«

»Du … du verdächtigst Onkel Mirko?« Wieder sprang Malina auf. Sie war jetzt kurz davor, in Tränen auszubrechen. »Was bildest du dir eigentlich ein? Du schläfst mit mir und hast am nächsten Tag nichts Besseres zu tun, als mir zu sagen, dass mein Onkel ein Mörder ist? Ich habe dir erzählt, was er für ein Mensch ist. Was bist du nur für ein Arschloch!«

Er ging zu ihr und nahm sie vorsichtig in den Arm. »Niemand verdächtigt hier jemanden«, sagte er leise und küsste sie auf die Stirn. »Es klingt abgedroschen, aber wir müssen jeder noch so kleinen Spur nachgehen, verstehst du?«

»Onkel Mirko kann keiner Fliege was zuleide tun.«

»Etwas anderes behaupte ich auch nicht.«

Es klopfte, Schröder erschien in der Tür. Zorn ließ Malina los und trat einen Schritt zurück. »Was gibts?«

»Kann ich dich kurz sprechen?«, fragte Schröder, nickte Malina zu und ließ sich ansonsten seine Verwunderung nicht anmerken.

»Kann das nicht warten?«

»Nein, Chef. Ich warte im Flur.«

Er schloss die Tür hinter sich. Zorn gab Malina noch einen Kuss und ging nach draußen. Dort reichte ihm Schröder ein in Klarsichtfolie gewickeltes A4-Blatt.

»Das ist der DNA-Test, den ich an Hannahs Leiche habe machen lassen.«

»Und?«

»Hautpartikel und Haare von Henning Mahler.«

»Sag das noch mal.«

»Wir haben Hautpartikel und Haa –«

»Schon gut«, unterbrach ihn Zorn. »Ich hab's verstanden.«

Das allerdings stimmte ganz und gar nicht. Im Gegenteil, Claudius Zorn hatte nicht die geringste Ahnung, was hier vor sich ging.

*

»Wie fühlen Sie sich, Herr Stapic?«

»Gut, Herr Kommissar, ausgezeichnet. Der Rücken tut ein wenig weh, ansonsten habe ich keine Schmerzen.«

Mirko Stapic sah keineswegs gut aus. Trotz seiner gebräunten Haut wirkte er blass und übernächtigt, mit hängenden Schultern hockte er müde auf einem Sessel, den Schröder extra ins Vernehmungszimmer hatte bringen lassen.

»Ich möchte Sie darauf hinweisen, dass dieses Gespräch aufgezeichnet wird, Herr Stapic.«

»Von mir aus gern.«

»Möchten Sie etwas trinken? Einen Kaffee vielleicht?«

»Nein danke, Herr …« Stapic geriet ins Stocken. »Entschuldigen Sie, ich habe Ihren Namen vergessen.«

»Schröder.«

»Ach ja. Ich bin fürchterlich durcheinander, müssen Sie wissen, die letzte Nacht hat mich sehr schockiert.« Stapic lächelte verlegen. Über dem linken Auge trug er ein Pflaster, darunter zog sich eine frische Risswunde über die Wange bis hinab zum Hals. »Es fällt mir schwer, meine Gedanken zu ordnen.«

»Das verstehe ich. Sie müssen sich nicht entschuldigen.«

»Wissen Sie, es hat Jahre gedauert, bis sich die Bar etabliert hat. Und jetzt, wo es langsam besser lief, passiert so etwas.« Stapic schüttelte den Kopf und betrachtete seine Fingernägel.

Schröder beobachtete ihn genau. »Zunächst möchte ich Ihnen danken, dass Sie so schnell zu uns gekommen sind. Nach allem, was Ihnen letzte Nacht zugestoßen ist.«

»Das war selbstverständlich.«

»Sie möchten wirklich nichts trinken?«

Stapic schüttelte den Kopf. »Nein, aber es wäre nett, wenn ich ein Aspirin haben könnte.«

»Wir werden bald fertig sein, ich lasse Ihnen dann etwas bringen.«

»Danke.« Der Barbesitzer holte tief Luft und blickte auf. Die dunklen Augen wirkten müde. »Seien Sie so freundlich und sagen Sie mir eines, Herr Kommissar.«

»Gern.«

»Verdächtigen Sie mich?«

»Wie meinen Sie das?«

»Glauben Sie, dass ich meine Bar selbst in die Luft gesprengt habe?«

Die Antwort kam schnell. »Woher wissen Sie, dass es eine Bombe war?«

»Ihr Kollege, der mich hergefahren hat, erzählte es mir.«

Schröder machte sich schweigend eine Notiz.

»Glauben Sie mir nicht, Herr Kommissar?«

Schröder lehnte sich zurück und schlug die Beine übereinander. Er würde das später nachprüfen, doch er war sicher, dass Stapic die Wahrheit sagte.

»Warum sollte ich Ihnen nicht glauben? Sie sind nicht einmal verpflichtet, mit mir zu reden, Herr Stapic. Dies ist kein Verhör, nicht einmal eine Zeugenbefragung.«

»Was ist es dann?«

»Betrachten wir es als ganz normales Gespräch, wenn Sie so wollen.«

»Gut«, nickte Stapic. »Und ich werde Ihnen helfen, soweit es in meiner Macht steht.«

»Sie sprechen übrigens hervorragend Deutsch, wenn ich das sagen darf.«

»Oh, ich lebe seit fast zwanzig Jahren in Deutschland. Selbst ein begriffsstutziger, ergrauter kroatischer Zausel wie ich lernt in einer solch langen Zeit dazu.« Als Stapic lächelte, erschienen kleine Fältchen in seinen Augenwinkeln. »Und es ist eine sehr schwere Sprache, das können Sie mir glauben, Herr Kommissar. Aber ich liebe Ihr Land. Ihr Deutschen seid vielleicht etwas unterkühlt, aber das liegt wahrscheinlich am Wetter.«

»Ja«, erwiderte Schröder, »das hört man immer wieder.«

Er kratzte sich nachdenklich an der Schläfe, dann wechselte er unvermittelt das Thema. »Haben Sie Feinde, Herr Stapic?«

»Ich verstehe nicht.«

»Nun, wenn Sie Ihre Bar nicht selbst in die Luft gesprengt haben – und davon gehen wir aus –, dann war es jemand anders. Und dass dieser Jemand nicht unbedingt gut auf Sie zu sprechen ist, liegt auf der Hand. Dazu gehört keine außergewöhnliche Kombinationsgabe.«

Stapic schien verwirrt.

»Wenn ich ehrlich bin, habe ich darüber noch nicht nachgedacht.«

»Angenommen, Sie würden darüber nachdenken. Glauben Sie, es würde Ihnen jemand einfallen? Konkurrenten? Gäste? Irgendjemand?«

Der Kroate betastete vorsichtig das Pflaster über seinem Auge und überlegte.

»Nein«, sagte er dann. »Ich will nicht behaupten, dass ich niemals Ärger mit anderen Menschen hätte. Das lässt sich nicht vermeiden, vor allem, wenn man wie ich einen Nachtclub betreibt. Und erst recht nicht, wenn er einen solch zweifelhaften Ruf besitzt.«

»Wie meinen Sie das?«

»Nun, Sie werden bemerkt haben, dass meine Kunden vor allem Homosexuelle sind. Ich selbst bin nicht so …«, Stapic schien einen Moment nach dem richtigen Ausdruck zu suchen, »orientiert. Ich kann Ihnen nicht sagen, warum, aber diese Leute fühlen sich bei mir wohl. Und ich habe kein Problem damit. Mehr noch, mittlerweile bin ich froh darüber. Es geschieht so gut wie nie, dass jemand Randale oder Ärger macht.«

»Bis auf gestern Nacht.«

»Ja.« Stapic zuckte resigniert die Achseln. »Bis auf gestern Nacht. Glauben Sie mir, ich weiß nicht, was da passiert ist, Herr Kommissar. Es kann sich nur um einen Irrtum handeln.«

Schröder nickte, nahm seinen Kugelschreiber und betrachtete ihn eingehend. Seine nächste Frage klang eher beiläufig.

»Kennen Sie eine Sigrun Bosch?«

»Wie bitte?« Stapic warf Schröder einen verwunderten Blick zu. »Ich verstehe nicht, Herr Kommissar.«

Schröder ließ ihn nicht aus den Augen. »Ich fragte, ob Ihnen eine Person namens Sigrun Bosch bekannt ist.«

»Diesen Namen habe ich nie in meinem Leben gehört«, sagte Stapic, fuhr sich mit der flachen Hand über das kurze, graue Haar und sah Schröder verständnislos an. »Wer ist das?«

Wieder antwortete Schröder mit einer Gegenfrage: »Was ist mit Henning Mahler?«

»Henning Mahler?«

»Ja. Sind Sie ihm jemals begegnet?«

»Ich kann Ihnen beim besten Willen nicht folgen. Hat dieser Mensch etwas mit dem Anschlag auf meine Bar zu tun?«

»Beantworten Sie bitte die Frage.«

»Nein, ich kenne niemanden, der so heißt.« Der Kroate redete jetzt lauter. Es war deutlich zu merken, dass er verärgert war. »Sie sagten, dass dies ein ganz normales Gespräch sei. Aber jetzt klingt es für mich wie ein Verhör, Herr Kommissar. Ich verstehe den Sinn Ihrer Fragen nicht.«

Schröder erwiderte nichts. Der Barbesitzer lehnte sich erschöpft zurück, stieß einen unterdrückten Schmerzlaut aus und rieb sich den Rücken.

Schröder klopfte ein paar Mal mit dem Kugelschreiber auf den Tisch. Dann stand er auf und reichte ihm die Hand. »Sie können gehen.«

Stapic blinzelte verwirrt.»Das war alles?«

»Ich habe meine Fragen gestellt. Oder gibt es noch etwas, das ich wissen sollte?«

»Nein, nicht dass ich wüsste.«

»Ich danke Ihnen für das Gespräch.«

Als Mirko Stapic gegangen war, blieb Schröder allein im Vernehmungszimmer und dachte nach. Er stand mitten im Raum, die Hände in den Hosentaschen, wippte auf seinen kurzen Beinen vor und zurück und starrte nachdenklich zu Boden.

»Es liegt direkt vor meiner Nase«, murmelte er vor sich hin, »aber ich seh es nicht.«

Dann ging er zum Fenster. Ein paar Minuten schien es so, als würde er hinaus in den Regen starren, aber Schröder hatte die Augen fest geschlossen. Man hätte denken können, er wäre im Stehen eingeschlafen, aber dem war nicht so.

Plötzlich begann er, leise vor sich hin zu pfeifen.

*

Es hatte lange gedauert, bis Zorn Malina halbwegs beruhigen konnte. Immer und immer wieder hatte er ihr erklärt, dass er verpflichtet sei, ihren Onkel zu den Morden vernehmen zu lassen, und bei der Gelegenheit wieder festgestellt, wie sehr ihm seine Arbeit manchmal zuwider war.

Später hatte er sie nach Hause gefahren und war jetzt auf dem Rückweg ins Präsidium. Es war früher Nachmittag, langsam bekam er Hunger und nahm sich vor, auf dem Weg ins Büro in der Kantine vorbeizugehen und ein belegtes Brötchen mitzunehmen.

Er war auf der Schnellstraße in Richtung Bahnhof unterwegs. Dabei hielt er das Lenkrad des Volvos fest umklammert und starrte mit zusammengekniffenen Augen kurzsichtig durch die beschlagene Frontscheibe. Ein feiner Dunstschleier lag über der Fahrbahn. In den letzten Stunden hatte der Wind nachgelassen, und es schien, als würden die tief hängenden Wolken etwas langsamer Richtung Westen ziehen. Obwohl es mitten am Tag war, fuhren die meisten Autos mit Licht.

Gerade als Zorn überlegte, wann er eigentlich das letzte Mal die Sonne gesehen hatte, meldete sich Madonna zu Wort, er fingerte das Handy aus der Hosentasche und sah, dass die Nummer unterdrückt war. Kurz überlegte er, ob er sich melden sollte, erinnerte sich dann aber an sein erstes Zusammentreffen mit Wachtmeister Kusch, der ihn beim Telefonieren im Auto angehalten hatte. Kuschs Anzeige musste irgendwo im Präsidium liegen und wartete darauf, bearbeitet zu werden. Zorn drückte den Anruf weg und warf das Handy mit einem leisen Fluch auf den Beifahrersitz.

Er schaltete das Radio ein, die Nachrichten waren gerade zu Ende. Im Wetterbericht wurde erklärt, dass das Tiefdruckgebiet langsam Richtung Polen abziehe. Allerdings, erklärte der Sprecher gutgelaunt, sei das nächste schon im Anmarsch, und so, wie es momentan aussehe, werde nicht nur der Regen in den nächsten Tagen unverändert anhalten, es müsse auch mit Gewittern gerechnet werden.

Es folgte eine Reportage über das Hochwasser. Bisher war es nicht gelungen, den gebrochenen Damm abzudichten. Noch immer stieg der Pegel des Flusses, langsamer zwar, aber ein Ende schien nicht in Sicht. Im Süden der Stadt gab es einen weiteren Damm, der zwar völlig durchgeweicht war, aber momentan noch hielt.

Der Pressesprecher der Bürgermeisterin warnte vor übertriebener Panikmache und erklärte, dass die Innenstadt nicht bedroht sei, allerdings würden Pläne ausgearbeitet, um das Gebiet im Notfall evakuieren zu können. Die Lage sei ernst, aber vollständig unter Kontrolle.

Das kannst du deiner Großmutter erzählen, dachte Zorn, blinkte und bog auf den Parkplatz vor dem Präsidium ein. Eine blauschwarze Wolkenwand hatte sich über der Stadt zusammengezogen. Von Ferne war das erste Donnergrollen zu vernehmen.

Er parkte zwischen zwei Streifenwagen und zog die Handbremse an. Wieder klingelte das Handy, auch diesmal war die Nummer unterdrückt. Er nahm ab.

Als der andere sich meldete, glaubte er, sich verhört zu haben.

»Hier ist Henning. Ich muss dich sprechen.«

Zwei uniformierte Beamte hasteten über den Parkplatz, einer von ihnen hob grüßend die Hand. Zorn reagierte nicht, er starrte auf das Armaturenbrett, das Telefon am Ohr. Dann zerbarsten die ersten Regentropfen auf der Windschutzscheibe.

Es war Mittwoch, der 2. Mai.

Zweiundzwanzig

»Unser Gespräch wird nicht lange dauern. Ich rufe mit einer Prepaidkarte an, das Telefon wird gleich in einer Mülltonne landen. Versuch gar nicht erst, diesen Anruf zurückzuverfolgen, Claudius.«

»Was willst du?«

»Mit dir reden.«

»Dann komm ins Präsidium.«

»Du weißt, dass ich das nicht kann.«

»O doch, das kannst du!«, rief Zorn. Mittlerweile ergoss sich ein wahrer Wolkenbruch über den Volvo des Hauptkommissars. Im Wagen herrschte ein ohrenbetäubender Lärm. »Wir suchen deine Tochter, wahrscheinlich ist sie entführt worden.«

»Ich weiß.«

»Ach, das weißt du? Hast du auch eine Ahnung, wo sie ist?«

»Das kann ich dir noch nicht sagen.«

Wut stieg in Zorn auf. In seinem Bauch bildete sich ein pochender Knoten.

»Das kannst du *noch* nicht sagen? Wahrscheinlich weißt du auch, dass ich vorgestern in deinem Garten war und deinen Sohn ausgegraben habe, oder? Weißt du auch, wie er ausgesehen hat? Wie er *gerochen* hat?«

Mahler sagte nichts.

»Du bist krank, Henning.«

»Das bin ich nicht.«

»Nein, wahrscheinlich nicht.« Zorn presste das Handy mit der Schulter ans Ohr und wühlte in der Ablage nach seinen Zigaretten. Mit zitternden Händen zündete er sich eine an. »Du bist ein perverses Stück Dreck«, sagte er und stieß den Rauch geräuschvoll aus.

»Du rauchst zu viel, Claudius.«

»Leck mich.«

Eine Weile war es still in der Leitung. Er hörte, wie Henning Mahler atmete.

»Warum hast du angerufen, Henning?«

»Weil du erfahren sollst, was passiert ist.«

Zorn lachte auf. »Oh, das weiß ich. Du hast mindestens drei Menschen ermordet. Wer weiß? Vielleicht auch deine Frau und deinen Sohn und –«

»Ich habe Hannah Saborowski nicht getötet.«

»Woher kennst du dann ihren Namen, verdammt?«

»Das tut jetzt nichts zur Sache.«

»Von wegen! Ihr Name ist nirgendwo in der Öffentlichkeit erwähnt worden, und soll ich dir was sagen? Du warst schlampig, mein Lieber. Wir haben deine DNA-Spuren an ihrer Leiche gefunden. Hat es dir Spaß gemacht, sie zu zerlegen wie ein Stück Vieh?«

Hannahs Bild tauchte vor ihm auf, doch es blieb verschwommen. Wie lange war sie jetzt tot? Ein paar Stunden erst, und bereits jetzt konnte er sich nicht mehr genau erinnern, wie sie ausgesehen hatte. Das machte ihn noch wütender.

»Wir müssen uns treffen, Claudius.«

»Vergiss es. Nach dir wird bundesweit gefahndet, es ist nur eine Frage der Zeit, bis wir dich haben, spätestens morgen werden wir dich –«

»Morgen werde ich tot sein«, unterbrach Henning Mahler ruhig.

»Was?«

»Vorher muss ich etwas erledigen. Und ich will, dass du dabei bist.«

Im Erdgeschoss des Präsidiums wurde heftig ein Fenster geschlossen. Mittlerweile stand der Parkplatz fast völlig unter Wasser.

»Ich bin um sechs an der Telefonzelle neben der Marktkirche«, sagte Henning Mahler und legte auf.

*

Sie erwacht, als die Tür geöffnet wird. Ein leiser Luftzug weht durch den Raum.

Der Mann holt sich einen Hocker, stellt ihn dicht vor ihren Rollstuhl und setzt sich. Es ist dunkel, sie kann sein Gesicht nicht sehen, aber wenn sie sich anstrengt, erkennt sie die Umrisse seiner kräftigen Gestalt. In den letzten Tagen ist er öfter bei ihr gewesen, das weiß sie, obwohl sie immer geschlafen hat, wenn er kam. Das ist der Mann, der ihr die Cola und die Süßigkeiten hingestellt hat.

Ein leises Rascheln. Er hält ihr eine Tüte entgegen. »Möchtest du Lakritze?«

Ja, will sie sagen. Sie mag Lakritze, aber sie presst die Lippen zusammen und schüttelt den Kopf. »Nein.«

»Warum?«

»Weil du böse bist. Ich will keine Lakritze von bösen Männern.«

Er lacht leise. Dann beugt er sich vor, bis sein Gesicht dicht vor ihrem ist. Sie weicht zurück, presst den Kopf gegen die Lehne des Rollstuhls und dreht sich von ihm weg. Er riecht nach kaltem Tabak und nach Pfefferminze.

»So? Warum glaubst du, dass ich böse bin?«

»Weil du böse aussiehst. Und weil ich hier weg will, aber du lässt mich nicht.«

»Hast du Angst vor mir?«

»Ja.«

»Das ist gut.« Er lächelt. Seine Augen bleiben kalt. »Weißt du überhaupt, was es bedeutet, böse zu sein?«

»Ja. Wenn man anderen weh tut. Papa hat es mir erklärt.«

»Oh, dein Vater hat anderen auch weh getan. Sehr sogar.«

»Du lügst!«

»Nein.«

Ella Mahler fängt an zu weinen. Sie will es nicht, aber sie kann sich nicht gegen die Tränen wehren. »Ich möchte nach Hause«, schluchzt sie sehr leise.

Er mustert sie eine Weile, dann legt er eine Hand auf die Decke über ihren Knien. Sie spürt es nicht, aber sie erkennt, dass die Hand groß ist. Und behaart.

»Wir werden deinen Vater bald treffen.«

»Wirklich?« Sie sieht ihn mit großen Augen an. Dann merkt sie, dass er das nicht gesagt hat, um sie zu trösten.

Er legt ihr die Tüte mit Lakritz in den Schoß. »Iss das. Du wirst Kraft brauchen.«

Dann steht er auf. Sie hört, wie die Gelenke in seinen Knien leise knacken. Er geht zur Tür und öffnet sie, bleibt stehen und dreht sich um. Licht fällt von außen herein, seine dunkle Gestalt füllt den kompletten Türrahmen. Jetzt sieht er aus wie eines der gesichtslosen Monster aus ihren Träumen. Der Schwarze Mann.

Sie dreht den Kopf in seine Richtung. »Mein Papa ist viel stärker als du.«

Er zuckt die Achseln. »Das werden wir sehen.«

Dann ist er fort.

*

Im oberen Stockwerk des neuen Kaufhauses befand sich ein Café, von dessen Terrasse aus man den gesamten Markt überblicken konnte. Seit fast zwei Stunden saß Zorn an einem der weißen Plastiktische, rauchte und nippte ab und zu an einem Bier, wobei er die Telefonzelle neben der Kirche keine Sekunde aus den Augen ließ. Er war der einzige Gast hier draußen, was bei diesem Wetter nicht verwunderlich war. Obwohl er eine dicke Regenjacke trug, war er mittlerweile völlig durchfroren, und doch schätzte er sich glücklich, ein halbwegs windgeschütztes Versteck gefunden zu haben, von dem er die Telefonzelle genau im Blick hatte.

Die Kellnerin steckte den Kopf durch die Tür, kniff die Augen zusammen und schirmte mit der Hand das Gesicht gegen den Regen ab.

»Kann ich Ihnen noch was bringen?«

Zorn überlegte, ob er sich einen Tee bestellen sollte, winkte dann aber ab. Kopfschüttelnd verschwand sie im Inneren des Cafés.

Er trank einen Schluck Bier und verzog das Gesicht. Wenigstens bleibt es kalt, dachte er und starrte angestrengt in Richtung Telefonzelle. Seine Augen brannten. Ein Glück, dass sie nicht zu weit entfernt ist, überlegte er weiter, ansonsten würde ich so gut wie nichts erkennen. So geht das nicht weiter, ich brauche wirklich eine Brille.

Sein Haar war klitschnass, er zog die Jacke enger um die Schultern und sah auf die Uhr. Gleich sechs, Mahler musste jeden Moment auftauchen. Zorn war sicher, dass er kommen würde. Warum das so war, konnte er nicht sagen, schließlich war es nur ein Gefühl. Aber er verließ sich darauf. Ebenso, wie er beschlossen hatte, niemanden im Präsidium von seinem Treffen zu unterrichten. Natürlich hätte er den kompletten Marktplatz überwachen lassen können, aber er war überzeugt, dass Mahler auf so etwas vorbereitet war und beim geringsten Anlass auf Nimmerwiedersehen verschwinden würde.

Wahrscheinlich bist du schon irgendwo in der Nähe, überlegte Zorn. Sitzt genau wie ich versteckt an einer erhöhten Stelle und hältst Ausschau, ob ich womöglich mit großem Gefolge anrücke. Ich sollte wenigstens den dicken Schröder anrufen und ihm Bescheid geben, was passiert ist.

Er angelte mit klammen Fingern nach seinem Handy. Der Wind frischte auf, eine Papierserviette wurde vom Tisch geweht und flog über das Geländer. Ein paar Sekunden stand sie still in der Luft, dann drehte sie sich ein paarmal um sich selbst und flog steil hinunter. Zorn folgte ihr unwillkürlich mit den Augen.

Dann sah er ihn.

Henning Mahler lehnte vielleicht fünfzig Meter von der Telefonzelle entfernt an einem Bauzaun neben der Kirche und sah zu ihm auf. Zorn zuckte automatisch zurück, ging hinter dem Geländer in die Knie und überlegte fieberhaft, was er tun sollte.

Als er sich ein paar Sekunden später wieder vorbeugte, hatte sich Mahler keinen Zoll von der Stelle bewegt. Mit einem Mal wusste Zorn, dass er ihn die ganze Zeit beobachtet hatte.

Mahler schien zu lächeln, genau konnte Zorn das auf diese Entfernung nicht sagen. Er winkte hinauf, dann drehte er sich um und war im nächsten Moment hinter dem Bauzaun verschwunden.

*

Schröder hatte Kopfhörer aufgesetzt und tippte das Protokoll von Mirko Stapics Vernehmung in den Rechner. Eigentlich hätte er diese Arbeit an eine der Sekretärinnen weitergeben können. Er hatte es bleiben lassen, denn zum einen waren sie nur unwesentlich schneller als er, zum anderen half es ihm, das Gespräch noch einmal komplett durchzuhören und dabei mitzuschreiben. Eine eigentlich stupide Tätigkeit, die in Schröders Augen allerdings etwas Meditatives hatte.

Stapics Stimme klang blechern aus dem Kopfhörer und mischte sich mit dem leisen Klappern der Tastatur.

»Glauben Sie, dass ich meine Bar selbst in die Luft gesprengt habe, Herr Kommissar?«

Schröder schrieb schnell und konzentriert. Dabei starrte er unverwandt auf den Monitor seines Rechners.

»Ich lebe seit fast zwanzig Jahren in Deutschland. Selbst ein begriffsstutziger, ergrauter kroatischer Zausel wie ich lernt in einer solch langen Zeit dazu. Und es ist eine sehr …«

Schröder richtete sich abrupt auf, griff nach dem Aufnahmegerät und stoppte die Wiedergabe. Er nahm einen Bleistift, lehnte sich zurück und sah sich an, was er soeben geschrieben hatte.

»Ein ergrauter kroatischer Zausel?«, murmelte er leise. »Warum kommt mir das bekannt vor?«

Eine Weile saß er zusammengesunken da und kaute nachdenklich an seinem Bleistift. Schon im Vernehmungszimmer war ihm ein Gedanke gekommen, eine Idee, die er bisher nicht hatte fassen können. Jetzt endlich nahm sie Gestalt an.

Hastig öffnete er eine Schublade und wühlte eine Mappe hervor, in der er seine Notizen aufbewahrte. Es kam immer wieder vor, dass ihm während der Ermittlungen etwas einfiel, meist ungeordnete, wirre Gedanken, die er trotzdem aufschrieb, um sie nicht zu vergessen.

Er fand schnell, was er suchte. Irgendwann hatte er den Begriff *SIVO* im Internet eingegeben und sämtliche Suchergebnisse wahllos untereinander geschrieben. Die Liste war lang.

Langsam fuhr er mit dem Finger darüber.

Kunststoffhersteller, Korkenziehermodell, Alleinunterhalter.

Dann stockte er und ballte triumphierend die Faust. »Mann! Jetzt hab ich dich endlich«, knurrte Schröder.

Sivo war ein kroatisches Wort.

Es bedeutete »grau«.

*

Innerhalb von zwei Minuten war Zorn vom Dach des Kaufhauses hinunter auf den Markt gestürmt. Rücksichtslos drängte er sich durch die Menschen (im Erdgeschoss hätte er fast einen Kleiderständer mit Damenunterwäsche umgestoßen), dann sprintete er quer über den Markt, um kurz darauf schweratmend vor dem Bauzaun stehen zu bleiben.

Er zwängte sich durch die Lücke, blieb an einem hervorstehenden Drahtstück hängen und schimpfte leise, als er den großen Riss in seiner linken Jackentasche bemerkte.

Er stand direkt am Rand der Baugrube, die zur Stabilisierung der Stützpfeiler ausgehoben worden war.

Zorn sah hinab. Unten glitzerte das Regenwasser, wie tief die Grube war, konnte er schwer schätzen. Eine Aluminiumleiter lehnte am Rand und führte hinunter. Er bückte sich und fuhr mit dem Finger über die oberste Sprosse. Der Lehm, den Mahlers Stiefel hinterlassen hatten, war deutlich zu erkennen.

Tja, dachte er etwas beklommen, es bleibt mir wohl nichts anderes übrig. Über ihm reckte sich die riesige Wand der Kirche gen Himmel, unter ihm gähnte ein tiefes, schwarzes Loch. Er setzte den Fuß auf die Leiter, Lehmbrocken und kleine Steine lösten sich und prasselten in die Tiefe. Sekunden später hörte er, wie sie unter ihm auf dem Wasser aufschlugen. Für ein paar Sekunden wurde ihm schwindlig, er schüttelte den Kopf, und dann, als er etwas klarer sah, begann er mit dem Abstieg.

Die ersten Stufen waren die schwierigsten. Die Leiter war dünn und schwankte bedenklich unter seinem Gewicht, die Sprossen waren feucht und schmierig, und während er vorsichtig hinabstieg, fragte er sich ein ums andere Mal, was er hier eigentlich tat.

In fünf Metern Tiefe erreichte er den Fuß der Leiter. Sie stand auf einem breiten Vorsprung, der sich wie ein Sims um die gesamte Grube zog. Bretter, Schaufeln und verdreckte Gerüstteile waren an die Wand gestapelt.

Von hier aus führte eine weitere Leiter nach unten. Schon wollte Zorn hinabklettern, da sah er die Fußspuren: Sie waren frisch, liefen auf dem Sims entlang und endeten an einem großen Schalbrett, das senkrecht an der Grubenwand lehnte.

Er folgte den Spuren, indem er sich vorsichtig, Schritt für Schritt, an der feuchten Wand entlang tastete. Es war so dunkel, dass er kaum die Hand vor Augen erkennen konnte.

Das Brett erwies sich als leichter, als er angenommen hatte, denn es ließ sich problemlos beiseiteschieben. Dahinter erschien ein rundes Loch von vielleicht einem halben Meter Durchmesser. Zorn beugte sich mit dem Oberkörper hinein. Es war stockfinster, ein kalter, modriger Luftzug schlug ihm entgegen.

»Hallo?«

Seine Stimme hallte sehr, sehr lange nach. Fröstelnd wich er zurück.

Das war kein Loch. Das war ein Gang.

Ich mag ja bekloppt sein, dachte er, aber so bekloppt bin ich auch wieder nicht. Es war schon verrückt genug, hier ohne Verstärkung herunterzusteigen, aber ich werde den Teufel tun und allein in dieses muffige Grab kriechen. Irgendwo da drin sitzt Henning Mahler und wartet auf mich. Und ich habe nicht mal eine Taschenlampe, geschweige denn eine Waffe.

Er nahm sein Handy, um im Präsidium anzurufen.

»Das würde ich bleiben lassen, Claudius. Hier unten hast du sowieso keinen Empfang.«

Zorn fuhr erschrocken zusammen und verlor das Gleichgewicht. Einen fürchterlichen Moment schien es, als würde er nach unten stürzen, im letzten Moment allerdings fing er sich und zog sich mit zitternden Beinen an die Wand zurück. Dort sank er schwer atmend zu Boden.

»Spinnst du, Henning?«

Mahler war die untere Leiter hochgeklettert und stand keine drei Meter entfernt von Zorn auf dem Sims. Er trug eine dunkle Mütze und auf dem Rücken etwas, das Zorn für einen Rucksack hielt.

»Ich wollte dich nicht erschrecken.« Mahler deutete in die Tiefe. »Ich habe da unten gewartet. Du hast dir ganz schön Zeit gelassen.«

Zorn war wütend. Während er auf dem Sims herumgekrochen war, hatte Mahler seelenruhig einen Meter unter ihm auf der Leiter gestanden und den richtigen Moment abgewartet, um ihn dann wie einen kleinen Jungen zu überrumpeln. Er spürte, wie sein Hintern nass wurde, und stand vorsichtig auf.

»Jetzt bin ich da«, sagte er und strich die Jacke glatt. »Lass uns ins Präsidium fahren. Du bist verhaftet, Henning.«

»Sei nicht albern. Ich dachte, wir wären uns einig, dass das nicht in Frage kommt.« Mahler sprach langsam, als würde er einem Kind eine Rechenaufgabe erklären. »Ich habe keine Lust, mich mit dir zu streiten, Claudius. Und vor allem habe ich keine Zeit. Was ich habe, ist eine Pistole.« Ein kurzes, metallisches Klicken. »Was ist mit dir? Hast du deine dabei?«

Zorn biss die Zähne aufeinander und schwieg.

»Ich werte das als ein Nein, oder?«

»Durchsuch mich.«

»Später, Claudius. Du solltest allerdings wissen, dass ich dich sofort erschieße, wenn du mir Ärger machst.« Er hob die Waffe ein wenig. Zorn sah, dass es eine Beretta war, die mit ihrem seltsam überdimensionierten Schalldämpfer wie ein Kinderspielzeug wirkte.

»Würdest du so gut sein und dieses Scheißding ein wenig beiseitehalten?«

»Ich habe sie noch nie benutzt, Claudius. Aber ich fürchte, sie ist absolut tödlich. Es wäre schön, wenn du ein bisschen Abstand halten würdest. Ich mag dich. Und ich würde dir ungern weh tun.«

»Du kannst mich mal.«

»Hast du keine Angst?«

»Vor dir? Nein. Du bist krank, du brauchst einen Arzt, aber ich weiß, dass du mir nichts tun wirst.«

Mahler antwortete nicht. Es war unmöglich zu sagen, was er dachte. Oben auf dem Marktplatz setzte die Dämmerung ein, von dem spärlichen Licht drang kaum etwas zu ihnen hinab. Ihre Gesichter verschwammen im Schatten.

»Warum bist du allein hier?«, fragte Mahler.

Ich könnte behaupten, dass Verstärkung unterwegs ist, überlegte Zorn, verwarf den Gedanken allerdings sofort. Mahler musste wissen, dass die Beamten in diesem Fall schon längst zugegriffen hätten.

»Woher wusstest du, dass ich allein komme?«, fragte er stattdessen.

»Es war mir egal. Hättet ihr mich geschnappt, wäre jetzt alles vorbei. Dann hättest du die Sache für mich klären müssen, und ich wäre aus dem Spiel gewesen. Da ihr das aber nicht habt, werde ich es auf meine Art tun, und es wird passieren, was passieren muss. Ich habe dir die Entscheidung überlassen. Du hast sozusagen Schicksal spielen dürfen.«

Zorn verstand kein Wort. »Henning, erzähl mir doch einfach, was du zu sagen hast. Und es wär nett, wenn du's kurz machst.«

»Nicht hier.«

Mahler bückte sich und kramte in seinem Rucksack. Kurz darauf flammte eine Taschenlampe auf. Der dünne Strahl tanzte über die Grubenwand und richtete sich dann zitternd auf das gähnende Loch.

»Lass uns gehen, Claudius.«

»Ich soll da reinkriechen?«

»Allerdings.«

»Vergiss es.«

»Es bleibt dir nichts anderes übrig.«

Zorn holte tief Luft. Dann zwängte er sich in das schmale Loch.

*

Die Tür wurde aufgerissen und knallte heftig gegen die Wand. Frieda Borck marschierte ins Zimmer, baute sich vor Schröders Schreibtisch auf und verschränkte die Arme vor der Brust.

»Sie lassen Mirko Stapic zur Fahndung ausschreiben?«

»Allerdings«, nickte Schröder überrascht. »Ist das ein Problem?«

»Keineswegs. Da wäre allerdings eine Kleinigkeit, die ich nicht ganz verstehe.«

»Die wäre?«

»Lassen Sie mich überlegen.« Die neue Staatsanwältin massierte sich mit den Fingern die Schläfen, als denke sie angestrengt nach. »Sie vernehmen den Mann, schicken ihn nach Hause, und eine halbe Stunde später fällt Ihnen ein, nach ihm fahnden zu müssen? Haben wir denn nicht schon genug zu tun? Warum, verdammt nochmal, haben Sie ihn nicht gleich hierbehalten?«

Ihre letzten Worte hallten laut von den kahlen Wänden wider. Schröders Büro unterschied sich so gut wie nicht von dem seines Chefs, abgesehen von drei kleinen, sorgfältig gepflegten Grünpflanzen auf dem Fensterbrett und einem alten Plakat, auf dem Nigel Kennedy mit zerzausten Haaren grinsend eine zerschrammte Stradivari in die Kamera hielt.

Schröder hatte den Ausbruch der jungen Staatsanwältin mit unbewegter Miene verfolgt. »Wissen Sie«, sagte er ruhig, »es gibt Dinge, die erkennt man erst, wenn man eine Weile darüber nachgedacht hat.«

»Ach!« Frieda Borck blies sich eine Locke aus der Stirn.

»Stapic hat sich während der Vernehmung in keinster Weise verdächtig gemacht. Alles, was er sagte, war schlüssig und überzeugend vorgetragen. Es gab absolut keinen Grund, ihn festzuhalten.« Schröder zuckte bedauernd die Schultern. »Leider ist mir die entscheidende Idee erst gekommen, als er schon weg war.«

»Welche Idee?«

Schröder erklärte ihr seine Vermutung über die Bedeutung der Buchstaben. Sie hörte ihm mit wachsender Verwunderung zu und meinte dann: »Wenn dieses Wort tatsächlich kroatisch ist, haben wir einen Hauptverdächtigen, der sein Zeichen sowohl an einer der Leichen als auch an einem der Tatorte hinterlassen haben könnte.«

»So seh ich's auch.«

»Das war hervorragende Arbeit, Herr Kommissar.«

»Ich weiß.« Schröder lächelte. »Leider ein wenig spät.«

»Besser spät als nie. Hat die Fahndung irgendwelche Ergebnisse vorzuweisen?«

Schröder schüttelte den Kopf. »Stapic ist verschwunden. Wir brauchen einen Durchsuchungsbeschluss für seine Wohnung. Und für die Bar.«

»Kriegen Sie. Es wär gut, wenn Sie dabei sind.« Sie ging um den Schreibtisch und reichte ihm die Hand. Schröder ergriff sie und erhob sich höflich.

»Ich muss mich zum zweiten Mal entschuldigen.« Die Staatsanwältin sah auf Schröder hinab. Sie war fast einen halben Kopf größer als er. »Wissen Sie, manchmal habe ich Angst, dass mir das alles über den Kopf wächst.«

»Sie schaffen das.«

»Natürlich.«

Sie standen einen Moment verlegen da, dann sah sich Frieda Borck im Zimmer um und bemerkte das Plakat. »Sie stehen auf Nigel Kennedy, Herr Schröder?«

»Wundert Sie das?«

»Ich hätte nicht gedacht, dass Sie sich für klassische Musik interessieren.«

»Oh«, Schröder hob die Arme. »Es gibt vieles, das ich mag. Es weiß nur nicht jeder.«

Sie nickte kurz und wandte sich zur Tür. Dort drehte sie sich noch einmal um. »Wo ist eigentlich Herr Zorn?«

Schröder zuckte die Achseln. Er selbst war seit einer ganzen Weile auf der Suche nach ihm, doch Zorn war weder in seinem Büro noch auf dem Handy zu erreichen. Instinktiv, vielleicht auch aus der Gewohnheit heraus, seinen Chef schützen zu müssen, griff er zu einer Notlüge.

»Soviel ich weiß, ist er auf dem Parkplatz und raucht.«

»Seit zwei Stunden?«

»Was soll er machen, der Arme?«, erwiderte Schröder scheinbar ratlos. »Er ist halt ein sehr, sehr starker Raucher, Frau Staatsanwältin.«

Frieda Borck kniff die Augen zusammen. »Sie mögen ja ein guter Polizist sein, Herr Schröder. Aber das gibt Ihnen noch lange nicht das Recht, mich zu verarschen.«

*

Der Gang erwies sich als schmaler Felsspalt, der ungefähr mannshoch und so schmal war, dass man die glatten Porphyrwände links und rechts mit ausgestreckten Händen berühren konnte. Es schien sich um eine natürliche Höhle zu handeln, die Wände waren unbearbeitet und leicht geneigt, wahrscheinlich trafen sie sich irgendwo weiter oben und bildeten die Decke.

Es war kälter geworden. Zorn ging voraus, er spürte Mahlers Atem im Nacken, der direkt hinter ihm lief und mit der Lampe leuchtete. Bereits nach wenigen Minuten hatte Zorn die Orientierung verloren, der Weg änderte immer wieder die Richtung und zog sich in engen Windungen leicht bergab. Ständig musste er kleinen Pfützen ausweichen, überhaupt schien das Wasser allgegenwärtig zu sein: Seine Füße waren nass, die Jeans klamm, das feuchte Haar klebte ihm am Kopf.

»Bleib stehen.«

Er gehorchte und sah sich um. Zu seiner Rechten wich die Wand einige Meter schräg zurück und bildete einen Keil, dessen spitzes Ende irgendwo im Dunkel verschwand.

Mahler leuchtete nach vorn. Direkt vor ihnen wurde der Weg wieder schmal, dann ging es scharf nach links.

»Die Spalte zieht sich noch ein paar Kilometer in Richtung Norden«, sagte er und setzte den Rucksack ab. »Wir haben sie damals vermessen, als die Sanierung der Kirchenfundamente geplant wurde. Wir stehen genau zwischen zwei tektonischen Platten. Sie schieben sich übereinander, deswegen erscheinen immer wieder Risse auf dem Markt. Ich glaube übrigens, man kann so viel Beton in die Fundamente pumpen, wie man will, die Kirche wird sich weiter neigen, bis sie irgendwann einstürzt.«

Zorn steckte die Hände in die Hosentaschen und drehte sich um.

»Das sind ja wirklich tolle Neuigkeiten.« Sein Atem bildete feine

Wölkchen vor dem Mund. »Danke, ohne dich hätte ich das nie erfahren, Henning.«

»Es interessiert dich wirklich nicht, oder?«

»Nicht die Bohne.«

Sie schwiegen einen Moment. Dann reichte Mahler Zorn die Lampe. »Halt das mal.« Er nahm die Mütze ab, hockte sich hin und begann, in seinem Rucksack zu kramen. »Weißt du«, sagte er, ohne aufzusehen, »du bist wahrscheinlich der ignoranteste Mensch, der mir je begegnet ist.«

»Vielleicht habe ich einfach nur keine Lust, mir einen Vortrag über tektonische Platten und Baustatik anzuhören.«

Henning Mahler kniete direkt vor Zorn. Der stand da, die Lampe in der Linken, und starrte auf dessen Hinterkopf. Er bemerkte eine kleine, runde Stelle, an der das Haar ausgefallen war. Hoch über ihnen löste sich ein einzelner Wassertropfen und klatschte leise auf Mahlers Schulter.

Zorn hielt den Atem an und hob die Lampe.

Sie war groß. Und sie war aus Metall, das schwer in seiner Hand lag. Wie ein Schlagstock.

Mahler war ausschließlich mit seinem Rucksack beschäftigt.

Ich zähle bis drei, dachte Zorn. Dann schlage ich zu.

»Alles, woran du denken kannst, dreht sich um dich«, sagte Mahler.

Eins.

»Oder um Frauen und schlechte Rockmusik.«

Zwei.

»Oder irre ich mich, Claudius?«

Drei.

Mahler blickte auf. Ein paar Sekunden sahen sie sich direkt in die Augen. Dann ließ Zorn die Lampe sinken. Es war zu spät, er konnte es nicht.

Mahler stand auf und streckte die Hand aus. »Gib sie mir wieder.«

Zorn reichte ihm die Lampe.

»Ich hätte dir eben eins über den Schädel ziehen können. Und Verstärkung holen.«

»Ich weiß. Aber du hast es nicht getan.«

»Vielleicht tu ich's ja noch.«

»Das glaube ich nicht. Es war das zweite Mal, dass ich dir die Entscheidung überlassen habe, aber es war deine letzte Gelegenheit. Streck die Arme vor, Claudius.« Mahler hielt ein paar Kabelbinder in der Hand.

»Was soll die Scheiße, Henning?«

»Ich muss sichergehen. Vielleicht nehme ich sie dir nachher wieder ab.«

»Ich werde mich nicht von dir fesseln lassen.«

»Doch.« Mahler seufzte, und es klang fast gelangweilt, als er fortfuhr: »Ich bin der, der die Waffe hat. Du bist der, der jeden Moment erschossen werden kann.«

Zorn sah ein, dass er keine Wahl hatte. Was bin ich nur für ein Weichei, dachte er, ich hätte ihn eben niederschlagen können. Er biss die Zähne zusammen und ließ sich widerstandslos fesseln. Dann hob er die Hände ein wenig. »Sind das dieselben Kabelbinder, die du auch bei Sigrun Bosch verwendet hast?«

Mahler sah überrascht auf. Öffnete den Mund, schloss ihn dann wieder und betastete stattdessen die Fesseln. »Sind sie zu fest? Ich will nicht, dass sie dir ins Fleisch schneiden.«

»Danke der Nachfrage, ich komme zurecht.«

»Dann sollten wir langsam weiter.«

Zorn wollte losgehen, doch Mahler hielt ihn zurück. »Warte.«

»Was kommt als Nächstes?« Zorn drehte sich wütend um. »Knebelst du mich? Oder willst du mir die Augen verbinden?«

»Nein. Du gehst den falschen Weg.« Mahler deutete nach rechts in die keilförmige Ausbuchtung. »Wir müssen hier lang.«

»Sehr witzig«.

»Geh drei Schritte vor, dann siehst du's.«

Zorn tat es. Die Vertiefung bildete ein Dreieck, dessen hinterer, spitzer Winkel auf den ersten Blick vollständig geschlossen war. Er hob die gefesselten Hände und fuhr mit den Fingern prüfend über den feuchten Fels.

»Ich habe den Durchgang nur zufällig entdeckt«, sagte Mahler hinter ihm und leuchtete hinein.

Die Wände stießen nicht direkt aneinander, sondern überlappten ein wenig, wobei die eine ein wenig über die andere hinausragte. Von vorn betrachtet ergab sich das Bild einer geschlossenen Wand, erst wenn man von der Seite hinsah, bemerkte man den schmalen Spalt, breit genug, dass ein Mann bequem hindurchgehen konnte. Bei oberflächlichem Hinsehen war er unmöglich zu erkennen.

»Du gehst voraus. Und mach keine Dummheiten.«

Zorn drehte sich um. Die Pistole glänzte matt im Licht der Taschenlampe. »Was willst du, Henning? Was soll ich hier unten?«

»Das habe ich dir bereits gesagt. Ich werde dir erzählen, was passiert ist. Aber nicht hier.« Mahler hob die Waffe ein wenig. »Nun mach schon. Es ist nicht mehr weit.«

Zorn zwängte sich durch den Riss, Mahler folgte ihm auf dem Fuß und leuchtete in einen Tunnel, der eindeutig von Menschenhand geschaffen war.

Er war schmal und vollständig aus verwitterten, vom Alter geschwärzten Backsteinen gemauert. Die Decke war gewölbt und so niedrig, dass Zorn kaum aufrecht stehen konnte.

»Willkommen in der Unterwelt, Claudius.«

Hier war die Luft besser. Trocken und deutlich wärmer. Der Lichtstrahl flackerte über die unregelmäßigen Wände und verlor sich dann in der Dunkelheit. Wie lang der Gang war, konnte man unmöglich sagen.

»Was ist das?«, fragte Zorn und setzte sich in Bewegung.

Mahler folgte ihm. »Ich weiß es nicht. Aber es ist alt, uralt. Wahrscheinlich schon im Mittelalter entstanden, wenn nicht vorher.«

Der Boden war hart und bestand aus gestampftem Lehm. Immer wieder musste Zorn Steinen und Mörtelbrocken ausweichen, die sich aus der Decke gelöst hatten und überall verstreut herumlagen.

»Ich habe nur einen winzigen Teil erkundet«, sagte Mahler hinter ihm, »aber ich bin sicher, dass der Tunnel Teil eines Systems ist, das sich unter der gesamten Stadt entlangzieht.« In seiner bisher so teilnahmslosen und gleichgültigen Stimme schwang etwas mit, das man fast als einen Hauch von Euphorie bezeichnen konnte. Kaum erkennbar zwar, aber es schien, als sei er gern dort.

Eine Weile stapften sie schweigend dahin. Zorn lief gebückt, die gefesselten Hände vor dem Körper, den Blick stur auf den Boden gerichtet. Er kam sich dumm und einfältig vor, schließlich hatte er tatsächlich geglaubt, Mahler überzeugen zu können, dass er sich stellen musste. Wie naiv war er doch gewesen! Jetzt war ihm klar, dass er ohne nachzudenken in eine Falle getappt war, und so, wie es jetzt aussah, sollte er Mahler sogar noch helfen. Zorn hatte keine Ahnung, was der Mann vorhatte, aber er nahm sich fest vor, die nächste Gelegenheit zur Flucht zu nutzen.

»Ich glaube, der Tunnel hat früher als geheimer Fluchtweg gedient«, sagte Mahler hinter ihm. Sein Atem ging etwas schwer. »Wenn ich das richtig sehe, hat er die Marktkirche mit der alten Burg im Norden verbunden, was bedeuten würde, dass er mindestens drei Kilometer lang ist.«

»Tut mir leid, wenn ich dir die Laune verderbe, aber ich habe absolut keine Lust auf eine unterirdische Stadtführung«, sagte Zorn über die Schulter. »Sei so nett und halt die Klappe, und wenn wir –«

Der Rest des Satzes ging in einen erstickten Schrei über. Zorn stolperte über einen der herumliegenden Steine, verlor das Gleichgewicht, drehte sich einmal um die eigene Achse und stürzte. Vergeblich versuchte er, das Gesicht mit den gefesselten Händen zu schützen, stattdessen schlug er mit der Stirn heftig auf dem Boden auf.

Grelle Blitze zuckten vor seinen Augen, dann wurde es schwarz. Stöhnend richtete er sich auf die Knie auf und hielt sich den Kopf. Blut rann ihm von der Stirn über die Nase und vermischte sich mit dem Schweiß, der über sein Gesicht lief.

Mahler fasste ihn am Ellenbogen, zog ihn hoch und lehnte ihn an die Wand. »Ich hatte gesagt, du sollst aufpassen.« Dann leuchtete er ihm ins Gesicht.

»Lass das«, stöhnte Zorn und schloss geblendet die Augen.

»Ich muss das untersuchen.«

Er fuhr mit dem Daumen prüfend über die Stirn. Zorn jaulte auf und zuckte zurück.

»Spinnst du?«

»Es ist nur ein kleiner Riss, du wirst es überleben.«

»Schön, wie du dich um mich sorgst. Und jetzt nimm mir diese Scheißfesseln ab.«

»Kann ich dir vertrauen, Claudius?«

Zorn zwinkerte und wischte sich mit dem Handrücken das Blut aus den Augen. Sein Kopf dröhnte, als würde mit Hämmern von innen gegen den Schädel geschlagen.

»Das kannst du.« Schmerz und Wut ließen seine Stimme zittern. »Du kannst darauf vertrauen, dass ich jede Gelegenheit nutzen werde, dich außer Gefecht zu setzen. Anders ist dir nicht zu helfen.«

Mahler nickte langsam. »Das mag ich an dir. Deine Ehrlichkeit.« Er fasste Zorn mit beiden Händen an den Schultern, drehte ihn um und gab ihm einen leichten Schlag in den Rücken. »Geh weiter, Claudius. Wir sind gleich da, es sind nur noch ein paar Meter.«

Fluchend stolperte Zorn voran.

*

Im Süden der Stadt beschrieb der Fluss einen großen Bogen. Der Deich, der das Zentrum und die tiefer liegenden Gebiete schützen sollte, war mit hellen Sandsäcken verstärkt worden, die sich in schier endloser Kette aneinanderreihten.

Auf der Kuppe befand sich ein Radweg, der Asphalt glänzte feucht im abendlichen Dunst. Links, einen halben Meter unterhalb der Dammkrone, schoss das Wasser dahin, im Licht der Laternen wirkte es dunkel, fast schwarz. Abgestorbene Äste, Bretter und Papierfetzen trieben vorbei. Dazwischen schwamm ein Spielzeugauto aus rotem Plastik, das sich, mit den Rädern nach oben, langsam um sich selbst drehte. Kurz darauf war es hinter der Biegung verschwunden.

Rechts zog sich die mit Gras bewachsene Flanke des Dammes sanft nach unten und mündete auf einer Wiese, die im Sommer viel besucht wurde, jetzt aber verlassen in der Dämmerung lag. Nebelschleier trieben zwischen den leeren Bänken, von den Papierkörben troff das Wasser. Ein einsamer Jogger keuchte über den Kiesweg, sein Atem zog in einer weißen Wolke hinter ihm her.

Auf dieser Seite, ziemlich genau auf halber Höhe des Dammes, wuchs eine Trauerweide, deren Wurzeln sich tief in das Erdreich gruben. Sie war vielleicht fünf Meter hoch, die weit ausladenden Äste schwangen kurz über dem Boden in der abendlichen Brise.

Ein heftiger Windstoß erfasste die Krone und drückte die Weide zur Seite. Ihre Wurzeln fanden immer weniger Halt in der durchweichten Erde, und so begann der Baum, sich unmerklich ein Stück zur Seite zu neigen, stand dann aber wieder still. Der Damm hielt.

Doch oben auf dem Radweg knackte es leise.

Plötzlich erschien ein haarfeiner, gezackter Riss im Asphalt.

Langsam, ganz langsam wurde er breiter.

*

»Und? Was sagst du?« Mahler leuchtete nach oben. »Beeindruckend, oder?«

Zorn nickte widerwillig. Der Tunnel mündete in einer kreisrunden, ebenfalls aus Backstein gemauerten Halle, deren Decke sich kuppelförmig über ihnen erstreckte. An ihrer höchsten Stelle betrug der Abstand zum Boden mindestens zehn Meter, Zorn schätzte den Durchmesser auf das Doppelte. Er zählte acht ovale Gänge, die sternförmig von dort abgingen, sie sahen alle gleich aus, knapp mannshohe, gähnende Löcher. Als er sich einmal umgedreht hatte, wusste er nicht mehr, durch welchen sie soeben gekommen waren. Er hatte die Orientierung verloren.

»Wir sind fünfzehn Meter unter der Erde, genau unter dem alten Wachturm.« Mahler ging zur Wand und klopfte dagegen. Ein pappiges, trockenes Geräusch. »Das sind die Fundamente, bestimmt zwei Meter dick.«

Zorn erinnerte sich an den Optiker, vor dem er Mahler getroffen hatte. Das Geschäft musste fast direkt über ihnen sein. Wie lange war das jetzt her? Drei Tage? Wie spät war es jetzt eigentlich? Er hatte jegliches Zeitgefühl verloren.

Das Zifferblatt seiner Uhr leuchtete grün in der Dunkelheit. Dreiviertel sieben. Sie waren nicht einmal seit einer Stunde hier unten.

Ein Luftzug wehte durch die Halle und erzeugte ein hohes, klagendes Jaulen.

»Die Tunnel wirken wie Schornsteine«, erklärte Mahler. »Ein paar von ihnen sind eingestürzt, man kann nur ein Stück hinein. Andere führen kilometerweit unter die Stadt, ich habe längst nicht alle erkundet. Der hier«, er wies auf einen Gang, der direkt vor Zorn abzweigte, »führt hinunter zum Fluss. Man kommt nicht weit, er steht zur Hälfte unter Wasser. Hörst du das?«

Zorn lauschte. In der Ferne war ein Rauschen zu vernehmen, ein fauliger Geruch schlug ihm entgegen.

Er hatte Kopfschmerzen und spürte, dass dies nicht allein vom Sturz herrührte. Seine Stirn war heiß, der Hals tat ihm weh. Er bekam Fieber. Na ja, dachte er, da laufe ich mit nassen Haaren und feuchtem Hintern durch diese Katakomben und muss mich nicht wundern, wenn ich mir hier den Tod hole. Obwohl – den Tod? Irgendwie war er sicher, dass Mahler ihm nichts tun würde. Er hatte ihn nicht hierher gebracht, um ihn dann zu erschießen. Nein, überlegte Zorn, das ergibt keinen Sinn. Seine Nase kribbelte, dann musste er heftig niesen. Es klang wie eine Explosion, deren Echo laut von den Wänden widerhallte.

»Gesundheit«, sagte Mahler.

»Danke, du mich auch«, schniefte Zorn und wischte sich mit dem Jackenärmel die Nase ab.

»Du brauchst eine Decke.« Mahler bückte sich und verschwand in einem der Gänge. »Komm mit.«

Zorn ging ihm nach. Er sah einen zerknüllten Schlafsack, auf dem Boden standen Kerzen und ein Campingkocher, in die Wand war ein Nagel eingeschlagen, ein altes Kofferradio hing daran. Mahler schien sich hier schon vor einer Weile häuslich niedergelassen zu haben.

»Da haben wir dich also überall gesucht, und du hast hier unten Pfadfinder gespielt.«

»Ja, es ist ein gutes Versteck. Wahrscheinlich ist seit Jahrzehnten niemand hier unten gewesen.« Mahler blickte in die Dunkelheit. »Dieser Tunnel geht nur ein paar Meter weit, dahinten ist er eingestürzt.« Er kramte aus seinem Rucksack eine dünne Wolldecke hervor und warf sie Zorn in den Schoß. »Hier, trockne dir die Haare ab, ich hab kein Handtuch.« Dann zündete er eine der Kerzen an, setzte sich mit dem Rücken zur Wand und zog die langen Beine an. Er schlug mit der flachen Hand auf den Boden. »Komm her.«

Zorn nahm schweigend Platz. Sie saßen sich dicht gegenüber, so dicht, dass sich ihre Knie fast berührten. Einen Moment sahen sie sich in die Augen, dann senkte Mahler den Blick.

»Ich bin froh, dass du mich gefunden hast.«

»Du hast es mir leicht gemacht. Und vergiss nicht: Ich bin Bulle. Es ist mein Job, Leute zu finden. Vor allem, wenn es sich um durchgeknallte Killer handelt, wie du einer bist.«

»Du weißt, dass ich das nicht bin.«

»Weiß ich das?«

Mahler hielt die Waffe in der Linken, sie baumelte zwischen seinen Beinen, nur wenige Zentimeter von Zorn entfernt.

»Ich werde dir eine Geschichte erzählen, Claudius. Es ist keine schöne Geschichte, und sie ist auch nicht sonderlich unterhaltsam. Aber vielleicht verstehst du mich dann. Das alles ist jetzt fast zwanzig Jahre her.«

Zorn sagte nichts.

Und Henning Mahler begann zu erzählen.

Dreiundzwanzig

Sie waren zu dritt. Zwei Bundeswehrsoldaten und ein Einheimischer, der ihnen als Ortskundiger zugeteilt worden war. Einer von ihnen schlief etwas abseits zusammengerollt in einem Schlafsack, die anderen beiden saßen an einem Lagerfeuer und tranken.

Sie hatten ihr Lager am Rande eines kleinen Olivenhains aufgeschlagen. Hinter ihnen schlängelte sich die schmale, holprige Straße hinauf in die kroatischen Berge. Das Licht des Feuers spiegelte sich im verdreckten Heck eines grauen Armeejeeps, der schräg in der Böschung geparkt war.

Die Nacht war heiß und klar, der Mond stand hell am Himmel, größer, als er jemals in Deutschland zu sehen war. Von Süden her wehte ein leichter Wind, der Geruch der nahen Adria zog über sie hinweg und mischte sich mit dem würzigen Duft der Zypressen.

»Scheißkarre«, knurrte der eine, der Mahler hieß, und spuckte ins Feuer. Er war höchstens zwanzig, unter den Achseln seines Uniformhemdes hatten sich große Schweißflecken gebildet. Sein glattes Gesicht war vom Sonnenbrand gerötet.

Sie gehörten zu einem Trupp Kampfmittelbeseitiger und waren von der Bundeswehr entsandt worden, um in einem nahen kroatischen Dorf eine Fliegerbombe zu entschärfen. Am frühen Abend war der Keilriemen ihres Jeeps gerissen. Mahler, der Fahrer, hatte zwei Stunden gebraucht, bis er ihn repariert hatte. Der Konvoi war weitergefahren, sie allerdings hatten beschlossen, hier zu übernachten und am nächsten Morgen zeitig aufzubrechen.

Der, der ihnen als Führer zugeteilt worden war, stieß ein trockenes Lachen aus.

»Ihr Deutschen baut die besten Autos der Welt. Aber wenn sie einmal kaputt sind, kriegt man sie nicht wieder repariert.« Er trug einen gefleckten Tarnanzug der jugoslawischen Armee, die Jacke spannte über seiner kräftigen Brust. Die Ärmel hatte er hochgekrempelt, um den gebräunten, sehnigen Hals hing eine dünne Goldkette. Obwohl er nicht älter als vierzig sein konnte, war sein kurzes Haar vollständig ergraut. In der Hand hielt er eine zur Hälfte geleerte Schnapsflasche.

»Trink, Soldat.«

»Ich hab genug«, wehrte der, der Mahler hieß, mit schwerer Zunge ab. »Bin völlig besoffen.«

Neben ihnen lag eine weitere Flasche im vertrockneten Gras. Sie war leer.

Der andere ließ nicht locker. »Ihr Deutschen mögt zwar die besten Autos bauen, aber wir machen den besten Schnaps. Trink, Soldat. Oder willst du mich beleidigen?«

Irgendetwas schwang in seiner Stimme mit. Es war schwer zu definieren, aber es war etwas, dem man sich nur schwer widersetzen konnte.

»Nein, nein«. Schwankend beugte sich der junge Soldat vor und ergriff die Flasche. Der Rauch des Lagerfeuers drang ihm in die Augen, er wedelte mit der Hand vor dem Gesicht und fragte: »Worauf trinken wir? Auf den Frieden?«

Der Mann im Tarnanzug legte den Kopf in den Nacken und stieß ein schallendes Gelächter aus. Seine Zähne blitzten im Mondlicht. Der, der hinter ihnen im Schlafsack lag, drehte sich um, brummte etwas Unverständliches und vergrub sich dann tiefer in den Decken.

»Frieden«, lachte der andere. »Das gefällt mir, Jungchen. Aber lass uns auf etwas anderes trinken. Etwas, das wichtiger ist.«

Bisher hatte er sich immer abseits von der übrigen Truppe gehalten. Auf Fragen hatte er ausweichend geantwortet, im Jeep saß er meist neben dem Fahrer und unterbrach sein Schweigen nur, um in knappen Worten die Richtung zu weisen. Jetzt allerdings klang er anders. Wie einer, der es gewohnt ist, Befehle zu geben. Selbstsicher, überlegen. Ob es am Alkohol lag, war schwer zu sagen. Er machte nicht den Eindruck, als sei er betrunken.

»Lass uns auf die Sieger anstoßen.«

»Warum?«

»Weil es nur zwei Sorten von Menschen gibt, Soldat. Sieger und Besiegte. Der Mensch wählt selbst, zu wem er gehören will. Man muss nur sehr genau beobachten und im richtigen Moment die richtige Entscheidung treffen. Du bist hier, weil du zu den Siegern gehörst. Und ich bin hier, weil ich das weiß. Der Sieger fragt nicht, er nimmt sich, was er braucht. Dort hinten«, er zeigte auf die Berge, die sich hinter ihnen wie eine schwarze Wand in den nächtlichen Himmel reckten, »ist Niemandsland. Was brauchst du? Geld? Frauen?«

»Ich habe eine Frau.« Der Soldat fingerte mit unsicheren Fingern ein zerknittertes Foto aus der Brusttasche. »Hier, sie heißt Clara.«

Der andere warf einen kurzen Blick darauf und gab ihm das Bild zurück.

»Ist sie stark?«

Mahler rülpste laut. »Warum sollte sie stark sein? Sie liebt mich, ist das nicht genug?«

»Eine Frau muss stark sein. Sie muss sich um dich kümmern, sie muss dir Kinder gebären, und sie muss sie beschützen.« Der Mann im Tarnanzug deutete mit dem Daumen über die Schulter, wo der Schlafende leise vor sich hin schnarchte. »Er ist schwach. Und er mag keine Frauen.«

»Der Leutnant?«

»Ja, der Leutnant.«

»Er ist mein Vorgesetzter, es ist mir egal, ob er auf Frauen steht oder nicht.«

»Er fickt andere in den Arsch.«

Der Soldat zuckte die Achseln und nahm einen tiefen Schluck.

»Und du?«

»Was soll mit mir sein?«

»Ich weiß nicht.« Mahler griff neben sich und warf ein paar Zweige ins Feuer. »Wie heißt du eigentlich?«

Der Mann im Tarnanzug trank ebenfalls. »Nenn mich Sivo.« Er beugte sich vor und sah dem anderen in die Augen. »Und ich lasse mich von niemandem ficken, Jungchen.«

Mahler lachte unsicher. »Weil du ein Sieger bist, richtig?«

»Ja. Weil ich ein Sieger bin.«

Ein großer, schwarzer Vogel flog über sie hinweg, stieß einen klagenden Schrei aus und ließ sich in den Zweigen einer Stechpalme nieder. Mahler sah auf. »Was ist das für ein Vieh?«

»Eine Krähe.«

»Die gibt es in Deutschland auch. Man sagt, sie bringt Unglück.«

»Das sagt man bei uns auch.«

Mahler erhob sich schwankend. »Ich muss pinkeln«, murmelte er, kippte nach vorn und wäre fast ins Feuer gestürzt. »Scheiße, ich glaub, ich war noch nie so besoffen.«

»Leg dich hin und schlaf. Es wird gleich hell, dein Leutnant wird dich bald wecken.«

Mahler rülpste erneut. »Leutnant Sauer kann mich mal.« Er wankte drei Schritte beiseite und erbrach sich ins Gebüsch.

*

Zorn wollte nicht glauben, was er soeben gehört hatte.

»Du warst mit dem Staatsanwalt beim Bund?«

Mahler nickte. »Das war 1993, während des Kroatienkrieges. Wir waren als Blauhelme abkommandiert. Ich wundere mich, dass ihr das nicht längst herausgefunden habt.«

»Das hätten wir. Irgendwann.«

Die Kerze flackerte auf. Ihre Schatten tanzten verzerrt über die Gewölbewand. Mahler legte die Arme um die Beine und sah Zorn an.

»Ich erzähle dir das alles, weil ich dich vor dem Kroaten warnen will. Er hatte viele Namen, damals nannte er sich Sivo, hier ist er Mirko Stapic, der nette Barbesitzer von nebenan.«

Zorn setzte zu einer Erwiderung an, doch Mahler brachte ihn zum Schweigen.

»Ich habe im Internet Bilder gefunden. Und Berichte von den Opfern. Als er damals als Dolmetscher zu uns kam, war er Hauptmann bei der jugoslawischen Armee. Vorher hat er eine Art paramilitärische Organisation geführt, er muss Dutzende ermordet haben, und es war ihm egal, ob es Serben, Kroaten, Muslime oder Christen waren. Er wollte nur eins: plündern. Er muss Millionen zusammengeraubt haben. Manche sagen, dass es ihm gar nicht ums Geld ging, sondern ums Töten. Dass er Spaß daran hatte, andere foltern und umbringen zu können, ohne Angst vor Verfolgung durch die Polizei haben zu müssen. Sie nannten ihn den Lachenden Skorpion.«

Zorn dachte an Malina. Das alles konnte nicht stimmen, sie hätte wissen müssen, dass ihr Onkel ein Massenmörder war. Oder hatte sie ihn belogen? Nein, als sie von der Bombe erfahren hatte, war ihre Sorge echt gewesen. Er sah Stapics Gesicht vor sich. Ein freundlicher, grauhaariger Mann. Mehr nicht.

Mahler räusperte sich.

»Später, als er als Kriegsverbrecher gesucht wurde, muss er schnell untergetaucht sein. Ich hatte keine Ahnung, dass er in Deutschland ist, geschweige denn hier in der Stadt.«

»Wie hast du ihn wiedergetroffen?«

»Überhaupt nicht. Ich habe ihn noch nicht gesehen.«

Zorn schlug wütend mit der Faust auf den Boden. »Verdammt nochmal, erzähl mir endlich, was passiert ist!«

»Du musst Geduld haben, Claudius. Ich hab dir gesagt, dass es eine lange Geschichte wird.« Einen Moment schien es, als würde Mahler lächeln. So, als wolle er sich entschuldigen. »Das alles ist fast zwanzig Jahre her. Und bevor du fragst: Ich wusste nicht einmal, dass Philipp Sauer hier lebt. Er wollte damals Jura studieren und muss irgendwann hergezogen sein, um im Osten Karriere zu machen. Ich habe es erst erfahren, als er tot war.«

Zorn rieb sich den schmerzenden Kopf. »Ich kann das einfach nicht glauben.«

»Warte ab, bis du den Rest gehört hast.«

*

»Aufstehen, Soldat.« Mahler wurde unsanft an der Schulter gerüttelt. Öffnete die verklebten Augen und erblickte Leutnant Sauer, der breitbeinig über ihm stand. Im ersten Moment hatte er keine Ahnung, wo er war. Ächzend richtete er sich zur Hälfte auf, stützte sich auf die Ellenbogen und sah sich um. Die Sonne war noch nicht aufgegangen, doch die Spitzen der Berge leuchteten bereits im roten Morgenlicht. Sivo lehnte mit verschränkten Armen an der Beifahrertür des Jeeps.

Mahler sank zurück und legte den Arm über die Augen. Funken zerstoben hinter seinen Augenlidern, ihm war, als würde sein Kopf jeden Moment platzen wie eine überreife Melone.

»Mir ist schlecht. Ich kann nicht fahren.«

»Das hätten Sie sich vorher überlegen müssen.« Leutnant Sauer trat beiseite und sah auf die Uhr. Er trug eine verspiegelte Sonnenbrille, das vom Sonnenbrand gerötete Gesicht war dick mit Sonnencreme eingeschmiert. Um die Nase zu schützen, hatte er ein kleines Papierstück zwischen Nasenwurzel und Brille geschoben. »Wer saufen kann, muss die Konsequenzen tragen«, meinte er zackig. »In drei Minuten starten Sie den Jeep, oder ich melde Sie beim Kommandanten.«

Es dauerte nicht drei, sondern fünfzehn Minuten, bis sie endlich unterwegs waren.

Zwei Stunden später holperte der Jeep über die ungepflasterte, mit Geröll übersäte Straße in Richtung Nordwesten. Sie fuhren durch eine staubige, kaum bewohnte Hochebene, dorniges Gebüsch säumte den Weg, weiter hinten flimmerten vereinzelte Pinien in der Hitze. Ab und zu passierten sie ein halb verfallenes Gehöft, die Einschusslöcher in den fleckigen Mauern zeigten, dass der Krieg selbst bis in diese gottverlassene Gegend vorgedrungen war.

Leutnant Sauer hockte hinten auf dem Rücksitz und studierte die Karte, Sivo, der Kroate, saß mit halbgeschlossenen Lidern auf dem Beifahrersitz.

Plötzlich hielt Mahler an und öffnete die Fahrertür. Vor ihnen gabelte sich der Weg, rechts führte eine Abzweigung hinab in einen niedrigen Kiefernwald. Von Ferne war das Rauschen eines Gebirgsflusses zu hören.

»Ich kann nicht mehr fahren, Herr Leutnant. Es geht nicht.«

Er war blass, das Gesicht schweißüberströmt, mit zitternden Händen hielt er das Lenkrad umklammert. Leutnant Sauer beugte sich nach vorn. Ein unangenehmer Geruch ging von ihm aus, eine Mischung aus säuerlichem Schweiß und süßlichem Parfum. Mahler drehte den Kopf beiseite und würgte.

»Sie können, Soldat. Sie sind als Fahrer abkommandiert. Das Einzige, was Sie zu tun haben, ist, diesen Wagen zu steuern. Also reißen Sie sich zusammen und tun Sie Ihre Pflicht. Und jetzt legen Sie verdammt nochmal den Gang ein und machen, dass wir weiterkommen.«

Sauer kam noch näher, Mahler spürte seinen warmen Atem am Ohr.

»Das ist ein Befehl, Soldat Mahler.«

Der Kroate hatte bisher schweigend dagesessen und meldete sich nun zum ersten Mal an diesem Morgen zu Wort.

»Ich kann fahren.«

»Sie?« Sauer schnaubte verächtlich. »Das glaube ich Ihnen, aber Sie sind hier lediglich als Spürhund abgestellt.«

Sivo zuckte die Achseln, schloss die Augen und lehnte sich zurück an die Kopfstütze.

Der Leutnant legte Mahler die Hand auf die Schulter. »Dieser Mann wird fahren, und wenn er sich die Seele aus dem Leib kotzt.«

Mahler war mit dem Kopf auf das Lenkrad gesunken. Er gab sich einen Ruck und schloss resigniert die Tür.

»Rechts oder links?«, fragte er mit dumpfer Stimme und legte den Gang ein.

»Links«, befahl Sauer.

»Rechts«, korrigierte Sivo leise. Ob ihn das, was Sauer soeben gesagt hatte, beleidigt hatte, war nicht zu erkennen. »Geradeaus kommt eine Brücke, sie ist letzte Woche eingestürzt. Wir müssen runter ins Tal und dann auf der anderen Seite wieder hinauf.«

Sauer sah in die Karte und nickte. »Dann los. Ein bisschen plötzlich, wenn ich bitten darf, wir sind spät dran. Und machen Sie das Radio an, ich komme mir vor, als würde ich zu einer Beerdigung gefahren.«

Mahler gab Vollgas, der Jeep setzte sich mit durchdrehenden Reifen in Bewegung, eine rötliche Staubwolke wirbelte auf, als er nach rechts in den Wald einbog.

»Ich sagte, Sie sollen das Radio einschalten.«

Mahler bremste ab und gehorchte. Auf Mittelwelle lief ein italienischer Schlagersender. Bellend sagte der Sprecher den nächsten Titel an, es klang, als würde ein Maschinengewehr heißlaufen. Dann ertönten die ersten Takte eines alten Sinatra-Titels.

Der Weg wurde enger. Die Kiefern standen jetzt dichter, ihre Zweige reckten sich wie knorrige Finger nach dem Jeep und kratzten mit flirrendem Schleifen an den Seitentüren.

»Schneller!«, befahl Sauer.

Mahler beschleunigte abrupt und schaltete einen Gang höher. Ihre Köpfe wurden nach hinten gepresst, Steine spritzten gegen den Unterboden.

And now the end is near and so I face the final curtain.

Die Sonne stand tief, sie schien ihnen direkt in die Augen. Mahler zwinkerte. Wieder stieg die Übelkeit hoch. Er würgte, dann klappte er die Sonnenblende herunter. Der Kroate warf ihm einen Seitenblick zu und schnallte sich an. Langsam näherten sie sich der Talsohle, rechts von ihnen ging es steil bergab, tief unten glitzerte ein reißender Bergbach in der Sonne.

I've lived a life that's full, I've traveled each and every highway.

Leutnant Sauer pfiff leise mit. »Toller Song, ich liebe Sinatra. Übertreiben Sie nicht«, wandte er sich dann gutgelaunt an Mahler, »oder wollen Sie uns umbringen?«

Wieder bremste Mahler ab. Drehte sich nach hinten, um Sauer zu sagen, dass er jetzt genug habe, dass der feine Herr Leutnant gefälligst die Fresse halten und allein fahren könne, denn er, Mahler, habe es nicht nötig, sich wie ein dahergelaufener Köter herumkommandieren zu lassen und …

Doch er kam nicht dazu.

»Vorsicht!«, schrie Sauer und zeigte nach vorn.

Plötzlich klang seine Stimme hoch und schrill. Weibisch.

And more, much more than this …

Mahler drehte sich wieder nach vorn.

Zuerst sah er ihre Augen. Die Frau stand mitten auf dem Weg. Sie trug ein schwarzes Kopftuch und ein weites, ebenso schwarzes Kleid, auch das war deutlich zu erkennen. In der linken Hand hielt sie einen Korb, unter dem rechten Arm klemmten ein paar Holzscheite.

Der Jeep raste direkt auf sie zu. Mahler lenkte panisch nach rechts, auf die Böschung zu. Ihre Augen kamen näher. Sie waren dunkel, fast schwarz. Wurden größer, bis sie die gesamte Frontscheibe ausfüllten.

Dann waren sie in seinem Kopf. Und dort sollten sie für den Rest seines Lebens bleiben.

… I did it my way.

Dunkle, fast schwarze Augen.

Sie wurde von der Fahrertür erfasst, der Aufschlag war kaum zu spüren. Niemand sah, wie sie über das Dach geschleudert wurde und hinter dem Wagen aufschlug. Ihr Korb landete ein paar Sekunden später neben ihrem rechten Bein, ein Dutzend gelber Äpfel kullerten die Böschung hinunter.

Der Jeep drehte sich einmal um sich selbst und kam zum Stehen. Schwankte einen Moment, dann kippte er langsam, sehr langsam zur

Seite und rutschte den Abhang hinunter. Die Vorderachse blieb an einem Baumstumpf hängen, der Wagen überschlug sich und landete schließlich zu Füßen einer alten Kiefer krachend auf den Rädern. Der Baum erzitterte, dann ergoss sich ein feiner Regen aus Nadeln und Blütenstaub über den Jeep.

Mahler saß mit geschlossenen Augen hinter dem Steuer, das Lenkrad so fest umklammert, dass die Finger schmerzten. Sonst tat ihm nichts weh, er war unverletzt. Bis auf seinen Kopf, der dröhnte, als wäre er in einen Schraubstock eingespannt. Ein schnelles, rhythmisches Quietschen erfüllte den Wagen. Und etwas anderes, das er nicht definieren konnte. Er öffnete die Augen. Die Scheibenwischer hatten sich eingeschaltet und hasteten auf höchster Stufe über die staubige Windschutzscheibe. Sie war gesplittert, ein feines Netz aus gezackten Rissen zog sich über das Glas.

Er schaltete die Scheibenwischer aus.

And now the end is near …

Das Radio lief noch.

… and so I face the final curtain.

Mahler drehte den Abschaltknopf. Jetzt hörte er das hohe Wimmern vom Rücksitz. Er sah sich um. Leutnant Sauer saß aufgerichtet da, knetete die Hände zwischen den Knien und jammerte leise vor sich hin. Er stand unter Schock. Seine Lippen bebten, aus den Mundwinkeln floss Speichel. Die Sonnenbrille war verrutscht und hing schief auf seiner Nase, ein Glas war gebrochen und herausgefallen. Der Leutnant schien es nicht zu bemerken.

Der Kroate versuchte, seine Tür zu öffnen. Sie klemmte. Er stemmte sich mit der Schulter dagegen, doch sie gab nicht nach.

Sauer stieß einen klagenden Schrei aus.

»Sei still, Leutnant«, sagte Sivo leise.

»Herrgott, was sollen wir jetzt machen?«

»Ich sagte, du sollst dein Maul halten.«

Mahlers Tür ließ sich problemlos öffnen. Er stieg aus, schwankte kurz, dann lehnte er sich gegen die Kühlerhaube und übergab sich. Der Kroate rutschte auf die Fahrerseite hinüber und verließ den Jeep ebenfalls. Er öffnete die verbeulte Hintertür.

»Steig aus, Leutnant.«

Sauer reagierte nicht. Sivo griff seinen Ellenbogen und zog ihn mit einem Ruck aus dem Wagen. Sauers Knie gaben nach, er streckte die Hand aus, um irgendwo Halt zu finden. Griff ins Leere und sackte auf dem Waldboden zusammen. Dort saß er und stierte vor sich hin. Sein Helm war verrutscht und hing schief auf dem Kopf.

Sivo blickte auf den Weg, der zwanzig Meter über ihnen schräg abwärts führte.

»Ich werde hochgehen und schauen, was passiert ist.«

Mahler machte Anstalten, sich zu erheben.

»Du bleibst hier, Jungchen. Und lass diese Memme nicht aus den Augen.«

Ohne eine Antwort abzuwarten, drehte er sich um und stapfte mit kurzen, schnellen Schritten den Berg hinauf. Dann war er zwischen den Kiefern verschwunden.

»Das ist deine Schuld, du versoffenes Schwein.« Der Leutnant wies mit zitterndem Finger auf Mahler. »Ich will im Herbst Jura studieren, ich … wenn ihr …«, einen Moment versagte ihm die Stimme. Er schluckte und setzte erneut an: »Wenn dieser Frau was passiert ist, bin ich dran. Dann kann ich das Studium vergessen. Wieso habe ich dich bloß fahren lassen, du bescheuertes Arschloch?«

Die letzten Worte schrie er regelrecht heraus. Mahler hielt sich die Ohren zu, er hatte gehört, was der andere gesagt hatte, doch er verstand nichts von alledem. Das Ganze musste ein düsterer, absurder Traum sein, anders war nicht zu erklären, wie er plötzlich hierhergekommen war und nun mit schwirrendem Kopf am Kühler eines zerbeulten Armeejeeps hockte, den säuerlichen Geschmack des eigenen Erbrochenen im Mund.

Die Sonne schien schräg durch die Kiefern. Der abgewürgte Motor des Jeeps knackte leise, von unten drang das Plätschern des Baches herauf.

Mahler wusste nicht, wie lange er dagehockt und auf seine Hände gestarrt hatte. Plötzlich waren von oben schwere Schritte zu hören, kleine Steine rieselten den Abhang hinab.

Der Kroate kehrte zurück. Er trug ein großes, schwarzes Bündel über der Schulter. Das Gewicht schien ihm nichts auszumachen, er kam mit leichten Schritten herbei und warf seine Last wie einen Kartoffelsack auf den Boden.

Sauer sprang auf, wich drei Schritte zurück und stieß einen hohen, spitzen Schrei aus.

Die Frau war jung, fast noch ein Kind. Ihre Augen waren weit geöffnet, sie wurden bereits trübe, und doch sah es aus, als wäre sie noch immer überrascht von dem, was soeben geschehen war. Ein dünnes, rotes Rinnsal lief aus ihrer Nase. Das unförmige Kleid war ihr über die Knie gerutscht. Mahler sah, dass sie trotz der Hitze altmodische, dicke Strümpfe und klobige Männerschuhe trug. Eine große, rote Ameise krabbelte ihr linkes Bein hinauf, verharrte am Knie und verschwand dann unter ihrem Rock.

Sivo holte einen großen, gelben Apfel aus der Hosentasche und biss hinein. »Sie hat sich das Genick gebrochen«, sagte er kauend.

Das war der Moment, in dem Leutnant Sauer endgültig die Fassung verlor. Er sprang herbei, fasste die Tote bei den Schultern und schüttelte sie heftig. »Sie lebt! Sie lebt, ich weiß es!«, schrie er. »Wir müssen sie beatmen, irgendwas tun, sie kann nicht tot sein! Sie darf nicht, verdammt!«

Die Frau wackelte wie eine Stoffpuppe in seinen Armen.

Der Kroate sah ihm eine Weile ruhig zu. Dann packte er Sauer von hinten am Kragen, zog ihn hoch und drehte ihn zu sich herum. Warf ihm einen nachdenklichen Blick zu, während er weiter auf seinem Apfel kaute.

Dann holte er aus und gab ihm eine schallende Ohrfeige.

»Du sollst die Fresse halten, Leutnant.«

Sauer sah ihn ungläubig an und hielt sich die brennende Wange. Dann begann er, wie ein Kind zu weinen.

Sivo puhlte ein Stück Apfel zwischen den Zähnen hervor, betrachtete es einen Moment und schnipste es dann mit den Fingern davon. »Versuche, wie ein Mann zu denken, Leutnant. Das hast du wahrscheinlich noch nie in deinem Leben getan, aber jetzt ist es Zeit, damit anzufangen. Das, was gerade passiert ist, war mindestens Totschlag, sehe ich das richtig?«

Sauer schüttelte verwirrt den Kopf.

»Wir sind zu dritt«, fuhr der Kroate ruhig fort. »Jeder von uns kann sich ausmalen, was passieren wird. Ich habe keine Lust, eine Untersuchung mitzumachen, die wird es nämlich geben, wenn du das hier meldest. Andererseits kann es mir egal sein, denn ich habe nichts zu befürchten. Ich bin hier nur der Spürhund, richtig?« Er tippte Sauer leicht auf die Brust. Der wich einen Schritt zurück. »Du hast hier das Kommando, das heißt, du trägst die Verantwortung für alles. Der da«, er deutete mit dem angebissenen Apfel auf Mahler, der abwesend vor sich hinstarrte, »kann dir im Moment nicht helfen, er ist wahrscheinlich noch betrunken. Du hast befohlen, dass er fahren soll.«

»Ich habe nicht gewusst, dass –«

»Du sollst still sein und zuhören. Ihr habt diese Frau getötet, wer von euch beiden die größere Schuld hat, ist egal. Aber ihr habt zwei Möglichkeiten. Die erste kennst du: Du meldest den Fall, und du weißt, was euch beide dann erwartet.«

Sauer schluchzte auf.

Der Kroate öffnete die Hecktür des Jeeps und holte einen Spaten heraus. Stieß ihn in die harte, trockene Erde.

»Das hier ist die zweite.«

»Ich verstehe nicht«, stammelte Sauer.

»Sie ist Serbin, wahrscheinlich aus dem nächsten Dorf. Niemand wird sie vermissen.«

»Ich weiß nicht, was du –«

»Begrabt sie.«

»Das kann ich nicht. Ich muss das melden.«

Sivo zuckte die Achseln. »Tu das. Wie gesagt: Es ist deine Entscheidung.«

Der Leutnant kämpfte mit sich. Dann fasste er einen Entschluss, der die restlichen neunzehn Jahre, die ihm noch zu leben blieben, bestimmen sollte.

»Du wirst uns nicht verraten?«, fragte er.

»Warum sollte ich? Ich tue euch bloß einen Gefallen. Und vielleicht komme ich irgendwann darauf zurück.«

Sauer presste die Lippen aufeinander. Die Frau war tot. Egal, was er tat, daran würde sich nichts ändern. Er nickte und legte die Hand auf den Spaten.

Es war ein Pakt, den er in diesem Moment schloss. Er wusste noch nicht, dass es ein Pakt mit dem Teufel war.

»Sehr gut«, nickte Sivo. »Jetzt haben wir drei ein kleines Geheimnis.«

Vierundzwanzig

»Eins versteh ich nicht«, sagte Zorn, nachdem er eine Weile nachgedacht hatte. »Nein«, korrigierte er sich dann, »es gibt einiges, was ich an deiner Geschichte nicht kapiere. Ich weiß gar nicht, wo ich anfangen soll, aber erklär mir zuerst eines: Dass Sauer sich auf diese Geschichte eingelassen hat, klingt noch halbwegs logisch. Schließlich war er ein Opportunist und hatte nur seine Karriere im Kopf. Aber du? Es war ja nicht so, dass du mal eben bei Rot über die Ampel gefahren bist. Du hast einen Menschen getötet, Henning.«

Mahler lachte freudlos auf. »Was du nicht sagst.«

»Okay, du warst besoffen, aber warum hast du nicht dazu gestanden? Du wärst vor ein Militärgericht gekommen, und wahrscheinlich hätte man dich eingesperrt, aber danach hättest du das hinter dir gehabt.«

Der Tunnel begann zu vibrieren. Erst ein wenig, dann stärker. Etwas Großes, Schweres rumpelte über sie hinweg. Nach ein paar Sekunden war es wieder vorbei. Eine feine Wolke aus Kalk und uraltem Staub rieselte auf sie hinab.

»Das ist die Straßenbahn«, erklärte Mahler. »Sie fährt direkt über uns.«

»Ich hab dich was gefragt, Henning.«

Mahler betrachtete seine Fingernägel. »Ich weiß nicht, wie oft ich darüber nachgedacht habe. Ich … ich stand unter Schock, und … und als ich wieder halbwegs klar denken konnte, war das Mädchen längst unter der Erde.« Er blickte auf. »Es war einfach zu spät, verstehst du? Ich glaube, dass es Sauer genauso ging. Bevor wir überhaupt begriffen hatten, was da passiert war, hatte Sivo die Sache in die Hand genommen. Er kann sehr überzeugend sein, Claudius. Und er hat damals sofort gewusst, dass er uns damit für den Rest unseres Lebens in der Hand haben würde.«

»Hatte er das denn?«

»Sauer ist einen Monat später entlassen worden, bei mir hat es noch ein halbes Jahr länger gedauert. Das tote Mädchen habe ich nie vergessen, glaub mir. Aber Sauer und der Kroate waren irgendwann raus aus meinem Kopf. Ich hätte nie gedacht, dass Sivo sich noch mal melden würde.«

»Wann war das?«

»Vor einem Monat ungefähr, es war ein Samstag. Wir saßen beim Frühstück, als er angerufen hat.«

Mahler lehnte den Kopf an die Wand und schloss einen Moment die Augen.

Erinnerst du dich noch an das, was ihr damals im Wald vergraben habt? Ich sagte, irgendwann würde ich euch vielleicht um einen Gefallen bitten. Jetzt ist es so weit, Jungchen.

Zorn fuhr sich mit der Hand über die verschorfte Stirn. Die Wunde tat immer noch weh, er spürte, dass sich eine dicke Beule bildete.

»Was war das für ein Gefallen?«, fragte er.

»Das hat er nicht genau gesagt. Er wollte, dass ich ihm bei irgendeiner Sache helfe.«

»Warum bist du diesmal nicht zur Polizei gegangen?«

»Was hätte ich sagen sollen? Dass ich vor knapp zwanzig Jahren eine junge Serbin überfahren habe?« Wieder stieß Mahler dieses bittere Lachen aus. »Sorry, Leute, ich war total besoffen, und weil ich Angst hatte, haben wir sie mal eben im Wald verbuddelt? Ich habe mich geschämt, Claudius. Und ich wollte nicht, dass Clara und die Kinder davon erfahren.«

»Aber du hast dich geweigert, ihm zu helfen?«

»Ich habe ihm gesagt, dass er mich gepflegt am Arsch lecken kann.«

»Und bei Sauer hat er sich auch gemeldet?«

Mahler nickte.

»Okay«, erwiderte Zorn. »Was Sivo von Sauer wollte, habe ich verstanden. Für den Staatsanwalt stand wesentlich mehr auf dem Spiel als für dich, deshalb hat er ihm geholfen. Er sollte die Ermittlungen im Mordfall Sigrun Bosch verschleppen und die Akten frisieren. Aber warum?«

»Kannst du dir das nicht denken?«

Zorn ahnte, was jetzt kommen würde.

»Sag's mir, Henning.«

»Mirko Stapic war der Vater des Kindes von Sigrun Bosch. Und er hat sie umgebracht, weil er sie für den Tod seines Sohnes verantwortlich gemacht hat.«

*

Gegen 19 Uhr betrat der, der sich früher Sivo genannt hatte und jetzt als Mirko Stapic in Deutschland lebte, die Straßenbahn in Richtung Innenstadt. Ein junger Mann in Jeans und kariertem Hemd rutschte bereitwillig beiseite und bot ihm einen Platz am Fenster an. Stapic bedankte sich lächelnd, setzte sich und fragte sich gleichzeitig, was der Junge wohl für ein Gesicht machen würde, wenn er ihm das Messer, das er unter seiner Jacke trug, bis zum Heft in den Hals rammen würde.

Stapic fuhr oft mit der Bahn. Hier, zwischen all diesen Menschen, fühlte er sich sicher. Weil ihm bewusst war, dass er auf einen Außenstehenden wirkte wie einer der harmlosen, grauhaarigen Männer in den Fünfzigern, von denen Tausende in der Stadt lebten. Das Gefühl, in der Masse zu verschwinden, sich regelrecht assimilieren zu lassen, beruhigte und erregte ihn gleichzeitig.

Der lachende Skorpion. Unsichtbar, als Löwe unter Schafen.

Die Bahn fuhr ruckelnd an. Er wischte mit dem Handrücken über die beschlagene Fensterscheibe und sah hinaus in die Dämmerung. In einer Straßenbahn hatte er auch Sigrun Bosch kennengelernt. Das war vor fünfzehn Jahren gewesen, damals, als er überall in Kroatien als Kriegsverbrecher gejagt wurde und beschlossen hatte, in Deutschland unterzutauchen.

Sie war eine Frau mit breiten Hüften und kräftigen Brüsten gewesen, etwas unscheinbar, aber sie hatte ihm sofort gefallen. Mirko Stapic hatte ein Gespür für Menschen, es dauerte nie lange, bis er ihre Schwachstellen herausfand. Bei Sigrun Bosch war es die Einsamkeit, die Sehnsucht nach Zuwendung gewesen, und als er dies erkannt hatte, machte er es sich sofort zunutze. Es fiel ihm nicht schwer, den aufmerksamen Kavalier zu spielen, und so hatte er sie schnell da gehabt, wo er sie wollte: im Bett.

Genauso schnell war er ihrer wieder überdrüssig geworden. Ein Vierteljahr lang ging er einmal in der Woche zu ihr, bis seine Besuche seltener wurden und schließlich ganz aufhörten.

Dann hatte er sie wieder vergessen. Bis zu dem Zeitpunkt, als er in der Zeitung von einem Unfall erfuhr, bei dem der vierzehnjährige Sohn einer Deutschlehrerin namens Sigrun B. ums Leben gekommen war. Stapic rechnete nach.

Er zweifelte keine Sekunde, dass er der Vater dieses Jungen war.

Stapic hatte keine Kinder. Er war jetzt bald sechzig, und so, wie es aussah, würde er keine Nachkommen mehr zeugen. Malina und er waren die letzten Überlebenden seiner Familie. Nach dem Tode des Bruders hatte er seine Nichte sofort zu sich genommen. Er hatte sie großgezogen, obwohl sie ihn auf seiner Flucht behinderte. Sie war nur ein Mädchen, aber sie gehörte zu seiner Familie, sie war Blut von seinem Blut.

Sein erster Impuls war gewesen, Sigrun Bosch sofort zu töten. Er, der Letzte seines Clans, hatte einen Sohn gehabt, den sie ihm vorenthalten hatte. Ja, er hatte ihn nicht einmal kennengelernt. Schlimmer noch, diese unscheinbare Frau war für seinen Tod verantwortlich und schuld daran, dass Stapics Familie aussterben würde.

Das war einer der wenigen Momente in seinem Leben gewesen, wo er fast die Kontrolle über seine Gefühle verloren hätte. Noch heute, Monate später, stieg diese wahnsinnige Wut in ihm auf und drohte, ihm den Atem zu rauben.

Aber er hatte sich beherrscht.

Es war klar, dass sie sterben musste, ihr Tod war eine Notwendigkeit gewesen. Sie hatte ihm den Sohn genommen, im Gegenzug würde sie ihr Leben verlieren. Es war eine einfache Rechnung. Sie musste bestraft werden.

Er hatte lange überlegt, wie er vorgehen sollte.

Im Kosovo hatte er Dutzende Menschen eigenhändig umgebracht, er hatte gelernt, leise, präzise, effektiv und gut zu töten. Noch besser allerdings war er, wenn er aus dem Hintergrund operieren konnte. Er kannte die Methoden, andere zu manipulieren und erpressbar zu machen wie kein anderer. Es gab Menschen, die in seiner Hand waren. Und er hatte sie benutzt, alle.

Nicht alles hatte so funktioniert, wie er es geplant hatte, aber das Wichtigste war erreicht: Sigrun Bosch war tot. Er hatte den Sohn gerächt, den er nie hatte kennenlernen dürfen, den sie ihm verschwiegen hatte.

Jetzt gab es nur noch eine Sache zu erledigen.

Er verließ die Straßenbahn zwei Haltestellen, bevor er eigentlich aussteigen musste. Dann schlug er den Kragen hoch und machte sich auf den Weg.

Mirko Stapic hatte eine Verabredung, und er würde pünktlich sein.

*

»Was hast du mit mir vor, Henning?«

Mahler lehnte den Kopf an die Wand und sah zur Gewölbedecke. »Wenn ich ehrlich bin: Ich weiß es nicht. Mein Plan war, dich hierher zu bringen und dir alles zu erzählen. Was dann mit dir passiert, habe ich noch nicht überlegt.«

Zorn zog unauffällig an den Fesseln um seine Handgelenke. Sie taten nicht weh. Aber sie waren so fest, dass er sich unmöglich befreien konnte.

»Und? Hast du?«, fragte er dann.

»Was habe ich?«

»Alles erzählt?«

»Noch nicht.« Mahler sah auf die Uhr. »Wir haben noch Zeit, du erfährst den Rest, bevor ich mich mit ihm treffe.«

»Mit wem?«

»Das weißt du, Claudius.«

»Stapic?«

Mahler nickte nur.

Zorn richtete sich wütend auf, doch die Fesseln hinderten ihn. Er sank wieder zurück.

»Sag mir, wo ihr euch trefft, Henning. Dann mach mir endlich diese Dinger ab und lass mich gehen, ich hole Verstärkung. Wenn alles stimmt, was du erzählt hast, wirst du niemals allein mit ihm fertig, verdammt nochmal!«

»Du hast recht«, sagte Mahler leise. »Aber es ist längst nicht so einfach, wie du dir das in deinem kleinen Polizistenhirn vorstellst.«

»Dann erklär's mir, wenn ich so bescheuert bin!«

Mahler starrte auf einen Punkt, der mindestens zwei Meilen entfernt sein musste. »Ich habe meine Familie geliebt. Es ist das totale Klischee, aber Clara und die Kinder waren alles, was mir jemals wichtig war.«

»Du hast noch ein Kind, Henning.«

»Ella ist ebenfalls so gut wie tot.«

»Woher willst du das wissen?«

»Weil er sie geholt hat.«

»Stapic hat deine Tochter entführt?«

»Ja«, sagte Mahler einfach. »Der Mann, der Ella damals überfahren hat, war ebenfalls Stapic. Und er war es auch, der meine Frau überfallen und vergewaltigt hat, kurz bevor sie sich die Pulsadern aufgeschnitten hat.«

Mahler fuhr sich mit der Hand über die Augen.

Glaubst du jetzt, dass ich es ernst meine, Jungchen? Ich habe noch weitere Argumente, mit denen ich dich überzeugen kann.

Zorn wusste nicht, was er sagen sollte. Eine Weile saßen sie sich schweigend gegenüber. Dann versuchte er es ein weiteres Mal.

»Henning, du brauchst Hilfe, und ich kann –«

Mahler hob die Hand. Einen Moment sah es aus, als wolle er Zorn schlagen. Dann beugte er sich vor, bis sein Gesicht nur ein paar Zentimeter von ihm entfernt war.

»Hör auf mit dieser Scheiße!«, zischte er. »Ich will keine Hilfe.

Wenn ich nicht allein komme, wird er keine Sekunde zögern. Er wird sie sofort töten. Du müsstest am besten wissen, wozu er fähig ist.«

»Wie meinst du das?«

»Du hast Tom ausgegraben. Du weißt, wie er aussah.«

»Was?«

»Tom war der Erste, den er sich geholt hat.«

*

Es war ein einfacher Windstoß, der schließlich den Ausschlag gab. Die Weide an der Flanke des Dammes neigte sich erst langsam, dann immer schneller. Einen Moment schien es, als würde der Stamm brechen, dann mischte sich das Knacken des berstenden Holzes mit einem tiefen, schmatzenden Geräusch, als die Wurzeln endgültig den Halt verloren und das nasse Erdreich aufrissen. Der entwurzelte Baum krachte auf die feuchte Wiese. Dort, wo er soeben gestanden hatte, war jetzt ein Loch.

Eine Weile war es still.

Zunächst erschien ein schmales, fingerdickes Rinnsal, das sich seinen Weg glucksend durch das Loch bahnte, als würde der Fluss eine Vorhut schicken, die das Terrain sondieren sollte.

Dann kam das Wasser.

Es war, als würde ein lautloser Sprengsatz gezündet. Innerhalb weniger Sekunden hatte das Loch einen Durchmesser von ein paar Metern, die Flut wälzte sich schäumend hindurch, Erdreich wurde mitgerissen, der asphaltierte Radweg auf der Dammkrone beiseitegeschoben wie ein Stück Pappe.

Sekunden später wälzte sich eine schlammige Flutwelle auf die Innenstadt zu.

Der letzte Damm war gebrochen.

*

Kurz vor neun erreichte Schröder die Bar. Die von der Explosion zerstörten Fenster und die Eingangstür waren bereits notdürftig mit

Spanplatten vernagelt worden. Schräg gegenüber parkte ein Streifenwagen. Schröder nickte den beiden Beamten zu, stemmte sich mit der Schulter gegen die verzogene Tür und ging hinein.

Sie hatten Stapics Wohnung gründlich durchsucht, jedoch nichts Nennenswertes gefunden. Jetzt hoffte Schröder, in der Bar einen Hinweis zu entdecken. Wonach genau er suchte, wusste er nicht. Stapic jedenfalls war bisher verschwunden geblieben.

Glassplitter knirschten unter seinen Füßen, als er den Innenraum betrat. Der Spiegel hinter dem Tresen war geborsten, eines der riesigen Aquarien war ebenfalls zu Bruch gegangen. Er bemerkte eine große Pfütze, die bereits an den Rändern zu trocknen begann. Die große Deckenlampe baumelte schief über dem Tresen. Der Korditgestank der Explosion hing noch in der Luft und mischte sich mit dem Geruch von abgestandenem Bier.

Schröder steckte die Hände in die Hosentaschen und sah sich um. Nach kurzem Überlegen wandte er sich nach hinten und ging in den Innenraum, von dem die Toiletten abgingen. Hier war es stockdunkel, er tastete über die Wand und hatte nach kurzem Suchen den Lichtschalter gefunden.

Das Büro des Kroaten war verschlossen. Er kramte das Bund mit den Dietrichen hervor und stand einen Augenblick später vor Stapics Schreibtisch.

Am Fenster befand sich ein großer, bequemer Ledersessel, gegenüber bemerkte er ein hohes Regal, das mit Aktenordnern gefüllt war. Zwei große Lautsprecherboxen waren an der Wand befestigt, zwischen ihnen hing in einem vergoldeten Rahmen ein Aquarell, das eine kitschige Landschaft am Mittelmeer zeigte. In der Ecke neben der Tür lagen Hunderte CDs übereinandergestapelt auf dem Boden. Er trat näher und sah, dass es sich ausschließlich um klassische Aufnahmen handelte: Vivaldi, Brahms, Chopin. Und immer wieder Mozart.

Schröder ging über den dicken Teppich zum Regal, hockte sich hin und nahm einen der Ordner. Blätterte durch Monatsabschlüsse, säuberlich geordnete Quittungen und Gehaltsabrechnungen. Er schob den Ordner zurück und wollte wieder aufstehen, doch dann sah er auf dem Boden etwas, das ihn stutzig machte.

Schleifspuren.

Als wäre das Regal kürzlich bewegt worden. Er stieß einen leisen Pfiff aus und richtete sich auf. Das Regal ließ sich mühelos beiseiteschieben. Dahinter befand sich eine in die Wand eingelassene Tür.

Sie war nicht verschlossen.

*

»Ich verstehe das nicht.« Zorn schüttelte verwirrt den Kopf. »Wieso sollte Stapic deine gesamte Familie auslöschen wollen? Aus welchem Grund?«

Henning Mahler sah plötzlich sehr müde aus.

»Er ist der Teufel. Und der Teufel braucht keine Gründe.«

»Schwachsinn. Selbst der Teufel hat Motive für das, was er tut!«

»Er wollte, dass ich ihm helfe«, seufzte Mahler. »Als ich mich geweigert habe, hat er zuerst Tom entführt. Nach drei Tagen hat er wieder angerufen, ich durfte sogar mit Tom sprechen. Ich werde nie vergessen, was er gesagt hat.«

Ich habe Durst, Papa. Er gibt mir nichts zu trinken.

Mahler sprach in kurzen, abgehackten Sätzen. »Dann habe ich Tom in meiner Garage gefunden. Er hatte ihn in einen Wäschesack gesteckt. Die Schlinge lag noch um seinen Hals. Tom lag da, zusammengerollt wie ein Embryo. In diesem Moment habe ich überlegt, zur Polizei zu gehen. Doch dann habe ich den Zettel in Toms Hand gefunden.«

Wenn du die Bullen rufst, hole ich mir deine Frau.

Mahler blickte auf. Seine Augen glänzten im Kerzenlicht.

»Ich hatte keine Wahl. So habe ich Tom im Garten vergraben, ich konnte mich einfach nicht von ihm trennen. Er sollte in meiner Nähe bleiben.«

Zorn versuchte, sich zu konzentrieren. Es fiel ihm schwer, sein Kopf schmerzte und war heiß wie ein Backofenblech. Das Fieber stieg.

»Okay, du bist also nicht zur Polizei. Wenn du getan hast, was er wollte, warum hat er deine Frau trotzdem vergewaltigt, Henning?«

»Warum musst du immer nach den Gründen fragen, Claudius?«

»Das ist mein Job.«

»Akzeptier endlich, dass es manchmal keine gibt. Ich glaube, es hat ihm einfach Spaß gemacht, mich zu kontrollieren. Zu demütigen und zu quälen. Es hat ihm gefallen, allen weh zu tun, die mir ... verstehst du, alle Menschen, die ich ...«

»Ja.«

»Genauso, wie es ihm gefallen hat, den Verdacht immer wieder auf mich zu lenken.«

»Wir haben deine Initialen auf dem Kirchturm gefunden. Dort, wo Philipp Sauer ermordet wurde.«

Mahler nickte.

»Das war er. Genauso, wie er meine DNA-Spuren an der Leiche von Hannah Saborowski hinterlassen hat. Er war bei mir im Haus, es war kein Problem für ihn, ein paar Haare oder irgendwas von mir mitgehen zu lassen.«

»Das lässt sich leicht überprüfen«, sagte Zorn. Obwohl er absolut nicht sicher war, ob dem tatsächlich so war. »Stapic hat also Frau Bosch umgebracht, um sie für den Tod seines Sohnes zu bestrafen. Staatsanwalt Sauer musste sterben, weil er versagt hat und Hannah Saborowski schließlich, weil sie uns geholfen hat. Das ist –«

»Still!«, unterbrach ihn Mahler. Er hatte den Kopf gehoben und lauschte. »Hörst du das?«

»Nee«, erwiderte Zorn einen Moment später. Er hörte zwar ein tiefes Dröhnen, aber das, da war er sicher, entstand direkt in seinem Kopf und rührte vom Fieber.

»Warte.« Mahler stand auf und verließ den Tunnel. Nach einer halben Minute war er wieder da. Die Schuhe troffen von Wasser, ebenso seine Jeans, die bis zu den Knien durchnässt waren.

»Der zweite Damm ist gebrochen. Die Kanalisation läuft voll. Wir müssen hier weg, wenn wir nicht ersaufen wollen.«

Jetzt hörte auch Zorn das Wasser.

Es kam näher, und zwar schnell.

*

Es dauerte eine Weile, bis sich Schröders Augen an die Dunkelheit gewöhnt hatten. Auf den ersten Blick schien der Raum vollständig leer zu sein, dann bemerkte er, dass es sich eher um eine kleine Kammer handelte.

Das einzige Licht fiel durch die halb geöffnete Tür in das Zimmer.

Er trat zwei Schritte vor, die Gummisohlen seiner Schuhe knirschten auf dem nackten Beton. Es roch nach Urin und feuchtem Kalk.

Er lauschte. Hörte seinen eigenen, regelmäßigen Atem. Dann hielt er die Luft an.

Jemand atmete weiter, er war nicht allein hier.

Rechts, im Schatten, nahm er die Umrisse eines klobigen Dinges wahr, das er für einen Sessel oder Schaukelstuhl hielt.

Er hockte sich hin, bemerkte erst die Räder und dann das Kind, das in Decken gehüllt dalag und fest zu schlafen schien.

»Ella Mahler, jetzt hab ich dich gefunden«, murmelte er und strich ihr vorsichtig über das Haar.

Sie schlug die Augen auf. »Wer bist du?«

Schröder nahm ihre Hand. »Ich hole dich hier raus, Ella.«

»Das ist gut. Ich will nicht mehr hier sein.« Ella sah ihn ernst an. »Du siehst nett aus. Obwohl du so dick bist.«

Ihr Blick glitt über seine Schulter zur Tür.

Dann begann sie zu kreischen.

*

Sie waren aus dem Tunnel gerannt und standen in der Mitte der unterirdischen Halle. Aus den Gängen ringsum strömte das schäumende Wasser herein, als wäre die Sintflut über sie gekommen.

Mahler musste rufen, um sich verständlich zu machen.

»Streck die Hände vor!«

Zorn gehorchte. Mahler holte ein Tapetenmesser aus der Tasche und zerschnitt die Fesseln. Das Wasser war kalt, es reichte ihnen bis über die Oberschenkel. Zitternd verschränkte Zorn die Arme vor der Brust.

»Was hast du vor?«, rief er.

»Ich lass dich gehen.« Mahler deutete auf zwei nebeneinanderliegende Gänge. »Diese beiden führen bergauf. Nimm den rechten, er wird nach ein paar Metern trocken sein. Folge ihm ungefähr zwei Kilometer, dann kommst du an eine Abzweigung. Geh nach links, dann landest du im Park neben der Oper. Beeil dich.«

Hoch über ihnen löste sich ein Stein aus der Decke und krachte ein paar Meter entfernt in das gurgelnde Wasser. Zorn fuhr zusammen.

»Und du? Wohin gehst du, Henning?«

»Ich treffe mich mit Stapic.«

»Was wirst du tun?«

Mahler lachte auf. »Was schon? Ich werde ihn töten.«

»Verdammt nochmal, das wirst du nicht überleben, Henning!«

»Ich weiß. Er aber auch nicht.« Dann reichte er Zorn seine Taschenlampe. »Nimm, ich hab noch eine.«

Mahler schwang den Rucksack über die Schulter und watete zu einem Gang, der neben dem lag, den er Zorn gezeigt hatte. Er drehte sich noch einmal um. »Mach's gut, Claudius. Und versuch nicht, mir zu folgen.«

Dann war er weg.

Zorn sah ihm nach. Das Wasser reichte ihm jetzt bis über die Hüften. Er hatte Mühe, aufrecht zu stehen, die Strömung riss ihn fast von den Füßen.

Was mach ich jetzt, verdammt? Fieberhaft dachte er nach.

Rechts ging es in die Freiheit.

Dort wartete eine heiße Dusche auf ihn. Frische Luft. Seine Plattensammlung. Und Malina.

Links war Mahler verschwunden.

Was war dort? Der Tod?

Wieder löste sich ein Stein aus der Decke und schlug direkt neben Zorn auf die aufspritzende Oberfläche. Er leuchtete nach oben. Dort zeigten sich tiefe Risse im Gewölbe, ein schlammiger Regen aus Kalk, Sand und lehmigem Wasser rieselte in dicken Strömen auf ihn herab.

»Gleich fliegt mir hier alles um die Ohren«, murmelte er und wischte sich über das nasse Gesicht. »Leck mich, Henning, ich muss meinen Arsch retten.«

Zähneklappernd wandte er sich nach rechts, dem Gang, den ihm Mahler zugewiesen hatte. Watete zwei Schritte hinein. Blieb stehen und drehte sich schwer atmend um. Dann richtete er die Lampe zurück in die Halle. Ein wahrer Sturzregen ergoss sich von oben. Die Gewölbedecke löste sich auf. Es konnte nicht mehr lange dauern, bis sie einstürzen und alles unter sich begraben würde.

Ich bin bekloppt, dachte Claudius Zorn und schlug wütend mit der Hand auf das schäumende Wasser. Ich bin völlig durchgeknallt. Geisteskrank, lebensmüde oder was auch immer. Egal. Aber allein lassen kann ich ihn nicht.

Dann rannte er zurück und folgte Henning Mahler.

*

Der dicke Schröder war schnell. Eine halbe Sekunde, bevor Ella Mahler anfing zu schreien, sah er den Schatten, der von der Tür her über ihr Gesicht huschte, und warf sich zur Seite. Das Messer verfehlte ihn, mit einem fauchenden Pfeifen strich es nur Millimeter entfernt an seinem Nacken vorbei. Er rollte sich über die Schulter ab und kam mit dem Rücken zur Wand zum Stehen. Plötzlich hatte er seine Pistole in der Hand.

Stapic stand keinen Meter entfernt von ihm.

»Du bist flink, kleiner Mann«, sagte er anerkennend und klatschte zweimal kurz in die Hände. »Ich habe dich unterschätzt.«

Schröder hob die Pistole und richtete sie fast beiläufig auf die Brust des Kroaten.

»Sie sind verhaftet, Mirko Stapic. Lassen Sie das Messer fallen.«

Eine Weile standen sie sich schweigend gegenüber. Stapic rührte sich nicht von der Stelle und schien nachzudenken.

»Hast du schon einmal jemanden erschossen, Kleiner?« Er wies mit dem Kinn auf Schröders Waffe. »Du solltest vorsichtig sein, die macht sehr, sehr große Löcher.«

Über Schröders Gesicht glitt ein feines Lächeln.

»Oh, das ist mir bewusst. Wenn ich Sie in die Brust schieße, ist das Austrittsloch ungefähr so groß wie ein Tennisball. Das Gute ist, dass ich die Schweinerei nicht selbst wegmachen muss, dafür haben wir Fachleute. Aber das sollte Sie nicht weiter kümmern, Herr Stapic. Weil Sie dann bereits tot sind.«

»Du nimmst den Mund sehr voll.«

Schröder fasste die Waffe mit beiden Händen und zielte direkt auf Stapics Kopf.

»Ich denke, ich habe allen Grund dazu.«

Bisher hatte er unbekümmert, fast fröhlich gesprochen, als würden sie in Stapics Bar sitzen und über den Cocktail der Woche plaudern. Jetzt wurde sein Tonfall schärfer.

»Ich sagte, Sie sollen es fallen lassen. Sofort.«

Stapic hob das Messer und betrachtete es nachdenklich. Es war groß. Das Licht spiegelte sich auf der gezackten Schneide.

»Ich glaube, du würdest wirklich schießen«, erwiderte er leise und sah Schröder an.

»Darauf können Sie Ihren ergrauten kroatischen Arsch verwetten.«

Ella Mahlers Schreie waren in ein leises Wimmern übergegangen.

»Halt's Maul«, sagte Stapic leise zu ihr, ohne Schröder aus den Augen zu lassen.

Das Mädchen schluckte und schwieg.

Schröder versuchte, sie zu beruhigen. »Alles ist gut, Ella. Mach dir keine Sorgen, wir werden gleich –«

Der Kroate reagierte blitzschnell.

Mit dem linken Unterarm schlug er die Waffe beiseite, im selben Moment rammte er Schröder das Messer bis ans Heft in den Unterleib. Polternd landete die Pistole auf dem Boden. Stapic schob sie mit dem Fuß beiseite und trat einen Schritt zurück.

»Du kannst ruhig schreien, kleiner Mann.«

Schröder gab keinen Laut von sich. Mit beiden Händen umklammerte er das Messer und versuchte, es aus seinem Bauch zu ziehen.

Der Kroate sah ihm interessiert zu. »Der Stich sitzt genau in der Leber. Ich habe gehört, dass es dort besonders schmerzt. Stimmt das?«

Schröder war blass geworden. Dicke Schweißtropfen glänzten auf seinem Gesicht. Ein dünner Blutfaden rann ihm aus dem Mundwinkel und tropfte auf das karierte Hemd. Er versuchte, etwas zu sagen, doch es ging in einem gurgelnden Krächzen unter.

Stapic trat zu ihm und hielt das Ohr dicht an seinen Mund. »Ich kann dich nicht verstehen, Jungchen.«

Schröder schloss die Augen. Öffnete sie wieder, nahm alle Kraft zusammen und flüsterte heiser: »Leck … mich … am …«

Schaumige Blasen bildeten sich auf seinen Lippen. Zu seinen Füßen entstand eine dunkle, ölige Pfütze.

Stapic lachte leise auf. »… Arsch? Ich soll dich am Arsch lecken, Herr Polizist?«

Schröder nickte. Dann sank sein Kopf kraftlos gegen Stapics Schulter. Der klopfte ihm leicht auf den Rücken, als wolle er ihn trösten.

»Du gefällst mir. Du bist ein tapferer, kleiner Mann.« Er langte nach unten, nahm das Messer am Griff und drehte es langsam in der Wunde. »Und jetzt? Willst du immer noch nicht schreien?«

Schröder stöhnte leise auf und sank in die Knie.

Stapic nickte anerkennend und hockte sich vor ihm nieder. »Es ist gut, dass du nicht um Gnade winselst.« Er legte Schröder die Hand in den Nacken, nahm seinen Kopf und zog ihn an seine Schulter.

»Ich habe selten jemanden gesehen, der so stirbt wie du. Du kannst stolz sein, Kleiner. Ich habe dich unterschätzt, du bist ein wahrer Mann.«

Mit einem Ruck riss er das Messer nach oben. Dann stand er auf und trat einen Schritt zurück. Schröder kniete vor ihm, die Hände hingen schlaff an seiner Seite. Der Messergriff ragte grotesk aus dem dicken Bauch hervor. Er versuchte erneut, etwas zu sagen, stattdessen ergoss sich ein dicker Blutschwall aus seinem Mund. Schröder schwankte ein paarmal vor und zurück, dann kippte er nach vorn und schlug mit dem Gesicht auf den Boden. Sofort bildete sich eine Blutlache, die rasch größer wurde.

Stapic sah einen Moment auf ihn hinab, dann wandte er sich an Ella Mahler, die wie paralysiert in ihrem Rollstuhl saß.

»Er ist gut gestorben«, sagte er ernst. »Ich hoffe, dein Vater ist ebenso tapfer.«

Fünfundzwanzig

Die Ruine des alten Gasometers lag auf einem Hügel in der nördlichen Innenstadt, inmitten eines verfallenen, mit dornigem Gestrüpp überwucherten Industrieareals. Ein kreisrunder, riesiger Bau, dessen morsche, vom Alter geschwärzte Ziegelsteinwände hoch in den nächtlichen Himmel ragten. Vom ehemaligen Gaswerk standen nur noch ein paar halb verfallene Bürogebäude, ein Teil war saniert worden und wurde von einem Autohaus genutzt, dessen blaues Volkswagen-Emblem sich weithin sichtbar auf einem Schornstein hoch oben in der Luft drehte.

Ein Großteil der Stadt stand jetzt unter Wasser, der Fluss war über sie gekommen wie ein wütendes, schäumendes Tier. Hier, weiter oben, war von all dem Chaos und der Zerstörung nichts zu spüren.

Die regennassen Mauern des Gasometers glänzten im Licht der Laternen, die vor ein paar Jahren auf dem Gelände aufgestellt worden waren. Damals hatte hier die Eröffnung eines internationalen Theaterfestivals stattgefunden, die Stadt hatte einen Parkplatz errichten und den Innenraum sanieren lassen. Die Graffitis waren entfernt worden, Blumen wurden gepflanzt und die Außenwände neu verfugt. Zur Eröffnung kamen Hunderte Menschen in den Gasometer, dessen riesiger Innenraum wie ein Amphitheater wirkte. Die Bürgermeisterin hielt eine Rede und sprach von einem neuen Kulturzentrum der Stadt.

Es folgten noch einige Konzerte, zu denen immer weniger Besucher kamen. Ein paar Monate später wucherte das Unkraut erneut, die Graffitis sprossen bunter als je zuvor, und dann kam die Zeit zurück, in der sich nur noch selten ein Spaziergänger auf das verwahrloste Gelände verirrte.

Eine schmale, an den Seiten dicht bewachsene Zufahrt führte zu einem vergitterten Tor, das den Zugang zum Inneren des Gasometers bildete. Der große, hagere Mann, der jetzt ein Gebüsch beiseiteschob und die Auffahrt betrat, war eindeutig kein Spaziergänger. Henning Mahler sah sich kurz um, dann ging er mit raschen Schritten zum Tor. Er war bis auf die Haut durchnässt, seine Kleidung und der Rucksack waren über und über mit Schlamm bedeckt.

Das Tor war angelehnt. Als er es öffnete, quietschte es laut. Ein Geräusch, das von den hohen Wänden vielfach zurückgeworfen wurde.

Zwei weitere Schritte und Mahler stand im kreisrunden Innenraum. In der Rechten hielt er die Beretta, die andere Hand steckte in der Tasche seiner Regenjacke. Über ihm ragten die dicken Wände fast zwanzig Meter nach oben. Dunkle Wolken jagten über den nachtschwarzen Himmel.

»Du bist pünktlich. Das gefällt mir, Jungchen.«

Mirko Stapic lehnte im Schatten an einem der Stützpfeiler im Hintergrund. Ella Mahler saß neben ihm in ihrem Rollstuhl. Sie schien zu schlafen, ihr kleiner Kopf war zur Seite gesunken.

Henning Mahler hob schweigend seine Pistole.

Stapic lachte leise auf. »Komm her.«

Als Mahler näher trat, bemerkte er den Lauf der doppelläufigen Schrotflinte, die der Kroate auf die Schläfe seiner Tochter gerichtet hielt. Mahler blieb stehen.

»Du bist ein gottverfluchter Höllenhund, Sivo.«

»Was hast du erwartet?«, erwiderte Stapic gutgelaunt. »Du wolltest mich sehen, hier bin ich. Und wenn du abdrückst, puste ich deinem Balg den Schädel weg.«

*

Zorn rannte, so schnell er konnte durch das aufspritzende Wasser. Mahler hatte recht gehabt, nach wenigen Metern führte der Tunnel steil bergauf. Er stürzte, fiel der Länge nach in die trübe Brühe, raffte sich auf und hastete vorwärts. Es wurde flacher, wenig später stand er schwer atmend auf dem Trockenen.

Keuchend stützte er die Hände auf die Oberschenkel und lauschte in die Dunkelheit, in der Hoffnung, irgendwo vor sich Mahlers Schritte zu hören. Aber da war nichts. Henning Mahler schien wesentlich schneller zu sein als er. Stattdessen vernahm er weit hinter sich ein tiefes Grollen, dem eine krachende Explosion folgte, als die Halle in sich zusammenstürzte.

Zorn hatte keine Ahnung, wo er war. Er leuchtete voraus. Der Tunnel ging schnurgerade bergan, das gelbe Ziegelgewölbe glitzerte feucht im Strahl seiner Lampe.

»Scheiße«, knurrte er zum wahrscheinlich zehnten Mal an diesem Tag, holte tief Luft und rannte weiter vorwärts. Seine Lungen brannten, die Oberschenkel schmerzten, als würden sie mit einer Nähmaschine bearbeitet werden. Immer wieder verlor er das Gleichgewicht und musste sich an den Wänden abstützen. Schnell hatte er jegliches Zeitgefühl verloren, es schien ihm, als stolpere er seit Ewigkeiten durch diesen klaustrophobischen Gang, bis er erneut stehen blieb.

Rechts von ihm waren eiserne Krampen in die Wand eingelassen, die eine Art Treppe bildeten. Er hielt sich die stechende Seite und sah auf. Direkt über ihm war ein kreisrundes Loch in der Tunneldecke, ein senkrechter Schacht führte nach oben.

Ohne nachzudenken nahm er die Lampe in den Mund und kletterte hinauf. Es wurde wärmer, Wasser rieselte auf seinen Kopf. Unwillkürlich zählte er die Stufen, als er bei dreißig war, rutschte er mit den Schuhsohlen ab und wäre um Haaresbreite gestürzt, er verlor die Taschenlampe, es dauerte lange, bis er sie tief unter sich im Tunnel aufprallen und zerschellen hörte. Mit beiden Händen umklammerte er die rostigen Metallkrampen und versuchte, zu Atem zu kommen. Schloss die Augen, um den aufkommenden Schwindel abzuschütteln. Ein frischer Luftzug streifte ihn, er blickte nach oben und sah das Licht, das direkt über ihm hineinschien.

Einen Augenblick später wälzte er sich mit letzter Kraft über den Rand der Schachtöffnung und blieb völlig entkräftet auf dem Rücken liegen.

Der Herzschlag dröhnte Claudius Zorn in den Ohren, er lag mit fliegendem Atem im Gestrüpp eines Weißdornstrauches. Einem ersten Impuls folgend, langte er in die Tasche nach seinem Handy, um im Präsidium anzurufen. Das Display blieb dunkel, Wasser troff heraus. Das Telefon war tot.

Eine Minute lag er da, unfähig, einen klaren Gedanken zu fassen. Dann stand er ächzend auf, schob das Gestrüpp beiseite und sah sich um. Er stand mit dem Rücken zum Gasometer, vor ihm lag ein verlassener Parkplatz, der von den Ruinen alter Industriegebäude umgeben war. Erst, als er das riesige Emblem des Autohauses bemerkte, das sich weiter hinten in sechzig Meter Höhe langsam um sich selbst drehte, wusste er, wo er sich befand.

Nach kurzem Überlegen hatte Zorn einen Plan gefasst. Er hatte keine Ahnung, wo Mahler sein konnte, ja, er wusste nicht einmal, ob er hier irgendwo in der Nähe war. Allein war hier nichts auszurichten. Es würde nicht länger als zwei, drei Minuten dauern, bis er die Straße erreicht hatte, die direkt am alten Gaswerk vorbeiführte. Dort konnte er ein Auto anhalten und sich mit dem Präsidium in Verbindung setzen.

Er würde Verstärkung kommen lassen. Und Schröder, mit ihm konnte er besprechen, was sie jetzt tun sollten.

»Ja«, murmelte Zorn vor sich hin und lief los. »Das ist ein guter Plan. Schröder weiß immer, was zu tun ist.«

Plötzlich hörte er leise, undeutliche Stimmen hinter sich. Er blieb stehen und drehte sich um. Die Außenwand des Gasometers ragte vor ihm auf wie die Mauer einer mittelalterlichen Zitadelle.

Die Stimmen kamen aus dem Inneren. Und er erkannte sie sofort.

Zorn brauchte eine Sekunde, um seinen Plan zu ändern.

*

Gegen Mitternacht wurde Frieda Borck unruhig. Zorn war jetzt seit über sechs Stunden nicht zu erreichen, Schröder hatte sich ebenfalls nicht gemeldet, obwohl sie abgesprochen hatten, dass er sie nach der Durchsuchung der Bar anrufen sollte.

Die Staatsanwältin lehnte sich gähnend in ihrem Sessel zurück. Sie war seit siebzehn Stunden im Präsidium und sehnte sich nach einem Glas Rotwein und ein paar Stunden Schlaf.

Eine Weile kaute sie unentschlossen auf der Unterlippe und überlegte. Dann nahm sie das Telefon und rief Schröder an. Erfolglos, das Telefon war aus. Sie wählte die Nummer der Zentrale.

»Verbinden Sie mich mit der Streife, die in der Innenstadt vor der Bar dieses Kroaten stationiert ist«, befahl sie knapp. Während sie wartete, kam ihr der unerfreuliche Gedanke, dass es wohl noch eine Weile dauern konnte, bis sie ins Bett kommen würde.

*

»Ich bin allein hier, Sivo.«

»Das ist mir klar, Jungchen. Du solltest mittlerweile wissen, dass ich ernst meine, was ich sage.«

»Lass uns Ella hier rausbringen. Dann kannst du mit mir machen, was du willst.«

Zorn lehnte außen mit dem Rücken zur Wand neben der Gittertür. Die Stimmen drangen nur undeutlich aus dem Innenraum, aber verstehen konnte er jedes Wort. Vorsichtig schob er den Kopf vor und warf einen kurzen Blick hinein. Das Innere des Gasometers mochte ungefähr fünfzig Meter im Durchmesser betragen, Mahler stand mit dem Rücken zu Zorn und verdeckte den Kroaten, der an der gegenüberliegenden Wand lehnte. Undeutlich erkannte er die Umrisse des Rollstuhls, der neben Stapic stand.

»Sieh sie dir an«, hörte er Stapic sagen. »Sie schläft so schön. Ich habe ihr ein Beruhigungsmittel gegeben. Willst du sie tatsächlich wecken?«

Zorn zog sich zurück. Du bist ein Blödmann, Henning Mahler, dachte er wütend. Hättest du mich eingeweiht, wäre das gesamte beschissene Gelände umstellt! Stapic hätte keine Chance, zu entkommen. Was mache ich jetzt? Ich kann doch nicht einfach da reinspazieren und Dirty Harry spielen!

Sein Pulsschlag hatte sich beruhigt. Langsam spürte er die Kälte durch die nassen Kleider dringen. Der Hals schmerzte beim Schlucken, die Kehle fühlte sich wund an und trocken.

Na ja, überlegte er weiter, Clint Eastwood würde wahrscheinlich nach einem zweiten Eingang suchen.

Und so wandte er sich leise nach rechts und machte sich auf den Weg, um den Gasometer von außen zu umrunden. Ein schmaler Trampelpfad verlief in einigen Metern Entfernung direkt am Fuße des alten Gemäuers. Zorn folgte ihm, immer wieder schlugen ihm feuchte Zweige ins Gesicht, Unrat, vermodernde Dachpappe und herabgefallene Steine versperrten ihm den Weg. Er achtete sorgfältig darauf, auf dem schlammigen Boden nicht auszurutschen. Unterwegs stolperte er über ein rostiges, ungefähr einen Meter langes Eisenrohr. Er hob es auf. Ob er es benutzen würde, wusste er nicht. Aber es gab ihm ein unbestimmtes Gefühl der Sicherheit.

Als er den Gasometer zur Hälfte umkreist hatte, blieb er stehen. Bisher hatte es nur leicht genieselt, langsam wurde der Regen stärker. In einiger Entfernung verlief die Straße, ein Auto fuhr vorbei, die Scheinwerfer strichen hell über die bröckelnde Fassade.

Es ist sinnlos, ich spiele hier Räuber und Gendarm, dachte er resigniert und wollte weitergehen. Da bemerkte er einen Pfad, der direkt zu einer Öffnung in der Mauer führte. Er lauschte. Wieder hörte er die Stimmen, diesmal waren sie wesentlich näher. Eine verrostete Tür hing schief in den Angeln. Er zwängte sich leise hindurch, lugte nach innen und sah den breiten Rücken von Mirko Stapic. Zwei, drei Schritte, und er konnte ihn mit der Hand an der Schulter berühren. Zorn zuckte erschrocken zurück und verzog sich in den sicheren Schatten.

Die Erkenntnis traf ihn völlig unvorbereitet. Zorn wusste nicht, woher, aber in diesem Moment, als er frierend auf dem nassen Boden hockte, begriff er plötzlich, was geschehen war. Warum Henning Mahler nicht zur Polizei gegangen war. Es war der Blitz aus heiterem Himmel, der unerwartet einschlug und ihm für kurze Zeit den Atem nahm. Das Puzzle fügte sich zusammen.

Er beugte sich vor und lauschte angestrengt.

»Du bist nicht in der Position, irgendwelche Forderungen zu stellen«, sagte Stapic gerade. Seine Stimme hallte von den hohen Wänden wider.

»Doch«, erwiderte Mahler. »Du denkst, ich wäre der Letzte, der deine Identität kennt. Du glaubst, dass du in Sicherheit bist, wenn du mich tötest.« Mahler hob die Stimme unmerklich. »Aber ich bin nicht der Einzige, der dich auffliegen lassen kann.«

Henning hat mich gesehen, dachte Zorn. Er weiß, dass ich hier bin. Ich muss etwas tun.

»Sei nicht albern, Jungchen.« Stapic klang erheitert. »Der Einzige, der außer dir von mir wusste, liegt mit zertrümmertem Schädel und durchtrennter Kehle auf dem Friedhof.«

Zorn ging in die Knie und schob sich vorsichtig wieder nach vorn. Mahler hielt die Waffe auf Stapic gerichtet, der wiederum mit der Schrotflinte auf Ella Mahler zielte.

Zentimeter für Zentimeter kroch Zorn näher. Der Regen übertönte das Rascheln seiner Jacke, er versuchte, langsam und gleichmäßig zu atmen, obwohl sein Herz bis zum Hals schlug. Als er direkt hinter Stapic war, richtete er sich langsam auf. Mahler musste ihn die ganze Zeit zumindest aus den Augenwinkeln gesehen haben, hielt den Blick aber unverwandt auf den ahnungslosen Kroaten gerichtet.

Claudius Zorn fasste das Eisenrohr mit beiden Händen.

»Vielleicht ist Sauer nicht der Einzige, der mit zertrümmertem Schädel endet«, sagte Mahler zu Stapic.

Zorn hob das Rohr hoch über den Kopf und hielt die Luft an.

»Wie meinst du das, Jungchen?«

Es kribbelte in Zorns Kehle, er schluckte krampfhaft, um den Hustenreiz zu unterdrücken.

»So, wie ich's gesagt habe«, antwortete Henning Mahler ruhig.

Ich muss mich nur noch einen Moment konzentrieren, dachte Zorn. Einen kurzen Moment.

»Manchmal«, fuhr Mahler fort, »muss man sich eben schnell entscheiden und darf keine Sekunde zögern.«

Das Rohr bebte in Zorns schweißnassen Händen.

»Was erzählst du da für einen Schwachsinn?«, fragte Stapic misstrauisch. Zorn sah, wie sich sein breiter Rücken straffte. Er zielte auf eine Stelle unterhalb des Nackens. Sah eine Ader, die direkt hinter Stapics Ohr leise pulsierte.

»Das ist kein Schwachsinn, Sivo.«

Jetzt, dachte Zorn und umklammerte das Eisen mit aller Kraft.

Dann kam der Husten. Ein kurzes, heiseres Bellen.

Stapic wirbelte herum.

Den Bruchteil einer Sekunde sah Zorn direkt in die dunklen Augen des Kroaten, unfähig, sich zu bewegen. Stapics Hand schnellte nach vorn und schnappte nach seiner Kehle.

So ist es also, wenn man stirbt, schoss es Zorn durch den Kopf. Das Rohr entglitt seinen Händen.

Bevor es auf den Boden aufschlug, hatte Mahler dem Kroaten den Griff seiner Waffe über den Hinterkopf gezogen.

Stapic stürzte zu Boden wie ein gefällter Baum. Sofort kniete Henning Mahler über ihm.

»Wie lange wolltest du eigentlich noch warten, Claudius? Bis Weihnachten? Oder wolltest du ihn zu Tode husten?«

Er legte die Pistole auf den Boden und holte ein Bündel Kabelbinder aus der Tasche. »Schnell, wir müssen ihn fesseln, bevor er zu sich kommt.«

Zorn bückte sich, nahm die Waffe und richtete sie wortlos auf Mahlers Stirn. Der sah verständnislos zu ihm auf.

»Was soll die Scheiße, Claudius?«

»Henning Mahler, ich verhafte dich wegen des Mordes an Sigrun Bosch.«

*

Kurz vor halb ein Uhr Morgens betraten zwei völlig durchnässte, schlechtgelaunte Streifenpolizisten die *Begehbar* von Mirko Stapic. Vier Minuten später erreichte der Funkspruch die Rettungsstelle des Stadtklinikums, weitere drei Minuten danach startete der Hubschrauber und nahm Kurs in Richtung Innenstadt.

*

Mit einem Mal hörte der Regen auf. Die plötzliche Stille dröhnte durch den Gasometer wie der Nachhall eines Gewehrschusses. Wasser tropfte von den Wänden, von außen drang das leise Rauschen des Verkehrs zu ihnen.

Stapic lag gefesselt am Boden. Er hatte die Augen geschlossen und bewegte sich nicht. Mahler hockte neben ihm, er hatte die Unterarme auf die Knie gelegt und sah zu Boden.

»Seit wann weißt du es, Claudius?«

Zorn zitterte, er bekam Schüttelfrost. Über ihm bildeten die Mauern einen schwarz umrandeten, riesigen Kreis, die Wolken trieben vorbei, sie schienen sich aufgelockert zu haben. Er sah einen gelblichen, verschwommenen Fleck am Himmel, war das möglicherweise der Mond? Er wusste es nicht.

»Wahrscheinlich schon lange. Ich denke, ich habe es verdrängt, weil ich es nicht wahrhaben wollte. Weißt du, ich hatte das Gefühl, dass wir uns ähnlich sind, du und ich. Wir sind beide Einzelgängertypen und –«

»Das sind wir vielleicht, aber es gibt einen großen Unterschied«, unterbrach ihn Mahler. »Ich bin zum Einzelgänger geworden, weil mir meine Familie genommen wurde. Du hast keine Familie, und du bist schon immer allein gewesen, Claudius. Du hast dich geirrt.«

»Das weiß ich jetzt auch. Ich dachte, dass jemand, der mir ähnlich ist, keinen Menschen tötet. Vor allem nicht so bestialisch, wie du es getan hast.«

Ella Mahler bewegte sich in ihrem Rollstuhl. Ihr Vater machte Anstalten, sich zu erheben, Zorn hob die Waffe und hielt ihn zurück. »Bleib, wo du bist.«

Er ging zu dem Mädchen und legte ihr vorsichtig die Hand auf die Stirn. Sie atmete tief und gleichmäßig.

»Du hast mir nicht gesagt, was er von dir verlangt hat, als er das erste Mal bei dir angerufen hat.« Zorn deutete auf Stapic, der sich noch immer nicht regte. »Er wollte, dass du Sigrun Bosch für ihn tötest, richtig?«

Mahler nickte.

»Ja. Aber ich habe ihn ausgelacht.«

»Da hat er Tom entführt?«

Wieder nickte Mahler.

Willst du, dass er lebt, Jungchen? Dann töte sie. Du weißt, wie es geht. Erinnerst du dich? Vor neunzehn Jahren hast du schon einmal jemanden umgebracht.

»Ich habe mich natürlich geweigert, obwohl ich wusste, wozu Sivo fähig ist. Aber ich hätte nie gedacht, dass er Tom tatsächlich töten würde.« Mahler sah auf. Seine Augen glitzerten.

»Ich habe mich gewehrt, solange ich konnte«, sagte er leise. »Selbst dann noch, als ich Tom in meinem Garten vergraben hatte und er als nächstes Clara vergewaltigt hat. Was hättest du an meiner Stelle getan, Claudius?«

»Das, was jeder Mensch tun würde. Zur Polizei gehen.«

»Damit habe ich gedroht. Er hat gelacht. Dann hat er Ella überfahren. Er sagte, das sei nur ein Vorgeschmack.«

Ich kann mit ihr dasselbe machen, was ich mit deiner Frau getan habe. Willst du das?

Mahler sah zu seiner Tochter, die noch immer in ihrem Rollstuhl schlief. »Da habe ich aufgegeben. Sie war die Letzte, die er mir gelassen hatte. Ich wollte sie nicht auch noch verlieren.«

Zorn fuhr sich mit dem Unterarm über die nasse Stirn. Die Waffe wurde schwer, er nahm sie in die andere Hand. Der Lauf glänzte matt im diffusen Licht.

»Tu das Ding beiseite, Claudius. Du brauchst es nicht. Ich hatte nie vor, dich zu verletzen.«

»Das glaube ich dir sogar.« Zorn ließ die Pistole sinken. »Wie war es mit Sigrun Bosch? Warum hast du sie so zugerichtet? Hat er das von dir verlangt?«

»Er hat mir genau vorgeschrieben, was ich mit ihr tun soll«, erwiderte Mahler. »Jeder Schnitt mit dem Messer war geplant. Es sollte aussehen wie bei einem Psychopathen. Keinerlei Motiv, keine Verbindung zu Sivo. Er hat über eine Webcam zugesehen. Er wollte, dass sie leidet. Aber wenigstens das habe ich ihm vermasselt.«

»Indem du ihr ein Schmerzmittel gegeben hast.«

»Ja. Sie hat … sie hat nichts gespürt.«

Da fiel Zorn etwas ein. »Du hast seinen Namen in ihren Unterarm geritzt, richtig?«

»Ich hatte gehofft, dass ihr ihm so auf die Spur kommt.«

Stapic schlug die Augen auf, sah sich kurz um und schloss sie dann wieder. Weder Zorn noch Mahler bemerkten es.

»Und du warst es auch, der mir den Film gemailt hat?«, fragte Zorn.

»Wer sonst?« Mahler fuhr sich mit der Hand über das Gesicht. »Ich habe diese Frau getötet, und ich wusste nicht einmal, wer sie war! Sie hatte keine Ahnung, was mit ihr geschieht. Du hättest ihre Augen sehen sollen, Claudius. Ich hab das getan, um mein Kind zu schützen.«

Zorn schüttelte den Kopf. »Trotzdem, du hättest andere Möglichkeiten gehabt. Es gibt immer eine Alternative. Wir leben doch nicht in der Steinzeit, Henning!« Er hob die Stimme. »Nichts auf der Welt gab dir das Recht, diese Frau zu überfallen und einfach in Streifen zu schneiden wie einen gottverdammten Thunfisch!«

Mahler sprang auf und packte Zorn am Kragen. Sein Gesicht war weiß, er bebte vor Wut.

»Erzähl mir nicht, was ich getan habe! Das weiß ich selbst am besten!« Er hob die Faust. »Herrgott, am liebsten würde ich dir dieses selbstgerechte Grinsen aus dem Gesicht schlagen! Was bildest du dir ein, Claudius Zorn? Was? Sieh dich doch an! Du suhlst dich in deiner moralischen Überlegenheit und hast doch keine Ahnung, wovon du redest! Ich will dich sehen, wenn du vor einer solchen Entscheidung stehst: das Leben deines Kindes gegen das einer Fremden! Ach, das hab ich vergessen, du hast ja keine Kinder, es gibt nicht einmal jemanden, den du liebst! Aber könntest du es dir vorstellen in deinem kleinen Beamtenschädel? Was würdest du tun? Wo dir doch nichts wichtiger ist als der eigene Arsch? Sag's mir!« Mahlers Stimme überschlug sich, Speichel spritzte Zorn ins Gesicht. »Sag's mir, du selbstgerechter Wichser!«

Mahler weinte. Die Tränen hinterließen helle Spuren auf seinem schmutzigen, unrasierten Gesicht.

Zorn schwieg einen Moment, dann sagte er leise: »Setz dich, Henning. Es bringt nichts, wenn du mich beschimpfst. Du musst allein damit zurechtkommen.«

Mahler sackte buchstäblich in sich zusammen. Als er weiterredete, klang es, als glaube er selbst nicht, was er da erzählte.

»Als dann auch Clara tot war, da wollte ich mich umbringen. Aber ich habe mich nicht getraut. Ich weiß nicht, wie oft ich daran gedacht habe, mich zu stellen. Einmal war ich schon auf dem Weg zu euch, ich stand vor dem Präsidium. Auch da war ich zu feige. Ich bin nach Hause gegangen und habe gewartet, dass ihr mich holt. Aber ihr seid nicht gekommen. Dann habe ich dir den Film gemailt. Warum, weiß ich nicht genau, wahrscheinlich wollte ich, dass ihr mich endlich findet.«

Zorn zitterte jetzt am ganzen Körper. Die nassen Kleider klebten am Leib. Im Inneren des Gasometers war es windstill, trotzdem fror er erbärmlich. »Du hast getan, was er verlangt hat. Warum hat er Ella trotzdem entführt?«

»Weil er wollte, dass ich Philipp Sauer auch noch töte.«

»Was?«

Hoch über ihnen donnerte ein Flugzeug vorbei. Eine Verkehrsmaschine, die zum Landeanflug auf dem nahe gelegenen Flugplatz ansetzte. Die Positionslichter flackerten auf, dann war es verschwunden.

Stapic verdrehte vorsichtig die Handgelenke und prüfte, wie fest seine Fesseln saßen.

Es klingt logisch, dachte Zorn. Sauer hat in Stapics Augen versagt. Er hat nicht verhindert, dass wir Sigrun Boschs Identität herausfinden.

Er blies sich in die klammen Hände. »Und? Hast du es getan, Henning?«

Mahler lachte auf. Es klang, als würde ein rostiges Blech zu Boden fallen. »Nein, ich habe mich geweigert. Schließlich hatte ich schon zwei Menschen auf dem Gewissen. Ich denke, das reicht.« Mit einem Nicken wies er auf Stapic. »Er hat es selbst erledigt.«

»Und Ella aus dem Krankenhaus entführt?«

»Ja. Er mag es nicht, wenn man sich ihm widersetzt.«

»Und du hast die Bar in die Luft gesprengt?«

»Weil ich ihm zeigen wollte, dass ich nicht alles mit mir machen lasse.«

Zorn dachte an Malina. »Ist dir eigentlich klar, dass du auch andere hättest verletzen können? Oder war dir das egal?«

»Ich kenne mich mit Sprengstoff aus. Beim Bund habe ich gelernt, wie man mit Bomben umgeht. Außerdem wusste ich, dass um diese Zeit niemand außer Stapic in der Nähe der Bar sein würde.«

Der Kroate kicherte leise, hielt aber die Augen noch immer geschlossen. Mahler gab ihm einen Fußtritt. »Was ist so lustig, Sivo? Tu nicht so, als wärst du ohnmächtig. Ich weiß, dass du uns die ganze Zeit zuhörst. Sieh mich verdammt nochmal an!«

Der Kroate lächelte Mahler an, als würde er nach langer Zeit einen guten Freund wiedertreffen. »Gratuliere, du hast mich tatsächlich überrumpelt.«

Er hielt ihm die gefesselten Hände entgegen.

»Mach mir die ab, Jungchen. Sie tun mir weh. Ich bin alt, lass mich nicht länger auf dem nassen Boden liegen. Ich werde mir noch den Tod holen.«

»Ja, den wirst du dir holen, Sivo.«

Es kribbelte in Zorns Nase. Einen Moment hoffte er, es unterdrücken zu können, doch dann hallte ein gewaltiges Niesen durch den Gasometer.

Stapic sah Zorn an, als würde er ihn erst jetzt bemerken.

»Oh, der nette Kommissar, der meine Nichte gefickt hat. Hast du dich erkältet? Malina hat mir von dir erzählt. Ob du's glaubst oder nicht, du hast dem armen Ding völlig den Kopf verdreht. Sie wird wahnsinnig enttäuscht sein, wenn du ihr erzählst, was du über mich weißt.«

»Das werden Sie ihr selbst erklären müssen«, schniefte Zorn und wischte sich die Nase ab. »In ein paar Stunden wird es hell. Dann sitzen Sie in Untersuchungshaft. Und ich denke nicht, dass Sie in Ihrem Leben jemals wieder freikommen.«

Stapics Lachen erinnerte an das Bellen einer Hyäne. »Das glaube ich nicht, Kommissar. Ihr habt keine Beweise.«

Er setzte sich schwerfällig auf. Mahler hockte sich neben ihn, Zorn tat es ihm gleich. Sie sahen aus wie drei Freunde, die sich um ein Lagerfeuer versammelt hatten.

»Oh, Beweise haben wir mehr als genug«, sagte Zorn und dachte: Haben wir die wirklich?

»Wir wissen, dass Sie Staatsanwalt Sauer ermordet haben«, fuhr er nach einer kleinen Pause fort.

»Was blieb mir denn übrig? Er hier«, Stapic warf Mahler einen verächtlichen Blick zu, »war leider zu feige. Sauer musste bestraft werden. Er hat schlecht gearbeitet, und er hat sich geweigert, diese Sekretärin zu töten, die ihn bestohlen hat.«

Zorn rieb sich den schmerzenden Nacken. »Habe ich das richtig verstanden? Staatsanwalt Sauer sollte Hannah umbringen?«

Stapic hob theatralisch die Arme. »Warum soll ich alles selbst erledigen, wenn es andere für mich tun können?« Stapic zeigte seine weißen Zähne. »Sie war ein Hindernis. Aber ich habe sie noch aus einem anderen Grund getötet.«

»Warum?«

»Weil ich's konnte.«

Zorn spürte, wie ihm schlecht wurde.

Der Kroate legte den Kopf ein wenig schief, kniff die Augen zusammen und fuhr lächelnd fort: »Versteh mich nicht falsch, Kommissar. Das, was ich dir jetzt erzähle, sage ich dir im Vertrauen. Ich werde es vor keinem Gericht der Welt zugeben.«

Henning Mahler saß da, hörte schweigend zu und starrte zu Boden.

»Man wird Sie überführen, Stapic«, sagte Zorn und versuchte, ruhig zu klingen. »Sie haben Fehler begangen.«

»Oh, habe ich das?«

»Alleine, dass Sie Ihren Namen oben in den Kirchturm geritzt haben, wird Ihnen das Genick brechen.«

»Oh, das war kein Fehler.« Stapic deutete auf Mahler. »Ich habe seine Initialen eingeritzt, und das hat euch auf seine Spur gebracht. Meinen Namen habe ich dazu geschrieben, um das Spiel ein wenig spannender zu machen.«

»Aber es ist ein Beweis.«

»Es sind vier Buchstaben, die alles Mögliche bedeuten können. Es gibt niemanden mehr, der weiß, dass ich mich früher Sivo nannte. Sie sind alle tot. Nicht mal Malina kennt diesen Namen.«

Zorn warf Mahler einen Blick zu.

»Henning weiß es.«

»Er?« Stapic warf den Kopf zurück und lachte aus vollem Hals. »Wer wird ihm schon glauben? Er ist ein Mörder! Er hat eine unschuldige Deutschlehrerin zu Tode gefoltert!« Er schüttelte vorwurfsvoll den Kopf und sagte gedehnt: »Wie kann man einem Menschen nur so etwas antun, Jungchen?«

Mahler war blass geworden, seine Kiefermuskeln arbeiteten unter der gespannten Haut. »Es macht dir Spaß, andere zu misshandeln.«

»Spaß?«, rief Stapic entrüstet. »Ich muss doch sehr bitten! Als ob es mir Spaß gemacht hätte, deine Frau zu ficken! Sie war viel zu mager, und sie hat sich kaum gewehrt!«

Er ist total irre, dachte Zorn.

»Warum haben Sie das alles getan?«, fragte er zum zweiten Mal.

»Er wollte testen, wie weit er mich bringen würde«, sagte Mahler leise.

»Genau, Jungchen. Und ich hätte nicht gedacht, dass es so einfach würde. Ich habe mit euch gespielt wie auf einem Klavier. Man brauchte nur die richtige Taste zu drücken, und ihr habt für mich die Musik gemacht. Zugegeben, bei Sauer ging es etwas schneller, aber es hat funktioniert. Und weißt du, was das Beste ist?« Er sah Mahler vergnügt an. »Ich hatte nicht das Geringste gegen euch in der Hand. Nichts.«

Mahler blickte auf.

»Wie meinst du das?«

»Erinnerst du dich an Kroatien? Es war ein schöner, warmer Tag, nicht wahr? Während du dir die Seele aus dem Leib gekotzt hast und Sauer mit vollgeschissenen Hosen in der Sonne stand, bin ich hoch auf den Weg gegangen und habe mich um die Serbin gekümmert, die du überfahren hattest.«

Stapic beugte sich vor, bis sein Gesicht nur wenige Zentimeter von Mahler entfernt war.

»Sie hat noch gelebt, Jungchen. Wahrscheinlich war sie nicht einmal schwer verletzt. Sie hat um ihr Leben gebettelt, bevor ich ihr das Genick gebrochen habe.«

Zorn fuhr zitternd zusammen. Er wusste nicht, ob es am Fieber lag oder an dem, was er da hörte.

»Ihr habt sie sogar für mich begraben, du und dein schwuler Leutnant. Da wusste ich, dass ihr mir für den Rest eures beschissenen Lebens aus der Hand fressen würdet.«

Mahler sprang auf und ballte die Fäuste.

Stapic lachte ihm ins Gesicht. »Schlag mich nur. Verprügele einen alten, gefesselten Mann.«

Mahlers Brustkorb hob und senkte sich heftig. Eine Weile stand er schwer atmend da, dann setzte er sich wieder.

»Nein. Den Gefallen tu ich dir nicht, Sivo.«

»Ich wusste, dass du ein Weichling bist, Jungchen. Das warst du schon immer.«

»Das Lachen wird Ihnen vergehen, Stapic«, sagte Zorn. »Spätestens, wenn Sie im Präsidium sind. Da warten einige auf Sie, die mit Ihnen reden wollen.«

»Oh, mit einem habe ich vorhin gesprochen, Herr Kommissar. Ich glaube nicht, dass er jemals wieder eine Vernehmung führen wird.«

Zorn runzelte die Stirn.

»Was meinen Sie damit?«

Stapic zuckte die Achseln und schwieg.

»Ich fragte, was Sie damit meinen!«

Der Kroate tat, als müsse er nachdenken. Zorn packte ihn am Kragen und schüttelte ihn.

»Mit wem haben Sie gesprochen? Wann? Wo?«

»Lassen Sie mich überlegen. Sie wissen schon, dieser kleine Dicke, der Ihnen immer nachgelaufen ist wie ein Schoßhund. Er war in meiner Bar, Herr Kommissar. Wenn ich es nicht besser wüsste, würde ich es als unerlaubtes Eindringen bezeichnen, aber ich denke, er war dazu befugt. Schließlich war er Polizist.«

»Was heißt das? Er *war* Polizist?«

»Sagen wir, er hat einen ungünstigen Zeitpunkt für seinen Besuch gewählt. Äußerst ungünstig. Und er hätte besser nicht allein kommen sollen.«

Etwas Kaltes lief Zorn den Rücken hinunter.

»Was hast du mit ihm gemacht, du krankes Stück Scheiße?«, flüsterte er.

Stapic schüttelte bedauernd den Kopf. »Er war mir im Weg, Herr Kommissar. Aber wenn es Sie tröstet: Er ist wie ein Mann gestorben.«

Zorn schlug zu. Er legte alle Kraft in diesen Hieb, der Stapic das Nasenbein zertrümmerte. Die Wucht des Schlages schleuderte den Kopf des Kroaten nach hinten, seine Nackenwirbel knackten. Stapic senkte den Kopf, schüttelte ihn wie ein Boxer und sah auf. Seine Augen waren gerötet, Blut lief in Strömen aus der gebrochenen Nase.

Dann begann er zu lachen.

Ein hohes, irres Jaulen, das den Gasometer bis in die Fundamente zu erschüttern schien. Ella Mahler murmelte im Schlaf und drehte den Kopf auf die andere Seite.

Zorn stand da, spürte, wie der Schmerz in den Fingerknöcheln langsam hinauf in den Ellenbogen drang.

Er lügt, dachte er. Herrgott, er hat sein ganzes Leben gelogen und Leute manipuliert, es muss auch jetzt so sein. Schröder geht es gut, er sitzt zu Hause an seinem Rechner. Stapic wollte sehen, wie weit er mich bringt. Und es hat funktioniert, ich habe die Kontrolle verloren. Er hat es tatsächlich geschafft: Ich habe einem wehrlosen Mann die Nase gebrochen.

Er nahm die Pistole und stand auf. »Es reicht. Wir gehen ins Präsidium.«

Henning Mahler blieb sitzen.

»Was ist?«, fragte Zorn.

»Ich gehe nicht ins Gefängnis, Claudius.«

»Was?«

Stapic lachte glucksend auf.

Mahler sah ihn an und sagte leise: »Du auch nicht, Sivo.«

»Das habe ich auch nicht vor, Jungchen.«

»Ich weiß, aber es gibt einen anderen Grund.« Mahler griff in die Jackentasche und zog ein kleines, schwarzes Kästchen hervor. Es sah aus wie die Fernbedienung einer Stereoanlage. »In fünf Minuten wirst du tot sein.«

Zorn wich unwillkürlich einen Schritt zurück.

»Hör auf, solchen Schwachsinn zu erzählen, Henning.«

»Das ist kein Schwachsinn. Hast du wirklich geglaubt, ich würde ohne Plan hier reinmarschieren und mich diesem Irren ausliefern? Ich war heute Nachmittag hier und habe den Gasometer komplett vermint.«

»Ich glaub dir kein Wort, Henning. Wo hast du den Sprengstoff her? Aus der Drogerie?«

»Der war nicht schwer zu besorgen. Man muss nur die richtigen Leute fragen.« Mahler hob das Kästchen ein wenig. Zorn bemerkte ein paar rote, blinkende Zahlen. »Das ist ein Fernzünder, Claudius. Er läuft genau noch viereinhalb Minuten. Nimm Ella und lauf, so schnell du kannst.«

Er meint das tatsächlich ernst, dachte Zorn. Das muss von Anfang an sein Plan gewesen sein, er hat keine Sekunde vorgehabt, das alles hier zu überleben. Das Einzige, was er will, ist Stapics Tod. Zorn wunderte sich selbst, dass er absolut keine Angst empfand. Nur eine unerklärliche Wut. Und Ratlosigkeit.

»Was soll das, verdammt? Spielst du hier ein bisschen Hollywood?«

Mahler schwieg.

»Erschieß ihn, Kommissar«, sagte Stapic leise. »Er wird uns alle umbringen.«

Zorn beachtete ihn nicht.

»Was hättest du getan, wenn ich nicht gekommen wäre, Henning? Dein eigenes Kind in die Luft gesprengt? Dann bist du nicht besser als er!«

»Sie ist gelähmt, Claudius. Und ich würde mich nie um sie kümmern können, wenn ich im Knast sitze. Wer weiß? Vielleicht hätte ich ihr damit einen Gefallen getan?«

»Was bist du nur für ein Arschloch!«

»Du hast zwei Möglichkeiten. Entweder du läufst jetzt los und rettest dich. Wenn du das tust, nimm Ella mit. Oder du erschießt mich. Es gibt hier noch einen Knopf. Wenn ich ihn drücke, geht das Ding sofort los. Und glaub mir, das werde ich tun, selbst wenn du mir eine Kugel in den Kopf jagst.«

Zorn sah auf die blinkenden Zahlen.

»Vier Minuten, Claudius.«

Stapic streckte Zorn die gefesselten Hände entgegen. »Bring mich hier raus, Kommissar. Du bist Polizist, du darfst mich nicht zurücklassen.«

Seine Nase war zu einem unförmigen Klumpen angeschwollen, die Zähne schimmerten schwarz vom Blut.

»Sivo wird hierbleiben. Und sterben«, sagte Mahler ruhig. Sein Daumen schwebte über dem Zünder. »Ich habe diese Frau ermordet, und dafür bezahle ich jetzt. Vielleicht hätte ich mich weigern sollen, ich weiß es wirklich nicht. Wenn ich es getan hätte, wäre Ella jetzt tot. Deshalb ist es gut, dass du gekommen bist, Claudius. Kümmere dich um sie. Ins Gefängnis gehe ich nicht, aber ich denke, mein Tod ist eine angemessene Strafe. Und diesen kroatischen Hurensohn werde ich mitnehmen.«

Einfache, klare Sätze. Mahler wusste, was er da sagte. Sein Entschluss stand seit langem fest.

Zorn versuchte verzweifelt, seine Gedanken zu ordnen. Es gelang ihm nicht. Die Mauern des Gasometers begannen, vor seinen Augen zu kreisen, drehten sich wie ein führerloses Karussell.

»Drei Minuten, Claudius.«

Er sah Malina vor sich. Ihre Augen, von denen er noch immer nicht wusste, welche Farbe sie hatten. Dann dachte er an Schröder.

»Beeil dich Claudius.« Henning Mahler lächelte ihn an. »Sag Ella, dass ich sie lieb habe.«

Stapic zerrte verzweifelt an seinen Fesseln.

Zorn nickte. »Mach's gut, Henning.«

Dann nahm er das schlafende Mädchen auf den Arm.

Und rannte, so schnell er konnte.

*

Im ersten Moment schien es, als würde der Gasometer der Explosion standhalten. Die Druckwelle war gewaltig, sie fegte über das Gelände wie ein Taifun. Blitze zuckten auf, Staub und Schutt wirbelten empor, Steine und Metallsplitter flogen wie Geschosse durch die Luft und krachten in die benachbarten Bürogebäude. Sekunden später herrschte Ruhe.

Es war, als würde die Zeit angehalten.

Dann hoben sich die dicken Mauern des Gasometers. Es knirschte, ein dumpfes, gequältes Dröhnen erscholl, wie der Schrei eines urzeitlichen Tieres. Quer über die Außenwand zog sich ein tiefer Riss.

Dann rutschte das alte Gebäude schlagartig wie ein Kartenhaus in sich zusammen. Alles, was übrig blieb, war ein riesiger Haufen aus Schutt und verbogenen Metallträgern.

Doch es war noch nicht vorbei.

Die Erschütterung ließ den alten Schornstein auf dem Gelände des Autohauses bis in die Fundamente erbeben. Er neigte sich langsam, fast bedächtig, brach am Fuß und stürzte dann zur Seite. Und während das blaue Emblem auf der Spitze sich weiter um die eigene Achse drehte, streifte der Schornstein eine Hochspannungsleitung und krachte schließlich in das Dach eines Einkaufszentrums.

Dann war es wieder still.

Totenstill.

Eine riesige Staubwolke stieg auf, wurde vom Wind erfasst und trieb langsam in Richtung Süden. In dem Moment, als sie das Stadtklinikum erreichte, schlug Kommissar Schröder auf der Intensivstation für ein paar Sekunden die Augen auf.

*

Am frühen Morgen stand Claudius Zorn mit einem Kaffeebecher in der Hand am Fenster seines Schlafzimmers und blickte hinab auf die Stadt.

Besser gesagt auf das, was von ihr übrig war.

Links von ihm ragte die Anhöhe mit den qualmenden Trümmern des Gasometers aus dem Wasser, das in der letzten Nacht wie die biblische Sintflut über die Stadt gekommen war. Im Einkaufszentrum war Feuer ausgebrochen, eine dicke Rauchsäule stieg auf. Rechts, auf der Hochstraße, rasten seit Stunden die Feuerwehren dahin, Blaulicht blitzte in der Morgendämmerung, er hörte das gedämpfte Geheul der Sirenen. Von hier oben klang es, als würde ein wütender Hornissenschwarm angreifen.

Er hatte eine Platte aufgelegt, Johnny Cash sang eines seiner letzten Lieder.

I hurt my self today to see if I still feel.

Zorn hatte noch immer Kopfschmerzen, im Mund spürte er einen salzigen Geschmack. Irgendwann in der letzten Nacht, wann genau, wusste er nicht, hatte er sich die Unterlippe blutig gebissen. In seinem Mundwinkel hing eine unangezündete Zigarette. Das Feuerzeug flammte auf, er hielt kurz inne, nahm die Zigarette aus dem Mund und betrachtete sie nachdenklich. Wie viele Stunden hatte er jetzt nicht geraucht? Er wusste es nicht, bestimmt eine Ewigkeit.

Nun ja, vielleicht ist das jetzt der richtige Zeitpunkt zum Aufhören, überlegte er und tat die Zigarette vorsichtig aufs Fensterbrett.

I focus on the pain, the only thing that's real.

Johnny Cash sang mit der Stimme eines alten, gebrochenen Mannes. Zorn dachte an das Musikvideo, es war kurz nach dem Tod seiner Frau aufgenommen worden. Cash hatte unendlich müde in die Kamera geblickt. Wie ein Mann, der weiß, dass er bald sterben wird. Nein, korrigierte sich Zorn in Gedanken. Wie einer, der genug hat. Einer, der nicht mehr leben will. So, genau so, hatte ihn Henning Mahler bei ihrer letzten Begegnung angesehen.

Der Refrain setzte ein.

What have I become, my sweetest friend?

Dann kam dieser Klavierton, immer auf dem zweiten und dem vierten Viertel, er schien überhaupt nicht zu passen, schwebte über den Harmonien wie ein gläserner Fremdkörper, wurde lauter und lauter.

Everyone I know goes away in the end.

Das hätte dir gefallen, Henning, dachte Zorn. Es ist so schön, dass es weh tut.

Die Zigarette rollte vom Fensterbrett und landete direkt vor seinen Füßen. Er sah sie einen Moment lang an, dann zuckte er die Achseln, nahm das Feuerzeug und hob sie auf. Der erste Zug ließ ihn ein wenig schwindeln, aber er fühlte sich besser.

Noch eine halbe Stunde bis Dienstbeginn. Er dachte an sein muffiges Büro und die Anzeige wegen Fahrerflucht. Nein, es gab wirklich nicht viel Schönes, das ihn erwartete.

Außer Malina.

Draußen kreisten Hubschrauber über der Marktkirche. Die Flut hatte die freiliegenden Fundamente unterspült, einer der Türme war zur Hälfte eingestürzt. Der Stumpf ragte in den trüben Himmel wie ein fauliger Zahn.

Zorn trank den letzten Schluck Kaffee, drückte die Zigarette aus und griff seine Jacke.

»Dieses Wetter«, murmelte er und rieb sich die entzündeten Augen, »macht mich wahnsinnig. Was gäbe ich nur für ein klitzekleines bisschen Sonne.«

Kaum hatte er's ausgesprochen, brachen die Wolken auf, ein einsamer Sonnenstrahl goss sein Licht über die rauchende Stadt und hüllte die Trümmer für einen kurzen Moment in einen unwirklichen, glänzenden Schein.

Wie in einem schlechten Film, dachte Claudius Zorn angewidert und fuhr zurück zu seinen Akten.

Dank

Es gibt ein paar wichtige Menschen, die dieses Buch gelesen haben, als es noch ein schnödes Word-Dokument (95 583 Wörter, verteilt auf 4114 Absätze und 302 DIN-A4-Seiten) war. Ihnen soll hier gedankt werden, für ihre Zeit, ihre Liebe und ihre Anmerkungen:

Markus Keitel (»Es gefällt mir – aber muss zum Schluss wirklich *alles* explodieren? Wenigstens die Marktkirche hättest du stehen lassen können.«), Henning Schaarschmidt (»Frisch gebügeltes Frettchen? Ich weiß nicht, das klingt verdammt nach Olaf Schubert!«), Claudia Kern (»Das hast du nur geschrieben, weil ich das immer zu dir gesagt hab!«), Frieda Kreße (»Arsch? So was würde Schröder niemals sagen! Gesäß vielleicht, oder Hintern – aber doch nicht *Arsch*!«), Ella Kreße (»Kaufst du mir ein Pferd, wenn's ein Bestseller wird?«), Martha Vorbrodt (»Zorn hat doch die Sushi-Packung in den Kühlschrank getan – wieso steht die auf einmal auf dem Küchentisch?«), Haubi (»Ich denke, für dieses Kapitel könnte man durchaus einen *anspruchsvolleren* Schlusssatz finden.«), Katina (»Hier fehlt ein Komma!«), Frau Hammelmann (»Seite 202!«), Tom Mangel (»Okay, es ist spannend. Aber warum schreibst du andauernd, dass es *regnet*?«)

Dank an Frank Bischof für seine Auskünfte über den Polizeialltag in Sachsen-Anhalt.

Nicht zu vergessen Volker Jarck und Alexandra Kosian-Krishnabhakdi vom Fischer Verlag, die sich für dieses Buch eingesetzt haben, obwohl sie anfangs nicht wissen konnten, was sie erwartet. Dank auch an Iris Kirschenhofer für den Feinschliff.

Und ein Extradank an Petra Hermanns, die unlängst als »Fels in der Brandung« bezeichnet wurde. Dem ist nichts hinzuzufügen. (*Nothing*, würde Schröder sagen.)

Leute, ich liebe Euch alle – mehr oder weniger.

Lesbos, im August 2011

Claudius Zorn und der dicke Schröder ermitteln weiter.

Hier eine erste **LESEPROBE** zum neuen Fall:

Eins

Klick – Klack.

Auf dem Nachttisch neben dem Kinderbett steht ein Micky-Maus-Wecker. Die dünnen Arme bilden die Uhrzeiger, der linke weist schräg nach unten, auf die acht. Der rechte ist hoch aufgerichtet und schwebt leise zitternd zwischen der zwei und der drei. Der Junge hat keine Ahnung, dass es gleich Viertel nach acht ist, schließlich ist er erst fünf, aber die Uhr hat ihm gefallen, und er hat so lange gebettelt, bis sein Vater sie gekauft hat.

»Ich will sie haben!«, hatte er gerufen, so laut, dass sich die Leute in dem kleinen Supermarkt nach ihnen umdrehten. Er hatte sogar mit dem Fuß aufgestampft, bis sein Vater in gespielter Verzweiflung lachend die Arme gehoben hatte. Dann war er ernst geworden, hatte sich zu ihm hinabgebeugt, bis sein Gesicht ganz dicht vor dem seines Sohnes war und leise gesagt, dass er ihm den Wecker kaufe. Dass er heute eine Ausnahme mache.

Jetzt, wo sie ihr kleines Geheimnis hatten.

Der Junge gähnt und reibt sich die müden Augen. Er hat keine Ahnung, was eine *Ausnahme* ist. Aber was sein Vater mit dem kleinen Geheimnis meint, das weiß er.

Er greift nach dem Wecker, legt sich auf den Rücken und betrachtet ihn stirnrunzelnd. Das spitze Gesicht der Figur auf dem Zifferblatt ist in einem schrägen Grinsen erstarrt, die Augen sind weit aufgerissen und bewegen sich im Sekundentakt.

Klick – nach rechts.

Klack – nach links.

Der rechte Arm zeigt jetzt genau nach unten, auf die sechs. Eine Weile bewegt der Junge seine Augen mit, dann wird ihm schwindlig und er hört wieder auf. Jetzt, aus der Nähe, sieht Micky Maus irgendwie anders aus. Gar nicht mehr so fröhlich, wie er anfangs dachte. Der Mund ist weit aufgerissen, es könnte ein Lachen sein. Oder aber ein stummer

Schrei, ein Ausdruck von Schmerz, vielleicht ist es sogar Wahnsinn (ein Begriff, den er im Moment noch nicht einordnen kann, aber im Laufe seines kurzen Lebens noch allzu gut kennenlernen wird).

Er seufzt leise und stellt den Wecker zurück, so, dass er die Figur nicht mehr sehen muss. Noch macht sie ihm keine Angst, verursacht eher eine Art Unbehagen.

Er hört Schritte auf dem Flur, die Tür geht auf, sein Vater lächelt ihm zu. Dann schließt er die Tür. Sorgfältig.

Das macht er erst, seit sie ihr *kleines Geheimnis* haben.

Er kommt näher und setzt sich auf den Bettrand.

»Hast du dir die Zähne geputzt?«

Das hat der Junge nicht, aber er nickt. Der Mann nickt ebenfalls und gibt seinem Sohn einen Kuss auf die Wange. Er riecht sein Rasierwasser. Der Duft – *Nightflight von Joop!* – wird ihn für den Rest seines Lebens verfolgen, so sehr, dass er später mit dem Brechreiz kämpfen wird, wenn er ihn irgendwo wahrnimmt.

Zuerst verändert sich der Blick des Mannes. Wird hart, gierig. Jetzt bekommt der Junge Angst, er setzt sich im Bett auf, der Vater greift seine Schultern und drückt ihn sanft zurück, sagt, dass er sein Junge sei, dass er ihn liebe und dass sie jetzt ein Geheimnis hätten, das niemand erfahren dürfe. Das wisse er doch, oder?

Der Junge schluckt. Dann nickt er.

Der Vater murmelt etwas Unverständliches und zieht die Bettdecke zurück. Dann streichelt er ihn. Seine Hände sind groß und behaart. Sie zittern.

Der Junge schließt die Augen.

Der Atem des Mannes wird schwerer. Er tut ihm nicht weh, noch nicht. In ein paar Monaten wird er eine Kamera mitbringen. Dann, ja dann wird er ihm weh tun, so sehr, dass der Junge auch mit zwölf noch ins Bett pinkeln wird. Die Albträume werden folgen, in denen Micky Maus aus dem Wecker springt und mit einem irren Kreischen durch das Zimmer rast und sein Spielzeug zertrümmert.

Noch später, wenn er dreizehn und ein wenig stärker geworden ist, wird er sich zum ersten Mal wehren. Danach wird es aufhören, und er wird es ein paar Jahre vergessen. Aber irgendwo in einer dunklen

Ecke seines Kopfes wird er die Erinnerung abspeichern, wo sie liegen bleiben wird wie ein stinkendes, schlafendes Tier.

Eines Nachts dann, wenn der Junge erwachsen ist und der Wecker längst zerborsten auf der städtischen Müllhalde liegt, wird er seinem Vater im Stadtpark begegnen.

Er wird ihn töten, indem er ihn zusammen mit seinem Hund kopfüber an einem Baum aufhängt. Dann wird er zusehen, wie sein Vater langsam, sehr langsam zerfleischt wird.

Bis dahin allerdings wird noch eine Menge Zeit vergehen.

Klick – Klack.

Zwei

Es war Anfang August, und es war schwül. Die Menschen duckten sich unter der Hitze, es schien, als hätte sich eine schmuddelige Herrensocke über die Gegend gebreitet. Die Stadt glich einer flimmernden Garküche, in der es nach Abgasen, kochendem Asphalt und menschlichem Schweiß roch.

Als Claudius Zorn auf den Besucherparkplatz des Stadtklinikums einbog, waren alle Plätze besetzt. Kurzerhand hielt er auf einem der freien Behindertenparkplätze, zog die Handbremse und stieg aus.

Er zündete sich eine Zigarette an und lief auf den Haupteingang zu. Bereits nach wenigen Sekunden bildeten sich Schweißflecken unter den Achseln seines gelben T-Shirts. Die dunklen Haare waren in den letzten drei Monaten gewachsen und hingen ihm tief über die Augen, er trug Jeans und weiße Turnschuhe, die auf dem heißen Pflaster des Fußweges leise quietschten.

Als Schröder ihn sah, schirmte er mit der einen Hand das Gesicht gegen die Sonne ab und winkte ihm mit der anderen zu. Er stand im Schatten des riesigen Vordaches, direkt neben einem der großen Aschenbecher und schien seit geraumer Zeit zu warten.

»Bin ich zu spät?«, fragte Zorn und trat die Zigarette direkt neben dem Aschenbecher aus.

»Nein, Chef. Drei Minuten zu früh.«

Zorn musterte ihn aus den Augenwinkeln. Der dicke Schröder war ungewöhnlich blass. Seine Füße steckten in altmodischen Ledersandalen, trotz der Hitze trug er hellbraune, karierte Strümpfe. Die unvermeidliche Cordhose schien drei Nummern zu groß, er musste mindestens zehn Pfund abgenommen haben. Sein Jackett hing sorgfältig zusammengelegt über einem kleinen Rollkoffer, der neben ihm auf dem Boden stand.

»Danke, dass du mich abholst, Chef.«

Zorn murmelte, dass das doch selbstverständlich sei und spürte einen leichten, unbehaglichen Stich in der Magengegend. Schließlich hatte er Schröder in den letzten zwölf Wochen nur ein einziges Mal besucht und dies mit seiner – wie er sich einredete – *pathologischen Abneigung* gegen Krankenhäuser begründet. Die Wahrheit lag natürlich woanders, genauer gesagt, bei seiner Trägheit. Ob diese ebenfalls *pathologisch* war, ließ sich schwer sagen, was allerdings nebensächlich war. Claudius Zorn hätte es sowieso niemals zugegeben. Jedenfalls nicht freiwillig.

Die Eingangstür des Klinikums öffnete sich zischend, der Luftzug wehte Schröder eine rötliche Haarsträhne ins Gesicht. Sorgfältig strich er sie zurück und legte sie wieder quer über die Glatze.

»Du siehst gut aus, Chef. Wie ein Rockstar aus den Siebzigern.«

Zorn trug eine verspiegelte Sonnenbrille, die er sich vor einigen Wochen zugelegt hatte. Damals hatte er sich den neuen Batman-Film im Kino angesehen und im Nachhinein feststellen müssen, dass er den Film aufgrund seiner Kurzsichtigkeit mehr oder weniger als Hörspiel wahrgenommen hatte. Der folgende Sehtest (links minus 1,6 und rechts minus 2,75 Dioptrien) und der ernste, fast vorwurfsvolle Blick des Optikers hatten ihn schließlich überzeugt, dass ihm keine Wahl blieb, wenn er den Rest seines Lebens nicht blind wie ein Maulwurf durch die Gegend stolpern wollte. Jetzt besaß er zwei Brillen: Eine schmale Edelstahlbrille, die er nach kurzem Blick in den Spiegel im Handschuhfach des Volvos deponiert hatte (wo sie noch immer lag), und eine Sonnenbrille in seiner Stärke. Mit ihr konnte er gestochen scharf sehen und sah selbst, wie er fand, relativ scharf aus. Ein guter Kompromiss.

Schröder hatte die Augen geschlossen und hielt das Gesicht in die Sonne.

»War das jetzt ein Kompliment?«, fragte Zorn.

»*Naturalmente*«, lächelte Schröder, ohne die Augen zu öffnen. Sie arbeiteten jetzt seit über zehn Jahren zusammen, doch Zorn wusste noch immer nicht, wann Schröder etwas ernst meinte und wann nicht.

Wieder öffnete sich die Tür, ein hagerer Mann in verblichenem Bademantel schlurfte mit gebeugten Schultern heraus, die nackten Füße steckten in hellgrünen Badelatschen. Ein paar Meter neben ihnen blieb er stehen, nickte Schröder zu und zündete sich umständlich eine Zigarette an. Automatisch griff Zorn ebenfalls nach seiner Packung.

»Ein äußerst netter Kerl«, sagte Schröder und wies auf den Mann im Bademantel. »Er hat drei Zimmer neben mir gelegen.«

»Was hat er denn?«, fragte Zorn, um wenigstens etwas zu sagen.

»Lungenkrebs. Im Endstadium.«

Der Mann im Bademantel hustete.

Zorn steckte die Zigaretten wieder ein.

Eine Weile standen sie schweigend da. Schröder machte keinerlei Anstalten, etwas zu sagen. Er schien vollständig zufrieden, hier, vor dem Krankenhaus, in der Sonne zu stehen. Der Mann im Bademantel sog gierig an seiner Zigarette, als er den Rauch wieder ausstieß, bekam er einen Hustenanfall.

Zorn räusperte sich verlegen.

»Und sonst so?«

»Du meinst, wie's mir geht?«

»Ja.«

»Nun, ich denke, es geht mir gut.« Schröder verschränkte die kurzen Arme auf dem Rücken. »Ich würde sagen, sie haben mich ganz gut wieder zusammengeflickt. Wenn man bedenkt, dass ich die Hälfte meiner Eingeweide verloren hatte.«

Darauf wusste Zorn keine Antwort. Er räusperte sich erneut und trat unschlüssig von einem Bein aufs andere. Schröder warf ihm einen kurzen Blick zu und meinte dann: »Wollen wir gehen?«

»Gute Idee«, erwiderte Zorn hastig und griff nach Schröders Koffer. Das Jackett fiel zu Boden, Schröder bückte sich und hob es auf. Als er sich aufrichtete, verzog er kurz das Gesicht und fuhr sich mit der Hand über den dicken Bauch.

»Bist du sicher, dass alles okay ist?«, fragte Zorn.

»Ja, Chef. Das bin ich.«

Sie gingen zum Auto. Ein großer, schlanker Mann mit einem albernen Rollköfferchen, dessen Räder laut über das Pflaster tuckerten. Und ein kleiner, dicker Kerl, der mit kurzen Schritten nebenher tippelte.

Der Volvo hatte nur ein paar Minuten in der Sonne gestanden, und doch war der Innenraum glühend heiß.

»Wie läuft's auf Arbeit?«, fragte Schröder und nahm vorsichtig auf dem Beifahrersitz Platz.

»Wie man's nimmt. An der Baustelle der Marktkirche ist ein Betonmischer gestohlen worden. Dann haben wir noch eine Einbruchserie in der Kleingartensparte am Nordbad.«

»Klingt verlockend.«

»Ja. Und nach einer Menge Papierkram.«

Zorn beugte sich nach hinten und griff ein Päckchen von der Rückbank.

»Das soll ich dir von Frieda Borck geben.«

Umständlich entfernte Schröder das Geschenkpapier, zum Vorschein kam eine Nigel-Kennedy-CD.

Schröder brummte anerkennend. »Die Violinkonzerte von Bach. Eine Aufnahme von 2010, zusammen mit den Berliner Philharmonikern. Sie hat Geschmack, unsere Staatsanwältin.«

»Sie ist froh, dass du wieder da bist, soll ich dir ausrichten.«

Zorn startete den Motor und drehte die Klimaanlage auf die höchste Stufe.

»Ich fahr dich erst mal nach Hause, Schröder.«

»Nein, ins Präsidium, wenn's beliebt. Es gibt Arbeit. Wir müssen den feigen Raub eines Betonmischers aufklären.«

»Wie du meinst.« Zorn legte den Rückwärtsgang ein. »Ich bin übrigens auch froh«, sagte er leise, als sie auf die Hauptstraße einbogen.

»Wie meinen?«

»Dass du wieder hier bist.«

»Das weiß ich.« Schröder sah aus dem Fenster und schwieg einen Moment. Dann lächelte er und wiederholte: »Das weiß ich, Chef.«

*

Später, am frühen Nachmittag, saß Claudius Zorn in seinem Büro. Auf der Fahrt ins Präsidium hatten sie kaum ein weiteres Wort gewechselt. Die meiste Zeit hatte Schröder leise vor sich hin gepfiffen, im Foyer hatte er sich kurz verabschiedet und war dann schnurstracks in sein Büro gegangen, um, wie er sagte, *stante pede* die Jagd nach dem frechen Baustellendieb zu eröffnen.

Okay, jetzt ist Schröder also wieder da, überlegte Zorn, sank in seinen Sessel, blähte die Backen und atmete geräuschvoll aus. Das ist die gute Nachricht. Die schlechte ist, dass ich wieder hier sitze und das tue, was ich die ganze Zeit gemacht habe: Ich langweile mich.

Direkt über dem Bürofenster hatte sich ein Wasserfleck gebildet, eine Folge der starken Regenfälle, die die Stadt im Frühjahr heimgesucht hatten. Er war längst angetrocknet und hatte im Laufe der Zeit eine schmutzige, rötlichbraune Färbung angenommen.

Während Zorn ihn anstarrte, gingen ihm zwei Dinge gleichzeitig durch den Kopf: Einerseits überlegte er, ob der Fleck eher die Form einer Nesselqualle oder eines üppigen Frauenhinterns hatte, eine Frage, die er sich wohl hundertmal gestellt hatte, ohne zu einem befriedigenden Ergebnis zu kommen.

Und dann waren da noch die Mordfälle, welche die Stadt im April bis ins Mark erschüttert hatten, ein Gedanke, bei dem er sich in letzter Zeit immer öfter ertappte. Das war nicht schlimm, bis auf die Tatsache, dass er diese Zeit mittlerweile regelrecht zurücksehnte. Damals hatte er wenigstens etwas zu tun gehabt. Ein Ziel, eine Aufgabe. Und jetzt?

Mein Gott, dachte Zorn und wischte einen winzigen Staubkrümel vom Tisch, kann denn nicht irgendwas passieren? Irgendwas? Es muss ja nicht gleich ein Mord sein. Vielleicht eine simple Entführung. Oder eine Erpressung? Egal, jedenfalls etwas, das nicht mit Kleingartensparten oder Großbaustellen zu tun hat. Wenn das so weitergeht, stelle ich mir noch eine Topfpflanze ins Büro, dann hab ich wenigstens was zum Gießen. Das Wort *Topfpflanze* spie er in Gedanken aus wie ein altes Kaugummi.

Urplötzlich wurde er wütend auf Schröder. Der hatte es einfach, saß ein paar Meter weiter in seinem Büro, wühlte sich durch nichtssagende Akten und war zufrieden.

Er könnte ruhig mal vorbeikommen, das ist er mir irgendwie schuldig. Könnte fragen, wie's mir so geht, was ich in den letzten Monaten gemacht habe, er muss doch merken, dass er hier gefehlt hat und überhaupt ...

Jetzt verhedderte sich Zorn in seinen eigenen Gedanken.

Wenn er nicht zu mir kommt, dann geh ich halt zu ihm, dachte er trotzig. Stand auf, ging zur Tür und warf einen letzten Blick auf den Wasserfleck über dem Fenster.

Das ist keine Qualle, überlegte er. Und auch kein Hintern.

Es ist ein Skischuh.

*

»Darf ich ehrlich sein?«, fragte Frieda Borck.

Schröder nickte.

»Sie sehen beschissen aus. Wie viel haben Sie abgenommen? Sechs Kilo?«

»Sieben, Frau Staatsanwältin.« Schröder drehte sich ein wenig zur Seite, so dass er im Profil zu sehen war. »Ich denke nicht, dass mir das geschadet hat, oder?«

»Wie man's nimmt. Ich mag Ihr Bäuchlein, Herr Hauptkommissar.«

»Gracias, Frau Staatsanwältin.«

Frieda Borck trug eine helle Bluse und einen kurzen schwarzen Rock. Zorn, der in diesem Moment ein paar Meter weiter sein Büro verließ, hätte ständig auf ihre langen Beine gestarrt. Schröder hingegen stand hinter seinem Schreibtisch und sah ihr lächelnd in die Augen.

»Sie sind verdammt blass, Herr Schröder. Meine Mutter würde sagen, Sie sehen aus wie der Tod auf Latschen.«

»Richten Sie meine besten Grüße aus und sagen Sie ihr, dass ich wenig Gelegenheit hatte, an die Sonne zu kommen.«

»Ich frage mich nur, ob Sie schon wieder arbeiten sollten. Sie gehören ins Bett, nicht ins Büro«, meinte Frieda Borck in ernstem, fast mütterlichem Ton. Was ein wenig paradox war, schließlich war sie fast fünfzehn Jahre jünger als Schröder.

»Ach, im Bett war ich in den letzten Wochen lange genug«, erwiderte Schröder und nahm hinter seinem Schreibtisch Platz. »Ich bin froh, endlich wieder etwas tun zu können.«

»Sind Sie sicher, dass es Ihnen gut geht?«

»Ich bin nicht traumatisiert, falls Sie das meinen. Und etwas Abwechslung tut mir gut. Auch wenn es vorerst nur ein verschwundener Betonmischer ist.«

»Der Mischer ist heute früh wieder aufgetaucht.«

»Ach!«

»Der Bauleiter hatte ihn übers Wochenende mitgenommen, wollte seine Garage verputzen. Das Schlimmste, was er zu erwarten hat, ist eine Abmahnung. Ich hoffe, Sie sind nicht zu sehr enttäuscht.«

»Es ist niederschmetternd«, lächelte Schröder.

Die Staatsanwältin lächelte ebenfalls. »Sie werden's überleben. Ansonsten liegt nicht viel an.«

»Die Hitze macht allen zu schaffen. Offensichtlich auch den Verbrechern.« Schröder erhob sich schwerfällig und trat ans Fenster. »Zorn erzählte etwas von einer Einbruchserie in einer Kleingartensparte?«

»Das stimmt.« Frieda Borck nickte. »Wahrscheinlich sind es Kids, die sich einfach nur langweilen. Sie brechen nachts in die Lauben ein, meist am Wochenende. Die Gartensparte liegt direkt am Nordbad, sie klauen Schnaps, kiffen und gehen danach baden.«

»Klingt spannend.«

»Ich dachte, Sie wären froh, wenn Sie etwas zu tun bekommen?«

»Das bin ich«, sagte Schröder ernst. »Ich werde mich heute Nacht sofort auf die Lauer legen.«

Frieda Borck warf den Kopf in den Nacken und lachte.

*

Einen Moment stand Zorn unschlüssig vor Schröders Büro. Hob die Hand, um anzuklopfen, ließ sie aber wieder sinken. Nein, klopfen würde er nicht, schließlich war er Schröders Vorgesetzter. Er hatte keine Ahnung, was er sagen sollte, bisher war es immer so gewesen, dass Schröder zu *ihm* gekommen war, nicht umgekehrt.

Dann hörte er das Lachen aus dem Zimmer und zögerte erneut.

Er scheint sich ja prächtig zu amüsieren, der feine Herr, überlegte er. Offensichtlich kommt er sehr gut ohne mich zurecht. Zorn spürte ein unschönes Gefühl in sich aufsteigen. Eifersucht?

Quatsch, brummte er vor sich hin. Ich bin nicht eifersüchtig. Egal, ich habe sowieso gleich Feierabend.

Er machte auf dem Absatz kehrt und stapfte missmutig zurück in sein Büro. Zehn Minuten später befand er sich auf dem Heimweg.

*

Als die Sonne längst untergegangen war, lag Zorn in Boxershorts auf seinem Bett. Die Wohnung war angenehm kühl, er hatte sämtliche Fenster weit aufgerissen. Leise dröhnte das Brausen des abendlichen Stadtverkehrs zu ihm hinauf in den vierzehnten Stock.

Er lag auf dem Rücken, rauchte und starrte an die Decke. Natürlich war ihm klar, dass er sich am Nachmittag wie ein trotziges, eingeschnapptes Kind verhalten hatte. Oder war es etwas anderes? Die Wechseljahre? Herrgott, überlegte er, ich werde tatsächlich launisch. Wie eine alternde Diva.

Nun, launisch war er schon immer gewesen, mit dem Alter hatte das nichts zu tun. Aber es stimmte, in letzter Zeit lagen seine Nerven blank. Doch das hatte einen ganz anderen Grund.

Malina.

Besser gesagt, ihr plötzliches Verschwinden.

Das war am 9. Mai gewesen, er wusste das Datum noch ganz genau. Eine Woche, nachdem der Gasometer explodiert und ihren Onkel unter sich begraben hatte. Wie lange war das jetzt her? Zwölf Wochen?

Ja. Seit sechsundneunzig Tagen (und Nächten! – die waren schlimmer) grübelte er, warum sie ihn verlassen hatte, ohne auch nur ein einziges Wort zu sagen.

Sie hatten sich für den Abend zum Essen verabredet, am Nachmittag erhielt er eine Nachricht aufs Handy: *Sorry, Zorn. Es geht nicht.* Das hatte er als Absage für das Essen verstanden und nicht weiter wichtig genommen.

Zunächst jedenfalls. Als er sie am nächsten Morgen anrufen wollte, war sie nicht zu erreichen. Er sprach ihr auf die Mailbox. Zwei Tage später, als er dann vor ihrer Tür stand und konsterniert auf die helle Stelle starrte, an der bis vor kurzem noch ihr Namensschild gehangen hatte, wusste er, wie sie ihre Nachricht gemeint hatte.

Sorry, Zorn. Es geht nicht.

Es war ein Abschied gewesen.

Am schlimmsten war nicht die Tatsache, dass sie ihn verlassen hatte, sondern die Frage nach dem Warum. Auch jetzt noch, drei Monate (oder zweitausenddreihundert Stunden) später, fragte er sich immer wieder, was der Grund für ihr plötzliches Verschwinden gewesen sein könnte. Er wusste es nicht.

Sie hatten nicht einmal zwei gemeinsame Wochen gehabt, aber sie waren glücklich gewesen. Was das Glück betraf, war Zorn im Laufe seines Lebens sehr vorsichtig geworden, aber er war sicher, dass sie einem Zustand, der diesem Begriff ähnelte, zumindest sehr nahe gekommen waren. Und es war nicht nur ihm, sondern auch ihr so gegangen. Sie hatten sich gefunden, und es war gut gewesen. Das war eine Tatsache. Punkt.

Es wäre Zorn ein Leichtes gewesen, ihre neue Telefonnummer herauszufinden oder die Adresse, unter der sie jetzt wohnte. Aber da war nicht nur das Unglück über die enttäuschte Liebe, da war noch etwas anderes: Trotz.

»Na und? Dann hast du eben Pech gehabt, Malina. Du hast keine Ahnung, was du verpasst«, sagte Zorn laut und erschrak über den Klang seiner eigenen Stimme, die hohl von den Wänden seines kleinen Schlafzimmers widerhallte.

Die Gardinen bewegten sich sacht, eine kühle Brise wehte durchs

Zimmer. Zorn schüttelte wütend den Kopf. So sehr er auch lüftete, er konnte sie immer noch riechen.

Ich bin selbst schuld, dachte er und drückte die Zigarette aus. Ich hätte sie nicht so dicht an mich heranlassen dürfen. Aber das war jetzt das letzte Mal. Endgültig. Ich komme sehr gut allein klar.

»Und außerdem«, murmelte er leise, klopfte das Kissen zurecht und drehte sich zur Seite, »hab ich ja noch Schröder.«

Drei Stunden später war er endlich eingeschlafen.

STEPHAN LUDWIG über sein Ermittlerteam Hauptkommissar CLAUDIUS ZORN und den dicken SCHRÖDER (ebenfalls Hauptkommissar)

Zorn ist ...

... 42 Jahre alt, 1,85 m groß, 74 Kilo schwer, kurzsichtig und überzeugter Atheist (obwohl wir ihn manchmal beim Beten ertappen).

Zorn liebt ...

... Zigaretten, The Pixies, schöne Frauen und Iggy Pop (in dieser Reihenfolge).

Zorn hasst ...

... öffentliche Verkehrsmittel, Fisch (in jeder Zubereitungsform), Polizeiakten, Opern und Friseure.

Zorn ermittelt ...

... meist sehr widerwillig und chaotisch.

Zorn will ...

... vor allem eines: Ruhe.

Schröder ist ...

... 39 Jahre alt, 1,65 m groß, 78 Kilo schwer militanter Nichtraucher, neugierig, schlecht gekleidet und mit einem sehr guten Gedächtnis ausgestattet.

Schröder liebt ...

... gute Musik und gutes Essen.

Schröder hasst ...

... Ungenauigkeit, Schlampigkeit und Unpünktlichkeit.

Schröder ermittelt ...

... akribisch und hoch konzentriert.

Was Schröder will ...

... wissen wir leider nicht, aber wir können davon ausgehen, dass es nur Gutes ist.